Wenn der Bruder plötzlich vor der Tür steht, kann es das eigene Leben ganz schön durcheinanderwirbeln. Während Sonja das Kapitel Familie schon vor Jahren geschlossen hat, ist der Erkenntnisdrang bei Rolf taufrisch. Seine Mission ist es, die Schwester zur gemeinsamen Familienaufarbeitung anzustiften, aber Sonja fällt es schwer, sich auf die neue Nähe einzulassen. Doch dann bittet ihre Nichte Nina sie um Hilfe. Halb widerwillig, halb neugierig kehrt Sonja ihrer friedlichen Ferienwohnung an der Ostsee schließlich den Rücken und macht sich mit Rolf in dessen rostigem VW-Bus auf die Reise an die Orte ihrer gemeinsamen Vergangenheit und in ihr Elternhaus, einen Ort des Schreckens. Bestsellerautorin Sabine Bode erzählt in ihrem zweiten Roman höchst authentisch von den Traumata eines Geschwisterpaares, die ihren Ursprung in der NS-Zeit haben.

Sabine Bode, geboren 1947, lebt als Journalistin und Buchautorin in Köln. Sie ist eine renommierte Expertin auf dem Gebiet seelischer Kriegsfolgen und hat mehrere Sachbuch-Bestseller veröffentlicht. 2017 erschien ihr erfolgreicher Debütroman »Das Mädchen im Strom« bei Klett-Cotta, 2023 folgte »Geschwister im Gegenlicht«.

SABINE
BODE

# GESCHWISTER *IM* GEGENLICHT

*Roman*

Klett-Cotta

MIX
Papier | Fördert gute Waldnutzung
FSC® C019821
www.fsc.org

Klett-Cotta
www.klett-cotta.de
© 2023, 2024 by J.G. Cotta'sche Buchhandlung Nachfolger GmbH,
gegr. 1659, Stuttgart
Alle Rechte vorbehalten
Cover: © Anzinger und Rasp Kommunikation GmbH, München
unter Verwendung zweier Abbildungen von © Thomas Barwick,
gettyimages/Jörg Meier, plainpicture
Gesetzt von Dörlemann Satz, Lemförde
Gedruckt und gebunden von C.H.Beck, Nördlingen
ISBN 978-3-608-98816-1
E-Book ISBN 978-3-608-12197-1

*Für Maya Lasker-Wallfisch*

*Es war einer von den allerschlimmsten, es war »der Teufel«. Eines Tages war er so recht guter Laune, denn er hatte einen Spiegel gemacht, der die Eigenschaft besaß, dass alles Gute und Schöne, was sich darin spiegelte, zu fast nichts zusammenverschwand, aber was nichts taugte und sich schlecht ausnahm, das trat so recht hervor und wurde noch ärger. Die schönsten Landschaften sahen in dem Spiegel aus wie gekochter Spinat, und die besten Menschen wurden ekelhaft und standen auf dem Kopfe ohne Bauch.*

Hans Christian Andersen, Die Schneekönigin

*EINS*

Mein großer Bruder findet mich seltsam und sich selbst normal. Seit fünfzig Jahren lacht er mich aus, wenn ich etwas tue, was er nicht nachvollziehen kann. Ruft er mich an, fragt er nicht, wie es mir geht. Er setzt mich in Kenntnis. Er macht kurze Ansagen oder lange Mitteilungen, ohne Pause. Das Ende kommt abrupt. Plötzlich höre ich: »Mach es gut.« Bevor ich selbst etwas sagen kann, legt er auf. Als hätte ich ihm genug seiner kostbaren Zeit gestohlen. Meine Fragen haben keine Chance. Weiß er etwas darüber, dass ich sterben sollte?

Auf Stammbäumen hat er alle Zweige gelb markiert und Namen eingekreist, die auf Verwandte verweisen, über die er nichts weiß. Es sind Namen, die er als kleiner Junge aufschnappte, weil die Eltern sie voller Verachtung ausstießen, aber mit Blick auf den lauschenden Sohn sofort das Thema wechselten.

»So waren sie, unsere Mutter und unser Vater, mit fast allen Verwandten verkracht«, sagt Rolf immer. »Aber wenn ich dann bei Kusinen und Vettern zweiten Grades anrufe, werde ich eingeladen und an andere Verwandte weitergereicht. Ich lerne nur nette Leute kennen.« Auch darüber würde ich gern mehr wissen. Aber mein Bruder ist ein merkwürdiger Geheimnisverwalter. Wenn man ihn unterbricht und nachfragt, zieht er sich in seinen Panzer zurück wie eine Schildkröte.

Rolfs Anruf erreicht mich in einer Ferienwohnung, in die ich mich mit zwei Bücherkartons zurückgezogen habe. Mein

Handy klingelt, während ich auf der Bettkante sitze, schon im Schlafanzug, bereit, mich zu meiner Wärmflasche zu legen.

»Hallo Sonja. In Berlin meldet sich niemand«, sagt mein Bruder. Seine Stimme klingt anders als sonst, weicher, stockender.

»Wo bist du?«

»An der Ostsee.«

»Aha. West oder Ost?«

»West.« Ich versuche, ein Gähnen zu unterdrücken.

»Und wie lange bleibst du?«, fragt mein Bruder.

»Was weiß ich, Rolf ... Die Ferienwohnung habe ich für zwei Monate gemietet, aber ich kann länger bleiben. Man wird sehen. Ich bin erst vor einer Stunde angekommen.«

»Im Februar an der Ostsee! Das ist nicht dein Ernst, Sonja. Warum nicht die Kanaren?«

»Habe ich schon hinter mir«, sage ich. »Hat außer Sonnenbrand nichts gebracht.«

»Na schön. Weshalb ich anrufe: Meine Jüngste, die Nina, wird bald dreizehn Jahre alt und wünscht sich, ihre Tante kennenzulernen. Wir würden dich gern besuchen. Passt dir der kommende Mittwoch? Denk doch mal drüber nach, ob du im grimmigen Norden etwas Gesellschaft brauchen kannst.«

»Wie bitte?«

»Überraschung?«

»Allerdings. Und was für eine ... Kein Problem, Rolf, ihr könnt gern kommen.«

»Fein. Näheres würde ich dir als E-Mail schicken.«

»Aber ich habe hier kein Internet.«

»Weiß ich. So ist das in Ferienwohnungen. Aber ein Internet-Café gibt es doch, oder?«

»Davon gehe ich aus.«

»Ach lass mal, ich rufe dich an. Mach es gut bis dahin.«

Nach einem »Herzlichen Gruß an Nina« lege ich das Handy

beiseite. Eben noch, auf der Bettkante, spürte ich nichts als totale Erschöpfung. Ich hasse Autofahrten im Stau oder wenn es schon dunkel ist. Jetzt bin ich hellwach. Meine Zusage, die wie aus der Pistole geschossen kam – was, in aller Welt, war das? Ich suche absolute Ruhe und Abgeschiedenheit, will mit niemandem reden, und knicke schon am ersten Abend ein.

Ich habe nicht die geringste Vorstellung, wie das gutgehen soll zwischen Rolf und mir. Ein Fremder bricht in mein Refugium ein, der sich einbildet, mich zu kennen, und nicht anders geht es mir mit ihm. Die Bilder, die wir voneinander haben, können sie anders sein als konturlos und unterbelichtet? Wir sind kein befreundetes Geschwisterpaar. Nicht, dass wir uns streiten. Wir können nur nichts miteinander anfangen. Wir kommen nicht in dieselbe Spur.

Zu einem Code des Smalltalks ist es zwischen uns nie gekommen. Keine Stichworte, über die nur wir beide lachen können. Unser einziger gemeinsamer Nenner ist, dass wir erfolgreich Distanz halten. Noch nie haben wir uns umarmt, uns nicht einmal an den Händen gehalten, auch nicht bei Vaters Beerdigung, als wir weinend nebeneinanderstanden. Auf Familienfesten bin ich unerwünscht. Dass Rolf vor gut einem Jahr zur Trauerfeier von Karl anreiste, rechne ich ihm hoch an. Er mochte meinen Mann nicht. Davor ergab sich vielleicht alle fünf Jahre ein Anlass sich wiederzusehen, umgeben von anderen Gästen. Wir kamen nicht auf die Idee, uns ihnen als Geschwister vorzustellen. Biologisch sind wir Bruder und Schwester, aber wir sehen uns kein bisschen ähnlich. Wir sind im selben Elternhaus aufgewachsen und einander doch so fremd wie zwei Aliens, die von völlig unterschiedlichen Planeten stammen.

Mit schlenkernden Armen und Beinen drehe ich ein paar Runden um den Esstisch. Mein Kopf ist heiß gelaufen, ich friere.

Zwei Heizkörper sind bis zum Anschlag aufgedreht und arbeiten noch daran, aus diesem Iglu eine warme Unterkunft zu machen. Die beiden Außenwände sind eiskalt. Eigentlich sollte vorgeheizt sein. Eine gute Freundin werde sich um alles kümmern, hat mir die Vermieterin versichert, sie selbst verbringe die kalten Monate auf Mallorca. Bei Spätanreise befänden sich zwei Schlüssel mit einem roten Anhänger zwischen den winterfest geschnittenen Pflanzen und den Schneeglöckchen neben der Haustür links. Taschenlampe mitbringen!

Was will Rolf? Was ist los mit ihm? Vielleicht sagt er im letzten Moment wieder ab. Was weiß man schon, wenn man sich kennt, ohne sich zu kennen ... Vor meinem inneren Auge taucht ein Schild mit der Aufschrift *Vorsicht* auf. Bei Fragen zu meinem Bruder, die mit was, wann und warum anfangen, muss ich aufpassen. Sie sind das Echo tief verankerter Reflexe, die ich in Schach halten muss, um nicht ins Grübeln zu geraten, womöglich in ein Gedanken-Labyrinth, aus dem ich nur schwer wieder herausfinde. Wenn ich mir über abwesende Leute, die sich nebulös oder kränkend verhalten haben, den Kopf zerbreche, fühle ich mich schnell wie ausgeliefert, auch dann, oder gerade dann, wenn es sich um meinen Bruder handelt.

Zum Glück hat mir das Alleinsein beigebracht, eher auf meinen Verstand zu hören als auf meine Gefühle. Kopfkino kann mich halb verrückt machen. Es gibt keinen Karl mehr, der sagt: »Stopp! Du drehst dich im Kreis! Lass uns ins echte Kino gehen.« Woran ich mich heute festhalte, ist ein Stopp, das ich mir selbst zurufe. Ich habe es trainiert. Entschlossen öffne ich ein Fenster und lasse meine Fragen zu Rolf mit einem freundlichen Adios davonfliegen.

Während ich einen herrlich duftenden Kakao trinke, blättere ich in einem Reiseführer, der auf jeder zweiten Seite eine Seebrücke zeigt. Nichts anderes habe ich mir gewünscht. Keine

Abwechslung. Kein Anlass für Besichtigungstouren. Das Auto bleibt stehen. Strandspaziergänge reichen mir. Der Wetterbericht hat Sonne versprochen. Ich putze mir zum zweiten Mal die Zähne, verkrieche mich unter einem unförmigen Federbett und höre im Halbschlaf, wie die Heizkörper auf nächtliche Sparflamme umschalten.

Noch vor der Morgendämmerung treiben mich heftige Kreuzschmerzen aus dem Bett. In der Wohnung ist es kaum wärmer geworden, aber die Dusche und ein Rest vom Kakao werden schnell heiß. Eine halbe Stunde später bin ich am Strand. Auf einem ausgedehnten Marsch in frostig kalter Meeresluft, der damit beginnt, dass Möwen parallel zur Wasserfläche durch die langsam steigende Sonne fliegen, geht es mir gut, genaugenommen besser als gut. Manchmal bleibe ich unwillkürlich stehen und drehe mich mit ausgestreckten Armen langsam um die eigene Achse. Mir fällt gerade kein Gedicht ein, das mein Glücksgefühl treffend beschreibt. Großen Dichtern gelang es meisterhaft. Davon in eigenen Worten zu erzählen, kommt bei einigen Freundinnen nicht gut an. In ihren Ohren klingen sie pathetisch oder esoterisch. Warten wir ab, ob sie einmal anders darüber denken, wenn sie ihren Mann verloren haben. Ob diese Freundinnen sich meinetwegen Sorgen machen oder hinter meinem Rücken lachen, ist mir egal. Ich habe keine Hemmungen, davon zu reden, wie entspannt, dankbar und frei ich bin, weil ich mich plötzlich von allen Seiten verwöhnt fühle. Auf einmal bin ich leicht wie eine Seeschwalbe und stark wie eine Elefantin. Alles ist wieder möglich, alles ist erlaubt. Und es kommt noch besser: Aus Erfahrung weiß ich, dass sich mit jedem Tag allein am Strand die Glücksmomente zu Glücksminuten verlängern – und das hoffentlich mit der Tendenz, sich zu einem Netz zu verbinden, das mich wieder trägt und beschützt.

Nach zwei Stunden hat der Ostwind aufgefrischt. Ich lasse den Strand hinter mir und irre durch einen lang gezogenen Küstenort, auf der Suche nach einem netten Café. Mit der Ostseeküste kenne ich mich nicht aus. Ich habe den Ort im Internet gebucht, weil mein Vater den Namen erwähnte, als er von den glücklichsten Ferien seiner Kindheit erzählte. Ein altes Foto, das bis zu seinem Tod in seiner Brieftasche steckte, zeigt meine Großmutter mit einem riesigen Hut und einen kleinen Jungen mit Matrosenkragen, die vor einer Fassade der frühen Bäderarchitektur posieren. Jetzt weiß ich, dass davon nichts übriggeblieben ist.

An einem Kiosk der Uferpromenade wärmt mich in einer geschützten Ecke die Sonne wieder auf. Ansichtskarten mit Luftbildern haben mir verraten, dass ein Seebad, das als einzige Attraktion drei Kilometer Strand zu bieten hat, mit dem Label »Kleinod der Ostsee« wirbt. Ich will mich schon darüber lustig machen, doch mein Herz für Kinder lässt es nicht zu, schon gar nicht das kleine Nordseekind in mir, dessen Erinnerungen an endloses Wasser und endlosen Sand und an einen riesengroßen Bruder, den es bis zum Umfallen mit Matsch bewerfen durfte.

Historische Ansichtskarten kann ich nicht entdecken. Erinnerung unerwünscht? Seltsam. Ich will im Kiosk danach fragen, aber plötzlich läuft meine Nase, und es dauert eine Weile, bis der Mann mit der Schiffermütze einen großen Milchkaffee und ein Fischbrötchen an mich loswird. Während er mein Frühstück hochhält, fallen mir seine Fingernägel auf, seine gepflegten Hände. Kann es sein, dass er regelmäßig zur Maniküre geht, vielleicht sogar zur Kosmetikerin? Sein Gesicht ist faltenlos und rosig. Wie passt das zusammen mit dem Bild vom rauen Norden und seinen zupackenden Männern, frage ich mich ernsthaft, mit der Folge, dass ich die Kontrolle über

den Milchkaffee verliere. Dünne, bis zum Rand gefüllte Plastikbecher sind nicht hilfreich. Nur die Hälfte des Kaffees überlebt
den Transport zur nächsten Bank.

Das Fischbrötchen hat Hunger nach etwas Süßem geweckt.
Der Mann im Kiosk erklärt mir den Weg zu einem Café, das
schon morgens geöffnet hat. Alle anderen seien im Winter geschlossen. Ich freue mich auf eine Auswahl verlockender Tor-
ten und gehe, so schnell ich kann, durch Seitenstraßen, wo sich
außer mir niemand aufhält. In der halb geöffneten Tür bleibe
ich erschrocken stehen. Stoßweises Gelächter übertönt dröh-
nende Schlagermusik. Der Wärmeschub, vermischt mit einer
Qualmwolke, riecht nach Schnaps und Zigaretten. Ich bin im
Treffpunkt der Kettenraucher gelandet. Zwei Dutzend Menschen stehen vor der Theke eng beisammen. Von ihnen sehe
ich nur die Rücken.

Erst auf den zweiten Blick erfasse ich, was los ist: In dem kleinen Café herrscht um diese Uhrzeit schon Karaoke-Stimmung.
Jemand, den ich nicht ausmachen kann, feiert Geburtstag und
wünscht sich ein Lied von Britta. So heißt die junge Bedienung,
die erhöht, offenbar auf einem Tritthocker, an der hinteren
Wand neben der Theke steht. Sie ist eine zarte blonde Frau, und
ich gehe davon aus, dass sie das Glitzeroberteil eigens für den
Anlass angezogen hat. Langsam führt sie das Mikro zum Mund
und sagt mit einer klaren, schönen Stimme: »Lieber Heinz, es
ist mir eine Ehre, an deinem Geburtstag für dich zu singen –
bevor du noch eine dritte oder vierte Lokalrunde schmeißt.«
Dem Lachen der Gäste gibt sie mit einer eleganten Handbewegung Raum, dann fährt sie ruhig fort: »Wie wir alle es tun,
schätze ich deine Großzügigkeit. Aber ein noch größerer Fan
bin ich von Nicole, und ganz besonders von ihrem Hit, der im
letzten Sommer ...«

»Anfangen!«, unterbricht sie jemand, der umgehend Beifall

erhält. Ich finde, den ersten Applaus hätte nicht er, sondern Britta verdient. Als sie das Mikro in die Hand nahm, hat niemand geklatscht. Ich bleibe in der Tür stehen und beobachte die Szene. Die junge Frau ist kein Profi. Dem Zwischenfall ist sie nicht gewachsen. Den Blick gesenkt und verstummt, steht sie auf ihrem Podest. Räuspern und Husten im Publikum. Ich vermute, Britta hat alle Videos von Nicole studiert und ausdauernd geübt. Sie hat gelernt, dass für eine gute Show eine selbstbewusste Ansage und das Outfit genauso wichtig sind wie die Stimme. Nun ist ihr Konzept zerstört. Ob sie es trotzdem noch einmal versucht? Gern würde ich sie warnen. Aber Britta lächelt vorsichtig, schiebt die Playback-Disk ins Gerät und beginnt Sommer, Sommer zu singen – mit einer Stimme so ängstlich, so dünn, dass meine Augen feucht werden.

»Lauter!« – »Mikro an!« – »Ich hör nix.«

Missgünstig, bestenfalls gedankenlos klingen die Rufenden. Nachher werden sie sagen, sie hätten es nicht so gemeint. Britta kommen die Tränen. Sie gibt auf und erntet damit neuen Protest. Sie bleibt dem Publikum ausgeliefert. Zu spät ermahnt das Geburtstagskind seine Gäste, »unsere Britta« endlich in Ruhe zu lassen. Die wischt sich über die Augen, holt tief Luft, zupft ihr Glitzertop zurecht und gewinnt die Fassung zurück. Dann hat sie mich entdeckt und winkt mich zu sich. Unsicher erkämpfe ich mir den Weg bis zum anderen Ende der Theke. Inzwischen hat Britta ihre erhöhte Position verlassen, und wir sind auf Augenhöhe. Wie hält sie es hier nur aus, hätte ich gern gefragt. Die kranke Luft entsetzt mich am meisten. Ein Kanarienvogel würde keine drei Tage überleben.

Hastig entscheide ich mich für ein Stück Käsesahne, in Folie verpackt, das sie mir in einer kleinen Tragetasche über die Theke reicht. Ein zweiter Karaoke-Beitrag, diesmal von einer Männerstimme, Green Green Grass of Home, verfolgt mich bis auf die Straße. Den Refrain grölen die Geburtstagsgäste mit. Sie haben sich als Horde gefunden. Die Stimmung ist wieder hergestellt. Zurück in meiner Wohnung mache ich mir einen starken Kaffee und entferne vorsichtig die Folie von meiner Torte. Den ersten Bissen spucke ich gleich wieder aus. Er schmeckt nach Zigarette.

Auch meine Ferienwohnung ist ein Reinfall. Ich habe sie kurzfristig gebucht, als mich die Sehnsucht nach dem Meer gepackt hatte. Glanz gibt es nur in der integrierten Miniküche. Alles andere ist so schäbig, dass es mich graust. An den Fenstern vergilbte Stores, eine durchgelegene Matratze, der Teppichboden aus verschiedenen Resten komponiert, so scheußlich, dass man lieber nicht nach unten guckt. Abgenutzte Möbel aus mindestens fünf Jahrzehnten, jedes Stück ein Unikat. Die Wände in einem schmuddeligen Graubeige, ausgenommen vier helle Rechtecke, wo der Wandschmuck hing, den ich noch gestern entfernt habe, die einzige Tat unmittelbar nach meiner Ankunft am späten Abend.

Als ich mit dem Auspacken beginne, stelle ich fest, dass ich im Kleiderschrank nichts unterbringen kann, weil er nach Mottenkugeln riecht. Immerhin gibt es ausreichend Schubladen, von denen ich einige sofort hasse, weil sie sich verkanten und nur mühsam zu bewegen sind. Eigentlich bin ich gar nicht schlecht im Improvisieren und finde mich mit Unzulänglichkeiten schnell ab, aber die Sachen, die auf Kleiderbügel gehören, an Garderobenhaken zu hängen, geht mir zu weit. Mein Tatendrang bricht zusammen.

Nach einer Stunde Tiefschlaf auf der Couch, aus dem ich ohne Kreuzschmerzen erwache, beschließe ich erstens, meine Nächte künftig hier und nicht im Bett zu verbringen. Zweitens werde ich, weil ich Hunger habe, selbstgemachtes Chili con Carne aufwärmen, das ich aus Berlin mitgebracht habe.

Drittens werde ich die Kleidungsstücke an der Garderobe auf meinem Bett ausbreiten.

Die Suche nach einer anderen Unterkunft verschiebe ich auf den nächsten Tag und rechne damit, dass ich scheitern werde – an meiner Trägheit und der geringen Auswahl an Angeboten in einem trostlosen kleinen Seebad im Februar. Immerhin erlaubt mir Rolfs Anruf, die Dinge guten Gewissens piano anzugehen. Für eine Quartiersuche plus Umzug ist die Zeit zu knapp. In zwei Tagen reisen Vater und Tochter an.

Keine Frau, die ich kenne, würde in diesem Loch ihren Verwandten Kaffee und Kuchen anbieten. Aber was bleibt mir anderes übrig? Heute Vormittag bin ich an zwei Hotels vorbeigekommen und habe erfahren, dass sie ihre Restaurants erst am Abend öffnen.

Wegen Rolf mache ich mir keine Sorgen. Ob etwas schön oder hässlich ist, scheint ihm nicht aufzufallen. Ein harmonisches Ambiente ist für ihn keine Kategorie. Genauso wenig kümmert ihn, wie sein eigenes Aussehen auf andere wirken könnte. In seiner Freizeit läuft er herum, als würde er sich beim Roten Kreuz einkleiden. Allerdings, das muss ich sagen, kann er es sich leisten. Er sieht verteufelt gut aus. Jedes noch so formlose Kleidungsstück steht ihm, weil er darin den Eindruck erweckt, für ihn sei Attraktivität ohne jede Bedeutung.

Schon in seiner Jugend war das so. Ich kann mich nicht erinnern, ihn je mit Kamm und Bürste vor dem Spiegel gesehen zu haben. Er fuhr sich mit den Händen durch sein dunkles, lockiges Haar, mehr nicht. In der Pubertät zeigte er allen ein missmutiges Gesicht, erschien nur zu den Mahlzeiten, saß schweigend am Tisch und flüchtete nach dem Essen wieder in sein Zimmer, zu seinen Schiffs- und Flugzeugmodellen. Dann erwachte er eines Tages und war Prinz Charming. Die Mädchen der oberen Schulklassen schwärmten für ihn, doch selbst das schien er nicht wahrzunehmen. Ich wette, die Frauen schauen ihm heute noch hinterher. Er ist der Typ Sean Connery, je älter desto attraktiver, aber anders als Sean Connery ist er kein Womanizer, da bin ich mir sicher. Fest steht, dass er mit seinem dunklen Teint, den schönen graugrünen Augen und dem an den Schläfen ergrauten, dichten Haar in seiner Altersklasse kaum noch Konkurrenten hat. Jemand wie er ist eine Rarität, wie ein Pfarrer, dessen Kirche jeden Sonntag voll ist.

*

Mein Handy klingelt, es reißt mich aus tiefen Gedanken, gerade als ich dabei bin, den selbstgebackenen Marmorkuchen aus dem Ofen zu holen.

»Hallo Sonja, etwas ist anders, als wir geplant haben ...«

Die Kuchenform entgleitet mir und fällt mit einem Scheppern auf die Herdplatte.

»Hoppla! Heißt das, ihr kommt nicht?«

»Besser, du lässt mich ausreden. Es heißt, wir kommen eher. Nicht erst um vier, sondern schon um zwei. In Ordnung so?«

»Wo seid ihr?«

»Kurz vor Lübeck.«

»Alles klar.«

»Also dann – bis gleich.«

Ich schaue auf meine Uhr und erschrecke. Mir bleibt nur eine Stunde! Gerade noch Zeit für die letzten Vorbereitungen. Den Mittagstermin beim Friseur kann ich vergessen. Haare waschen muss ich selbst. Ich gehe in das komplett weiße Bad, in dem ich mich gern aufhalte, seit ich weiße Handtücher gekauft und die wohnungseigenen gräulichen Lappen luftdicht verpackt unter meinem Bett verstaut habe, zusammen mit dem

Duschvorgang und anderem Überflüssigen, das mein Auge beleidigt hat.

Die Zeit rennt mir davon. Ich will mich für meine Nichte ein bisschen aufhübschen. Sie soll vor ihrer Tante nicht erschrecken. Wie wird sie auf meine Unterkunft reagieren? Es ist doch möglich, dass sie sich leicht ekelt, vielleicht schreit sie schon beim Anblick einer Fruchtfliege auf. Weder will ich Nina gleich zu Anfang verstören noch mit einem Schwall von Erklärungen milde stimmen. Oder doch?

Also stehe ich mit Shampoo und guten Absichten unter der Dusche, und während ich meine Kopfhaut massiere, arbeitet es drinnen im Kopf weiter. Ich könnte meiner Nichte gleich beim Begrüßen die Wahrheit sagen: »Meine Vermieterin hat die Möbel von Opa und Oma geerbt. Und die hatten sich alles, was sie brauchten, vom Sperrmüll besorgt. Darum, liebe Nina, sieht es hier so aus. Schrecklicher geht's nicht. Nur ein Wohnungsbrand könnte helfen ...«

Achtzig Prozent der Kinder ihres Alters würden daraufhin grinsen. Als Lehrerin lernt man die kleinen Tricks. Man verlernt sie auch nicht. Unbehagliche Stimmungen aufzulösen, fällt mir immer noch leicht. Wie die meisten Kinderlosen mag ich Pubertierende, vor allem die Mädchen, mit ihren seelischen Achterbahnfahrten, während die ersten Schamhaare sprießen. Da schwärmen sie für eine bestimmte Boygroup, träumen nachts davon, die große Ausnahme zu sein, was in diesem Fall bedeutet, dass sie als deren Frontsängerin groß rauskommen. Wenn sie morgens erwachen, ihren Plüschhasen knuddeln, sich die Zähne putzen, ist ihnen zum Jubeln zumute. Es sei denn, sie entdecken ein oder zwei neue Pickel. Dann steigt der Frust wie eine Rakete in die Höhe, entlädt sich in Tränen oder Wut. Für beides muss der Plüschhase herhalten, entweder als Tröster oder er wird im hohen Bogen in die Ecke geschmissen.

Aus alter Gewohnheit blättere ich manchmal noch in der neuen *Bravo*, auch wenn ich nicht mehr unterrichte. Ich war 25 Jahre im Schuldienst, da zahlte es sich aus, über die Vorlieben pubertierender Mädchen auf dem Laufenden zu sein. Es schaffte Vertrauen, wenn ich in Halbsätzen erkennen ließ, dass ich nicht von gestern war und ihr Gekicher in gewissen Grenzen als wohltuend empfand. Heute die *Bravo* in die Hand zu nehmen, weckt schöne Erinnerungen. Daher weiß ich, dass derzeit viele dieser wunderbaren und leicht verwundbaren Mischwesen entzückt sind von Snoopy-Unterhosen mit Rüschenrand.

Zum Inventar des Badezimmers gehört ein in die Jahre gekommener Föhn. Leider ist es mir nicht in den Sinn gekommen, ihn vorher zu testen. Er kennt nur einen einzigen Hitzegrad, gerade so, dass man sich nicht die Kopfhaut verbrennt. Also halte ich den heißen Luftstrom weit vom Kopf weg. Wenig später stehen meine Haare ab wie bei Struwwelpeter. Mein erster Impuls ist, den Kopf ein zweites Mal unter die Dusche zu halten, aber mir fehlt die Zeit, die Haare an der Luft trocknen zu lassen. Es gibt Frauen, die sehen mit nassen Haaren grandios aus. Ich nicht. Wenn mir die kinnlangen Strähnen am Kopf kleben, ist mein Gesicht noch schmaler als ohnehin, und wer mich nicht kennt, würde denken, ich lebte im Elend oder trüge das Elend in mir, vielleicht aufgrund von Krebs oder einem Flüchtlingsschicksal. Er würde in mir eine zutiefst bedauernswerte Frau sehen, die dazu verdammt ist, allein in einer elenden Wohnung zu leben.

Panik macht sich breit. Von mir aus soll sie. Die Panik und ich, wir haben einen Deal. Sie darf ruhig weiter Katastrophen an die Wand malen. Ich weiß, sie wird es bald leid sein, während ich eine Tasse Kaffee trinke und mit einer Feile meine Fingernägel kürze. Tatsächlich kommt mir eine gute Idee, eine sehr einfache Idee. Die Schirmmütze. Ich trage sie gern, besonders im Winter, wenn die Sonne tief steht. Sie schützt meine Augen besser als eine dunkle Brille.

Der Farbton des Glencheck-Musters entspricht dem meiner hellbraunen, von Grau durchzogenen Haare. Aufpassen mit dem Make-up. Dezent muss es sein, bloß kein auffälliger Lippenstift. Keine Wimperntusche, da bist du unbegabt, sie verschmiert so leicht. Mach keinen Clown aus dir. Ein letzter Blick in den Spiegel. Es ist mir gelungen, die lächerliche Frisur mithilfe meiner Kopfbedeckung zu zähmen. Die Kombination von farblich aufeinander abgestimmten Strohhaaren und der Schirmmütze verleiht mir das Aussehen einer unternehmungslustigen Frau, die mir unangenehm fremd ist. Keine Zeit zu grübeln. Der Kaffeetisch ist noch nicht gedeckt.

Wie angekündigt um 14 Uhr und winterlich eingewickelt, sehe ich sie die Treppe zum zweiten Stock hochkommen. Ein Mann und ein Kind, beide können sich kaum auf den Beinen halten. Ein knappes Hallo, mehr nicht. Es überrascht mich nicht. Da, wo wir herkommen, mein Bruder und ich, hat eine freundliche oder gar herzliche Begrüßung keinen Wert. »Na, dann rein mit euch zweien«, sage ich. Kalte Luft begleitet sie. Im engen Flur lassen sie Schals und Mützen zu Boden fallen, setzen sich ohne ein Wort mit geöffneten Winterjacken an den Kaffeetisch und stopfen den Marmorkuchen in sich hinein. Rolfs lockiges Haar ist weiß geworden! Wie geht das in so kurzer Zeit? Unter der Jacke meiner Nichte erkenne ich ein Sweatshirt mit einem freudig hüpfenden Snoopy auf der Brust. Ich hole Kaffee aus der Küche und setze mich hin.

Nina deutet mit der Gabel auf meinen Kopf. »Warum das?«

»Was? Ach so, die Mütze. Eine längere Geschichte. Ich bin eben erst vom Einkauf zurück.«

»Steht dir gut«, sagt Nina. Mit beiden Händen fährt sie sich durch ihre punkige Kurzhaarfrisur. Das dichte dunkle Haar hat sie vom Vater geerbt. Die Tönung, Farbe Pflaume, bringt mich auf den Gedanken, dass auch sie gelegentlich Tipps der *Bravo* ausprobiert.

Wieder sind wir drei im Schweigen vereint. Ninas Discman liegt neben der Kaffeekanne, aus den Kopfhörern kommt leise Musik, die ich nicht zuordnen kann. Durch ein auf Kipp gestelltes Fenster fällt die Wintersonne auf unseren Tisch. Draußen unterbricht ein LKW die Stille der Straße. Ich nehme einen Schluck Kaffee und sage, wie sehr ich gerade das Gemeinschaftsgefühl an meinem Tisch schätzte. Keine Reaktion.

»Was ist passiert?«, frage ich schließlich. »Ein Unfall?«

»Nö, ich bin von der Schule geflogen«, antwortet Nina.

Fast gleichzeitig sagt Rolf: »Gut, dass du fragst, kleine Schwester. Mein Leben ist im Arsch.«

Verwundert sehe ich zwischen Vater und Tochter hin und her, aber beide essen weiter, als sei ihr Verhalten das normalste von der Welt.

Rolf wirkt so kraftlos, als wünschte er sich, an seinen Stuhl fixiert zu werden. Meine Nichte sieht mich verständnislos an und verkündet: »Mama hat sich von Papa getrennt. Sie hat gesagt, er ist ein dummer Wessi.«

»Aua«, sage ich.

»Papa ist depressiv.«

»Ich glaube, das bin ich auch«, sage ich. »Was für ein Zufall.«

Meinem Bruder, der gerade einen Schluck trinken wollte, fällt der Kaffeepott aus der Hand, und dieser zertrümmert mit einem Knall seinen Kuchenteller. Nina verschluckt sich und prustet ihren Kakao im hohen Bogen auf die Scherben.

Sie kichert leise, sie steckt mich an. Wir werden alberner und lauter. Ernst blickt Rolf von Nina zu mir, als erwarte er, dass wir den Kinderkram sein lassen. Dann senkt er langsam den Kopf, und seine nach vorn gebeugten Schultern zucken. Zum ersten Mal in meinem Leben höre ich ihn kichern. Ich lasse mich im Stuhl zurückfallen und breche in schallendes Gelächter aus, dem sich meine Gäste, ohne zu zögern, anschließen. Der Tisch wackelt. Der Deckel der Kaffeekanne wackelt. Dreistimmig brüllen wir vor Lachen, überlassen uns dem Taumel und dem Kanon dreier zeitversetzter Tonspuren des Auf- und Abschwellens. Irgendwann laufen bei Rolf und mir die Tränen. Nina blickt in unsere knallroten Gesichter, wird von einer Lachsalve geschüttelt, überrollt. Die nächste Welle reißt uns mit, die übernächste, die überübernächste. Dann die Seitenstiche. Nein, das ist kein Spaß mehr, auch für Rolf nicht, der ächzt und stöhnt, ohne seinem Gelächter zu entkommen.

Schließlich ist es unsere Jüngste, die, immer wieder nach Fassung ringend, ein paar Worte von sich gibt. Japsend stößt sie hervor: »O mein Gott! Mein Gooott!!« Dann presst sie heraus: »Papa, sag doch was … Du und ich … wir wollten doch nicht … darüber reden.«

Rolf öffnet den Mund und schließt ihn wieder. Keine Ahnung, mit welchem Zauberwort er sich langsam beruhigt. Endlich sagt er: »Ach du dicke Scheiße, aber …«

Nina und ich starten in die nächste Runde. Sie rutscht vom Stuhl, landet in Rückenlage auf dem Teppichboden und strampelt mit den Beinen. »Super« kräht sie, »ich bin Kafkas Riesenkäfer.« Unser Lachen schwimmt auf einer nicht mehr ganz so üppigen Welle.

Irgendwann höre ich, wie mein Bruder es schafft, seinen Satz zu vollenden: »Was soll's. Ist jetzt auch egal«.

Der Flash ebbt ab, hört auf und lässt mich verwundert zurück.

»Ich bin sooo müde«, sagt Rolf mit schwacher Stimme. »Kann ich auf die Couch?«

Ich biete ihm mein Bett an und werfe die ausgebreiteten Kleidungsstücke achtlos auf einen Stuhl. Keine fünf Minuten später hat sich mein Bruder ausgestreckt und mit seiner langen Winterjacke zugedeckt, die ich seit zwanzig Jahren kenne. Nina liegt auf dem Sofa. Ich bringe ihr eine Wolldecke. Sie nimmt die Kopfhörer aus den Ohren und bedankt sich. »Ich gehe noch mal einkaufen«, sage ich leise. »Kann ich dir etwas mitbringen?« Sie nickt, streckt sich, kramt in ihrer Hosentasche und legt mir einen Tampon in die Hand. »Diese Größe«, sagt sie. »Und bitte ein paar Ansichtskarten.«

Ich ziehe gefütterte Stiefel an, Mantel und Schal, nehme meine Umhängetasche und mache mich auf den Weg. Fisch für das Abendessen will ich kaufen und ausreichend Gutes für den Morgen, falls wir zusammen frühstücken. Mir fällt auf, wie gelassen ich es hinnehme, dass ich nicht das Geringste über Rolfs Reiseplanung weiß. Mal gucken, was die beiden sich ausgedacht haben, um mir Gesellschaft zu leisten.

Unter dem Begriff Tunnelblick konnte ich mir bisher nichts vorstellen. Doch in der Hauptgeschäftsstraße habe ich eine Erleuchtung. Jetzt weiß ich Bescheid. Der Tunnelblick entspricht der Verfassung, in der ich während der ersten Tage durch das kleine windige Seebad gelaufen bin und nichts als Defizite entdeckte. Tatsächlich gibt es nahe der Wohnung eine solide Konditorei und Bäckerei, auch einen guten Obst- und Gemüseladen mit einer Fischtheke. Im Friseursalon entschuldige ich mich wegen des versäumten Termins und vereinbare einen neuen. Das Internetcafé ist gleich nebenan.

Ich setze mich mit einem Cappuccino vor den Bildschirm und schaue mir historische Bilder von anderen Seebädern an. Ich erkenne das imposante Gebäude vom Foto mit meiner Großmutter und ihrem kleinen Sohn wieder. Und dann trifft mich der Schlag. Das Gebäude stand noch nie hier, auf der

Westseite der Ostsee, es stand in Binz auf Rügen, und dort steht es heute noch. Definitiv befinde ich mich am falschen Ort. Funktioniert mein Verstand nicht mehr? Ich atme tief durch. An der Theke bestelle ich einen zweiten Cappuccino, und, da Cognac nicht angeboten wird, einen milden Weinbrand. Ich leere das Glas im Stehen, gerade so langsam, dass man mich nicht für eine Alkoholikerin hält.

Im Bauch wird es warm, in mein Herz strömt Milde, meine Schultern zucken nachsichtig. *Shit happens.* Mir bleibt noch Zeit, die E-Mails zu checken. Eine überschaubare Liste hat sich angesammelt. Rechnungen, eine Bitte um Spenden, Werbung, das Foto von zwei lachenden Freundinnen auf Skiern, die in der Schweiz Urlaub machen. Ich antworte: *Ihr macht mich neidisch. Kommt heil wieder!* Die letzte Mail ist von Rolf Senkel. Aha, denke ich, hier kommt der Reiseplan. Aber ich irre mich. Statt der Stationen der Reise erfahre ich von einem dreimonatigen Aufenthalt in einer psychosomatischen Klinik, dessen Ende erst eine Woche zurückliegt. Diagnose Burn-out. Rolf schreibt, er habe nach einem Zusammenbruch begreifen müssen, dass er ein Workaholic ist und dass ein zweiter Zusammenbruch einen Schlaganfall herbeiführen könnte. Dies alles sei ihm Warnung genug. Er befinde sich auf dem Weg ins vorzeitige Rentnerdasein.

Ich lehne mich im Stuhl zurück. Was für eine Nachricht! Ich muss sie erst einmal verdauen. Daher Rolfs Erschöpfung, sein weißes Haar! Wird er es schaffen, seinen Lebensstil radikal zu ändern? Wenn nicht, dann geht es jetzt bergab mit ihm. Dabei ist er nur fünf Jahre älter als ich …

Mein Bruder schreibt, ein Therapeut in der Klinik habe ihn ermuntert, etwas über Kindheit, Jugend und Elternhaus aufzuschreiben, und damit heftigen Widerstand in ihm ausgelöst. Warum solle er Vergangenes, an dem sich ja doch nichts ändern lässt, zum Problem machen? Aber schließlich habe er sich doch hingesetzt, und es seien weit mehr Seiten geworden als gedacht. *Interessiert dich das, Sonja? Es wäre nämlich schön, du würdest den Text lesen. Du bist doch meine einzige Zeitzeugin.*

Uff. Mir ist, als hätte jemand bei mir den Stöpsel gezogen, als hätte mein Körper plötzlich ein Loch, aus dem langsam die Energie entweicht. »Familie, nein danke. Familie, nein danke,« murmele ich vor mich hin und mache ein paar unauffällige Atemübungen. Dann gehe ich erneut zur Theke, bestelle ein großes Glas Wasser, das ich in drei Zügen leere, wähle von einem Obstteller die größte Banane und kann es kaum erwarten, bis ich sie geschält habe. Doch zurück auf meinem Platz mache ich Schluss mit der Hektik. Die Banane esse ich mit Bedacht, auch das ein Trick. Auf diese Weise bekomme ich mit, wie sich mein Akku langsam wieder auflädt.

Nein, lesen werde ich den Text auf keinen Fall, nur kurz reinschauen.

Der Titel allerdings gefällt mir auf Anhieb.

Eine langweilige Familie – Bericht von Rolf Senkel

In meinem Elternhaus war die Stimmung meistens so angespannt und bedrückt, dass ich im Unterschied dazu die Atmosphäre in der Bundeswehr als befreiend, geradezu inspirierend empfand. Den Titel Eine langweilige Familie habe ich gewählt, weil sich dort im Grunde nie etwas Neues ergab. Langweilige Familienurlaube. Langweilige Feiertage. Langweilige Anekdoten vom Krieg.

Meine Eltern waren beide Nazis und stolz darauf. Sie redeten auch laut wie Nazis und

waren auch darauf stolz. Sie waren fest davon überzeugt, dass es allen anderen genauso
ging und sie bloß aus Feigheit schwiegen.
Meine Eltern waren Kriegsgewinnler. Ihre
beste Zeit hatten sie von 1939–1945. Den Holocaust leugneten sie nicht. Aber sie fanden
alles, was darüber öffentlich gesagt wurde,
maßlos übertrieben.
Als Verkäufer von großen Produktionsanla-
gen, vermutlich auch als Vermittler von
Waffengeschäften, arbeitete mein Vater in
der neuen Bundesrepublik bei verschiedenen
Firmen. Ich wusste von ihm, dass er dafür
fürstlich bezahlt worden war. Kurz vor seinem Tod gestand er mir, bei Börsengeschäften
habe er leider keine glückliche Hand gehabt.
Er starb 1978 mit 65 Jahren an Krebs. Gegen
Ende seines Lebens änderte sich die Haltung
meines Vaters in Sachen Nazis nicht grundsätzlich. Doch er war wenigstens von seinem
hohen Ross herabgestiegen und duldete auch
andere Sichtweisen auf die NS-Zeit.
Als ich anfing zu studieren, besserte sich
unsere Beziehung. Später sagte er mir, dass
er seine Prügelei bereue, vor allem, was
den Rohrstock betraf. Er bat mich um Ver-
zeihung. Für mich war eindeutig, dass er
nicht erfassen konnte, wie mich die erbar-
mungslose Unterdrückung meines Willens immer
noch in Albträumen verfolgte, und dass jemand, der zielstrebig auftrat, mich schnell
einschüchterte. Also beließ ich es dabei

und nahm seine Entschuldigung an. Vater und ich sind am Ende recht gut miteinander ausgekommen.

Ich frage mich, ob sonst noch jemand weiß, dass er ein Brandstifter war. Mehrfach hat er hinter meinem Rücken gezündelt. Das erste Mal beobachtete ich ihn kurz vor Beginn des Frühjahrs. Bauern, die ihre Wiesen flämmten, müssen ihn auf die Idee gebracht haben. Sie wussten den Wind einzuschätzen. Vater nicht. So kam es, dass wir unsere Jacken auszogen und lange damit beschäftigt waren, das Feuer zu löschen. Autos hielten am Straßenrand an. Dann kam ein Polizeiwagen. Die zwei Beamten nahmen Vater beiseite. Es dauerte keine zehn Minuten, und der Fall war erledigt. Die drei haben sich nett voneinander verabschiedet. Vater machte noch eine witzige Bemerkung, es wurde gelacht. Für meine ruinierte Jacke entschädigte er mich mit einem Modell, das qualitativ dreimal besser war und zudem aus Leder. Doch Vater zündelte weiter. Beim zweiten Mal musste meine exklusive Lederjacke dran glauben, und diesmal brüllte ich ihn an: »Was soll das? So was tut nur ein Verrückter!« Vater ging darüber hinweg. Er steckte sich eine Zigarette an und wartete entspannt, bis ein Polizeiwagen eintraf. Und wieder schien es für ihn ein Leichtes, eine Anzeige wegen Brandstiftung zu verhindern. Später wurde mir klar, dass er die Polizisten bestochen hatte. Seine Lieblingssätze lauteten: »Man darf sich nicht erwischen lassen«, und: »Artige Kinder kriegen nichts.« Er sprach sie nicht etwa schmunzelnd oder spitzbübisch aus, sondern in der vollen Überzeugung, jemand wie er habe das Recht, nach seinen eigenen Gesetzen zu leben.

Wenn er gegen Ende seines Lebens von früher erzählte, hob er immer wieder sein Bestechungstalent hervor. Natürlich nannte er es nicht »Bestechung«. Zu seinen Lieblingsgeschichten gehörte, wie er ein Köfferchen mit 100 000 DM in bar nach Zürich brachte. Damals dachte ich, er wäre immer noch der alte Angeber. Irgendwann habe ich recherchiert. In den Sechzigerjahren war es üblich, Bestechungssummen als Spesen abzurechnen. Man nannte es »Geschäftsanbahnung«. Da erst sind mir die Brandstiftungen und die Polizisten wieder eingefallen. Wie kindisch er war und wie raffiniert.

Die Beziehung zu meiner Mutter ist kompliziert und selten erfreulich …

Es reicht, denke ich, und lehne mich im Stuhl zurück. Mir ist leicht übel geworden. Einen Ausdruck der vielen Seiten werde ich mir ersparen. Aber kurz bevor ich mein Postfach schließe, zögere ich und lese noch den Schluss von Rolfs Bericht:

Nach Ende meines Wehrdienstes studierte ich Politikwissenschaften und Geschichte und wurde Journalist. Seit vielen Jahren bin ich bei einer großen regionalen Tageszeitung an-

gestellt und leite dort das Ressort Politik.
Rückblickend fällt mir auf, dass weder Sonja
noch ich Karriere machten. Für mich war es
die richtige Wahl. Es wird mir schwerfallen,
mich von meiner Redaktion zu verabschieden.
Aber es hilft nichts. Vorbei ist vorbei. Ich
muss mir ein altersgerechtes Leben aufbauen
und werde in der Nähe meiner drei Töchter
wohnen bleiben. Ich habe zwei Enkelkinder.
Zu mir ist noch zu sagen, dass ich ein ziem-
licher Eigenbrötler bin. Die meisten Leute
sehen mich als Hans Dampf in allen Gassen.
Offensichtliche Probleme fordern mich heraus. Sie bringen mich in Höchstform und
werden gelöst. Wenn aber in mir drin Probleme auftauchen, denke ich, ich müsse sie
ganz allein lösen. In der Klinik wird uns
eingetrichtert: Es gibt Probleme, die sind
nun mal nicht allein zu lösen. Es fällt mir
schwer, das zu akzeptieren. Es fällt mir
noch schwerer, jemanden um Hilfe zu bitten.
Meine Tochter Sophia ist Ärztin und hat mir
angeboten, sich um einen Therapieplatz für
mich zu kümmern. Hier habe ich unerwartet
Hilfe bekommen, aber ich fühle mich, als sei
ich nicht mal mehr in der Lage, einen Reifen
zu wechseln.
Im Januar 2003

*

Draußen an der frischen Winterluft beruhigt sich mein Magen, und die leichte Übelkeit vergeht wieder. Auf dem Heimweg fühle ich mich alt und schwer. »Familie, nein danke. Familie, nein danke. Familie, nein danke.« Im Takt der Worte gehe ich weiter und halte nur kurz inne, um ein paar tiefe Atemzüge zu nehmen, zum dritten Mal, seit ich die Wohnung verlassen habe. Als ich zehn Minuten später vor der Haustür stehe, sind die Gespenster verschwunden. Auf der anderen Straßenseite entdecke ich neben meinem Toyota Rolfs blauen VW-Bus. Kaum zu glauben, dass er sich damit im Winter auf den Weg gemacht hat. Wie ist es möglich, dass der TÜV dem Uralt-Modell immer noch eine Chance gibt? Als Rolf den Bully in den Siebzigerjahren kaufte, hatte der seine besten Jahre schon lange hinter sich. Ein Wagen ohne Schnauze, Motor hinten. Ein Blech im 90-Grad-Winkel begrenzt den Fahrerraum. Der Laderaum hat fensterlose Seitenwände, rechts eine Schiebetür und über der Heckklappe ein kleines ovales Fenster.

Der Bully ist das Gegenteil eines herausgeputzten Oldtimers, der eine eigene Garage braucht. Der Lack ist strenggenommen nicht mehr vorhanden, die matte blaue Farbe wurde immer wieder erneuert. Ein kräftigeres Blau an der linken Seite bringt mich auf die Idee, dass Rolf dort ein Graffiti übermalt haben könnte. So ist mein großer Bruder, der mich seltsam findet und sich selbst normal. Mit einem Tempo putze ich die original erhaltenen Außenspiegel und streichele sie.

Beim Öffnen der Wohnungstür höre ich ein Rumoren. Ich ziehe Mantel, Mütze, Schal und Winterschuhe aus und nicke Rolf zu, der sich in der Küche ein Getränk zubereitet, das einen angenehmen, mir unbekannten Duft verbreitet.

»Was ist das?«, sage ich und zeige auf seine Tasse.

»Derzeit mein Lieblingstee. Zimt, Kardamom und Ingwer. Soll ich dir auch einen machen?«

»Ja gern. Er riecht wunderbar.«

Erst jetzt fällt mir auf, wie ordentlich es in der Ferienbehausung aussieht. Das Geschirr vom gemeinsamen Kaffeetrinken ist gespült und weggeräumt.

Als Rolf mir meine Teetasse reicht, frage ich: »Verdanke ich dir die Hausarbeit oder Nina?«

»Dreh dich um.«

Meine Nichte liegt, noch immer in der Haltung unverändert, auf der Couch. Sie nickt zur Kopfhörermusik und bedankt sich kurz, als sie Tampons und Ansichtskarten entgegennimmt. Ich setze mich mit Rolf an den Tisch. Der Lieblingstee meines Bruders schmeckt nicht so gut, wie er duftet, aber er ist okay.

Rolfs rechtes Bein wippt ohne Pause.

»Das ist der Ärger mit solchen Unterkünften«, sagt er. »Es gibt kein Internet und ...«

Ich ergänze: »... es zieht durchs Fenster, wenn der Wind draufsteht.«

»Mir fehlt Musik, wollte ich sagen. Ich habe ein tolles kleines Gerät aus Asien dabei, aber ohne Netz funktioniert es nicht.«

»Ach ja? Ich selbst höre so gut wie nie Musik.«

Rolf wirft mir einen Selber-Schuld-Blick zu, erhebt sich vom Stuhl, schaut sich suchend um und fährt sich langsam durch die weißen Haare. Wie ich ihn so dastehen sehe, in aufrechter, guter Haltung, bin ich beruhigt. So sieht kein schwerkranker Mann aus. Ob er von sich aus auf seine Krise zu sprechen kommt?

»Lass mich unser Gerät aus der Steinzeit ausprobieren«, sagt er. Der längliche Kasten steht am zweiten Fenster neben der Tür zum Schlafzimmer. Ich habe ihn noch gar nicht richtig wahrgenommen, auch nicht die Massen an toten Fliegen auf der Fensterbank. Rolf geht in die Küche, kommt mit einem Kehrblech zurück, wischt mit der freien Hand die Fliegen auf die Schaufel und versenkt sie im Mülleimer. Dann stellt er das Blech wieder an seinen Platz. Die Radioschnur ist zu kurz, um die Steckdose zu erreichen. Er zeigt auf ein Verlängerungskabel an der Stehlampe. Eine Minute später hat das Radio Strom. Rolf angelt sich einen Stuhl und setzt sich davor. Der schmutzig gelbe Stoffbezug vor dem Lautsprecher erinnert mich an das Radio von früher, in Wassenhorst, im Flur neben unseren beiden Zimmern. Sonntags nach dem Mittagessen und Geschirrspülen hörte ich im Kinderfunk *Kalle Blomquist*. Abends, wenn ich schon schlafen sollte, stellte ich das Radio ganz leise und presste mein Ohr dagegen, um die Krimis mit *Paul Temple* zu verfolgen.

Mein Bruder ist voll konzentriert, er scheint die Sache zu genießen. Mehrfach geht er die Skala durch. Wenn er einen brauchbaren Sender gefunden hat, hellt sich sein Gesicht auf. Ich selbst halte das schnelle Zischen und Quietschen kaum aus. Schließlich entscheidet er sich für Jazz aus New Orleans. Die Qualität ist erstaunlich gut, was das Radio betrifft, aber auch, wenn man bedenkt, wie alt die Aufnahmen sind. *A good man is hard to find*. Einige Stücke kenne ich von den Schallplatten unseres Vaters.

Rolf sitzt wieder am Tisch. Er wiegt seinen Oberkörper im Takt, sein Knie jetzt völlig ruhig. Er trägt dicke, altmodische Cordhosen. Das viel zu weite, karierte Flanellhemd hat er vor einem Vierteljahrhundert in Kanada erworben, vermutlich gebraucht. Obwohl fünf Jahre älter, obwohl von einer tiefen Krise gebeutelt, hat er weniger Falten als ich. Es muss an seinem dunklen Teint liegen. Bleichgesichter altern schneller. Als ich Rolf zuletzt sah, war er bei Weitem nicht so schlank wie jetzt. Zu irgendetwas müssen drei Monate Klinik gut gewesen sein, denke ich, vielleicht hat er regelmäßig Sport gemacht und sich gesund ernährt.

Plötzlich verändert mein Bruder seine Haltung. Er sieht wie eingerostet aus. Lange starrt er vor sich hin, etwas, das ich nur zu gut an ihm kenne. Er sieht aus, als fühle er sich in meiner Gegenwart unbehaglich, als sei ich ihm lästig. Es kränkt mich noch immer.

»Sonja, was ist los? Du siehst seltsam aus.« Das hat er mich noch nie gefragt. Dann fange ich an zu begreifen. Er ist nicht von mir genervt und auch nicht in Gedanken gewesen. Er hat überlegt, ob er mir diese Frage stellen soll oder nicht.

»Was mit mir los ist? Nichts. Ach so. Nein. Doch.«

Er lacht kurz. »Meine sprachgewandte Schwester. Es muss etwas Ernstes sein.«

»Na ja, wie man's nimmt.« Ich strecke die Beine aus, schaue auf meine blauen Wollsocken und gebe mir einen Ruck. In knappen Worten berichte ich ihm von meinem Tunnelblick und zu welch absurdem Irrtum er geführt hat.

»Ich fasse es einfach nicht. Ich könnte jetzt in Binz sein und in einer hübschen Ferienwohnung auf die Ostsee schauen.«

»Hat auch sein Gutes«, sagt mein Bruder. »Von Wassenhorst am Rhein nach Rügen wäre mir wohl doch zu weit gewesen. Und was deinen Tunnelblick betrifft: Aus eigener Erfahrung könnte ich dir viel dazu erzählen. Aber nicht jetzt, vielleicht später. Es gibt ein Problem.«

»Du brauchst doch keinen Arzt, oder?«

»Wie kommst du denn darauf?« Er sieht mich amüsiert an. »Wir brauchen eine Unterkunft. Nina und ich wollten im Bully übernachten, aber die Standheizung hat ihren Geist aufgegeben. Ich muss schauen, wo ich Ersatz bestelle. Auch die Heizung im Fußraum funktioniert nicht mehr.«

»Der Bully! Ich habe gedacht, ich sehe nicht recht, als ich ihn entdeckt habe. Seid ihr auf Abenteuer aus?«

»Scheint so«, sagt Rolf, in Gedanken schon woanders. Er

steht auf und nimmt seine Jacke von der Stuhllehne. Nina rappelt sich vom Sofa hoch.

»Moment mal«, schaltet sie sich ein. »Wir können doch hier übernachten. Ist doch gemütlich. Und wir wären alle zusammen.«

»Wie stellst du dir das vor?«, sage ich. »Wo kriegen wir ein drittes Bett her?«

»Daran sollte es nicht scheitern«, sagt Rolf. »Zur Not kann ich auch auf dem Boden schlafen. Ich bin doch ein alter Campinghase, mit Rucksack, Schlafsack, Isomatte etc. Aber wie ist es mit dir, Sonja, würdest du uns für eine Nacht beherbergen?«

»Wie romantisch«, sage ich ohne jede Ironie.

»Dann wäre das ja geklärt.« Rolf wendet sich seiner Tochter zu. »Komm, Nina. Wir müssen noch einiges erledigen. Und, ach ja, Sonja. Wie ist es mit dem Abendessen? Hast du einen Tisch reserviert?«

Ich schüttele den Kopf. »Nur ein einziges Restaurant kam für mich infrage, aber dort sind sie ausgebucht. Ich kann eine Fischpfanne und Salat vorbereiten. Lasst euch ruhig Zeit.« Ich drücke Rolf den zweiten Wohnungsschlüssel in die Hand. »Für den Fall, dass ich zwischendurch auf die Uferpromenade gehe.«

Tatsächlich bin ich kurz darauf noch einmal auf der Straße, aber nur, um im kleinen Supermarkt Streichhölzer, weiße Haushaltskerzen und Zigaretten zu kaufen. Seit zwanzig Jahren habe ich nicht mehr geraucht. Nun ist es das Erste, was ich tue, als ich die von der Dämmerung schwach erhellte Wohnung betrete. Ohne Licht zu machen, gehe ich mit der brennenden Zigarette in die Küche. Ich stelle einen Aschenbecher, ein Glas Sprudel und einen großen Teller auf den Tisch. Erst jetzt dringt die Wetteransage aus dem Radio zu mir, sie verspricht anhaltende Sonne. Dann kündigt eine aufmunternde Männerstimme Songs mit Louis Armstrong an, *When you're smiling*. Ich entzünde drei lange Kerzen, die ich mit Wachstropfen hoffentlich stabil auf dem Teller befestigt habe. Als Louis' heisere Stimme *What a Wonderful World* besingt, drücke ich die zweite, halbgerauchte Zigarette aus. Es macht keinen Sinn zu rauchen, wenn man es mit schlechtem Gewissen tut. Ich trinke vom Sprudel, zünde die dritte Zigarette an, stehe auf, frage mich, warum ich aufgestanden bin, habe keine Ahnung, setze mich wieder hin und schaue mich bei Kerzenlicht um.

Wie einfach es doch ist, ein Loch in eine gemütliche Höhle zu verwandeln. *Summertime.* Erleichtert und etwas schläfrig blinzele ich in die drei flackernden Lichter. Plötzlich bin ich wieder wach. Kann es sein, dass die Flammen auf Louis reagieren? Jedenfalls verhalten sie sich so – als seien sie nicht nur lebendig, sondern auch noch musikalisch.

Das muss untersucht werden. Vorsichtig, damit die Kerzen nicht umkippen, platziere ich sie nah ans Radio. Test läuft. *On the Sunny Side of the Street.* Am stärksten reagieren die Flammen auf Armstrongs Stimme, am zweitstärksten auf seine Trompete. Aber vielleicht ist es nur Zufall, ein Luftzug durch undichte Fenster. Ich drehe den Ton stumm. Kein Flackern. Fünfmal wiederhole ich es, Ton aus, Ton an. Kein Zufall. Die Flammen tanzen zur Musik, sie surfen auf den Schallwellen des Radios oder so ähnlich. *That Old Feeling.* Ich schließe die Augen, breite die Arme aus und tanze langsam durch den Raum. Sonderbarerweise stört mich niemand. Sonderbarerweise stoße ich nirgendwo an. Sonderbarerweise bin ich nirgendwo. Mich trägt ein fliegender Teppich.

Es ist der Nachrichtensprecher, der von weit her meine Träumereien durchdringt. Seine Stimme ist schwach, ich verstehe gerade nur das Eine: Kanzler Schröder hat sein Nein zum Irakkrieg wiederholt. Ich schwebe zum Radio und schalte es aus. Gleichzeitig poltert es an der Wohnungstür. Die Verwandtschaft ist zurück.

Nina knipst das gnadenlose Deckenlicht an. Mein Bruder schleppt ein großes rechteckiges Brett ins Schlafzimmer.

»Was soll das?« frage ich. »Wofür soll das gut sein?«

»So eine Pressspanplatte macht durchgelegene Matratzen härter und mildert hoffentlich deine Kreuzschmerzen. Kennst du den Trick nicht?«

»Nein, wie sollte ich. Wo hast du sie her?«

»Aus dem Baumarkt, im Einkaufszentrum vom nächsten Ort.«

Ich danke ihm und lege mich auf das Bett. Die Nacht wird zeigen, ob sich sein Aufwand gelohnt hat. Vorab gebe ich durch ein behagliches Brummen meine Zustimmung. Rolf sagt, auch er habe Hunger, und wenn nichts dagegenspreche, werde er sich um das Abendessen kümmern. Währenddessen leert Nina eine große Plastiktüte. Als Erstes verteilt sie Sitzkissen in einem gedeckten Mittelblau auf die Sperrmüllstühle verschiedener Epochen. Dann entfaltet sie eine gleichfarbige Überdecke und umhüllt damit die Scheußlichkeit der Couch. »Alle mal hersehen!«, ruft sie. Mein Bruder klatscht Beifall. Ich drücke ihre Hand. Sie macht das Licht wieder aus. Der Raum wird nur noch von den drei Kerzen beleuchtet und von der Soffitte über der Spüle, in der Rolf den Salat wäscht.

Als die Bratpfanne auf dem Herd steht und er Öl hineingibt, schalte ich das Licht wieder an und gehe mit dem Staubsauger herum. Nina hilft unaufgefordert beim Möbelrücken. Ich frage sie, ob ich Handtücher herauslegen soll. Sie schüttelt den Kopf. Dann zieht sie ihr helles T-Shirt nach unten, überprüft mit kritischem Blick das Wachstum der kleinen Brüste. Während ich das uralte Staubsaugermodell mit einigem Aufwand im Einbauschrank verstaue, sagt sie leise: »Warum trägst du immer noch die Mütze?«

Überrascht betaste ich meinen Kopf. Weil sich der Tag so unerwartet bunt und friedlich entwickelt hat, habe ich mein Haarproblem vergessen. Selbst bei unseren himmlisch-fürchterlichen Lachanfällen saß die Schirmmütze wie angeklebt. »Gut, dass du fragst«, antworte ich verlegen und schiebe sie ins Bad. Ich schließe hinter uns die Tür, nehme die Mütze ab, bücke mich und fahre durch meine strohigen Haare, die augenblicklich wieder struwwelpetermäßig abstehen.

»Wow«, ist alles, was Nina herausbringt. In diesem Moment ruft mein Bruder aus der Küche.

»Kann mal jemand den Tisch decken? Sonja, Nina, was wollt ihr trinken?«

»Noch zwei Minuten«, rufe ich durch die Tür und frage Nina: »Ist dein Vater immer so mütterlich?«

Sie denkt einen Augenblick nach. »Eigentlich nicht. Er ist viel zu selten zu Hause, um sich auch noch um Haushalt zu kümmern. Das tut er höchstens am Wochenende. Aber dann geht es meistens um Reparaturen. Mama hat gesagt, wäre Papa zwanzig Jahre später geboren, wäre er vielleicht hilfsbereiter, aber sie wollte ja ihn und keinen anderen.«

Ich nutze die Gelegenheit, Nina einen Moment alleine zu sprechen. »Der ›dumme Wessi‹ geht mir nicht aus dem Kopf. Warum sagt sie das über ihn? Weil er die neuen Bundesbürger nicht begreift?«

»Nein, es ist anders. Mama will wieder in einer Redaktion mit ostdeutschen Kollegen arbeiten, und Papa will nicht mit. Mama findet, Papa kümmert sich zu sehr um seine Mutter, um Oma.« Nina hält mir die Schirmmütze hin. »Willst du sie aufsetzen? Muss nicht sein. Du könntest hier im Katzenkostüm rumlaufen, und Papa fände nichts Besonderes daran.« Als ich meine Mütze wieder aufsetze und wir das Bad verlassen, kichern wir immer noch.

Das Abendessen im Kerzenlicht verläuft harmonisch. Rolf erntet viel Lob für den Pfannenfisch in heller Soße. Dazu gibt es Reis, grünen Salat und zum Nachtisch drei Schokoladenküchlein, die letzten, die in der Konditorei noch übrig waren. Im Hintergrund sendet das Radio ein Klavierkonzert von Mozart. Es ist nicht nach Ninas Geschmack, doch sie bittet nur darum, die Musik etwas leiser zu stellen. Wieder staune ich über ihre höfliche Art. Wieso fliegt ein gut erzogenes Mädchen von der Schule? Sie muss ein Doppelleben führen. Vielleicht erzählt sie es mir mal.

Sie trinkt Cola, für Rolf und mich gibt es Weißwein. Vater und Tochter berichten im routinierten Wechsel von ihren Familienurlauben, davon, was schiefgegangen ist. Ein Koffer, in der Heimatgarage vergessen, mit der verheerenden Folge, dass Ninas heiß geliebte Puppe nicht mitgereist war. Um die dunkelhaarige Lilly zu holen, raste Papa noch am Abend der Ankunft 400 km hin und 400 km zurück. Er fuhr eine gebrauchte Limousine, der man nicht mehr allzu viel zumuten durfte. Am Ende der Ferien schaffte sie gerade noch den Heimweg, dann gab ihr Motor endgültig auf, und die Versicherung errechnete einen Totalschaden.

Ich lache verkrampft mit. Solche Geschichten tun mir weh. Als Kind bekam ich kein Schmusetier. Ich wünschte mir einen Teddy, aber Mutter wusste es besser und schenkte mir eine Puppe, die ich doof fand. Mein Bruder bot mir seinen alten Elefanten an. Ich mochte Jumbo, aber mit ihm konnte man nicht reden. Kurz darauf lief mir Bello zu.

Rolf erzählt gerade, wie sie Ninas Mutter Jenny auf dem Rastplatz vergaßen, in der Meinung, sie säße längst auf der Rückbank, während Rolf und Nina noch Getränke kauften.

»Mama fand es nicht so lustig wie wir heute«, sagt Nina. »Aber sie muss immer hinten sitzen. Vorne sitzen hasst sie. Sie sagt, Papa hat einen Überholzwang. Daher der ständige Wechsel zwischen aufs Gas treten und abbremsen.«

»Ganz so ist es ja nicht«, sagt mein Bruder, während er sich eine zweite Portion Fisch nimmt. »Es liegt mir, zügig zu fahren, dazu sind Autobahnen da. Bei viel Verkehr ergibt es sich von selbst, dass nach dem Überholen das Tempo auf der rechten Spur wieder sinkt. Die Bremse benutze ich so gut wie nie.«

Da war sie wieder, seine Telefonstimme. Aber nichts an Rolf ist steif. Gutgelaunt wendet er sich dem Essen zu.

»Ein zweites Mal: Guten Appetit«, sagt Nina und lacht ihn an. »Ganz ehrlich, Papa, ich fahr lieber mit dir im Bully. Der kann nicht überholen. Komisch, dass du das aushältst.«

Rolf murmelt etwas von »Kann man nicht vergleichen«. Er wippt wieder mit dem rechten Bein. »Gibt es ein besseres Thema?«

»Gibt es«, sagt seine Tochter wie aus der Pistole geschossen. »Warum willst du nicht mit Mama in den Osten ziehen?«

Rolf wendet sich zu mir. »Sie hat in Berlin ein Angebot von einer Zeitung.«

»Weiß ich«, antworte ich.

»Lass mich zu Ende reden. Wohnen will sie in ihrem Heimatort, in Eberswalde. Dort, wo Nina so gern in den Ferien ist.«

Ich nicke freundlich.

Nina deutet mit der Gabel auf ihren Vater. »Hey, Papa, dir hat es da auch gut gefallen …«

Rolf seufzt. »Na ja, Urlaub und normales Leben sind zweierlei. Ich weiß nicht, was ich in Brandenburg soll, ein Fremder, ohne Perspektive.« Unbeholfen tätschelt er Ninas Hand. »Du wünschst dir eine Datsche am See. Kann ich verstehen, aber Ferien, wie gesagt, sind nicht Alltag. In der Schule wirst du das Mädchen aus dem Westen bleiben, eine Außenseiterin. Ein Westberliner Gymnasium wäre besser für dich, glaub mir. Meinetwegen können wir gern im Ostteil von Berlin wohnen. In deinem Alter würde dir die Großstadt guttun.«

»Wenn du von Museen redest, nein danke.«

Rolf lächelt. »Es gibt noch andere Sachen in Berlin. Sonja hier hat bestimmt ein paar gute Tipps für dich. Ich habe dort einen befreundeten Arbeitskollegen mit einer Tochter, die ist so alt wie du. Falls ihr beide euch versteht, könnte sie dir ihr Berlin zeigen.«

Nina verschränkt die Arme. Die Aussicht scheint sie kaltzulassen, aber Rolf fährt fort: »Morgen, sobald der Bully repariert ist, fahren wir nach Berlin. Wir treffen uns mit der Familie meines Freundes in einem Restaurant. Das ist meine Überraschung für unsere Reise: drei Tage Berlin. In Ordnung?«

Ich bin aufgestanden, um Sprudel zu holen, und frage mich, was das Schweigen am Tisch bedeutet. Als ich mit der Flasche zurückkomme, entdecke ich bei Nina einen neuen Gesichtsausdruck. Während sie stumm ihrem essenden Vater zuguckt, zieht sie ihre schönen Augen zusammen – eine Angewohnheit von ihr, wie vertikale Falten zwischen Brauen und Nasenansatz verraten. Dann fällt ihr Blick auf mein heiles Schokoladentörtchen.

»Isst du das nicht mehr?«

Ich schiebe ihr meinen Teller hin. Sie nimmt ein paar Bissen, trinkt ein halbes Glas Cola, lehnt sich im Stuhl zurück und schaut vor sich hin.

»Ich habe eine andere Idee«, sagt sie langsam. »Ich glaube nicht, dass Mama und du, dass ihr beide wieder miteinander klarkommt. Wie fändest du das, Papa wenn wir beide zusammenziehen, also, wenn ich bei dir bleibe?«

Rolf ist zusammengesackt. Seine Augen sind feucht geworden. Als Nina ihn endlich ansieht, ist auch sie den Tränen nah, und mir geht es nicht anders. Eine Weile sagt keiner etwas. Dann wiederholt der Nachrichtensprecher Schröders Nein zum Irakkrieg.

Mein Bruder schüttelt angewidert den Kopf. »Ein Wahnsinn, was die Amerikaner da vorhaben und die Briten ...«

»Wir waren bei einem anderen Thema«, sage ich.

»Richtig. Es geht um die Tage nach unserem Berlin-Aufent-halt.« Er wendet sich an seine Tochter. »Auf dem Rückweg gibt es dann, wie du dir gewünscht hast, das Musical *König der Lö-wen* in Hamburg, und danach, wie ich es mir wünsche, einen Besuch im KZ Bergen-Belsen.«

»Super!« Ninas Augen funkeln, als wäre von der *Rocky Horror Picture Show* die Rede.

Ich bin entsetzt. »Himmel, Rolf. Du bist ja wie besessen. Du mit deiner Nazizeit. Willst du die Kindheit deiner Tochter ge-waltsam beenden?«

Mein Bruder lehnt sich gelassen zurück. Er habe sich infor-miert, sagt er. Unter zwölf sei ein Besuch im KZ nicht zu emp-fehlen. Das bedeute: Mit zwölf ist es okay.

Auch Nina schaltet sich ein. Sie hätten schon mit Jenny dar-über gestritten. Die habe es Rolf verbieten wollen. Aber sie selbst sei kein Kind mehr. Also stehe es zwei zu eins.

»Hast du das *Tagebuch der Anne Frank* gelesen?«, frage ich.

»Na ja, nicht so richtig. Ich fand es ehrlich gesagt ein biss-chen langweilig.«

»Sonja, hör jetzt auf«, zischt Rolf mich an.

Langsam lasse ich mein Weinglas sinken. »Ich höre nicht auf. Ich war mit Gruppen von 15-Jährigen in Sachsenhausen. Der Besuch wurde lange und sorgfältig vorbereitet. Trotz allem würde ich sagen: Die Hälfte der Jugendlichen war noch nicht reif genug.«

Mein Bruder wendet sich an Nina: »Sie hat Hauptschüler unterrichtet, das ist der Unterschied. Unter uns, deine Tante interessiert sich nicht für die NS-Vergangenheit.«

Zwischen Rolf und mir ist es wie immer. Wir kommen nicht in dieselbe Spur. Nina sieht irritiert zwischen uns hin und her und rutscht noch etwas tiefer auf ihrem Stuhl. Die Unterhaltung scheint ihr unangenehm zu sein.

»Bleiben wir bei den Fakten, großer Bruder«, sage ich. »Ich erinnere an deine Anfragen in den fünf wesentlichen Archiven. Befund negativ. Nirgendwo ist in den Akten über NS-Verbrechen der Name ›Rüdiger Senkel‹ aufgetaucht. Aber Irren ist menschlich. Gib mir Bescheid, wenn sich herausstellen sollte, dass man in allen Archiven falsch lag – dass unser Vater doch ein Massenmörder war.«

»Warum so giftig, liebe Schwester? Du hast mich unterbrochen. Also, Nina, noch etwas: Deine Tante Sonja hält sich generell von Politik fern. Ich vermute, sie hat nicht mal den 11. September 2001 mitbekommen.«

»Richtig. Da lag mein Mann im Sterben.«

Ich stehe auf, öffne das Fenster, lehne mich hinaus und zünde mir eine Zigarette an. Nina fängt an, den Tisch abzuräumen. Sie weint vor sich hin. Ich drücke die Zigarette aus, gehe zu ihr und nehme sie lange in den Arm. Leise sagt sie in mein Ohr: »Ich muss mit Papa etwas bereden, ohne dich. Es dauert nicht lange.« Sie schlägt mir vor, am Fenster zu rauchen und mich mit Musik aus ihren Kopfhörern abzuschirmen. »Magst du *Mensch* von Herbert Grönemeyer?« Ich versichere ihr, die CD wäre jetzt genau nach meinem Geschmack.

Irgendwann tippt mir jemand auf die Schulter. »Alles klar«, sagt Nina. »Papa holt die Sachen aus dem Bully.«

Rolf kommt wenige Minuten später zurück, mit Isomatte, Wanderstiefeln, zwei Rucksäcken und zwei Schlafsäcken.

»Lass uns noch kurz am Strand entlanglaufen«, sagt er zu mir. »Ich muss mich bewegen, andernfalls ...« Er unterbricht sich. »Wie ist der Sand? Fest oder gibt er sehr nach? Brauche ich die Wanderschuhe?«

»Schwer zu sagen. Ich bin ja viel leichter als du.«

»Ach ja. Wie klein bist du eigentlich?«

»Eins fünfundfünfzig.«

»Komisch. In meiner Erinnerung bist du größer.«

Nina liegt ausgestreckt auf der Couch, die Augen geschlossen, die Hände hinter dem Kopf verschränkt, Musik auf den Ohren. Rolf und ich packen uns warm ein und verlassen die Wohnung. Auf dem spärlich beleuchteten Weg zur Uferpromenade begegnen uns einige Leute, die ihre Hunde ausführen, und drei jugendliche Schatten, die eine Wolke von Haschischgeruch zurücklassen. Ich erkläre meinem Bruder, dass es am Strand problematisch sein könne, weil dort Hunde tiefe Löcher buddeln, aber er meint, solange wir dem Halbmond entgegengingen, sei es hell genug.

Ich muss an einen nächtlichen Segelausflug denken, Karl und ich in unserem Katamaran, lange ist es her. Norditalien, Lago di Bolsena im Frühsommer auf einem urigen, noch unbeleuchteten Campingplatz direkt an der ruhigen Seite des Sees, unser Zelt nur zwanzig Meter vom Boot entfernt. Verwunschene Stille, keine Nachbarn, keine Musik. Eine lauwarme Nacht, ein leichter Wind. Und zwei Verliebte, die einem dicken Mond entgegensegelten. Ich schwöre, wir waren nicht betrunken oder bekifft, sondern einfach nur high durch den Zauber einer Nacht. Darf man keinem erzählen, man würde nur Kopfschütteln ernten ... Wie uns der Heimweg in kompletter Dunkelheit gelang, weiß ich nicht mehr, nur, dass wir und das Boot wieder heil an Land kamen.

Rolf und ich stapfen durch den Sand und sprechen wenig.

Wir sind beide vorsichtig, nicht nur wegen der Hundelöcher. Ich frage ihn, ob er manchmal zu Vaters Grab geht. Er sagt, es geschehe unregelmäßig, aber er habe sich vorgenommen, es mindestens einmal im Monat zu tun.

»Warum so oft?«, frage ich und verbessere mich sofort. »Ich wollte sagen, das hätte ich nicht gedacht. Ich selbst besuche Papa ja nur an seinem Geburtstag.«

»Mutter geht nicht allein auf den Friedhof. Sie behauptet, sie hätte dort Angst. Also begleite ich sie.«

Als ich ihn frage, wie er mit Mutter auskomme, sagt er nur: »Na ja.« Nach einer Pause berichtet er, lange könne sie wohl nicht mehr allein in dem viel zu großen Haus in Wassenhorst bleiben. Sie weigere sich, darüber zu reden. Inzwischen sei so gut wie jedes Thema ein Tabuthema, es sei denn, sie sieht einen Anlass, sich selbst zu loben.

»Sie hat Angst vorm Sterben«, sage ich.

»Wie sollte es anders sein, mit Mitte achtzig und nach zwei Schlaganfällen? Wenn du mich fragst, dürfte der nächste nicht so glimpflich ablaufen.«

Für den Rückweg nehmen wir die Uferpromenade. Ich erhalte eine detaillierte Beschreibung von Mutters Frisur. Das grauweiße Haar trägt sie streng aus dem Gesicht. Sie hat es vorn so lang wachsen lassen, dass es, nach hinten gebürstet, auf Kinnlänge abschließt. Ich stelle mir vor, wie sie sich morgens im Bett durch einen Vorhang aus Haaren kämpft.

Rolf zitiert seine älteste Tochter Inga, die sagt, Oma sehe aus wie eine Alt-Lesbe. Doch für ihn, sagt er, sei sie die Alt-Nazisse – im Auftreten unverändert. Aufrecht, das Kinn stolz gereckt, immer angespannt, immer im Recht.

Unter der nächsten Laterne hält er an und fragt unvermittelt: »Hör mal, wusstest du, dass Vater während seiner letzten zehn Jahre eine Freundin hatte? Es war in der Zeit, als die Eltern eine Wochenendehe führten. Als Vater im Ruhrgebiet arbeitete.«

»He Rolf, das ist nicht dein Ernst, oder? Woher weißt du das?«

»Von Vetter Theo, der Enkel von Großvaters ältester Schwester Rosa.«

»Und weiter?«

»Vater und seine Freundin haben im selben Haus gewohnt, sie waren Nachbarn. Bist du überrascht?«

»Na ja.« Wir gehen langsam weiter. »Mensch, Bruder, gerade fällt mir etwas ein.« Ich halte ihn am Ärmel fest und bleibe wieder stehen.

»Von damals?«

Vor Aufregung kriege ich einen Moment kaum noch Luft. »Vater hat doch nur Jazz- und Bluesplatten gekauft, keine Klassik. Aber an einem Wochenende überraschte ich ihn, als er sich allein im Wohnzimmer das Violinkonzert Nr.1 in g-Moll von Max Bruch anhörte. Kennst du sicher. Kennt ja jeder.«

Mein Bruder nickt.

»Jedenfalls war er so hingerissen, dass er mir nur zuwinkte und ich mich zu ihm setzte. Zu Beginn des zweiten Satzes sagte er unerwartet: ›Findest du nicht auch, dass die Geige eine Liebeserklärung spielt?‹ Ich war sprachlos. So etwas Intimes hatte er noch nie zu mir gesagt. Das war dann wohl die einzige Situation, in der ich Vater verliebt gesehen habe.«

»Verstehe. Du bringst es mit Theos Eröffnung zusammen?«

»Genau. Was für eine Überraschung! Hat Theo sonst noch was gesagt?«

»Moment.« Rolf zieht den Reißverschluss seiner Winterjacke ein wenig nach unten und lockert den Wollschal. »Theo erinnerte sich, dass er Vater einmal gefragt hatte, ob Tante Bärbel eigentlich dumm sei, und der hatte geantwortet: ›Nein, dumm ist meine Frau nicht, sie ist hinterhältig.‹«

»Sag bloß.« Ich schüttele verblüfft den Kopf. »Über so etwas haben er und Theo sich unterhalten?«

»Ja, kann schon sein. Sie hatten einen guten Draht.«

»Besser als der zwischen dir und Vater?«

»Auf jeden Fall. Vater und Sohn, das ist ein Problem für sich.«

»Mutter und Tochter auch. Jedenfalls gut, dass du mir das erzählt hast, Bruder.« Ich kann immer nur staunen, wie hässlich die Beziehung zwischen meinen Eltern war. Aufregen kann ich mich darüber schon lange nicht mehr.

»Auch ich sehe seit dem Treffen mit Theo einiges deutlicher«, sagt Rolf. »Es erklärt, warum Vater auf ein Berliner Testament bestanden hat. Mutter konnte es seit seinem Tod nicht mehr ändern, und jedes spätere Testament ist ungültig. Sie hat es aber nie begriffen und tut immer noch alle paar Wochen kund, sie habe dich enterbt. Sie irrt sich. Du und ich, wir sind die Schlusserben.«

Meine hinterhältige Mutter ... Dieses Detail kannte ich noch nicht, aber es fügt sich ins Bild. Als Erstes fällt mir die Sache mit den Fotos ein. Ich wusste genau, welche Bilder mein Vater in seiner Brieftasche bei sich trug. Er hatte sie mir im Krankenhaus, kurz vor seinem Tod, gezeigt. Er war stolz auf seine Familie. Mutter wollte die Brieftasche behalten, aber mein Bruder nahm sie heimlich an sich und gab sie an mich weiter. Die Fotos von mir hatte Mutter da bereits entfernt.

In der Wohnung liegt Nina tief schlafend auf der Couch. Ich frage Rolf leise, ob wir vor dem Zubettgehen noch ein Glas Wein trinken sollen, aber er meint, es sei schon spät und das ausgedehnte Stapfen im Sand habe ihn müde gemacht. Er will fit sein, wenn sie morgen nach dem Frühstück aufbrechen.

*

Das Brett unter meiner Matratze hat gewirkt. Eine Nacht ohne Kreuzschmerzen. Viel zu lange habe ich geschlafen, und als ich aufwache, ist die Wohnung leer. Mein Bruder und meine Nichte sind mit ihren Sachen verschwunden. Der Zweitschlüssel steckt von innen in der Wohnungstür. Kein Zettel, keine Nachricht auf meinem Handy. Erst mit Verzögerung begreife ich, was geschehen ist. Sie haben sich aus dem Staub gemacht! Ohne Abschied! Ein Schlag in die Magengrube. Ich bin ihnen egal. Ist doch klar, was sie von mir halten. Eine depressive Ex-Lehrerin, vorzeitig gealtert, die drinnen wie draußen mit einer Schirmmütze herumläuft, die Berge von toten Fliegen beherbergt, eine skurrile Verwandte mit Tunnelblick, mit der nichts anzufangen ist.

Ich krieche zurück ins Bett und denke: Ihr könnt mich alle mal ... Typisch für meine Familie. Auf niemanden kann man sich verlassen. Dann kommen die Tränen, sie begleiten mich, bis ich wieder einschlafe, im Arm des großen Trösters, des Schlafes, schon lange mein bester Freund.

Als ich aufwache, ist eine halbe Stunde vergangen. Ich gehe ins Bad und wasche mir das Gesicht. Uralt sehe ich aus. Arme alte, naive Sonja. Hast dir das Zusammensein schöngeredet. Wieder einmal reingefallen. Wieder etwas für den Ordner *Shit happens*.

Ratlos setze ich mich an den Tisch und trinke eine Tasse von dem wunderbar duftenden Tee, den mein Bruder mir dagelassen hat. Wie kommt es, dass er trotz seiner trostlosen Lage aussieht wie einer, der gerade aus dem Urlaub kommt? Selbst mit Glatze würde er den Frauen auffallen. Und ich? Wie kommt es, dass ich unsichtbar bin, egal, was ich anziehe? Warum ist mir nicht wichtig, was ich esse? Meine Freundinnen würden sagen, es sei die Trauerzeit, das gehe vorbei. Und dann würden sie nicht aufhören, mich zu ermahnen, ich müsse besser für mich sorgen. Ich dürfe mich nicht zurückziehen. Ich sollte ... Ich brauchte doch nur ...

Weiß ich alles selbst. Aber meine Wünsche gehen in die Gegenrichtung. Vielleicht ist »Trauerzeit« nichts anderes als ein hilfloses Etikett. Meine Zeit der Tränen ist vorbei.

Noch Monate nach Karls Beerdigung hörte ich abends einen Song von Nina Simone und weinte mich in den Schlaf.

*My man's gone now.*
*But old man sorrow*
*Mountin' all the way with me*
*Tellin' me that I'm old now*
*Since I lose my man*

Als ich Rolfs Stimme am Telefon höre, schüttele ich mich, als müsste ich einen Albtraum loswerden. Er sagt, sie seien in der Autowerkstatt. Nach einer ersten Untersuchung stehe fest, dass auf die Schnelle nichts zu machen ist. Sie müssten den Bully dalassen. Ob ich sie abholen könne? Die Fahrt würde nur 15 Minuten dauern. Ein Taxi sei erst wieder in einer Stunde frei.

»Kann ich gern machen«, sage ich mit zittriger Stimme. Hoffentlich bemerkt er nichts. »Gib mir die Wegbeschreibung. Moment, ich hole eben einen Stift.«

Bevor ich losfahre, gehe ich ins Bad, versuche, mit Make-up die Spuren des Schocks zu mildern, und setze die Schirmmütze auf. Rolf und Nina warten vor der Garage in der Vormittagssonne. Sie empfangen mich mit einem Durcheinander von Entschuldigungen. Ich hätte so schön, so tief geschlafen. Sie hätten mich nicht wecken wollen. Eben erst sei ihnen aufgefallen, dass sie mir keinen Zettel hingelegt haben. Jeder habe sich auf den anderen verlassen.

Nina greift nach meinem Arm. »Gib es zu, Tante Sonja, du hast geglaubt, wir hätten uns einfach so verdrückt.«

Ich schüttele den Kopf und suche nach einem kleinen abwehrenden Lachen, aber keines passt. »Ja, stimmt leider.« Rolf legt mir überraschend den Arm auf die Schulter und meint, es werde vermutlich nicht das letzte Missverständnis zwischen uns sein.

Während des späten Frühstücks mit frischen Brötchen und Krabbensalat machen wir Pläne für den Rest des Tages. Meinem Vorschlag, einen Ausflug zu einer Steilküste zu machen, die eine halbe Autostunde entfernt sein soll, wird zugestimmt. Aber vorher, um 12 Uhr, muss ich noch zum Friseur.

»Da komme ich mit«, sagt meine Nichte. »Du brauchst Beratung.«

Aus ihrer eigenen Frisur kann ich nicht schließen, dass sie in der Sache talentiert ist. Aber motiviert ist sie, das reicht erstmal. »Danke für dein Angebot, Nina. Warum willst du das machen?«

»Damit du nicht mit Bubikopf, Pony und blonden Strähnchen zurückkommst.«

Im Friseursalon geht es nur um meine Haare, ich selbst existiere nicht. Das Gespräch wird zwischen Nina und dem Chef geführt, ein älterer Mann, den ein teurer Herrenduft umweht und der seinen Hals im offenen Hemdkragen mit einem rotgepunkteten Seidenschal verdeckt. Er sieht aus, als beherrsche er sein Handwerk. Warum nicht, denke ich, lass mal andere für dich sorgen. Nach dem Haarewaschen bitte ich darum, den Stuhl zur Wand zu drehen. Ich will mich von der Kreation des Meisters überraschen lassen.

»Avanti«, höre ich ihn sagen. Er einigt sich mit Nina auf eine Tönung wegen der grauen Haare. Dann höre ich lange kein Wort mehr. Das Klappern der Schere. Im Hintergrund deutsche und italienische Schlagermusik, so abgedroschen, dass ich im Biergarten die Flucht ergriffen hätte. Hier passt sie. Vor mir eine Wand in einem warmen Terracottabraun, wie die Musik wohltuend frei von Werbung. Ich fühle mich satt und geborgen wie ein frisch gewickeltes Baby.

Irgendwann führt mich eine sanfte Drehung des Stuhls zum Spiegel hin, zu einer neuen Sonja. Der Chef zupft hier und da eine Strähne zurecht und schaut stolz auf sein Werk. Ein Kurzhaarschnitt. In Stufen geschnittene dicke Fransen. Die Haare des Stirnwirbels kürzer als alle anderen und nach oben stehend. Zum Abschluss legt der Friseur Nina nahe, mich beim Anlegen von Ohrclips zu beraten.

Mein neuer Kopf versetzt mich in Hochstimmung. Er macht mich sprachlos. Das üppige Trinkgeld erstaunt den Meister, er macht eine tiefe Verbeugung, geleitet uns zur Tür, wünscht den Damen einen wunderschönen Tag und entschuldigt sich dafür, dass sich die Sonne hinter dichte Wolken zurückgezogen hat. Draußen weht ein scharfer Wind. Wir kaufen Fischbrötchen und drei Flaschen Wasser für unterwegs.

In der Wohnung ist Rolf mit einer Autokarte beschäftigt. Er hält sie mir hin und zeigt, dass der Weg zur Steilküste an der Werkstatt vorbeiführt. Er wolle dort kurz vorbeischauen, um die Lage einzuschätzen, sagt er, aber auch, weil er etwas im Bully vergessen habe.

Wir halten vor einem Flachbau. Eine Fahne zeigt den strammen Ostwind an. Links neben dem geöffneten Tor stehen zwei Wagen mit Blechschäden, rechts davon offenbar die mit inneren Verletzungen, schwere und leichte, wie der Bully. In der zweiten Reihe parken einige Autos mit Verkaufsschildern hinter der Windschutzscheibe. Rolf verschwindet in der Halle und kommt nach einer Weile mit einem verärgerten Gesicht wieder heraus. Er öffnet die Schiebetür des Bullys und klemmt sich ein flaches, gut verschnürtes Paket unter den Arm. Dann bringt er die Schlüssel zurück in die Garage. Derweil beginnen wir im Toyota zu frieren. Mein Bruder bittet mich, den Kofferraum zu öffnen, und verstaut das Paket mit großer Sorgfalt, polstert es zur Sicherheit mit der Autodecke ab.

Steilküsten kenne ich nur im Ausland, in der Bretagne, in Portugal, in Chile. Meistens wird man im Auto zu einem Aussichtspunkt gelotst. Unterhalb tost das Meer. Selten schaut man auf einen Strand. Wenn doch, bedauert man, dass die Zeit nicht ausreicht, um über einen Zickzackweg hinunter und wieder hochzusteigen. Unser Ausflugsziel würde ich ein Steilküstchen nennen. Kein Parkplatz mit Aussichtspunkt. Natur nach allen Seiten. Wir haben die Wahl, oberhalb oder unterhalb der Steilküste entlangzulaufen. Wir entscheiden uns für den Strand, für das aufgeregte Meer unter einem dramatischen Wolkenhimmel in Grau bis Anthrazit.

Die Steilküste schützt uns vor dem eisigen Wind. Vor uns erstreckt sich ein ursprünglicher, wilder Strand mit steinigen und sandigen Abschnitten, bedeckt mit Gesteinsbrocken, die sich aus der Wand gelöst haben, und abgestürzten Bäumen von bizarrer Gestalt. Zwei davon liegen verkrümmt und verdreht im Sand. Dicke Wurzeln und Äste sind in unauflöslicher Umarmung miteinander verflochten. Der Tod macht eine Kraft sichtbar, die man diesen Gewächsen zu Lebzeiten nicht zugetraut hätte – ganz zu schweigen von ihrer Metamorphose in ein gestrandetes Meeresungeheuer. Rolf kann sich von dem Anblick nicht losreißen.

Nina taucht neben meiner Schulter auf. Wir sind gleich groß. Schweigend gehen wir weiter. Nach hundert Metern bleibt sie stehen. »Papa hat manchmal gesagt, ich bin wie seine Schwester.« Sie sieht mich eindringlich an.

»Wie kommt er darauf?«

»Sagt er nicht …«

Mein Bruder hat uns eingeholt. Nina verstummt und entfernt sich von uns. Sie balanciert auf jedem der herumliegenden bleichen Stämme und macht jeden sandigen Abschnitt zu ihrer Rennstrecke. Ausdauer und Anmut überraschen mich bei einer fast Dreizehnjährigen, die überwiegend mit Musik auf den Ohren auf meinem Sofa lag.

Wir kommen schnell voran, und als alte Seglerin denke ich, es könnte böse enden, würde sich jemand oben auf der Klippe den Böen aussetzen. Die meisten Menschen kennen sich mit der Gewalt des Windes nicht aus. Plötzlich sehe ich den Campingplatz an der kroatischen Adria vor mir, als nach einem Unwetter einige Zelte in den Bäumen hingen. Karl und ich hatten in weiser Voraussicht unser Zelt in einem Waldstück aufgeschlagen, wo ich mich wie in einem Sommernachtstraum fühlte, weil mich beim Einschlafen der Duft der Kiefern verzauberte.

Irgendwann ist Ninas blaue Wollmütze hinter Küstengestein verschwunden. Als sie zurückkommt, läuft ein gelber Hund mit weißen Pfoten neben meiner Nichte her. Er ist kurzbeinig und reicht ihr bis zur Mitte der Waden. Im Stillstand zeigt er hechelnd eine lange durstige Zunge. Er trägt ein Halsband mit Hundemarke. Nina krault den Ausreißer hinter den Ohren, ihr Papa formt mit seinen Händen eine Schale, die ich mit Wasser fülle.

»Nicht zu fassen«, sagt Rolf. »Er tunkt seine Zunge ins Wasser und leckt sie ab. Geht's noch unpraktischer?«

»Quatsch«, sagt meine Nichte »Der Hund formt aus seiner Zunge einen Löffel und gießt sich das Wasser in den Mund. Auf diese Weise behält er seine Nase oben. Guck mal, wie schnell das bei ihm geht.«

»Dein Wissen verblüfft mich immer wieder«, sagt Rolf.

»Weiß ich aus der *Sendung mit der Maus*. Da haben sie es in Zeitlupe gezeigt.«

Sie nimmt mir die Flasche ab und füllt ein zweites Mal die großen Hände. Unser Hund muss ungeheuer durstig sein. Einen langen Pfiff, der ihm gelten muss, überhört er. Erst beim dritten Kommando schaut er hoch. Oberhalb des Steilhangs steht ein Mann direkt auf der Abrisskante und winkt mit einem Stock. Ich bekomme einen Schreck. Weiß er nicht, dass die Küste dort aus Sand ist? Weiß er nicht, dass Wind ihm gefährlich werden kann? Aber wie jemanden warnen, für den wir klein wie Ameisen sind und deren Stimmen im Meeresrauschen untergehen? Der Hund will zu ihm, doch der Hang ist zu steil und der Sand selbst für ein Leichtgewicht nicht fest genug. Nach dem zweiten Anlauf gibt er auf. Der Mann winkt wieder mit dem Stock, er zeigt in die Richtung, aus der wir gekommen sind.

»Dann mal los, bevor er abstürzt«, sagt mein Bruder. »Für uns wird es auch Zeit. Wir sollten hier nicht in der Dämmerung herumlaufen.«

Nina und der Hund veranstalten ein Wettrennen, an dessen Ende sie ihrem Gefährten etwas von ihrem Fischbrötchen abgibt.

»Ich bin überrascht, wie sportlich sie ist«, sage ich zu Rolf.

»Ich auch. Hab geglaubt, die Pubertät hätte sie träge gemacht. Ich muss wirklich mehr mit ihr unternehmen. Jetzt habe ich ja die Zeit.«

Vielleicht ist jetzt genau der richtige Moment. »Tut mir sehr leid, Bruder«, sage ich. »Ich weiß Bescheid. Ein neuer Lebensabschnitt. Ich habe im Internetcafé den Anfang und das Ende deines Berichts gelesen.«

»Na ja, ich werde mich dran gewöhnen.« Überzeugend klingt es nicht. »Hat dich etwas in meinem Text überrascht?«

»Allerdings! Ich wusste nicht, dass Papa ein Experte des Be-

stechens war. Aber seinen Hang zum Feuerlegen habe ich mitbekommen.«

»Sag bloß«, sagt Rolf. »Wie das?«

»Da war ich so alt wie Nina. Es gibt eine Stelle in meinem
Tagebuch. Ich habe sie gut im Gedächtnis.«

»Das klingt ja interessant«, sagt Rolf überrascht. »Leg los! Ich
lausche.«

Also erzähle ich ihm, wie ich allein oben auf dem Bahndamm
saß, dort, wo wir beide kurz vorher die Brombeeren geerntet
hatten. Ich sah Vati in seinem Mercedes heimkommen. Er stieg
aus, schaute sich kurz um, ging zum Gebüsch und blieb eine
Weile stehen. Dann sah ich es. Die Böschung hatte Feuer ge-
fangen. Er stand da mit breiten Beinen, die Hände in die Seiten
gestemmt, wie immer, wenn ihm etwas besonders gefiel. Dann
fuhr er nach Hause. Kurz darauf traf die Feuerwehr ein. Aus der
ganzen Nachbarschaft kamen die Leute zusammen. Auch ich
stand dort, neben Vati. Von da an brannte jedes Jahr um diese
Zeit das Brombeergestrüpp. Dann hieß es immer: Eine Lok hat
wieder glühende Kohlen verloren.

»Eine starke Geschichte!« Das Auflachen meines Bruders
klingt bitter. »Ein Buch könnte man schreiben über die Eltern.
Was für eine verlogene Bande! Heute noch könnte mich ihre
scheinheilige Rechtschaffenheit wütend machen …«

»Lange her …«, falle ich ihm ins Wort. »Warst du auch so ein
Schnüffelkind wie ich?«

»Wie bitte?«

»Na ja, manchmal, wenn ich allein zu Hause war, habe ich
alle Schubladen durchsucht. Das Ergebnis war immer enttäuschend, bis auf den Tag, an dem ich ein Heft mit Tänzerinnen
entdeckte.«

Mein Bruder bleibt stehen und sieht mich aufmunternd an.
»Weiter.«

»Also: Die Frauen standen in einer Reihe und streckten ein Bein hoch in die Luft. Auf dem Kopf hatten sie Federbüsche, und ihre Brüste waren nackt. Ich weiß noch, was ich dachte. Da erzählen einem die Eltern, sie sind in Paris ins Konzert gegangen. Dabei haben sie sich nackte Frauen angeguckt. Was für Schweine …«

Wieder lachte Rolf laut auf, diesmal herzlich. Er drückt sogar kurz meinen Arm, als wir weitergehen.

»Noch was«, sage ich. »Deinem Satz, wir beide hätten keine Karriere gemacht, muss ich widersprechen.«

»Ach ja?« Rolf hört sich nicht sonderlich interessiert an.

»Ja. Ich finde, wir waren sehr erfolgreich in unseren Berufen. Du als engagierter Journalist. Ich als engagierte Grund- und Hauptschullehrerin.«

»Mag sein«, sagt Rolf. »Aber ich hätte weiterkommen können. Mir wurde die Chefredaktion angeboten. Ich habe es mir nicht zugetraut.«

Es geht eine Weile hin und her, während wir Nina beobachten, wie sie über den Strand rennt und mit dem Hund spielt. Unsere Debatte führt nirgendwo hin. Vermutlich hält er Argumente zurück, so wie ich es tue, weil ich davon ausgehe, dass er für Psychogespräche nicht zu haben ist. Ich könnte ihm sagen, dass wir beide auf vergiftetem Boden aufgewachsen sind. Was uns fehlte, war Selbstvertrauen. Wir sind nicht die Leute, denen man auf den ersten Blick etwas Großes zutraut. Wir sind nie zuversichtlich zu einem Vorstellungsgespräch erschienen. Wir hatten nie die Wahl zwischen drei verlockenden Angeboten. Das alles könnte ich sagen und noch viel mehr. Stattdessen frage ich: »Was mich interessieren würde: Wie sehen denn deine Kinder deine Nicht-Karriere?«

Wieder schaut Rolf mich kurz an. »Meine Töchter, ja, das ist interessant. Sie würden überhaupt nicht verstehen, warum das

Thema Karriere wichtig sein soll. Sie finden tatsächlich, jeder soll das machen, was er am besten kann beziehungsweise was ihm am meisten entspricht. Na ja, bei mir sehe ich es anders. Da bin ich wohl altmodisch.«

Der Ostwind hat nachgelassen. Der Mann mit dem Spazierstock hat überlebt. Er wartet am Ende der Steilküste am Strand, und sein Hund rennt auf ihn zu. Zum Abschied drückt Nina den kurzbeinigen Kerl an sich und krault ihn ausgiebig hinter den Ohren. »Wir müssen gehen«, drängt der Mann, bedankt sich und legt seinen Hund an die Leine. An der nächsten Weggabelung verschwindet er hinter einem Waldstück.

Nina gesellt sich wieder neben mich. »Hattest du mal einen Hund?«

Interessante Frage. »Ja und nein«.

»Was heißt das?«

»Als kleines Mädchen hatte ich einen Hund. Den konnte nur ich sehen, für alle anderen war er unsichtbar. Ein großer Schäferhund. Ich habe ihn Bello genannt. Er ist heute noch da, aber anders. Er ist lebendig, wie meine Gedanken ja auch lebendig sind.«

»So einen Hund hätte ich auch gern!«

Ich erzähle ihr, wie einfach es mit Bello war. Wenn ich sagte: Komm, wir gehen zum Wald, führte er mich nach rechts, und wenn ich sagte: Jetzt gehen wir zum Bahndamm, führte er mich nach links. Er beschützte mich auch, wenn Mutter schrie und mir immer wieder auf den Kopf schlug. Dann kam er angelaufen und knurrte, bis sie aufhörte. Ich erzähle, dass ich nachmittags viel im Wald war. Oft legte ich mich unter meinen Lieblingsbaum, eine Buche. Wenn ich aufwachte, sah ich über mir die Äste, die Blätter der Baumkrone und dazwischen das Licht. Manchmal, wenn ich nachts nicht schlafen konnte, schlichen wir uns aus dem Haus und gingen in den Wald.

Anstelle einer Antwort zitiert Nina die Band Novalis, und dies mit einem Einfühlungsvermögen, wie es Großstadtkindern kaum möglich ist.

*Wer Schmetterlinge lachen hört,*
*der weiß, wie Wolken schmecken.*

»Wie schön«, sage ich. Ich könnte jubeln. Das Herz der Lehrerin in mir hüpft vor Freude. »Du hast einen Hang zum Surrealen, zu jemandem wie Kafka, wie ich bei unserem Lachflash mitbekommen habe. Und du bist ein Landkind wie ich.«

Nina lächelt zustimmend. Vor uns liegt eine kurze Strecke Sandstrand. »Bis gleich«, sagt sie, lässt einen unsichtbaren Hund von der Leine und läuft los.

Sie wartet auf mich, als wieder ein Abschnitt mit Steinen und Geröll beginnt. »Ich möchte dich etwas fragen. Darf ich?«

»Gern«, sage ich. »Du kannst mich alles fragen.«

»Warum hat Oma dich geschlagen?«

»Sie konnte mich nicht leiden. Von Anfang an nicht.«

Nina sieht mich erschrocken an »Aber dann war sie eine böse Mutter. Dass es die überhaupt gibt ...«

»Na ja, zum Glück sind sie sehr selten«, sage ich. »Fast alle Mütter lieben ihre Kinder.«

Nina ist mit der Antwort zufrieden und wechselt das Thema. »Glaubst du an Gott?«, fragt sie im Weitergehen.

Nach einigen Schritten bleibe ich stehen. »Nein. Also, in deinem Alter nicht mehr. Eines Morgens wachte ich auf und wusste: Du kannst mit dem Beten aufhören. Gott hilft dir nicht. Gott kennt dich überhaupt nicht. Sonst wäre ich nicht als Mädchen, sondern als Junge auf die Welt gekommen. Und du? Glaubst du an Gott?«

»Weiß nicht.«

Auf der Rückfahrt starrt Rolf auf sein Handy, bis das Funkloch überwunden ist. Dann wechselt er ein paar Worte mit jemandem aus der Werkstatt. Der Bully ist morgen um 11 Uhr abholbereit. »Ich habe Hunger«, sagt mein Bruder. Aber keiner von uns hat Lust, im Restaurant zu essen. Also bekocht uns Ralf wie am Vorabend und serviert Spaghetti bolognese und Salat. Zum Nachtisch gibt es Schokolade und Kekse.

Anschließend inspiziert meine Nichte auf der Fensterbank neben dem Radio ein Skatblatt, Kniffel und *Mensch ärgere dich nicht*. Skat schließt sie aus, weil sie die Regeln nicht kennt. Das Klappern im Würfelbecher ist Rolf und mir zu laut. Also auch kein Kniffel. Bleibt nur *Mensch ärgere dich nicht*.

»Wir brauchen den Platz in der Tischmitte. Die Kerzen stören«, sagt Nina. »Mein Vorschlag: Stehlampe her und Radio aus.«

»Dann muss der arme Schröder zum Irakkrieg schweigen«, sage ich. Es soll ein Scherz sein. Er geht daneben.

»Stimmt ja, Politik langweilt dich«, sagt Rolf.

»Keineswegs.«

»Von der Nazivergangenheit will sie auch nichts hören«, sagt er beiläufig zu seiner Tochter.

Während er die Kerzen in der Küche abstellt, verdreht Nina die Augen.

»Ach, Bruder, du wiederholst dich. Das Thema hatten wir schon. Meine Initialen haben mir lange genug zugesetzt …«

Rolf stöhnt auf und setzt sich wieder hin. »Was soll der Quatsch? Bloß weil ›Sonja Senkel‹ SS ergibt?« Er malt ironische Anführungszeichen in die Luft. »Bitte fang nicht wieder an zu spinnen …«

Nina unterbricht uns. Sie sagt streng: »Nehmt euch jetzt zusammen.« Recht hat sie, auf einem gemütlichen Abend zu bestehen.

Sie hat wenig Erfahrung mit *Mensch ärgere dich nicht* und rechnet nicht damit, dass ein so hundsgemeines Spiel Öl ins Feuer gießen könnte. Ich frage mich, wer zuerst aus der Haut fährt, Rolf oder ich. Doch die erste Runde verläuft erstaunlich ruhig. Nina gewinnt, ich verliere. Die zweite Runde ist hektisch und dauert endlos, weil Rolf und ich uns immer wieder gegenseitig den Sieg vermasseln. Er füllt ständig sein Weinglas nach und bekommt einen roten Kopf. Mir fehlen die Zigaretten. Wieder ist die Jüngste die Gewinnerin. Keiner gratuliert ihr. In der dritten Runde geht das verbissene Duell zwischen uns Geschwistern weiter. Bis Nina mit einem Aufschrei die Figuren vom Tisch fegt. »Was seid ihr nur für Leute?«, stößt sie hervor. »Ich habe mir immer einen großen Bruder gewünscht. Und was macht ihr …?«

»Ja, was machen wir denn?«, sagt Rolf gefasst.

»Ich dachte, bei *Mensch ärgere dich nicht* lacht man, wenn man sich gegenseitig austrickst. Ihr beide seid im Krieg!«

»Ach komm, jetzt übertreibst du aber«, sagt mein Bruder.

Ich greife nach Ninas Hand. Sie zieht sie weg. Da sind wieder die senkrechten Falten zwischen ihren Brauen. Sie starrt ihren Papa an.

»Ich habe Ferien und will relaxen, aber du …«

»Bleib bei der Wahrheit«, sagt er scharf. »Du hast nur deshalb keine Schule, weil sie dich rausgeworfen haben.«

Nina verschwindet im Bad. Ich gehe wieder an mein Raucherfenster. Rolf geht gebückt um den Tisch herum und hebt die Spielutensilien auf. Dann stellt er die Schachteln neben mir aufs Fensterbrett. Dabei sieht er mich kurz an und zuckt mit den Achseln. Ich zünde die zweite Zigarette an. Mehr fällt mir nicht ein. Mein Talent, ungute Spannungen aufzulösen, hat mich im Stich gelassen.

Aus dem Bad hört man das Rauschen der Dusche. Mein Bruder stellt den Wasserkocher an. Als sich unsere Blicke kreuzen, hält er fragend einen Teebeutel hoch. Ich schüttle den Kopf. Nina hat im Bad den Föhn angeworfen. Er ist lauter als das Meeresrauschen unterhalb der Steilküste.

Rolf legt einen blauen Aktenordner auf den Tisch, dem er einen Stapel ausgedruckter Seiten entnimmt. Ich ahne, dass es sich um seinen Bericht über die langweilige Familie handelt. Plötzlich erscheint Nina breitbeinig in der Tür, in T-Shirt und Unterhose und Struwwelpeter-Frisur in der Farbe Pflaume, vor sich in beiden Händen den dröhnenden Föhn als Waffe, abwechselnd auf Rolf und mich gerichtet.

»Hände hoch«, ruft sie schneidend. »Frieden! Frieden in der Familie Senkel!« – während Rolfs Papierstapel sich im Luftstrom auflöst und die Blätter durch den Raum fliegen. Schweigend helfe ich ihm beim Einsammeln. Nina verdrückt sich schnell wieder ins Bad.

Nach einer Weile kommt sie mit feuchten Haaren und in langer Hose zurück. Sie meint, ich sähe müde aus, und schickt mich ins Bett. Ich gehorche, gehe ins Bad, wasche mir das Gesicht, putze die Zähne und werfe einen letzten erfreuten Blick auf meine neue Frisur.

Noch eine Weile höre ich durch die geschlossene Schlafzimmertür Rolf und meine Nichte mit Geschirr klappern und leise reden. Ein guter Tag geht zu Ende.

*

Kaffeeduft weckt mich am frühen Morgen. Mein Bruder ist schon angezogen und hat Brötchen und Krabbensalat gekauft. Nina schläft noch. Aus dem Radio kommt leise Jazzmusik. Im Flur entdecke ich das flache Paket, das Rolf im Toyota verstaut hatte. Für mich? Aufgrund seiner Größe tippe ich auf einen verspäteten Jahreskalender, ein Gastgeschenk. Während ich den Frühstückstisch decke, ist Nina verschlafen ins Bad gegangen, und ihr Vater räumt die Sachen für die Abreise zusammen. Er verstaut sie in einem kleinen und einem großen Rucksack. Die Isomatte hat er schon zusammengerollt und mit einem Gurt festgezurrt. Zwei Daunenschlafsäcke werden, auf ein Minimum zusammengepresst, in ihre Hüllen gestopft. Die meisten Menschen würden an so etwas scheitern. Keine Frage, mein Bruder Rolf ist ein alter Campinghase.

Nina setzt sich an den Frühstückstisch. Dann erklärt sie, sorry, es sei nicht ihre Musik zum Abschied. »Was dagegen, wenn ich sie aussuche?«

Zu unserer Überraschung wählt sie Klaviermusik von Beethoven. Nachdem der Frühstückstisch abgeräumt ist, sagt Rolf, er wolle mir etwas zeigen. Er holt das Paket aus dem Flur, legt es auf den Tisch, entfernt sorgfältig Kordel und Packpapier und hält uns ein eingerahmtes Gemälde hin. Es zeigt einen schlafenden Säugling.

»Wie süß!«, ruft Nina.

»Bist du unter die Maler gegangen?« frage ich.

Mein Bruder schüttelt den Kopf. »Das bist du, Sonja.«

»Ich?!«

»Ganz richtig. Sommer 1947. Da war ich fünf. Ich erinnere mich genau daran, wie es gemalt wurde, obwohl ich noch so klein war.« Er strahlt mich an, als sei das eine seiner liebsten Kindheitserinnerungen. »Schwester Anni hatte dich an einen schattigen Platz im Hof gebracht. Du lagst im offenen Kinderwagen. Davor stand der Maler mit Staffelei, Palette und Pinsel.«

»Wer ist Schwester Anni«?, fragt Nina. »War Sonja krank«?

»Keineswegs. Aber ihre Mutter – also deine Oma – konnte nichts mit ihr anfangen. So kam es, dass Sonja die ersten zwei

Jahre mit dieser Schwester Anni in einem kleinen Mansardenzimmer wohnte, im Haus neben dem Betrieb von unseren
Großeltern in Mittendorf, östlich von Magdeburg.«

»Was?! Du wurdest auch in Ostdeutschland geboren?«, ruft
Nina erstaunt.

»Nein«, sagt Rolf. »Ich wurde in Polen geboren.«

»Wieso Polen?«

»Die Deutschen haben das Land überfallen. Es war Krieg.«

»Wow. Richtig Krieg hast du erlebt? Mensch, Papa. Warum
hast du mir nie davon erzählt?«

»Ich kann dir später auf der Fahrt davon erzählen.«

Er schaut auf das Babybild und wendet sich an mich. »Na?
Was sagst du dazu?«

Ich setze meine Brille auf. »Ölfarben sind es nicht, auch
keine Wasserfarben. Hätte nicht gedacht, dass es damals schon
Acrylfarben gab.« Mehr fällt mir dazu erst mal nicht ein.

»Gab es auch nicht. Die Farben sind ungewöhnlich blass«,
überlegt er. »Vermutlich sind sie mit der Zeit verblichen.« Er
fährt sich mit einer Hand durch seine dichten weißen Haare.
»Halt bitte mal das Bild zu mir hin.«

»Wie leicht es ist«, sage ich überrascht.

»Es wurde auf Pappe gemalt. Aber gerade, wo wir darüber reden, fällt mir noch etwas ein. Der Mann hat die Farbpigmente
selbst mit Öl und noch etwas anderem gemischt. Ich staunte,
weil ich vorher noch nie gesehen hatte, dass man eine leere
Tube wieder füllen kann.«

»So ein schönes Bild. Dem Baby geht's voll gut«, sagt Nina,
die hinter ihrem Vater steht. »Wo hing das früher in Wassenhorst?«

»Nirgendwo«, sagt Rolf.

»Wie bitte? Erzähl keinen Quatsch, Papa …«

»Mach ich nicht. Ich habe es in einer alten Mappe in Mutters

Keller gefunden und sofort wiedererkannt. In Mittendorf hing es im Mansardenzimmer von Schwester Anni und Sonny.«

Erneut hält Rolf mir das Gemälde hin.

Nina fragt mich: »Wie findest du's eigentlich? Du hast noch gar nichts dazu gesagt.«

Ich nehme einen Schluck Kaffee. »Weiß nicht«, bringe ich gedehnt hervor.

»Das Bild wollte ich dir geben«, sagt Rolf. Er sieht enttäuscht aus.

»Sonja muss sich erst mal dran gewöhnen«, sagt meine Nichte, die mich besser zu kennen scheint als ich mich selbst. »Lass ihr das Bild einfach da.«

»Okay«?, fragt Rolf. Ich nicke. Er steht auf, greift in eine der äußeren Rucksacktaschen und kommt mit Hammer und Nagel zurück. Wo auch immer er die herhat – er hatte recht mit seiner Annahme, dass es in Ferienwohnungen kein Werkzeug gibt.

»Ich kenne niemanden, der so vorausschauend ist wie du«, sage ich voller Bewunderung. Er lächelt.

»Lass uns gucken, wo es am besten hängt. Und, bitte, heb die Verpackung auf. Du weißt ja jetzt, wie leicht man das Bild verletzen kann.«

Auf der Fahrt zur Werkstatt teilt er mir noch mit, er werde vorübergehend in der Keilerzuflucht in Wassenhorst wohnen. So haben wir Vaters Rückzugsort auf dem eigenen Grundstück getauft. Seit 1970 steht in der Ecke, die am weitesten vom Wohnhaus entfernt liegt, ein komfortabler kleiner Bungalow mit zwei Zimmerchen, der wie ein Mini-Apartment eingerichtet ist. Auf Keilerzuflucht hatte uns ein Geschäftsfreund meines Vaters gebracht. Der Mann war Jäger. Er sagte damals: »Wenn der Keiler merkt, dass er alt wird, hält er sich von der Rotte fern.« Aber Vater entschied sich zunächst dann doch anders. Er zog für seinen Beruf ins Ruhrgebiet, wo er, wie ich seit vorgestern weiß, die Tage unter der Woche mit seiner Freundin verbrachte. Ich werde wohl nie begreifen, warum sich meine Eltern nicht scheiden ließen.

Wie auch immer, Vater jedenfalls wollte nach dem Ende seines Berufslebens nicht mit seiner Frau unter einem Dach wohnen müssen. Sein Refugium lag außer Hörweite, selbst wenn Bärbel mit einer Flüstertüte nach ihm gerufen hätte. Rückblickend frage ich mich, ob dies auch der Grund gewesen sein könnte, warum er nichts gegen seine Schwerhörigkeit unternahm. Aber Vater nutzte seinen Zufluchtsort kaum. Er starb kurz nach seinem Eintritt in den Ruhestand.

Es kränkt mich immer noch, wenn ich daran denke, dass er mir seine Freundin verschwiegen hat. Ich hätte ihn dazu beglückwünscht.

In meinem Elternhaus waren Veränderungen im Wesen nicht vorgesehen. Sie wurden verschwiegen oder einfach nicht wahrgenommen. Andere Menschen, die unbefangen neu erworbene Einstellungen oder Vorlieben schilderten, galten als wankelmütig. Über sie wurde abschätzig gesprochen. Darin waren meine Eltern einer Meinung. Wenn ich ehrlich bin, muss ich zugeben, dass auch mir bislang die Vorstellungskraft dafür fehlte, dass sich jemand aus meiner Herkunftsfamilie ändern könnte. Nun aber sehe ich Rolf in einem neuen Licht. Bis vor zwei Tagen hätte ich meinen Bruder als umtriebig, tüchtig und wenig selbstreflektiert bezeichnet. Ein Mann, der nicht stillsitzen kann und innerhalb eines Tages unglaublich viel erledigt. Jemand, der ohne Hilfe die hundert Dinge eines Gartenfestes organisiert und dann über viele Stunden gutgelaunt hin und her läuft, um seine Gäste zu versorgen. Ein guter Freund, sehr hilfsbereit, handwerklich begabt, freundlich, gesellig, kein besonders guter Zuhörer. Bislang hat er selten auf meine Briefe und Nachrichten auf dem Anrufbeantworter reagiert, es sei denn, es ging um etwas Praktisches wie den Kauf eines Gebrauchtwagens. Seit ich Rolf kenne, scheut er Auseinandersetzungen und hat Angst vor Autoritäten. Aber so, wie ich ihn hier an der Ostsee erlebe, muss ich mich fragen, ob er nicht vielleicht doch gerade mitten in einer Veränderung steckt. Wie dem auch sei: Er wird wohl der Typ netter Kerl bleiben, den jeder mag. Zu seiner Beerdigung würden mehr Trauergäste kommen als zu meiner.

*

Sie sind weg. Es wurde auch Zeit. Ich fühle mich wie nach einer Invasion. Rolf und Nina haben es gut gemeint, keine Frage. Sie wollten mir etwas Gutes tun. Hätte ich mich durchgesetzt, wäre es für sie enttäuschend gewesen, aber wahrscheinlich kein großes Problem. Doch mein eigener Wille war eingesperrt. Er war eingelullt, und ich bin um eine Erfahrung reicher: Nicht einmal Erfreuliches aus meiner Familie bekommt mir.

Der Bully war wieder einsatzbereit, und gegen 11 Uhr sind sie in Richtung Berlin gestartet. Ninas blaue Mütze hat noch lange aus dem Fenster gewinkt. Ich fahre zurück in die Wohnung mit dem Plan, jede Spur von ihnen zu tilgen. Ein Neustart ist wichtig. Ich will selbst entscheiden, wo es mit mir langgeht. Ich bestehe auf eigenen Irrtümern und Sackgassen.

Die blauen Kissen und die Überdecke der Couch verstaue ich unter dem Bett. Das Gemälde von mir als Baby hängt am Fußende, in einer Höhe, die meine Nichte ausgesucht hat, begleitet von dem Satz: »Dann kannst du dich jeden Morgen beim Aufwachen über das Bild von dir freuen.« Ich drehe es um. An meiner Frisur lässt sich nichts ändern, aber ich muss sie mir ja nicht anschauen. Beim Zähneputzen kann ich die Augen schließen. Ich weiß, ich bin kindisch, aber mir fällt nichts

Besseres ein. Das Brett unter der Matratze bleibt. Den Brief, den mir mein Bruder beim Abschied mit einer hastigen Bewegung in die Hand gedrückt hat – ein dicker Umschlag, auf dem *Danke* steht –, stecke ich ungelesen in eine meiner Reisetaschen. Mir scheint, er verströmt den Geruch von Rolfs Lieblingsthema, der Nazizeit. Danach bringe ich mein verstörtes Ich mit einem Strandspaziergang ins Gleichgewicht.

Es ist windstill am Strand, die Sonne scheint, wärmt aber nicht. Nachdem ich eine Weile gelaufen bin, setze ich mich mit einem Becher Kaffee und einem Fischbrötchen auf eine klobige und dennoch schwungvoll geformte Bank. Erst nach einer Weile – als mir die Kälte längst in die Glieder gekrochen ist – bemerke ich, dass sie aus Beton ist. Was für eine geniale Idee! So sind die Bänke vor Diebstahl geschützt, und die Tatsache, dass man darauf sitzt wie auf einem Eisblock, sorgt dafür, dass die Winterrentner fernbleiben. Ich gehe ein paar Meter zu einem Abfalleimer, aus dem eine Tageszeitung ragt. In der Zwischenzeit zerlegen zwei Möwen mein Fischbrötchen, das ich auf der Bank abgelegt hatte. Ich verscheuche sie mit der Zeitung und kaufe ein zweites Fischbrötchen. Bevor ich mich wieder hinsetze, falte ich die Zeitung auf die Hälfte und lege sie auf die Bank. Dann erhebe ich vorsichtig meinen Kaffee in seinem hauchdünnen Plastikbecher. »Prost, du Kleinod der Ostsee. Gucken wir mal, wie wir zwei in nächster Zeit miteinander auskommen …«

Ich schaue in einen kaltblauen Himmel und beginne, einzelne Worte in Wolkenschrift hineinzuschreiben. Meine Gedanken kreisen um meine erste Deutschlehrerin, als sie uns für eine Klassenarbeit drei Worte diktierte mit der Aufgabe, sie in eine erfundene Geschichte einzuweben. Himmel, Handtuch, Schemel. Ich schrieb über einen jungen Mann, allein in einer schäbigen Gefängniszelle. Er ekelt sich vor dem Handtuch. Um es aufzuhängen, gibt es nur einen Haken direkt neben dem Kübel. Er hat nichts, womit er sich ablenken kann, nicht einmal ein Buch. Er steigt auf den Schemel und schaut durch ein kleines vergittertes Fenster in den Himmel. Der Gefangene stellt sich vor, ein Himmelsschreiber zu sein. Sein Satz in Wolkenschrift lautet: *Ich will frei sein.*

In der Unterstufe war ich noch die Beste in Deutsch. Und so war es auch diesmal, als die Lehrerin, Dr. Baumberg, uns die Hefte zurückgab. Sie bestand darauf, dass ich meine Geschichte der Klasse vorlas. Am Ende meinte sie, mein Aufsatz beschreibe eine ungewöhnliche Welt, jedenfalls keine, die sie von einem elfjährigen Mädchen erwartet hätte. Die meisten Schülerinnen hätten sich vorgestellt, auf einem Handtuch im Gras zu liegen und in den Himmel zu schauen. Ich misstraute dem Lob meiner verehrten Deutschlehrerin. Mir schien es ein subtiler Vorwurf zu sein wegen eines Verhaltens, das auch anderen Erwachsenen missfiel: Klein und zierlich, wie ich war, benahm ich mich, als wäre ich eigentlich ein Junge. Von meinem Bruder hatte ich die alte Lederhose mit Knopflatz geerbt. Ich trug sie mit Stolz und fand es ungerecht, dass wir Mädchen in der Schule Röcke anziehen mussten.

Mein Blick wandert über die Wolken am Horizont. In letzter Zeit werde ich von Kindheitserinnerungen geradezu überfallen. Natürlich habe ich den Aufsatz von dem Mann im Gefängnis nicht vergessen, doch das Lob meiner Deutschlehrerin, über das ich mich nicht freuen konnte, ist aufgetaucht, um neu bewertet zu werden. Auf einer Bank am Meer, mit dem Wissen einer Erwachsenen, wird mir klar, wie eindeutig sie mich vor der ganzen Klasse ausgezeichnet hatte.

Dr. Baumberg blieb auch in der Mittelstufe unsere Deutschlehrerin. Sie mag Mitte fünfzig gewesen sein, eine Frau mit einem dunklen Teint, wie ich ihn von meinem Bruder kenne.

Am auffälligsten war die Unbekümmertheit, mit der sie ihre Haarfülle zur Geltung brachte. Sie trug die weißen Locken aus dem Gesicht gebürstet, sodass sie vom Kopf abstanden, jedenfalls nicht glatt gezähmt, wie es ihrem Alter entsprochen hätte und wie ich es von den Kleinstadtfrauen kannte. Hausfrauen, deren erwachsene Kinder in anderen Städten studierten oder arbeiteten, schienen mit jedem Jahr um drei Jahre zu altern. Sie entwickelten sich hin zu einem großmütterlichen Typ, mit freundlich-faltigen Gesichtern und dauergewellten Kurzhaarfrisuren, die den Kopf wie ein Mützchen umschlossen. Ich kann mich nicht erinnern, dass Frau Dr. Baumberg jemals geschminkt gewesen wäre, doch ihr weißes Haar enthielt eine Spur von Violett, was ich ungeheuer anziehend fand. Ich glaube, sie war meine erste Liebe.

Es ging ihr nicht nur um den Unterrichtsstoff. Sie war eine konsequente wie vorausschauende Pädagogin, die, wenn sie spürte, dass eine müde Aufmerksamkeit ihrer Schülerinnen auch sie selbst ermüdete, den Ablauf unterbrach.

Dann hielt sie abrupt inne, wechselte das Thema und eröffnete das Gespräch mit ihren Schülerinnen. Einmal ging es um Tagebücher. Die Hälfte von uns Schülerinnen hatte mit Beginn der Pubertät angefangen, Tagebuch zu schreiben. Meines hatte Karl mir zum dreizehnten Geburtstag geschenkt. Ihre Einführung ins Thema, ein kleiner Vortrag, faszinierte mich so sehr, dass ich sie nach der Stunde fragte, ob es eine Niederschrift gebe. Sie rollte erfreut mit den Augen, griff in ihre Aktentasche und zog eine Seite Text heraus.

Ich klebte ihn in mein Tagebuch. An einige Sätze kann ich mich gut erinnern, ich habe sie oft gelesen: *In Ihrem Alter schreibt man Tagebuch, weil man gerade etwas Schönes oder Schlimmes erlebt hat, oder man schreibt über etwas, das man sich von ganzem Herzen wünscht, wonach man sich sehnt. Aber wenn man die Lebensmitte überschritten hat, beginnt man, sich um die eigene Vergangenheit zu kümmern, um besser zu verstehen, wer man ist.*

Ich gehöre nicht zu den Menschen, die sich viel mit ihrer Kindheit und Jugend beschäftigen. Dass mich die vier dicken Kladden aus meiner Zeit als Teenager seit Karls Tod in meinem Einsiedlerdasein begleiten, geschah, wie ich jetzt glaube, nur scheinbar gedankenverloren. Vielleicht suche ich nach Orientierung. Denn die Erinnerungen, wie sie mich in letzter Zeit heimsuchen, sind hartnäckig. Sie sitzen am längeren Hebel. Sie verfangen sich wie die Kletten in einem dicken Hundefell, Kletten, die man nicht loswird, es sei denn, man opfert seine Fingernägel. In diesem Moment fange ich an zu begreifen, dass eine Lebensbilanz droht. Hätte ich es schon eher gespürt, hätte ich Nein gesagt, als Rolf mich anrief.

Hätte, hätte, Zigarette.

Ich durchsuche meine Jackentasche, aber die Packung liegt zu Hause. Noch einmal gehe ich zum Kiosk zurück, noch einmal kaufe ich Kaffee im Plastikbecher und ein Fischbrötchen, dazu Zigaretten und ein Feuerzeug.

»Gibt's heute noch was anderes als Fischbrötchen?«, eröffnet der Mann im Kiosk überraschend das Gespräch. Er fragt, ob es mir hier im Winter gefalle. Durchaus, sage ich. Ich würde die Sonnentage genießen. »Tun Sie das, solange es noch geht«, sagt der Mann zum Abschied. »Die Narbe von meiner Lungen-OP warnt mich. Das Wetter wird umschlagen.«

Ein Sturmtief wandert am nächsten Vormittag über den Nordosten und peitscht die Wellen der Ostsee auf eine Höhe, wie ich sie nur von der Nordsee kenne. Meine Winterkleidung hält dem Regen nicht mehr stand. In einem Fahrradgeschäft erwerbe ich eine lange wetterfeste Jacke mit Kapuze und wasserdichte Hosen zum Überziehen. Nach einer halben Stunde breche ich den Strandspaziergang ab. Mein Pullover ist nicht feucht, er ist nass von Schweiß.

Ich rufe meine Freundin Angela an, der ich meine Berliner Wohnung vermietet habe, Angela kennt sich aus. Sie ist Joggerin. Sie notiert sich die Anschrift der Ferienwohnung, meine Kleidungsgröße 36 und verspricht, notfalls die Kinderabteilung aufzusuchen. Das Paket könne im Laufe der Woche bei mir sein.

Weil ich auf meine täglichen Wanderungen am Meer nicht verzichten möchte, nehme ich am folgenden Tag das Schwitzbad unter meinem Regenschutz in Kauf. Das Sturmtief hält an, und es geschieht, dass ich mich ihm ganz und gar überlasse. Ich ertappe mich dabei, wie ich den Wind mit meiner eingerosteten Singstimme begleite. Es klingt schaurig, aber es steigert mein Tempo. Ich beginne, gegen den Wind zu laufen. Ich beginne, gegen den Wind zu schreien, mit dem Wind zu heulen, mit dem Wind zu weinen.

Mein Körper schreit. Mein Körper heult, wie lange, weiß ich nicht. Dann ist Stille. Eine Windpause hat mein lautes Weinen beendet. Ich sitze auf dem feuchten Sand und kann nicht mehr allein aufstehen. Mir fehlt die Kraft. Das Zusammenspiel der Glieder, diese lebenslange Automatik, sie funktioniert nicht mehr. Weit und breit niemand, der mir aufhelfen könnte.

Es regnet. Die Windböen sind zurück, es ist Winter, ich habe Durst, mir wird kalt, ich bin allein. Wie so oft stelle ich mir das Innere der Erde vor und murmele ein Mantra vor mich hin: »In viertausend Kilometer Tiefe sind es dreitausend Grad. In viertausend Kilometer Tiefe sind es dreitausend Grad …« Als mir warm genug ist. lege ich mich der Länge nach hin, breite die Arme aus und sage laut: »Bin mal gespannt, wie ich aus dieser Nummer wieder rauskomme.« Dicke Regentropfen fallen auf mein Gesicht. Ich öffne den Mund wie ein sterbender Fisch und finde die schiefe Metapher unterhaltsam. Ein gestrandeter Fisch namens Sonja schnappt nach Wasser. Mit jedem kleinen Schluck strömt ein bisschen Leben in mich. Es geht mir gut, sogar sehr gut. Mit euphorischen Zuständen habe ich wenig Erfahrung, aber ich habe auch keine Angst vor ihnen. Ich nehme es hin, plötzlich bester Laune zu sein, so wie ich vorher meine totale Erschöpfung hingenommen habe. Was das Problem mit dem Aufstehen betrifft – ich bin bereit, die Sache sportlich zu sehen.

Ich probiere Verschiedenes aus, dies mit erstaunlicher Ausdauer, und schließlich habe ich es raus. Zuerst setze ich mich auf, ziehe die Beine zum leichten Schneidersitz an. Linker Fuß liegt über dem rechten. Ich stütze mich mit der rechten Hand vom Sandboden ab. Dann passiert es: Mit einer Linksdrehung von Hand und Oberkörper gelingt ein Vierfüßlerstand. Das folgende Aufrichten ist kinderleicht, allerdings nicht dynamisch, sondern wackelig, aber es sieht mich ja keiner. Ich klopfe mir den Sand von der Kleidung und beglückwünsche mich zur Wiedergeburt als Zweibeiner.

In jungen Jahren hatte mir ein Freund den Titel »Katastrophenverwerter« verliehen. Es verblüffte ihn, dass ich in allem, was schieflief, immer noch etwas Gutes fand, im Sinne von: Es hätte schlimmer kommen können. »Katastrophenverwerter« gefiel mir. Ich gab ihm recht und sagte, ich sei wohl der Typ, der, wenn er sich ein Bein bricht, glücklich feststellt, dass das andere heil geblieben ist. Ich fand die Eigenschaft nützlich, zum Beispiel, weil ich lieber allein als in Begleitung wanderte. Fort von allem und die Gedanken baumeln lassen, Wege gehen, die auf keiner Wanderkarte zu finden waren. In meinen Urlauben suchte ich wilde Gegenden auf, wo ich selten auf andere Menschen traf, oft die Orientierung verlor, aber nie die Überzeugung, dass es gut ausgehen würde. Es gab großartige und frustrierende Überraschungen. Am Anfang hielt ich Wildwechsel für Trampelpfade. Ich war wer weiß wie oft im Kreis gegangen und doch immer ans Ziel gelangt. Nur einmal hatte ich mich so verlaufen, dass ich im Freien übernachten musste, ohne dafür ausgerüstet zu sein. Auf einem Hügel fand ich eine kleine passende Höhle. Mit Mäusen hatte ich nicht gerechnet. Ich stopfte mir Toilettenpapier in die Ohren, und als ich aufwachte, ging vor mir über dem Meer die schönste Sonne meines Lebens auf.

Zurück in der Ferienwohnung, während ich unter der Dusche stehe, während ich die verschwitzten Baumwollsachen auswasche und über die Heizung hänge, höre ich eine Stimme: »Schäm dich, Sonja, schäm dich!« Sie wiederholt sich wieder und wieder. »Schäm dich, Sonja, schäm dich!« Es ist beängstigend und für mich völlig neu. Je mehr ich der Stimme entkommen will, desto mehr hämmert sie auf mich ein. In meiner Not suche ich im alten Radio ein Gegenprogramm. Ich finde Partymusik und drehe den Knopf bis zum Anschlag. Nichts hilft. »Schäm dich, Sonja, schäm dich! Schäm dich!« Die Scham bleibt, wie auch die Stimmen. Inzwischen sind es mehr als eine.

Es folgt ein längeres inneres Ringen, dann rufe ich Angela an. »Ich glaube, ich werde verrückt. Ich höre Stimmen.«

Einige Minuten hört sie mir zu. Dann sagt sie, mein Anruf komme für sie plötzlich. Sie habe gerade gejoggt, werde erst mal duschen und sich danach bei mir melden. Ich danke ihr und lege auf. Für Angela gehört Sport zum Leben wie Essen und Trinken. Sie ist zehn Jahre älter als ich, aber sie läuft elegant und leicht. Mit ihrer dunklen Haut und der grauen Afrofrisur ist sie die auffälligste Erscheinung im Park. Ihre Eltern, beide Ärzte, lernten sich auf einem Kongress in Wien kennen und blieben zusammen. Als Tochter eines schwarzen Amerikaners von der Westküste und einer Mutter aus Ghana lebte Angela abwechselnd in den USA und in Österreich.

Zwanzig Minuten später ruft sie mich zurück. Ihre Stimme klingt nicht mitleidig, wie ich es von anderen Freundinnen kenne, die mich vorschnell mit guten Ratschlägen füttern. Angela spricht nüchtern und besonnen. Ich schätze ihre pragmatische Art, mit Problemen umzugehen, und nach einer Weile fühle ich wieder Boden unter den Füßen.

Sie rät mir, nicht darüber zu grübeln, wem die Stimmen gehören könnten. Weder Gott noch der Teufel spreche zu mir, sondern ein Spielverderber, der mir mein Wiederaufstehen im Sturm am Meer nicht gönnt. Ich solle die Stimmen einfach nicht wichtig nehmen, sondern mir sagen: »Ach, da sind sie ja wieder, die Spielverderber. Wenn die sich melden, weiß ich, dass ich auf dem richtigen Weg bin.«

Angela sagt, mit der Zeit werde auch die Scham verschwinden. »Wir können ja jeden Abend kurz telefonieren, okay?«

Ich kenne Angela bald zwanzig Jahre. Bei der ersten Begegnung dachte ich, ich hätte einen Traum, in dem Angela Davis mich besuchte. In Wahrheit erwachte ich gerade im Bett einer Psychiatriestation. Es dauerte eine Weile, bis ich begriff, dass die Frau mit einer Angela-Davis-Frisur, die sich über mich beugte, keine amerikanische Aktivistin war, sondern eine Ärztin. Auf dem Namensschild ihres weißen Kittels stand: Dr. Angela Benson. Das Aufwachen in der Klapse gehört zu den größten Niederlagen meines Lebens. Ich war siebenundzwanzig Jahre alt und Lehrerin an einer Berliner Schule.

*

Nina ruft mich an. »Hallo Sonja, wollte nur mal hören, wie's dir geht ...«

»Hier an der See stürmt es gewaltig.« Ich halte das Handy weg vom Ohr und in Richtung der Brandung. »Nina, ich bin direkt am Wasser. Man muss aufpassen, dass man nicht weggepustet wird.«

»In echt?«

»Nur eine Redewendung«, rufe ich ins Telefon. »Wir haben Sturm und Dauerregen. Aber jetzt verstehe ich dich ganz schlecht. Ich melde mich, sobald ich zu Hause bin.«

Als ich sie eine halbe Stunde später zurückrufe, steht ein heißer Kakao vor mir auf dem Tisch. »Wie schön, Nina, dass wir telefonieren können. Wie war eure Zeit in Berlin?«

Sie stöhnt. »Nicht so toll. Dauernd wollte mir Papa irgendwelche Sachen zeigen – frag mich nicht, welche … Ich war schon mittags völlig fertig.«

»Und Hamburg, hat dir das Musical gefallen? Und war Rolf wirklich mit dir im KZ Bergen-Belsen?«

»Moment«, nuschelt sie. »Ich muss den Kaugummi loswerden. Ihhh! Der klebt schon an den Zähnen! Also: Papa und ich hatten in Berlin oft Krach. Da bin ich mit dem Zug nach Hause gefahren.«

Während ich meiner Nichte zuhöre, habe ich mir eine Zigarette angesteckt. »Und was machst du da gerade in Wassenhorst?«

»Ich bereite die Party für meinen dreizehnten Geburtstag vor. Zwei Freundinnen haben gesagt, sie wollen nicht kommen. Und weißt du, warum?«

»Nein.«

»Weil ich von der Schule geflogen bin.«

Ich lege die Zigarette aus der Hand. »Wie bitte? Das sagen sie dir einfach so ins Gesicht?«

»Nein, Sonja, sie erfinden eine Ausrede. Sie sagen es nicht, weil sie Angst haben, dass ich auch bei ihnen so ausraste.«

»Was meinst du genau mit ›ausrasten‹? Bei mir an der Hauptschule gab es viele Wutausbrüche, aber noch nie ist jemand
deswegen rausgeworfen worden.«

»Na ja.« Nina zögert. »Es war nicht der einzige Grund.«

Ich schweige. Dann fängt meine Nichte an zu erzählen. Es
sprudelt nur so aus ihr heraus. Alles begann damit, dass sie
Shirts trug, die weiter ausgeschnitten waren als üblich. Zwei
ältere Schüler belagerten sie deshalb ständig auf dem Schulhof
und machten anzügliche Bemerkungen. Als ihr einer der beiden auf den Po schlug, drehte sie sich um und knallte ihm eine.
Seine Nase blutete. Ihre Hand war ausgerutscht. Beim nächsten
Mal griff der zweite Nina an die Brust, danach hatte er eine
gebrochene Nase. Für den Vorfall gab es keine Zeugen. Da die
Knaben als wohlerzogen galten und ihr Vater Leiter der Stadt-
verwaltung ist, war das Maß voll. Nina wurde vom Gymnasium
verwiesen.

Wenn sie sich schlecht oder ungerecht behandelt fühlt, kann
sie nicht anders, dann muss sie sich wehren. Von ihrer Mutter
wurde sie bislang unterstützt, aber ihr Vater meint, so ginge es
nicht. Sie müsse sich zusammennehmen und sich aus der Ruhe
heraus eine Strategie überlegen, wie sie sich behaupten könne,
ohne um sich zu schlagen.

Und dann ist da noch Niko, der immer einen Rat weiß.
Nina hatte ihn und seinen großen Hund am Rhein kennengelernt. Er ist Anfang zwanzig und begeisterter Boxer. Nicht
weit von Wassenhorst hatte er einen mit Wellblech bedeck-
ten, aber preiswerten Trainingsschuppen eröffnet. »Kein Problem, Nina«, sagte er. »Du kannst lernen, dich zu wehren und es
einem miesen Typen heimzuzahlen, ohne dass Blut fließt. Mal
was von Leberhaken gehört?«

Also begann meine Nichte heimlich ein Boxtraining und finanzierte es, indem sie ihre Eltern bestahl, jeweils in kleinen

79

Summen, die sich für sie beachtlich häuften, aber als Diebstahl nicht auffielen.

Nina hat nicht die geringste Absicht, daran etwas zu ändern.

»Und wie lange soll es so weitergehen?«, frage ich.

»Nur so lange, bis ich fit genug bin, einem Kerl, der mir an die Brust packt, eine zu verpassen, ohne dass Blut fließt.«

Unser Gespräch bedrückt mich. Nina redet sich ein, sie hätte alles im Griff. Aber sie klingt unsicher, ganz anders, als ich sie hier erlebt habe. Ich glaube, sie wird weitermachen mit ihren Heimlichkeiten. Geht boxen. Bestielt ihre Eltern. Fälscht Unterschriften. Schule schwänzen, schwarzfahren …

»Hallo, Sonja, bist du noch da?«

Ich schiebe die Gedanken beiseite. »Alles klar, Nina, hier bin ich.«

»Papa hat schon wieder gesagt, ich wäre wie du. Und er hätte etwas über dich geschrieben. Aber mehr sagt er nicht. Warum tut er das?«

»Arme Nina. Bitte warte mal.« Fast hätte ich geantwortet: »Weil er manchmal ein Idiot ist.« Aber nachdem ich mir eine neue Zigarette angesteckt und den ersten Zug gemacht habe, sage ich: »Dein Vater steckt in einer Lebenskrise. Das hat er mir selbst erzählt. Er gerät schnell in Stress und benimmt sich dann so, wie es nicht in Ordnung ist. Hoffen wir, dass es ihm bald besser geht.«

Nina hat mich auf eine Idee gebracht. So ablehnend ich gegenüber Rolfs Bericht war, so sehr interessiert mich jetzt, was mein Bruder über mich geschrieben hat. Schon am nächsten Tag sitze ich wieder mit Cappuccino und Zigaretten im Internetcafé.

Eine langweilige Familie – Bericht von Rolf
Senkel

Meine erste zusammenhängende Erinnerung betrifft Sonja. Schon bei ihrer Geburt zwei
Jahre nach Kriegsende fiel meine kleine
Schwester aus dem Rahmen. Ich selbst kam un-
problematisch in einem Krankenhaus zur Welt,
erzählten mir meine Eltern. Sonja wurde in
einem Zimmer unter dem Dach im Haus meiner Großeltern geboren. Ich war fünf Jahre
alt und schlief in der ersten Etage. Ich
erinnere mich daran, wie ich aufgewacht
bin, weil jemand über mir laut stöhnte und
schrie. Ich bekam es mit der Angst zu tun
und trat auf den Flur. Plötzlich schubste
mein Vater mich beiseite. Er rannte die
Treppe hoch und verschwand hinter einer offenen Tür. Ich hörte ihn sagen, der Arzt
würde bald da sein. Natürlich bin ich ihm
sofort hinterhergelaufen. Ich blieb in der
Tür stehen. In einem engen Raum befanden
sich meine Oma und eine fremde Frau, die
mir den Blick auf das Bett versperrten. Es
gelang mir, mich vorsichtig und unbemerkt
in kleinen Schritten zu nähern. Sonderbarerweise erinnere ich mich nicht an Blut.
Meine Mutter richtete sich vor Schmerzen
halb auf, fiel dann wieder zurück aufs Kissen. Die Hebamme kommandierte: »Los, atmen,
gleichmäßig atmen.« Meine Mutter keuchte und
schloss die Augen. Sie war plötzlich furchtbar blass. Vater rief: »Bärbel, Bärbel«, und

brach beinahe zusammen. Er wollte sich in
den Sessel fallen lassen. Die Hebamme riss
ihn gerade noch rechtzeitig hoch. Auf dem
Sessel lag schon meine kleine Schwester,
ein Päckchen, in ein Handtuch gewickelt.
Bei ihrem Anblick war ich enttäuscht. Das
halbe Gesichtchen war mit fettiger Schmiere
bedeckt. Da erst fing ich laut an zu
weinen, wurde entdeckt und aus dem Zimmer
geschickt.
Sonny und ich waren schon als Kinder sehr
verschieden. Ich hatte pechschwarzes Haar
und eine dunkle Haut. Ich wurde schnell
braun. Meine kleine Schwester mied die
Sonne. Sie hatte eine empfindliche weiße
Haut und trug draußen ein Hütchen. Sie war
ein Bilderbuchkind mit blauen Augen und
blonden Locken. Alle Erwachsenen brachen
bei ihrem Anblick in Entzücken aus. Ich war
»ein großer Junge«, was mir meine Eltern
seit Sonjas Ankunft pausenlos einschärften.
Sie wollten in mir Verantwortung wecken.
Es war nicht zu übersehen, dass ich meine
Schwester nicht mochte.
Sonny brauchte ewig, bis sie laufen konnte.
Die Eltern und Großeltern feierten es als
großes Wunder und luden Gäste ein. Sonja war
der kleine Star. Mein Vater verprügelte mich
oft, aber Sonny schaute er verliebt an. Er
nannte sie sein Püppchen.
Als Sonja zwei Jahre alt war, zogen wir in
den Westen, nach Wassenhorst am Rhein. Ich

erinnere mich daran, wie meine dreijährige
Schwester oft auf dem Bauernhof in der Nachbarschaft erschien. Es geschah immer, wenn
die Erntehelferinnen Pause machten. Viele von
ihnen hatten faltige Gesichter und trugen
schwarze Kopftücher. Vor dem offenen Scheu-
nentor saßen sie auf Strohballen und unterhielten sich in einem komischen Deutsch.
Heute weiß ich, sie kamen aus Ostpreußen.
Wenn sie meine Schwester erblickten, gaben
sie kleine Jubelschreie von sich. Einmal
stand ich hinter ihnen, als Sonny sich von
der anderen Seite näherte. Sie ging langsam, nicht ängstlich, und machte wie üblich
ein ernstes Gesicht mit forschenden Augen.
Ein etwas abseits liegender Strohballen hatte
ihre Neugier geweckt. Sie ging in die Hocke,
betastete seine Oberfläche, strich immer
wieder über die zusammengepressten Halme und
leckte kurz an einem Strohhalm. Ich habe
die kleine Szene nie vergessen. Sie fiel mir
sofort wieder ein, als ich einmal im Rahmen
einer Reportage einem Materialprüfer bei seiner Arbeit zusah.
Sonny lächelte selbst dann nicht, als die
Frauen mit den schwarzen Kopftüchern ihr
Süßes zusteckten. Doch sie ließ es zu, dass
eine nach der anderen ihre blonden Locken
streichelte. Manchen Frauen traten Tränen in
den Augen. Ich fand es übertrieben und pein-
lich und wandte mich ab.
Als sie älter wurde, saß sie gern stunden-

lang scheinbar abwesend in einer Ecke. Während ich gar nicht genug Leute um mich herumhaben konnte, hasste Sonny den Trubel meiner Kindergeburtstage. Eine eigene Feier lehnte sie rigoros ab.

Es gab viele Gründe, auf Sonny eifersüchtig zu sein. Wenn möglich, ging ich ihr aus dem Weg. Als mein Freund Karl einmal sagte, meine kleine Schwester sei etwas ganz Besonderes, hätte ich fast zugeschlagen. Aber er war stärker als ich und ein paar Jahre älter. Er griff mir in den Arm. Dann zwang er mich auf den Boden. »Komm setz dich, Rolf«, sagte er. »Wir zwei führen jetzt ein Männergespräch.« So erfuhr ich, dass Sonny ihn häufig besuchte. Er verstand nicht, was ich an ihr auszusetzen hatte. »Alles«, entgegnete ich. »Und ganz besonders, dass sie nie lacht.« Karl gab zu, dass meine Schwester das Gegenteil von einem Sonnenscheinkind sei. »Sonny spinnt«, sagte ich. »Dauernd spinnt sie sich etwas zusammen. Sie erzählt Lügengeschichten. Hat sie dir auch erzählt, dass sie Luft sehen kann?«

»Ja, und?«

»Sie sagt, Luft sieht aus wie Seifenblasen, ein paar große Blasen, häufiger aber kleine.« Karl war der Ansicht, dass in allen kleinen Kindern fantastische Geschichten steckten. Das sei bei mir nicht anders gewesen. Ich würde mich nur nicht daran erinnern. Ich war überzeugt, dass er sich in meinem Fall

irrte. Doch was er mir danach berichtete,
machte mich hellhörig.

»Im Sommer hat Sonny mich gefragt, ob ich
ihr Lesen und Schreiben beibringen könne.
›Warum?‹, sagte ich. ›Nächstes Jahr kommst
du in die Schule. Dann lernst du das alles.‹
Aber Sonny wollte mit dem Lesen nicht mehr
warten. Sie wollte Bücher lesen, so wie ich.
Und stell dir vor, Rolf: Jetzt ist Herbst,
und deine Schwester kann lesen und schreiben. Sie liest Bücher ohne Bilder. Wie findest du das?«

Darüber musste ich nachdenken. Schließlich
sagte ich: »Komisch. Ich bin zum ersten Mal
stolz auf meine kleine Schwester. Aber wütend bin ich auch. Ich wette, sie wird eine
gute Schülerin.«

Sonja schaffte das Abitur mühelos. Dagegen
bin ich ein Schulversager gewesen. Die Klassen von Jungen und Mädchen waren getrennt,
aber wir gingen auf dasselbe Gymnasium. Ich
war ein braver Junge. Sonny entwickelte
sich in der Vorpubertät zu einer aufmüpfigen
Schülerin. Als Elfjährige rebellierte sie
gegen die Schulordnung, weil Mädchen keine
Hosen tragen durften. Zwar hatte sie keinen
Erfolg, doch sie wurde bekannt wie ein bun-
ter Hund.

Ich sehe sie immer noch vor mir, wie sie
einmal nach dem Ende einer Schulpause auf
dem ersten Treppenabsatz den nachrückenden
Schülerstrom zum Stillstand brachte, in-

dem sie so tat, als wäre sie eine Verkehrs-
polizistin. Ein Lehrer wollte Sonny eine
Ohrfeige verpassen, aber sie duckte sich
weg. Die Lehrerhand knallte gegen die Wand.
Wir Schüler lachten. Er zog sich wortlos zurück.

Auf dem Schulhof war ihr Sinn für Gerech-
tigkeit Thema, weil sie andere Schülerinnen
verteidigte. Und noch etwas gehört in diese
Zeit: Zu einem gleichaltrigen Jungen hatte
Sonny ein sonderbares Verhältnis. Die beiden
waren nie einer Meinung. Beide provozier-
ten sich so lange, bis sie plötzlich aufeinander losstürzten. Im Stehen fochten sie
Ringkämpfe aus. Dabei keuchten und lachten
sie und passten auf, dass sie nicht im Dreck
landeten.

Meine Eltern waren entsetzt. Sie konnten
aber nicht viel unternehmen, weil ihre Tochter weiterhin die besten Noten nach Hause
brachte. Mich schien Sonny zu verachten,
weil ich den Lehrern kein Paroli bot. Aber
das konnte ich mir als schlechter Schüler
nicht erlauben.

Bei einer so zierlichen Person wie Sonny
ist ihre laute Stimme eine Überraschung. Sie
klang schon als Jugendliche ruhig und er-
wachsen. Nicht so schrill wie viele Mädchen
und Frauen, wenn sie etwas zu verkünden haben. Dabei stand sie aufrecht da und drückte
sich präzise aus.

Sonny fiel das Lernen leicht. Ihre Hausaufgaben erledigte sie nebenbei. Als sie älter wurde, verbrachte sie jede freie Minute im Städtchen und kam pünktlich zum Abendessen heim. Nie lud sie ihre Freundinnen mit nach Hause ein. Manchmal sah ich sie von fern irgendwo draußen, lachend, bei zwei Mädchen eingehakt. Ich erkannte, wie schön sie war, und fragte mich, warum sie sich zu Hause wie ein Schatten bewegte. Zu einer Garten-party am Geburtstag meines Vaters erschien sie in einem Sporttrikot, nahm Anlauf und schlug vor ihm ein perfektes Rad, genauer, drei Räder hintereinander. Dann machte sie eine Verbeugung wie eine Zirkusartistin. Das war ihr Geschenk. Mein Vater und die Gäste waren aus dem Häuschen. Sie riefen »Zugabe«, sie aber lehnte höflich ab. Sie habe Hunger, sagte sie, und vorher wolle sie sich um-ziehen. Meine Mutter flüsterte mir zu, sie fände Sonnys Darbietung schamlos.

Zu Hause war meine Schwester gehorsam. Sie führte keinen offenen Kampf mit den Eltern. Meine Mutter mutete ihr schon als Kind viel Hausarbeit zu. Ich habe ihre Anweisungen noch im Ohr. Immerzu musste meine Schwester ihr in der Küche »zur Hand gehen«, wie sie sich ausdrückte. Ihre Tochter hatte »um-sichtig« zu sein. Sonny lernte nicht etwa kochen, was ihr sicher gefallen hätte. Sie war die kleine Küchensklavin, die der Mutter beim Kochen mal einen Löffel, mal einen kleinen Teller reichte. Sie hatte dafür

zu sorgen, dass die Arbeitsplatte frei von
Flecken, Essensresten und Gemüseabfall war.
Wenn Sonny zu langsam reagierte oder etwas übersah, setzte es eine Ohrfeige. Daran
war nichts Besonderes. Ich jedenfalls kannte
keine Familie, in der die Eltern nicht
schlugen.

Je älter Sonny wurde, umso mehr spannte Mutter sie für die Hausarbeit ein. So konnte
ich mich nach der Schule an den von Sonny
gedeckten Tisch setzen. Meine kleine Schwester saß gebeugt da. Typisch für sie waren
die leicht vorgezogenen Schultern. Sie hatte
wenig Appetit und sprach nur das Nötigste.
Derweil hielt Vater einen Vortrag über Ta-
gespolitisches, dem niemand am Tisch folgen
konnte. Nach dem Mittagessen musste sie Geschirr, Töpfe, Gläser und Besteck von drei
Mahlzeiten spülen und abtrocknen und alles sauber in den Schränken verstauen. Auf
keinen Fall durfte sie vergessen, den Kü-
chenboden zu wischen. Ich hingegen machte
eine Stunde Pause. Dann war es Zeit für die
Schularbeiten.

Die Pubertät verlief bei mir unauffällig.
Ich wurde einsilbig, verlor mein Interesse
am Familienleben und an den Freunden. Ich
zog mich mit meinem Modellbau, mit den Flug-
zeugen und Schiffen zurück. Ich war schlank
geworden und wuchs meiner Mutter über den
Kopf. Vater ließ das Prügeln sein. Um diese
Zeit fing es an, dass meine Schwester mir

leidtat. Mit sechzehn, von einem Tag auf den anderen, erwachte ich. Ich begriff, dass allenfalls mein Vater sie verwöhnte und dass meine Mutter ihre Tochter nicht ausstehen konnte. Vor allem ertrug sie es nicht, wenn Sonny in ein Buch vertieft in einer stillen Ecke der Terrasse saß. Da konnte es sein, dass Mutter auf sie zuschoss und sie zu einer Arbeit abkommandierte, die »augenblicklich« erledigt werden musste. Sonny stand auf, aber sie tat es langsam, noch immer in Gedanken in ihrem Buch. Und wieder setzte es eine Ohrfeige.

In unserem Haus führte der Weg, um in mein Zimmer zu gelangen, durch die Küche. Eines Tages bot ich Sonny an, das Geschirr abzutrocknen. Sie schüttelte den Kopf und spülte weiter.

»Warum nicht?«

»Ich glaube, sie möchte ihren Sohn nicht bei der Hausarbeit sehen.« Ich blieb stumm in der Küche stehen. Nach einer Weile sagte sie: »Hör zu, Rolf, ich habe einen Vorschlag. Bleib hier und erzähl mir was.«

»Meinst du das ernst?«

»Es ist langweilig. Es gibt kein Radio.« Ich setzte mich rittlings auf einen Küchenstuhl. Weil mir nichts einfiel, fragte ich sie, was sie gerade las. Sie erzählte mir von dem Sklaven Spartakus, der einen Aufstand gegen die Römer angezettelt hatte. Danach bat sie mich, sie nicht mehr »Sonny« zu nennen, sondern Sonja. Sie fragte mich, ob ich denn überhaupt keine Bücher lese. Als ich es bestätigte, wollte sie den Grund wissen. »Ich kann mich nicht so lange konzentrieren«, sagte ich wahrheitsgemäß. Zu meiner Überraschung schämte ich mich nicht, es zuzugeben. Sonja nickte nur. Sie verstand mich.

So begann während der zwei Jahre, bevor ich zur Bundewehr ging, eine Phase der vorsichtigen Freundschaft. Mit der Zeit wuchs etwas, das sie ironisch »ein zartes Pflänzchen des Vertrauens« nannte. Ich kannte sie so wenig, dass ich erst in der Küche ihre ironische Seite entdeckte.

Zu diesen Küchengesprächen kam es selten. Soweit ich mich erinnere, vielleicht ein oder zwei Mal im Monat. Aber bei einer dieser Gelegenheiten erfuhr ich, dass sie das Tagebuch der Anne Frank las. Zufällig hatte ich gehört, wie meine Eltern über das Buch redeten. Mein Vater hatte in der Zeitung gelesen, es sei alles erfunden. Kein 14-jähriges Mädchen habe die Reife, ihre Umgebung so genau zu erfassen und sich so gut auszudrücken. Obwohl meine Eltern das Buch nicht gelesen hatten, stimmten sie dem Artikel zu. Dies wiederholte ich nun. Sonja hielt dagegen, sie sei selbst vierzehn und Anne sei ihr so vertraut wie eine Schwester.

Bei einer anderen Gelegenheit sagte sie einmal unvermittelt: »Ich darf nie Mutter werden.«

»Aber das wollen doch alle Mädchen …«

»Ich werde nie ein Kind haben.«

»Warum denn nicht?«

»Weil ich kein einziges Kinderlied singen kann. Es käme zu einer Katastrophe. Bei
›Hänschen klein, ging allein in die weite
Welt hinein‹ würde ich einen Schluckauf
kriegen, der nie mehr aufhört. Ich würde mir
alle Fingernägel abkauen und danach die Fuß-
nägel …«

Sie grinste. Ich schaute sie entsetzt an.

»Sonja, was soll der Quatsch?«

Dann erklärte sie mir, was für ein dummes
Kind dieses Hänschen sei. Anstatt frei in
die Welt hinauszulaufen, kehre es zur wei-
nenden Mama zurück. Sonja schüttelte fassungslos den Kopf und wiederholte: »So ein
dummes Kind.« Und ich dachte: Typisch Sonny,
sie spinnt immer noch.

Die Beziehung zu meiner Schwester blieb
während unseres ganzen Lebens Schwankungen
unterworfen und erreichte nie die Leichtig-
keit des Selbstverständlichen. Als Erwach-
sener hielt ich Abstand, um ihren ständigen
Fragen zu entgehen. Eine Lehrerkrankheit.
Mit Smalltalk kennt sie sich nicht aus. Seit
Jahren besteht unser Kontakt nur aus Weih-
nachts- und Geburtstagsgrüßen.

Sonja war und ist eine anstrengende Person.
Schon früher sagte sie nicht nur Sachen,
die ich nicht verstand, sie tat auch Sachen, die ich nicht verstand. Es ging da-

mit los, dass sie als Pädagogik-Studentin meinen Eltern freundlich ins Gesicht sagte, sie würde gelegentlich kiffen. Ihre blonden Locken färbte sie mit Henna orangerot. Sie lief in einem Parka herum und demonstrierte gegen den Vietnamkrieg. In einer Gruppe von Freunden, der auch Karl angehörte, machte sie sich in einem alten Kleinbus auf den Weg nach Indien. Zwölf Wochen brauchten sie hin und zurück. Sonja wurde Grund- und Haupt-schullehrerin und blieb eine Linke, soweit ich das beurteilen kann, aber mit der Zeit wurden ihre Überzeugungen milder.

Mit dreißig Jahren brach sie den Kontakt zu unserer Mutter ab. Die sagte nur: »Sonny ist rauschgiftsüchtig. In Kürze wird sie reumü-tig vor der Tür stehen, und wir sollen ihr aus der Patsche helfen.« Ich wusste es bes-ser. Sonja ging zielstrebig ihren Weg. Nur in einem Punkt stimmte ich Mutter zu: »Aber klar, Mama. Das ist kein Abschied für im-mer.« Ich wollte sie etwas trösten.

Kurz darauf teilte Sonja mir mit, sie werde Karl heiraten. Ich war davon nicht begeis-tert. Karl und ich waren schon lange keine Freunde mehr. Weil Mutter nicht eingeladen worden war, blieben auch Vater und ich der Hochzeit fern. Inzwischen hatte ich selbst Kinder, und meine Mutter stellte mich bei Tauffeiern und Konfirmationen vor die Alter-native: »Entweder deine Schwester oder ich.« Ich entschied mich gegen Sonja.

Ich kann es nicht fassen. Mehrfach lese ich Rolfs Bericht. Mein Cappuccino ist kalt geworden. Ich muss meinen Irrtum verdauen: dass er, den ich für oberflächlich gehalten habe, ein so guter Beobachter ist. Seine Ehrlichkeit macht mich sprachlos. Das hindert mich daran, ihn sofort anzurufen, als ich wieder zurück in meiner Ferienbehausung bin. Aber noch etwas anderes lässt mich zögern. Weil er am Schluss meinen Mann erwähnt, frage ich mich, wie so oft, was die Freundschaft zwischen Rolf und Karl beendet hat. Etwas geistert in meinem Kopf herum. Einmal, bei einem unserer Küchengespräche, hatte Rolf etwas Sonderbares über Karl gesagt. Aber was? Ich gehe zum Schrank und hole meine Tagebücher heraus. Meine Suche dauert lange. Immer wieder stoße ich auf Begebenheiten, die mich ablenken, weil ich ewig nicht mehr an sie gedacht hatte. Nun werden sie wieder in mir lebendig und haben meistens etwas Verstörendes. Schließlich finde ich die Stelle, nach der ich suche.

```
                                    12.Juni 1962
    Rolf hat ein paar Tage Urlaub von der Bun-
    deswehr. Er ist fast nie zu Hause. Im Städt-
    chen trifft er sich abends mit alten Freun-
    den und schläft bis Mittag. Er ist schlecht
    gelaunt, während er beim Abtrocknen hilft,
    und nennt Karl einen warmen Bruder. Ich weiß
    nicht, was er damit meint.
    »Das ist jemand, der nur Männer liebt, keine
    Frauen.«
    »Wie kommst du darauf? Karl hat doch eine
    Freundin.«
    »Ach, alles nur Tarnung. Die Freundin hat er
    nur, damit niemand merkt, dass er ein warmer
    Bruder ist. So etwas ist strafbar. Wusstest
```

du das? Karl hat den Wehrdienst verweigert.
Und denk doch mal nach: Findest du es nicht
komisch, dass ihr schon so lange befreundet
seid? Welcher Junge interessiert sich mit
vierzehn für ein kleines, sechsjähriges Mädchen? Ist doch sonderbar, oder?«
»Aber Karl wollte immer schon eine kleine
Schwester haben.«
Rolf hört mir nicht zu. Da erinnere ich ihn
an die Frauen mit den schwarzen Kopftüchern
auf dem Bauernhof, die Flüchtlingsfrauen.
Karl war sechs Jahre alt, da hat seine Mutter auf der Flucht ein Baby verloren. Darum, meine ich, hat er sich immer nach einer
jüngeren Schwester gesehnt. Rolf hat nichts
mehr dazu gesagt.

Während ich den Eintrag im Tagebuch lese, muss ich lachen.
Wären mein Bruder und ich uns nicht so fremd, würde ich ihn
jetzt anrufen und ihm sagen, er habe sich geirrt, mein Mann sei
nicht schwul gewesen. Da sei ich mir sicher.

Rolfs Bericht mit den Aussagen über mich als Kind und Jugendliche lässt mich nicht los. Ich werde unruhig und merke,
dass mir etwas fehlt, für das ich keine Worte und keine Vorstellung besitze. Ich gehe durch die ärmliche Wohnung, so lange,
bis ich weiß, was ich suche. Ich drehe das Babybild herum.
Das also bin ich, Sonja, an einem warmen Tag, vermutlich vier
Monate alt. Ich trage ein helles Hemdchen, das meine Arme
frei lässt, ein Höschen in einem verwaschenen Blau. An den
Füßchen Babyschuhe mit rosa Bändchen. Das rechte Ärmchen
habe ich leicht erhoben. Die linke Hand liegt unter meinem
Kopf. Vielleicht träume ich etwas Schönes. Vielleicht spüre ich

die milde Brise in meinem Gesicht und bin kurz davor aufzu-
wachen. Vielleicht höre ich, wie der Wind leise die Blätter im
Baum über mir bewegt. Meine Gedanken wandern zu Schwester Anni. Wer war sie?

Ich liege auf meinem Bett und kann mich nicht mehr von
dem Gemälde trennen. Die Farben sind nicht verblasst, scheint
mir, sondern genau so vom Maler beabsichtigt. Sie sind zart,
und das schlafende Baby ist stark. Auf diese Weise zu erfahren, dass es mir als Baby gut ging. Was für ein Wunder! Ich
übertreibe nicht: Was zwischen mir und der kleinen Sonja geschieht, fühlt sich an wie der Beginn einer Liebesgeschichte.
Draußen wird es dämmrig. Ich will diese zarte Intimität nicht
dem harten Licht der Nachttischlampe aussetzen.

Irgendwann mache ich mir einen Kaffee, entzünde die Kerzen auf dem Tisch und tippe die Nummer von Rolf ins Handy.
Seine Stimme verrät es: Er freut sich darüber, dass ich anrufe.

»Hallo Rolf, ich habe deinen Bericht weitergelesen, das, was
du über mich geschrieben hast. Mensch, Bruder, so viel Beob-
achtungsgabe habe ich dir nicht zugetraut. Ich bitte um Ver-
zeihung.«

Vom anderen Ende der Leitung kommt ein Seufzen. »Wie
schön«, sagt Rolf leise. Über das Babybild sage ich nichts.
Warum, weiß ich nicht. Weiß ich doch. Ich befürchte, ich
könnte zu viel von mir preisgeben, und mein Bruder, der mich
seltsam findet und sich selbst normal, könnte mit einem kleinen Lachen darüber hinweggehen.

Später, nachdem ich gebratenen Fisch mit Zucchini gegessen
habe, merke ich, dass ich kopfschüttelnd den Tisch abräume.
Unversehens haben sich meine verkorksten Eltern in meine
Gedanken geschlichen. Warum sie mein Babybild in den Westen mitnahmen, es aber dann nicht aufhängten, ist mir völlig
klar. Mutter und Vater wollten nicht an die ersten Nachkriegs-

jahre erinnert werden. Nicht an Schwester Anni denken. Sie wollten verhindern, dass wir Kinder oder Gäste danach fragten. Sie waren Meister des Schweigens, ein Fluch für ihre beiden Kinder. Es gelang Bärbel und Rüdiger, ihre Geheimnisse unter Verschluss zu halten. Sie produzierten Nebel, sie strickten Legenden. Aber ihre nebulösen Aussagen hatten dennoch eine Botschaft. Sie ließen mich spüren, dass es da noch etwas Geheimnisvolles gab. Es geschah vor allem durch Halbsätze, die sich mir einprägten, weil sie wiederholt geäußert wurden und irgendwie in der Luft hängen blieben. Ich glaube, sie sind einfach aus ihnen herausgepurzelt. Sie hatten überhaupt nichts mit dem zu tun, was Mutter oder Vater in dem Moment beschäftigte, zum Beispiel das Auto für den Urlaub zu beladen, in der morgendlichen Haferflockensuppe zu rühren, Handtücher zu verstauen, den Rasenmäher aus der Garage zu holen, im dicken Telefonbuch nach einer Nummer zu suchen und so weiter.

»Wenn wir den Krieg gewonnen hätten …« (Mutter und Vater)

»Weihnachten 1948, als du sterben wolltest …« (Mutter)

»Wenn ich gewusst hätte, wie alles enden würde …« (Vater)

»Dieser Grossmann, dieser grässliche Typ …« (Mutter)

Wie auch immer: Das Schweigen meiner Eltern verursachte eine Kühle, die sie selbst nicht wahrnahmen. Draußen war es für mich immer wärmer als drinnen, selbst im Winter.

*

In der zweiten Märzhälfte kommt der Frühling an die Ostsee. Noch immer spüre ich die Erschöpfung, deren Auslöser die zwei langen Jahre mit Karls Krebserkrankung und seinem Tod waren. Seit Beginn des Monats denke ich darüber nach abzureisen, aber ich kann mich nicht entscheiden, wohin. Ich habe eine Liste mit Kleinstädten entworfen, dazu die Bedingungen, die sie erfüllen müssen. Ein hübscher, gepflegter Ort mit Marktplatz, guten Esslokalen und ganzjährigem Kulturprogramm. Ein Städtchen ohne missgünstige, hoffnungslos zerstrittene Bewohner. Vor allem brauche ich auf Dauer eine Wohnung mit Aussicht aufs Wasser. Fünf Orte habe ich inzwischen kennengelernt. Etwas Passendes ist nicht dabei gewesen. Also bleibe ich erst mal in dem kleinen Seebad an der Ostsee, wo mein Vater als Kind vermeintlich seine glücklichsten Ferien verbracht hat.

Zartes Grün und eine Schönwetterlage wecken meine Lust auf Ausflüge. Mit dem Auto erkunde ich das sanft ansteigende Hinterland der Ostsee. In einem kleinen Dorf halte ich an, um mir eine alte Kirche anzusehen. Ich mache eine Runde auf dem Friedhof, freue mich über Gräber mit Narzissen und Vergissmeinnicht, über Eichhörnchen, Meisen und Rotkehlchen. Wie jedes Jahr bestaune ich den Specht, der bei seiner Arbeit weit schneller klopft und rattert als eine wild gewordene Nähmaschine. Wie hält er das nur aus? Ich laufe an einem von Weiden und Büschen gesäumten Bach entlang. An manchen Stellen führen die dahinterliegenden Wiesen direkt zum Bachufer. Wie jedes Jahr zum Frühlingsanfang rühren mich die Nester winziger Brennnesseln, die ich als Kind Brennnesselbabys nannte. Auf feuchtnassem Untergrund wuchern meine Lieblinge, die Sumpfdotterblumen, leuchtend gelb mit ihren dunkelgrünen Blättern. Ich pflücke mir ein paar besonders prächtige Exemplare, dann gehe ich zurück zum Auto und tausche meine Gummistiefel gegen Schuhe. Unvermeidbar, dass ich an die nassen Füße meiner Kindheit denke, aber auch an das Glück, wenn ich mit einem Arm voll Sumpfdotterblumen heimkehrte, ein Frühlingsgruß für mein Zimmer, wo ihr Leuchten eine ganze Woche überlebte.

Ich lege den Strauß neben meine Gummistiefel auf eine alte Zeitung im Kofferraum. Ich will ihn später noch gut einpacken, falls mich jemand damit in die Ferienwohnung zurückkehren sieht, weil ich nicht weiß, ob die Sumpfdotterblume unter Artenschutz steht. Karl hätte mir mein schlechtes Gewissen angesehen und sich darüber lustig macht, vielleicht im Sinne von: »Denk nicht schlecht von dir. Ganz ohne Doppelleben geht es nicht.«

Bevor ich den Wagen anlasse, geschieht etwas, das mich selbst überrascht. Ich greife wahllos nach einer Musikkassette. Und da passiert es. Die raue Stimme von Joe Cocker weckt mich, »When The Night Comes«. Ich rocke auf dem Fahrersitz und singe laut mit.

Plötzlich, völlig unerwartet, ist es wieder da. Mein altes Lebensgefühl! Mein altes Ich, es ist nicht tot, es hat im Verborgenen überlebt. Karl nannte Cocker zärtlich beim Vornamen. Ich höre Karl sagen, dass kein anderer Rock- und Popsänger so lieben könne wie Joe, jemand, der sich nach der Intimität einer beständigen Liebe sehnte. Karl meinte, Männer könnten von Joe eine Menge lernen, trotz seiner massiven Drogenabstürze, die nun hoffentlich hinter ihm lagen. Er mochte es nicht, wenn der Sänger in Interviews Überlebender genannt wurde, und Joe mochte es auch nicht. Er sah sich nicht als Opfer.

Wenn wir in den Neunzigerjahren am Ende eines Segeltages im unvermeidbaren Sonntagabendstau nach Charlottenburg zurückfuhren, war ein Autokonzert ohne Joe undenkbar. Das Gros von Karls Kassettensammlung verteilte sich auf das Handschuhfach, die Vertiefungen in den Türen, die Ablage zwischen den Vordersitzen und einem hinten am Fahrersitz festgetackerten Beutel. An das Klappern hatte ich mich gewöhnt. Es war sinnlos, nach etwas Bestimmtem zu suchen, weil die Bänder häufig in den falschen Hüllen lagen und ich Karls Beschrif-

tung kaum entziffern konnte. Nur selten kam aus den Laut-
sprechern Ungenießbares. Mein akkurater Mann verließ sich
auf die Anarchie seiner Musik, auf die Zufallstreffer, die unser
gutes Leben begleiteten. Nur ein einziges Mal warf er beim
Verlassen eines Parkplatzes eine Kassette aus dem Fenster. Sie
landete im Gebüsch, was ihm sofort leidtat, weil er erwog, der
Partei der Grünen beizutreten. Tatsächlich stieg er aus, suchte
und fand die Kassette. Er hielt sie triumphierend in die Höhe,
ich applaudierte, er warf sie in die Abfalltonne.

»Das gute Leben« war für uns keine Redensart, sondern
Programm, genauer gesagt Teil unseres Eheversprechens: »Wir
machen uns ein gutes Leben.« Ich weiß nicht, woher wir diese
Zuversicht nahmen. Aus früheren Amouren kannten wir die
Vorwürfe, »zu kompliziert« oder »beziehungsunfähig« zu sein.
Doch wir hatten es leicht miteinander als Liebende und beste
Freunde. Keine Probleme mit Geld, keine grundverschiedenen
Werte. Keine Affären mit anderen.

Unsere Beziehung hätte leicht an meiner Angst vor Sex scheitern können: weil von einem Mann gestreichelt zu werden, den
ich liebte, sich anfühlte wie gekitzelt zu werden und die Angst
zu ersticken wachrief. Aber glücklicherweise war Karls Begeh-
ren frei von therapeutischem Feingefühl. Er war kein Softie.
Als ich mich zum dritten Mal mit einem »Nicht kitzeln. Nicht
kitzeln« von ihm abwandte, rief er: »Verdammt, Sonja. Ich bin
nicht dein Vater. Ich bin dein Mann!« Und zog mich fest in
seine Arme.

Danach lagen wir noch lange auf dem Bett und schauten
uns an. »Geht doch«, sagte Karl leise und schenkte mir seine
schönsten Lachfalten.

Mit dem, was wir uns vom Leben wünschten, lagen wir nicht
weit auseinander. Wir einigten uns auf eine Hochzeit nur mit
Trauzeugen. Gingen wir essen, bestellten wir selten unter-

schiedliche Gerichte. Während unserer Ehe waren wir so gut wie nie getrennt. Im Freundeskreis gab es dazu kritische Stimmen, eine symbiotische Partnerschaft habe ihre Tücken, wurden wir gewarnt. Wir würden uns zu sehr aneinander anpassen. Von Harmoniesucht war die Rede. Wir mussten darüber lachen. Die Leute bekamen ja nicht mit, dass unsere Beziehung nur deshalb so entspannt war, weil sich alle zwei, drei Monate ein heftiges Gewitter entlud. Die Nachbarn in der Wohnung nebenan konnten einem leidtun. Wir hatten keine Angst vor Streit. Wir waren im selben Dorf aufgewachsen. Wir konnten einander wenig vormachen.

Für Karls Trauerfeier wählte ich »Up Where We Belong« von Joe Cocker und Jennifer Warnes. Danach befand ich mich in einem Dämmerzustand. Während ich über eine holprige Allee zurück Richtung Ferienwohnung fahre, weiß ich es auf einmal so sicher wie sonst wenig im Leben: Die Trauer ist vorbei. Sie wird auch nicht wiederkommen.

Die Tage vergehen, und ich bin noch immer dort, wo mein Bruder und Nina mich besucht haben. Eine lange Aneinanderreihung von kalten Regentagen habe ich zum Anlass genommen, zu tun, was längst überfällig war: Ein Buchhändler im Nachbarort hat mich mit Literatur über den Holocaust versorgt. Die Titel sind mir bekannt, ich habe die Rezensionen gelesen. *Roman eines Schicksallosen* von Imre Kertész, Nobelpreisträger von vor zwei Jahren. *Das siebte Kreuz* von Anna Seghers, 1942 erschienen, Pflichtlektüre an DDR-Schulen. *Weiter leben* von Ruth Klüger, 1992. *Die große Reise* von Jorge Semprún, 1964. *Der Vorleser* von Bernhard Schlink, 1995.

Es ist ein Selbstversuch, bei dem es auf die Dosierung ankommt. Um mich nicht in den Chroniken des Grauens zu verlieren, achte ich streng darauf, Pausen zu machen. Das Gegenprogramm muss Freude auslösen. Mit Märchen von Hans Christian Andersen, Asterix-Bänden, klassischer Musik und Strandspaziergängen, unterbrochen von Dauerlauf im Anfängertempo, erhalte ich mein Gleichgewicht und hoffe, es wird keine bösen Überraschungen geben.

Rolfs Vorwurf, ich würde mich nicht für die NS-Zeit interessieren, sitzt in mir wie ein Stachel, obwohl Rolfs Anklage nur zur Hälfte zutreffend ist. Mit fünfzehn Jahren las ich Victor Frankls ... *trotzdem Ja zum Leben sagen.* Hier erfuhr ich zum ersten Mal etwas über das Sterben und Überleben der KZ-Häftlinge in Auschwitz. Aber ich konnte mit niemandem darüber reden, schon gar nicht mit jemandem aus meiner Familie.

Im Schulunterricht hörten wir zur NS-Vergangenheit nur dunkle Andeutungen. Meine Eltern vermittelten ebenfalls ein verschwommenes Bild, allerdings ein durchaus positives. Schon früh wurde ich mit einer kleinen Anekdotensammlung vertraut gemacht. Eine der in ihren Augen witzigen Geschichten betraf ihr Nachkriegskind, also mich. Ich sollte unbedingt einen Vornamen bekommen, der mit einem S anfing, damit sich die Initialen SS ergaben. Bärbel und Rüdiger überlegten hin und her zwischen Susanne, Sibylle und Sonja, bis sie sich schließlich einigten. Sie erzählten davon mit einem diebischen Lachen, als handelte es sich um einen Streich. Darüber wunderte ich mich. Mit dem vermeintlichen Witz konnte ich nichts anfangen. Das blieb so, auch als ich sehr viel später das Buch von Frankl las.

So ist es leider: Was wir als Erstes im Leben eingetrichtert bekommen, bleibt als Wahrheit haften, und es braucht einen beachtlichen Reifeschritt, um es infrage zu stellen. In Familien wie der meinen dauert es mitunter Jahrzehnte, bis die entscheidenden Aha-Momente sich häufen und die Wahrheit durch einen Nebel des Schweigens ans Licht drängt.

Der gemeinsame Nenner der Beziehungen in meinem Elternhaus war Abstand. Jeder bewohnte seinen eigenen Turm. Und nie wurde etwas anderes von Weihnachten erwartet als falsche Geschenke. In meiner Jugend gab es eine Phase, in der ich mir über die Gründe dafür viele schwere Gedanken machte. Nacht für Nacht suchten mich Albträume heim, ich geriet in einen Strudel, der mir den Boden unter den Füßen wegzog und mich dunklen Geistern auslieferte. Schließlich folgte ich dem Rat der Mutter einer Freundin, und es gelang, das Chaos zu beenden. Es war nicht einfach, es brauchte mehrere Anläufe, aber es funktionierte: Der Rat bestand darin, alles Beängstigende (dazu gehörten auch Bücher zur NS-Zeit) in einem imaginären Ordner abzuheften, ihn in Gedanken mit der Aufschrift *Pech gehabt* zu versehen und wegzuschließen.

Allerdings war die Geschichte damit noch nicht vorbei. Ich hatte die Albträume in meinem Tagebuch notiert, das kurz darauf von meiner Mutter entdeckt und – zusammen mit Anne Frank und Viktor Frankl – konfisziert wurde. Sie nahm Sachen einfach an sich, wie es ihr gerade passte, ohne schlechtes Gewissen. Mein langer Lieblingspullover, den mir Rolf vererbt hatte und den Mutter an mir abscheulich fand, verschwand in einem der Päckchen, die sie zu fernen Verwandten schickte, in die »Ostzone« – wie sie nicht aufhörte, die DDR zu nennen. Ich war noch nicht einundzwanzig, noch nicht volljährig, ich konnte nichts machen.

Alldem wollte ich nach dem Abitur entkommen. Es zog mich nach Berlin, in die eingemauerte Stadt mit dem Ruf, dass dort Konventionen nicht mehr viel zählten. Meine Eltern waren entsetzt. Mutter griff sich ans Herz, wie üblich jammerte sie ausdauernd und in höchsten Tönen. Von Vater kam nur ein einziger Satz: »Wer mit den Gammlern und Revoluzzern leben will, kriegt von uns weder Geld noch Unterschriften.« Wenigstens gegen meinen Berufswunsch hatten sie nichts einzuwenden. Ich wollte Lehrerin werden.

Mein großes Vorbild war meine Lehrerin während der ersten vier Schuljahre. Sie war unverheiratet und bestand darauf, mit »Fräulein« angesprochen zu werden. Ihrem Alter nach hätte sie meine Großmutter sein können. Wenn ich an Fräulein Montig denke, sehe ich eine ältere Radfahrerin mit Hut und aufgespanntem Regenschirm vor mir, die in den Schulhof einbiegt. Nie schloss sie ihr Rad ab. Tatsächlich war einmal eines der Lehrerfahrräder verschwunden und nicht wieder aufgetaucht. Andere Lehrer klagten über platte Reifen, über geklaute Ventile. Sie hingegen vertraute darauf, dass niemand es beschädigen oder stehlen würde.

Während einige Lehrer ihre Klassen in Angst und Schrecken versetzten und die Schüler mit Stock oder Lineal malträtierten, war Fräulein Montig eine gütige Lehrerin. Souverän handhabte sie den Erziehungsstil »streng aber gerecht«. Sie zog kein Kind einem anderen vor. Nie wäre es ihr in den Sinn gekommen, ein Kind vor der ganzen Klasse zu beschämen. Manchmal bekam ich mit, wie sie nach dem Unterricht ein oder zwei Schüler beiseitenahm und ihnen eine Übung für zu Hause diktierte. Das Wort Strafarbeit kam bei ihr nicht vor.

In einer Kleinstadt kann man sich nicht aus den Augen verlieren, und so waren auch Fräulein Montig und ich uns in späteren Jahren häufig über den Weg gelaufen, zumal sich ihre Wohnung in der Nähe meines Gymnasiums befand.

Ich war sechzehn Jahre alt und in einer Verfassung, für die das Wort »Krise« in der Alltagssprache noch fehlte, als Fräulein Montig mich eines Tages auf der Straße anhielt und in ein längeres Gespräch verwickelte. Sie befand sich inzwischen im Ruhestand, und ich gestand ihr, dass es in der Schule Probleme gebe. Sie sagte, davon habe sie gehört. Schon öfter hatte sie mich eingeladen, sie zu besuchen, aber mein Respekt war so groß gewesen, dass ich ihre Zeit nicht in Anspruch hatte nehmen wollen, obwohl sie nie den Eindruck machte, sie hätte es eilig. Doch an diesem Nachmittag willigte ich ein. Am nächsten Tag ging ich mit einem Blumenstrauß zu ihr. Sie führte mich in den Erker ihres Wohnzimmers, und wir nahmen in zierlichen Sesseln Platz. Der Duft von Kölnisch Wasser durchzog den Raum. Auf dem Tisch lag anstelle einer Decke ein dunkler Perserteppich in Form eines Läufers. Sie hatte einen Käsekuchen gebacken.

»Trinkst du schon Tee, Sonja, oder soll ich dir einen Kakao machen?«

»Den Tee würde ich gern probieren«, sagte ich. Sie trank ihren ohne Zucker, und so tat ich es auch, er schmeckte wie heißes Wasser. Noch nie war ich allein von einem erwachsenen Menschen eingeladen worden. Wir schwiegen eine Weile.

»Zum Glück sind wir hier nicht mehr in der Schule«, sagte Fräulein Montig mit einem Lächeln. »Du kannst ruhig etwas sagen oder fragen, ohne dass ich dich drangenommen habe. Und wenn du noch Kuchen möchtest, greif bitte zu.«

»Dann würde ich Sie gern fragen, ob Sie immer schon in Wassenhorst gelebt haben.«

»O ja, ich wurde hier geboren, wie die meisten Einwohner des Städtchens. Es hat länger gedauert als an anderen Orten, bis die Flüchtlinge kamen. Für sie wurde dann die evangelische Volksschule gebaut. Fast alle Eltern deiner Klassenkameraden waren Flüchtlinge.«

Sie erhob sich und ging zu einer Vitrine, auf der ein Adventskranz stand. Einer Schublade entnahm sie einen braunen Umschlag und brachte ihn an unseren Tisch zurück. Sie blätterte durch einen Stapel Klassenfotos und forderte mich auf, mit meinem Sessel näher zu rücken, damit wir uns gemeinsam das letzte Foto von unserer Klasse anschauen konnten.

Dann wies sie auf jedes einzelne Kind und erzählte mir in knappen Worten von der Fluchtgeschichte der Eltern. Sie zeigte auf Lore, die in der Reihe vor mir gesessen hatte. Sie musste die schäbigen Pullover ihrer Geschwister auftragen. Mir fiel ein, wie furchtbar sie eines Tages geweint hatte, weil herausgekommen war, dass sie Läuse hatte.

»Du erinnerst dich bestimmt an Lore. Sie redete fast nie und hatte schlechte Noten. Eigentlich hätte sie auf die Hilfsschule gehört. Ich wusste aber, ihre Eltern hatten ganz Schreckliches erlebt. Ihre Lore in der Hilfsschule, das hätten sie nicht auch noch verkraftet. Darum habe ich immer meine Hand über das Mädchen gehalten. Es ist gut ausgegangen. Lore wird im kommenden Jahr ihre Lehre als Verkäuferin abschließen.«

Wie ich weiter erfuhr, hatte Fräulein Montig in ihren Anfängen den allergrößten Wert auf Leistung und gute Noten gelegt. Aber mit der Zeit war sie immer weiter davon abgerückt. Sie wollte den Kindern der evangelischen Volksschule so etwas wie ein Fundament geben, bestehend aus Heimatgefühl und den Halt durch Religion. Sie hörte auf, Schüler unter Druck zu setzen, damit sie sich mehr anstrengten. Lernen sollte in erster Linie Freude machen. Gerade in unserer Klasse hatte sich für sie bestätigt, wie gut Mädchen und Jungen lernen, die sich im Unterricht wohlfühlen. Ein Drittel bestand die Prüfung zum Gymnasium, eine hohe Quote zur damaligen Zeit.

Mit einem Erwachsenen ein Gespräch auf Augenhöhe zu führen, war in meiner Jugend eine Rarität. Meine Lehrerin so reden zu hören war für mich in Geschenk.

»Fräulein Montig, wie kam es eigentlich, dass wir nur fünfundzwanzig Kinder waren? Die Klassen über uns haben doch viel mehr Schüler gehabt, und auf dem Gymnasium ist es genauso.«

»Dafür gibt es, glaube ich, zwei Gründe. Zum einen sind in euren Jahrgängen sehr viele Kleinkinder gestorben. Es gab zu der Zeit Epidemien und eine sehr schlechte ärztliche Versorgung. Und den zweiten Grund werde ich dir auch nennen. Es sind die Abtreibungen. Unmittelbar nach Kriegsende sahen viele Eltern in einem weiteren Kind eine zu große Last.«

Ich erinnere mich, dass ich mich fragte, wie es möglich war, dass ich das Wort Abtreibung und was dahintersteckte, nur aus einem Aufklärungsbuch kannte. Genauso war es mit der Ermordung der Juden, die im Unterricht nicht vorkam. Ohne Bücher wäre ich ahnungslos wie ein Kind geblieben.

Am deutlichsten ist mir Fräulein Montigs Unterricht in Heimatkunde und Religion in Erinnerung. Auf den Klassenausflügen legte sie uns den Rhein zu Füßen. Im Siebengebirge kletterten wir in der Burgruine Drachenfels herum. Wenn das Wetter es erlaubte, konnten wir in der Ferne den Kölner Dom sehen. Sie führte uns hoch zum Rolandsbogen und zur Festung Deutsches Eck am Zusammenfluss von Rhein und Mosel. Wir gehorchten ihr aufs Wort, weil wir ihr vertrauten. Auf jedem Aussichtspunkt brachte sie uns ein einfaches Lied bei. Danach ließ sie uns von der Leine, und wir durften uns austoben, bis sie uns an einem Kiosk mit Getränken versorgte. Mit Ermahnungen war sie sparsam. Sie ging wohl davon aus, dass Kinder, die jeden behelfsmäßigen Nachkriegszaun überwanden und auf verlassenen Fabrikgeländen Verstecken spielten, besser als sie selbst in der Lage waren, gefährliche Stellen zu erkennen und zu meiden.

Fräulein Montigs größtes Talent zeigte sich im Religionsunterricht. Wenn sie Geschichten aus dem Neuen Testament nacherzählte, ging ein kaum zu beschreibender Sog von unserer Volksschullehrerin aus. Ihre tiefe Liebe zu Jesus verwandelte den nüchternen Klassenraum, und sie verwandelte uns. Während er auf einem Berg vor einer großen Menschenmenge predigte, gehörten wir zum Kreis der Jünger und hockten neben Johannes und Judas im Gras. Bei Fräulein Montig war es eine Frühlingswiese mit Gänseblümchen, Primeln und einem Meer von gelbem Löwenzahn, mit den ersten Bienen und weißen Schmetterlingen.

Golgatha beschrieb sie als einen kahlen, unwirtlichen Ort, wo Geier darauf warteten, dass die Gekreuzigten ihren letzten Atemzug taten. Grausame Gaffer ergötzten sich an der Folter Jesu. Fräulein Montig weinte bitterliche Tränen, während sie uns sein qualvolles Sterben schilderte. Wir alle schluchzten. Meine Freundin Inge mit den langen blonden Zöpfen weinte den ganzen Heimweg über. Ich aber hatte, wie ich es gern tat, die Geschichte zu Hause schon weitergelesen und konnte sie trösten. »Du brauchst nicht zu weinen. Der Herr Jesus steht wieder auf.«

Fräulein Montig lachte herzlich, als ich ihr acht Jahre später davon erzählte. Kurz bevor wir uns verabschiedeten, kam sie auf den Tag meiner Einschulung zu sprechen. »Du bist mir sofort aufgefallen. Du warst das einzige Kind ohne Schultüte. Du hast so unglücklich ausgesehen. Im Vorbeigehen hörte ich deine Mutter sagen: ›Du bist schon zu groß für eine Schultüte. Du brauchst keine, nicht wahr, Sonny, mein großes Mädchen?‹ Wie gemein diese Frau ist, dachte ich. Dir kamen die Tränen, aber du hast tapfer genickt.«

Eine Ewigkeit hatte ich nicht mehr an Mutters Demütigung gedacht. Ich erinnere mich noch heute, wie ich mich vor den anderen Kindern zu Tode schämte, weil ich glaubte, dass sie in mir ein böses Mädchen sahen, ein Ungeheuer, so gefährlich, dass mir zur Warnung der anderen Kinder eine Schultüte nicht zustand. Als wir nach der Feier zum Auto zurückkehrten, öffnete Mutter den Kofferraum und sagte mit gespielter Überraschung: »Na so was? Was sehe ich denn da? Eine Ersatz-Schultüte!« Ich biss die Zähne zusammen. Der Inhalt des Kofferraums interessierte mich nicht. Ich setzte mich ins Auto und igelte mich ein. Mutter nannte mich undankbar und klagte, nie könne man es mir recht machen.

*

Der März neigt sich dem Ende entgegen. An der Ostsee fühle ich mich so wohl wie vorher an keinem anderen Zufluchtsort. Hier habe ich einen Rhythmus oder so etwas wie eine Melodie gefunden, die mich in den ersten vorsichtigen Schritten hin zu einer Lebensbilanz unterstützen. Es gab einige oberflächliche Telefonate mit meinem Bruder und Nina. Ich weiß, wo sie sie sind, aber nicht viel mehr. Sie reden nicht über ihre Probleme, und damit tun sie mir einen Gefallen. Eines Tages fällt mir Rolfs dicker Brief mit einem *DANKE* auf dem Umschlag wieder in die Hände. Ich hatte ihn ungelesen weggesteckt und vergessen. Nichts ist Zufall, denke ich und greife nach meiner Brille.

4. Februar 2003

Liebe Sonja,

Es gibt einen dunklen Punkt im Leben unserer Eltern. Der Fall Gabriel Grossmann. Aber lass mich von Anfang an erzählen. Vor einem Jahr habe ich eine Rundreise unternommen, ich wollte endlich die Verwandten kennenlernen, von denen die Eltern uns ferngehalten haben. Unter anderem fuhr ich nach

Mittendorf, Deinem Geburtsort. Dort traf ich Wolfgang und Bernd Sitzing. Sie sind unsere Cousins zweiten Grades. Ihr Großvater Heinrich Sitzing war ein Schwager unseres Großvaters, Anton Wasten. Heinrich war mit Klara verheiratet, eine der drei Schwestern von Anton Wasten. (Mutters Vater – ich hoffe, Du kannst mir folgen.) Anton kam aus kleinen, ländlichen Verhältnissen. Er hatte den Ersten Weltkrieg im U-Boot überlebt und danach sein Talent als Kaufmann entdeckt. Man muss ihn sich als einen wortkargen Mann vorstellen mit viel Ehrgeiz und wenig Interesse am Familiengeschehen. Ende der Zwanziger übernahm er in Mittendorf eine Ölmühle. In der Region produzierte man vor allem Sonnenblumen- und Rapsöl, aber das Knowhow hatte sein Vorgänger ihm nicht mitverkauft. So kam es, dass Anton sich auf eigene Faust in das neue Wissensgebiet vertiefte. Das Verbessern der Öle, das Experimentieren wurde seine Leidenschaft. Schon morgens um vier trank er auf nüchternen Magen verschiedene Proben und zog aus Geschmack und Konsistenz seine Schlüsse. Die Ergebnisse flossen in neue Versuchsreihen ein. Er war ein Asket und ein Eigenbrötler, den Rückschläge nur noch mehr anspornten, was ihn nicht nur zu einem Ölexperten machte, sondern auch zu einem erfolgreichen Unternehmer. In Berliner Feinkostgeschäften wurde sein Leinöl von der Kundschaft einhellig gelobt. Das, was Großhändler ihm für

Raps- und Sonnenblumenöl zahlten, blieb in der Branche kein Geheimnis und löste Neid aus.

Noch in den Jahren, bevor Hitler an die Macht kam, trat Anton Wasten der SA bei. Nach dem, was mir in Mittendorf erzählt wurde, sah er sich auf der Höhe der Zeit. Vermutlich führte er ein Leben, das ihm in jeder Hinsicht entsprach, bis sich seine Wege Anfang der Dreißigerjahre mit denen von Gabriel Grossmann kreuzten. Dieser jüdische, aus Polen stammende Geschäftsmann kaufte eines der schönsten Häuser in Mittendorf und heiratete 1931 Luisa, die sehr viel jüngere Lieblingsschwester unseres Großvaters. Der hatte alles Mögliche versucht, um die Hochzeit mit dem »Jud«, wie er Grossmann nannte, zu verhindern und den »Eindringling« zu vertreiben.

Antons Schwager Heinrich Sitzing war Antifaschist. Nach Kriegsende wohnte unsere Familie für einige Jahre bei Bärbels Eltern in Mittendorf. Dort gab es eine Gruppe von Verfolgten des Naziregimes, der auch der Großvater unserer Cousins angehörte. Sie hatten ein nachvollziehbares Interesse, mit den vielen Nazis im Ort aufzuräumen. Von meinen Cousins erfuhr ich, ihr Großvater und andere alte Leute im Dorf hätten öfter Antons Hasstiraden zitiert. Jedem, ob er es hören wollte oder nicht, soll er mitgeteilt haben: »Den Grossmann, den bring ich ins KZ.«

Und tatsächlich wurde Gabriel Grossman 1942 in Auschwitz ermordet.

Ich habe Dir nie davon erzählt, aber schon vor einigen Jahren habe ich mir Einblick in die Entnazifizierungsakten von unserem Vater und von unserem Großvater mütterlicherseits verschafft. Auf beiden Karteikarten stand der Vermerk auf ein weiteres Archiv zu Verbrechen gegen die Menschlichkeit in Berlin. Ich beantragte Akteneinsicht, aber – frag mich nicht, warum – ich ließ die Sache auf sich beruhen. Vor Kurzem entschloss ich mich dann doch nachzuforschen. Die Notiz war kein Versehen: 1947/1948 wurde tatsächlich gegen unseren Großvater und unseren Vater ermittelt, mit dem Ziel, Anklage zu erheben – im Fall Grossmann.

Nach Kriegsbeginn 1939 mussten Ausländer das Land verlassen oder wurden interniert. Grossmann tauchte in seiner Heimatstadt Kattowitz unter, die unter deutscher Besatzung stand. Nun wollte es der Zufall, dass Großvaters späterer Schwiegersohn – unser Vater Rüdiger Senkel, der bereits im April 1933 der SS beigetreten war – seit Ausbruch des Krieges im überfallenen Polen lebte. Unsere Mutter Bärbel, im Krieg Krankenschwester, hatte Rüdiger Senkel 1939 in Oberschlesien kennengelernt. Er saß in der Geschäftsleitung eines Rüstungsbetriebs in der Nähe von Kattowitz.

In den Ermittlungsakten entdeckte ich nun

eine handfeste Lüge von unserem Großvater und unserem Vater. Rüdiger Senkel und Anton Wasten sagten wortgleich aus, 1942 – als Grossmann nach Auschwitz deportiert wurde – hätten sie beide sich noch gar nicht gekannt. Folglich hätten sie sich im Fall Grossmann gar nicht gegen das Opfer verbünden und ihn verraten können. Dabei wurden unsere Eltern im Herbst 1941 im Magdeburger Dom getraut! Ich besitze die Kopie einer Akte vom SS-Sippenamt (so etwas gab es wirklich!) von 1941, in der Vater darum bittet, seinen Eilantrag zur Genehmigung der Heirat mit seiner Verlobten Bärbel Wasten bevorzugt zu bearbeiten.

Ich stelle es mir so vor: Es ist Krieg. Deutschland sieht sich überall als Sieger. Es herrscht Hochstimmung. Der Schwiegervater, SA-Mann, und der Schwiegersohn, SS-Mann, verstehen sich auf Anhieb. Ziemlich bald kommt das Gespräch auf den verhassten Schwager, der in Kattowitz untergetaucht ist. Rüdiger verspricht, die Sache zu erledigen.

In den Ermittlungsakten ist zu lesen, Wasten und Senkel hätten sich laut Zeugenaussagen bereits 1941 in der Gaststätte am Markt damit gebrüstet, Gabriel Grossmann ins KZ befördert zu haben. Unser Vater hätte, so wörtlich, getönt: »Bei dem Grossmann hat mich das nur einen Anruf gekostet.« Gemeint war der Verrat an die Gestapo.

Der Fall Grossmann hatte sogar zu einer ge-
richtlichen Anhörung geführt. Auch Luisa
Grossmann, geborene Wasten, wurde befragt.
Seit ihr Mann Deutschland hatte verlassen
müssen, lebte sie mit ihrem kleinen Sohn
Daniel im Haushalt ihres Bruders. Für Anton
Wasten, so steht es in der Akte, wäre es ein
Leichtes gewesen, Grossmanns Aufenthaltsort
herauszufinden, denn Gabriel und Luisa
hätten sich fast täglich über eine Kontakt-
adresse in Polen Briefe geschrieben.
Eine Anklage gegen Anton Wasten und Rüdiger
Senkel wurde dann doch nicht erhoben, denn
die beiden wichtigsten Zeuginnen hatten ihre
Aussagen zurückgezogen. Wie unsere Cousins
Wolfgang und Bernd berichten, handelte es
sich dabei um die Frau des Gastwirtes und um
die Frau des Tierarztes, deren Ehemänner der
SS angehörten. Im Ort, so die beiden Brüder,
waren die alten Bewohner einhellig der Meinung, der Tierarzt und der Gastwirt hätten
ihre Frauen unter Druck gesetzt. Es würde
mich nicht wundern. Im Übrigen wissen wir ja
alle, dass in der Justiz der Nachkriegszeit
noch die alten Nazis das Sagen hatten, ohne
Ehrgeiz, einen Judenmord zu verfolgen.
1948 verließen unsere Eltern mit uns Mittendorf über die nahe gelegene grüne Grenze in
Richtung Westen und kamen rechtzeitig zur
Währungsreform an. Unsere Großeltern starben
rasch hintereinander noch vor dem Mauerbau.
Aber die Geschichte geht noch weiter: Ich

habe Kopien der Archiv-Akte umgehend an Daniel Grossmann geschickt, den Sohn von Luisa und Gabriel. Er kannte die Vorwürfe gegen seinen Großvater und Schwippschwager nicht. Drei Wochen später kam es zu einem Treffen. Stell Dir vor, ich habe sogar noch eine schwache Erinnerung an Daniel, der fünf Jahre älter ist als ich, aus meiner frühen Zeit in Mittendorf. Unsere Wiederbegegnung war durchweg herzlich. Mit unseren Einschätzungen zu der Ermittlungsakte stimmen wir überein.

Wir gehen davon aus, dass der Hunger der Nachkriegszeit und Antons großzügige Zuwendungen an Öl die Verwandtschaft dazu brachte, den Fall Grossmann auf sich beruhen zu lassen. Es geschah so gründlich, dass Cousin Daniel nie davon gehört hatte, keine Gerüchte, nicht die geringste Andeutung.

Ihrem Sohn gegenüber äußerte sich Luisa nie wieder zu ihrem Mann. Daniel glaubte, es sei eine schreckliche Ehe gewesen – bis er nach dem Tod seiner Mutter einen Stapel innigster Liebesbriefe fand.

Daniel lebt nördlich von Magdeburg, ich war zu seinem fünfundsechzigsten Geburtstag eingeladen. Ich hatte den Eindruck, dass der ganze Ort mitfeiert. Daniel Grossmann ist seit Anfang des Jahres Privatier. Auch sein Amt als langjähriger Bürgermeister hat er aufgegeben. Das war er vor der Wende und nach der Wende, was für seine Integrität

spricht. Du kannst dir nicht vorstellen, wie
beliebt dieser Mann ist. Er hielt eine äußerst witzige Rede, mit der er sich ringsum
bedankte und in der er von einem gelungenen
Leben sprach. Als Kind eines Verfolgten des
NS-Regimes wurde seine Ausbildung in der DDR
mehr gefördert, als dies in der BRD der Fall
gewesen wäre.
Zum Schluss bleiben mir aber doch noch einige Fragezeichen. Zum Beispiel verstehe
ich nicht, was unsere Mutter Bärbel zu dem
Halbsatz »Dieser Grossmann, dieser grässliche Typ …« veranlasst hat. Ich kann nur
spekulieren. Daniel hat mir alte Fotos gezeigt. Sein Vater war ein auffallend gut-
aussehender Mann, der in Magdeburg in groß-
bürgerlichen Verhältnissen lebte. Vielleicht
war er nicht nur geschäftstüchtig, sondern
hatte auch geerbt. Auf den Fotos ist er ein
selbstbewusster Städter, tadellos gekleidet,
ein Mann, der Wohlstand und Bildung aus-
strahlt. Vielleicht konnte Bärbel ihm genau das nicht verzeihen. Dass ein Jude es
wagte, sich Ariern gegenüber zu »erheben«.
Es ist auch denkbar, dass Gabriel Grossmann
vornehmen Abstand zu den provinziellen Verwandten seiner Ehefrau hielt. Oder war Bärbel vielleicht in Gabriel Grossmann verliebt
und fühlte sich gedemütigt, weil dieser nur
Augen für seine hinreißende Ehefrau hatte?
Vielleicht hat Bärbel ihn so sehr gehasst,
dass sie die treibende Kraft gewesen ist,

als es darum ging, Gabriel Grossmann aus dem
Weg zu räumen. Ich weiß es nicht. Und ich
kann sie nicht fragen.

So eine Familienrecherche verhält sich wie
ein Puzzle. Selbst dann, wenn noch viele
Elemente fehlen, ist ab einem bestimmten
Punkt das Ganze erkennbar. Aber so weit bin
ich noch nicht. Ich bitte Dich, bei diesem
Puzzle zu helfen. Ich gehe davon aus, dass
künftige Recherchen eine ganze Reihe unge-
löster Rätsel zu Tage fördern werden. Unsere
Eltern haben uns nach Strich und Faden be-
logen. Raffiniert waren sie beide, und nie
wurden sie erwischt. Nie hat sie irgendjemand ausgebremst.

Viele Grüße

Rolf

Ich nehme die Brille ab, reibe mir die Augen und lege den Brief
auf den Tisch. Ich höre Bärbel sagen: *Dieser Grossmann, dieser
grässliche Typ ...* Auch mein Bruder kennt den Halbsatz. Zum
ersten Mal ist es so, dass er eine Erinnerung von mir bestätigt.

Ich lese den Brief erneut. Hat Bärbel Vater dazu gebracht, ihn
an die Gestapo zu verraten? Irgendetwas muss gewesen sein,
weshalb er erpressbar war. Dass Bärbel ihn in der Hand hatte,
davon bin ich überzeugt. Ich habe es selbst gehört.

Unser neues Haus am Meisenweg 47 in Wassenhorst war
hellhörig. Ich ging schon zur Schule, als ich in einer Nacht
von Lärm aufwachte. Mein Zimmer lag über dem Wohnzimmer. Ich legte ein Ohr an den Holzboden und horchte. Ich
hörte Mutter schreien: »Ob es dir passt oder nicht, du gehörst
hierher. Zu mir und den Kindern!« Dann ein Geräusch, als

ginge etwas in Scherben. »Du weckst noch das ganze Haus auf«, brüllte mein Vater. Mehr konnte ich nicht verstehen. Ich erinnere mich genau, wie erleichtert ich war. Schon öfter war mir die Idee gekommen, ihre gnadenlose Einigkeit in der Erziehung ihrer Kinder könnte Theater sein. Denn in unserem Beisein redeten meine Eltern kaum miteinander, und wenn, dann war der Ton zwischen ihnen unterschwellig gereizt.

Im Lauf der Zeit wurden aus Streits Gefechte. Einige von Mutters Drohungen habe ich in meinem Tagebuch notiert. Ich gehe ins Schlafzimmer, hole die alten Kladden aus dem Schrank und blättere lange darin, bis ich die entsprechenden Stellen finde: *»Wage es ja nicht! Ich werde es dir heimzahlen!«* Oder: *»Wenn du dich das traust, wirst du es bitter büßen.«* Oder: *»Du Mistkerl. Du weißt, ich kann dich fertig machen.«* Oder: *»Mach nur so weiter. Ich erzähle es überall rum, und dann bist du erledigt.«* Bärbel mit den perfekt lackierten Fingernägeln, die Lady, die von nichts eine Ahnung hatte, aber sich stets im Recht fühlte, hatte meinen Vater in der Hand. Sie konnte kämpfen, und wie!

Ich lege das Tagebuch beiseite und lasse mich aufs Bett sinken. Wie kam es, frage ich mich, dass sie Rolf nicht beschützte, wenn Vater tobte. Einmal höre ich die Schreie meines Bruders, laufe zu ihm und bleibe in der Tür zum Esszimmer wie erstarrt stehen. Rolf soll ein einfaches Gedicht auswendig lernen. Immer, wenn er stockt, gibt Vater ihm eine Ohrfeige. Rolf stockt oft. Es hagelt Ohrfeigen. Vater will das Gedicht in Rolf hineinprügeln. Seine Schreie habe ich heute noch im Ohr. Dann tritt Mutter neben mich in die Tür. Ich denke, sie wird meinem Bruder helfen. Aber sie wendet sich ab und sagt: »Komm, Sonny, wir gehen. Der Vati schlägt den Rolf tot.« An das, was danach geschah, habe ich keine Erinnerung.

Ich stehe auf, schüttle mich und klopfe sacht meinen ganzen

Körper ab, auch die Innenseiten meiner Beine. Dann ziehe ich meine Regensachen an. Es ist nicht nur nass draußen, sondern auch stark windig. Unschlüssig bleibe ich am geöffneten Fenster stehen. Ich könnte im Internetcafé recherchieren. Ich habe mal gehört, dass in der DDR noch Anfang der 1950er-Jahre in einigen Gebieten Hunger herrschte. Ich hätte gern eine Vorstellung davon, welche Machtposition Anton Wasten aufgrund seiner Ölproduktion in den Nachkriegsjahren zugewachsen war. Rolf würde vermutlich die Antwort wissen, aber mir ist nicht danach, ihn anzurufen. Aus seinem Brief spricht die tiefe Überzeugung, dass unser Vater zu den NS-Tätern gehörte, eine Überzeugung, die ich nicht teile. Wem wäre gedient, würden am Telefon seine Gewissheit und meine Zweifel aufeinander losgehen? Ich entscheide mich für einen ausgedehnten Strandspaziergang. Ich will mich so lange vom Gegenwind durchpusten lassen, bis entweder ich oder er aufgeben. Danach mache ich mir eine Portion Milchreis mit zerlaufener Butter, Zucker und Zimt. Mein Gegenprogramm wird meine Gedanken ordnen und mich beruhigen.

1. April 2003

Lieber Rolf,

ich danke Dir für Deinen Brief. Er hat mich eher verwirrt als erschüttert. Es fällt mir schwer zu glauben, dass Vater und Großvater eine Leiche im Keller haben. Es könnte ja auch sein, dass die Verfolgten des NS-Regimes in Mittendorf so viele Rechnungen mit den Nazis offen hatten, dass es ihnen ums Heimzahlen ging und sie gegebenenfalls einen SA-Mann und einen SS-Mann nur zu gern falsch beschuldigten. Vielleicht war Mittendorf

auch aus unterschiedlichen Gründen schon
vor dem Krieg hoffnungslos zerstritten, und
die Familien bekämpften sich wie Clans, die
keine Gelegenheit auslassen, mit Lügen die
verfeindete Seite zu schwächen. Solange es
keine handfesten Beweise gibt, glaube ich an
Vaters Unschuld. So viel zum Fall Grossmann.
Ich verstehe Dein Anliegen, mich für die Familienforschung zu gewinnen. Aber um ehrlich
zu sein: Ich habe den Sack zum Thema »Familie und SS« schon als Jugendliche zu-
gebunden und werde ihn aus guten Gründen
nicht mehr aufmachen. Es tut mir leid, Dich
zu enttäuschen.
Viele Grüße
Sonja

ZWEI

Es ist Samstag, früher Nachmittag, die Sonne scheint, und ich bin Zeugin eines zaghaften Saisonbeginns. Ausflugsgäste schlendern über die Uferpromenade. Vor meinem Fischbröt- chen-Kiosk hat sich eine kleine Schlange gebildet. Die jüngsten Mitglieder einer Drei-Generationen-Gruppe betteln um ein Eis. Während die Eltern noch zögern, hat Opa schon das Porte- monnaie aufgemacht, mit der Begründung, einen so schönen, warmen Tag sollten auch die Kleinen feiern.

Eines der zwei Hotels hat seine Terrasse geöffnet. Man er- reicht sie von der Einkaufsstraße aus über eine kurze Treppe. Ich habe mich an einen Tisch am Geländer gesetzt und schaue hinunter auf Blumenbeete mit den letzten Narzissen und den ersten Tulpen. Die Fliederbüsche, die überall im Ort zu finden sind, stehen kurz vor der Blüte. Ein Spatz hockt auf der Stuhl- lehne neben mir, bereit, sich auf Kuchenkrümel zu stürzen. Die Schokoladentorte ist ein einziger Genuss. Entwöhnt, wie ich bin, hätte ich am liebsten noch eine zweite bestellt. Aber ich habe einen Termin.

Vergeblich warte ich darauf, dass jemand erscheint, damit ich bezahlen kann. Eine Frau vom Nachbartisch, die meine Unruhe bemerkt, rät mir, ins Hotel hineinzugehen und an die Tür neben der Kuchentheke zu klopfen. So weit kommt es nicht. Die junge Bedienung steht neben der Kasse, in enger Umarmung mit einem jungen Mann. Als sie mich kommen sieht, löst sie sich von ihm mit einer Serie kleiner Küsse. Dann wendet sie sich mir zu, lächelt mich offen an und druckt den Kassenbon aus. Erst da erkenne ich, dass es Britta ist, die im Winter, bei dem Karaoke-Geburtstag, von den Gästen so schäbig behandelt wurde. Es freut mich für sie, dass sie in einer gepflegten Umgebung arbeitet. Vielleicht werde ich sie später einmal darauf ansprechen. Sie macht einen netten Eindruck, und falls ich nicht abreise, werde ich noch öfter auf der Terrasse sitzen und ein Stück Schokoladentorte genießen.

Wenig später treffe ich im Friseursalon von Giovanni Fiore ein. Als ich vor dem Spiegel Platz nehme, klingelt mein Handy. »Gehen Sie ruhig ran«, sagt der elegante, weißhaarige Meister. »So viel Zeit muss sein. Wahrscheinlich ist es die Nichte.«

»Machen Sie Spaß!? Sind Sie Hellseher?«

»Keineswegs.« Er lächelt amüsiert. »Ihre Nina und ich haben einige Male telefoniert.«

»Wie soll ich das verstehen? Warum?!« Das Handy klingelt weiter.

»Das wird sie Ihnen schon selber sagen.« Er zündet sich eine Zigarette an und will sich diskret entfernen, als ihm mein sehnsüchtiger Blick auffällt. Mit einem »Pardon« hält er mir seine Packung hin, er raucht meine Marke. Ich bediene mich, er gibt mir Feuer und versorgt mich mit einem Aschenbecher. Als ich endlich den Anruf annehmen will, hat Nina oder wer auch immer aufgelegt. Gut so. Ich werde nicht zurückrufen. Wenn mich Geheimnisse umwabern, kann ich mich nicht konzentrieren, schon gar nicht auf ein Telefonat, bei schlechter Handyverbindung in Konkurrenz mit der mir wohlbekannten Hintergrundmusik, den italienischen Schlagern. Im Spiegel sehe ich, dass sich Signore Fiore hinter seine Theke zurückgezogen hat und mit weit ausgebreiteten Armen bei *Volare* mitsingt. Sein junger Mitarbeiter, der ein weißes Rüschenhemd trägt, und dessen Kundin, die eine Farb-Packung auf dem Kopf hat, begleiten ihn in voller Lautstärke: »*Nel blu dipinto di blu.*« Woher die Fröhlichkeit? Feiern sie im Norden Karneval später als am Rhein? Aber wo sind die Luftschlangen? Wenn ich verwirrt bin, stelle ich mir immer die dümmsten Fragen.

Ich verlasse den Salon mit einem frechen Haarschnitt und neugierig wie ein Kind. Ich möge mir keine Sorgen machen, hat mir der Chef mit einem breiten Lächeln mit auf den Weg gegeben. Und ich könne stolz auf meine Nichte sein. Auf die Schnelle kaufe ich einen Strauß mit blauen und rosa Anemonen, stelle ihn zu Hause auf den Esstisch und mache es mir mit Kaffee und Zigarette gemütlich. Das Handy klingelt.

»Hallo, Sonja.«

Ich lege die Zigarette ab. »Hallo, Nina. Na? Was läuft da hinter meinem Rücken? Wo bist du?«

»In Berlin.«

»Aha. Was machst du da?« Ich lehne mich im Stuhl zurück.

»Mama und Papa sind auch hier.«

»Sie sind wieder zusammen! Das ist ja eine gute Nachricht, und …«

»Zweimal nein«, unterbricht mich Nina. »Mama arbeitet in Berlin, und Papa geht in eine Tagesklinik oder wie man das nennt.«

»Wohnt er denn bei Jenny?«

»Er wohnt bei einem Freund. Da hat er Glück. Ein Zimmer ist frei. Der Sohn ist als Austauschschüler in Amerika.«

»Und wo wohnst du?«

»Bei einer Freundin.« Ihrer Stimme nach zu urteilen, ist sie davon nicht begeistert.

»Du hast eine Freundin in Berlin? Davon wusste ich ja gar nichts. Dann siehst du also deine Eltern abwechselnd am Abend?« Ich drücke die Zigarette aus.

»Entweder Mama und ich gehen mittags zusammen essen,

oder ich sehe sie abends bei Omi und Opa in Brandenburg. Papa treffe ich auch abends.«

»Und tagsüber läufst du mit deiner Freundin in Berlin herum?«

Nina seufzt. »Nur am Wochenende. Sie hat eine Ausbildungsstelle. Aber dieses Wochenende ist sie nach Hause gefahren. Ihre Mutter hat Geburtstag.«

»Arme Nina. Dein Leben scheint kompliziert zu sein. Aber ich wette, du zeigst deinen Eltern ein fröhliches Gesicht.«

Ich höre ein müdes »Na ja«. Aus dem, was meine Nichte erzählt, schließe ich, dass ihr das Pendeln zwischen Eberswalde und Berlin und die Rolle der heiteren Tochter zu anstrengend wird. Tagsüber allein in einer Millionenstadt, als Landkind, wie soll sie das aushalten? Aber Nina erzählt weiter: Vorläufig will sie sich in Wassenhorst nicht blicken lassen. Sie hat nicht damit gerechnet, dass der Rausschmiss aus dem Gymnasium sie zur Außenseiterin machen würde. Sie weiß nicht, welcher Freundin sie noch vertrauen kann. Am meisten fehlt ihr das Boxen. Niko, der Trainer, hat seinen Schuppen aufgegeben und arbeitet als Surflehrer auf einer griechischen Insel. Und dann bin ich ihr eingefallen, die »coole Tante Sonja«.

»Kann ich zu dir kommen? Ich meine, wir beide haben uns doch gut verstanden, oder?« Nina klingt verzweifelt. »Und ich dachte, ohne Papa würde es zwischen uns vielleicht sogar noch besser laufen.«

Gerade noch rechtzeitig, bevor ich vor Ungeduld platze, versuche ich es noch einmal: »Aber was hat das alles mit dem Friseur zu tun?«

»Ich habe ihn angerufen und gefragt, ob es zufällig bei ihm in der Nähe ein Boxtraining für Jugendliche gibt.«

Es überrascht mich, wie entschlossen Nina ist. »Du hast dich an seinen Namen erinnert?«

»Salon Fiore«, sagt sie mit einem triumphierenden Unterton. »Das ist mir aufgefallen. Fiore, das heißt Blume.« Ihre Stimme wird aufgeregt. »Es ist der Hammer! Im Nachbarort gibt es ein Boxzentrum. Und das Geilste ist, sie trainieren dort auch Mädchen! Ich habe angerufen. Ich kann zu einer Probestunde kommen. Wie findest du das?«

»Uff.« Umständlich zünde ich eine Zigarette an. »Wie ich das finde? Eine große Überraschung. Und was das Boxen angeht: Wissen deine Eltern inzwischen Bescheid?«

»Puh! Mama und Papa würden aufschreien, wenn sie es wüssten.«

»Also, Nina«, sage ich gedehnt. »Ich muss über alles nach-denken. Ich bin nicht so schnell wie du. Aber versprochen, in einer Stunde rufe ich zurück.«

»Vielleicht schon ein bisschen eher …?«

Ich muss lachen, und meine Nichte kichert.

»Okay, Tante Sonja. Dann renne ich jetzt ein paar Runden um den Block.«

Ich lege auf und leere die lauwarme Kaffeetasse. Nina braucht Hilfe, so viel ist klar. Sie ist einsam. Ihre Eltern sind mit sich be-schäftigt. Erstens der Vater mit seiner Krise, von der ich hoffte, er hätte sie hinter sich. Und zweitens die Mutter, die ihr Leben auf den Kopf gestellt hat: neuer Wohnort, neuer Arbeitsplatz, die Trennung von ihrem Ehemann. Was bleibt da übrig für ein pubertierendes Mädchen, das nicht weiß, wo es hingehört? Un-wahrscheinlich, dass Jenny mitbekommt, dass der Boden unter den Füßen ihrer Tochter nachgibt.

Ninas Vertrauen freut mich und auch ihre Begeisterung, was den Sport angeht. Aber jedes Mal, wenn bei ihr das Wort Bo-xen fällt, muss ich schlucken. Meine wunderbare Nichte auf dem Weg, andere Menschen gezielt zu verprügeln und selbst verprügelt zu werden … Ich sehe die Szene mit Muhammad

Ali vor mir, wie er, schwer gezeichnet von Parkinson, das Olympische Feuer in Atlanta entzündet. Noch nie habe ich mir im Fernsehen einen Boxkampf angesehen. Ich finde es einfach nur abstoßend. Dass ich hinter dem Rücken meines Bruders Ninas Komplizin werden soll, passt mir auch nicht. Und wer, wenn nicht ich, wäscht ihre verschwitzten Sportsachen?

Doch plötzlich, ohne mein Zutun, ist alles anders. In meinem Kopf hat sich eine Kehrtwende vollzogen. Ich, Sonja, bin hier nicht die Hauptperson! Meine Einwände kann ich mir sparen. Die Sache ist längst entschieden.

Als ich Nina zurückrufe, höre ich im Hintergrund Autogeräusche. Schwer atmend stößt sie hervor: »Und? Kann ich zu dir kommen?«

»Ja, ich freue mich auf dich.«

»Danke! Danke!!«

»Wann willst du kommen, Nina?«

»Am liebsten sofort! Aber spätestens in einer Woche. Ich muss das ja noch mit Mama und Papa bereden. Vorsichtig. Im richtigen Moment. Ich darf sie nicht überfallen.«

Als ich das Handy beiseitelege, weiß ich, dass auf mich etwas gänzlich Neues wartet. Laut sage ich zur gerahmten Baby-Sonja im Schlafzimmer: »Wir kriegen Besuch. Ist das nicht toll!« Vor dem Bett gehe ich auf die Knie und hole die blauen Sitzkissen und den Überwurf für das Sofa hervor. Während ich mich mühsam aufrichte, wird mir klar: Gymnastik reicht nicht. Ich muss mich wieder mehr bewegen. Urplötzlich habe ich auch Lust dazu!

Die Lust überfällt mich mit einem Energiestrom und der mit einer Wucht, wie es mir in meinem Leben bislang vielleicht zwei- oder dreimal passiert ist. Wer so etwas noch nie am eigenen Leib erfahren hat, wird denken, dass ich maßlos übertreibe. Tue ich nicht. Danach hatte meine Körperkraft erheblich zugelegt, und so blieb es. Zum Beispiel musste ich von da an Karl nicht mehr bitten, mein Fahrrad über die Kellertreppe ins Freie zu tragen.

Leicht, locker und keineswegs langsam jogge ich barfuß direkt am Meer entlang, mit kleinen Umwegen, weil ich die Kinder nicht stören will, die Kanäle ausheben und Bauten aus Sandmatsch mit Muscheln schmücken. Manchmal fordert mich ein kleiner, bellender Vierbeiner zum Wettrennen auf. Auch das hat Charme. Als mir ein größerer Hund im Jagdfieber zu nahe kommt, trete ich kurz auf die Bremse, woraufhin auch er sofort abbremst, weil er merkt, dass ich kein Reh bin.

Irgendwann lässt die Ausdauer nach. Ich hole meine Sportschuhe aus dem Rucksack und mache mich auf den Heimweg. Vor der Haustür meldet sich die volle Power zurück. Mir ist danach, es Nina gleichzutun und immer wieder um den Block zu rennen. Ein kluger Gedanke hält mich zurück: Noch werde ich respektvoll gegrüßt. Aber was wäre, wenn …? Was würden die Leute sagen? »Eine wilde Hummel – in ihrem Alter! Die gehört in die Anstalt!«

Anstatt mich lächerlich zu machen, schließe ich die Haustür auf und laufe im Treppenhaus hoch bis zur vierten Etage, runter und wieder hoch, runter und wieder hoch, runter und wieder hoch. Mit der Höhe der Stufen habe ich meine Mühe. Für Riesen wären sie passend. Da wollte der Bauherr wohl Geld sparen.

Verschwitzt, außer Puste und erschöpft wie nach einem Marathon, stecke ich mit zitternden Händen den Schlüssel in meine Wohnungstür. Als Erstes leere ich eine Flasche Wasser. Als Zweites sollte ich unter die Dusche gehen. Stattdessen lasse ich mich ohne Umweg vom Kühlschrank auf die Couch fallen. Der verächtliche Satz – »Die gehört in die Anstalt!« – hat sich selbstständig gemacht und geistert durch meine Anfangsjahre in Berlin.

Außer Karl kannte ich in Berlin zunächst niemanden, und zwischen uns herrschte zu diesem Zeitpunkt bereits seit einigen Jahren Funkstille. Während unserer Indienreise im Jahr 1970 hatte ich das Rauchen von Haschisch entdeckt und ihn damit vergrault. Ich war den Hippies zugeneigt, während mein alter Freund sich, so glaubte ich, auf dem besten Weg befand, ein Spießer zu werden. Er trug eine strenge Brille und sein braunes Haar amerikanisch kurz, was ihm, klein und stämmig, wie er war, zugegeben besser stand als kinnlange Haare, wie sie in Berlin bei jungen Männern Mode waren. In seinem kantigen Gesicht waren die Falten unübersehbar. Vor allem die Lachfalten gefielen mir sehr. Aber auf mich wirkte er irgendwie gehemmt, während ich mir beim sporadischen Konsum leichter Drogen entspannt vorkam.

Bei unserem Abschied am Ende der Indienreise sagte er: »Ganz ehrlich, Sonja, lass uns eine Pause einlegen. Sorry, das Zusammensein mit einer Kifferin finde ich nicht attraktiv. Finde ich schade. Wir kennen uns schon so lange.«

»Meinst du, nur ich habe mich verändert?«, konterte ich verletzt. »Mit dir kann man nicht einmal mehr blödeln.«

»Mag sein. Wir sind beide älter geworden.«

Zum Abschied sagte ich: »Bye-bye, lieber Spießer.« Er zuckte bedauernd die Achseln.

Drei Jahre später, nach Abschluss des Studiums in Bonn, des Referendariats und zwei Jahren an einer Grundschule, zog ich endlich nach Berlin. Ich wagte es nicht, Karl in der Wohnung anzurufen, wo er und seine Freundin lebten. Natürlich hatte ich nicht aufgehört zu hoffen, ihm zufällig zu begegnen, um ihm zu zeigen, dass ich mich als Lehrerin in seinem

Sinne qualifiziert hatte, auch wenn ich gelegentlich einen Joint rauchte.

Als Kifferin bedeutete die Beschaffung von Haschisch ein Problem, weil ich keiner Clique angehörte. Dann ergab es sich, dass ein Nachbar in der Etage über mir sich als Dealer entpuppte. Nach Mitternacht stand ich vor seiner Tür, um mich über die laute Musik zu beschweren. Ein junger Mann öffnete, er war höflich, entschuldigte sich und führte mich in das Zimmer mit den Boxen, die einen Höllenlärm machten. Sie standen auf dem Boden, genau über meinem Bett. Er drehte die Musik leiser, bot mir einen Joint und eine regelmäßige Versorgung mit Haschisch an. Seinen Namen habe ich vergessen, nennen wir ihn Dieter. Er sagte, dass er als Anwalt arbeite und gutes Dope die Qualität seiner Plädoyers bei Gericht steigere. Er gehörte einem festen Kreis von kleinen Dealern an, der sich regelmäßig in einem besetzten Haus traf. Wenn ich ihn manchmal morgens mit dunklem Anzug und silberner Krawatte im Treppenhaus antraf, legten wir die Strecke zur U-Bahn gemeinsam zurück und machten uns einen Spaß daraus, Passanten, die uns entgegenkamen, ein Doppelleben anzudichten, das wir, je nach Gesichtsausdruck und Kleidung, einfallsreich mit Details ausschmückten.

Jeden Morgen freute ich mich auf meine Schulkinder in Kreuzberg. Unlösbare Disziplinprobleme kannte ich nicht. Nur selten sah ich einen Anlass, mir von den Eltern schwieriger Schüler Unterstützung zu holen. Bei türkischen Familien bot ich mitunter einen Hausbesuch an, was gern angenommen wurde. Man hatte auch nichts dagegen, dass ich eine türkische Nachbarin als Dolmetscherin mitbrachte. Im Grunde ging es immer um Missverständnisse. Ein kleiner Kerl, ein Mini-Macho, hatte noch nicht gelernt, dass fremde Frauen, die sich nicht so anzogen wie seine Mutter, als Respektspersonen zu achten waren. Mit ihm allein wäre ich fertig geworden, aber oft geschah es, dass sich noch drei weitere Schüler anstecken ließen. Im Lehrerkollegium sah man meine Besuche bei türkischen Eltern kritisch. Man befürchtete, der Sohn würde vom Vater mit Prügel bestraft werden. Ich hielt dagegen, auf den Erziehungsstil der Eltern hätte ich keinen Einfluss, aber was sei denn die Alternative für den Jungen? Sollte er weiterhin andere gegen mich aufhetzen, die dann meinen Unterricht übel sabotierten, während sie selbst miserable Schüler wurden, womöglich Kleinkriminelle? Ladendiebstahl, Fahrräder und Handtaschen klauten, Polizei vor der Wohnungstür. Und dann? Keine väterliche Prügel?

Ein ganz anderes Bild ergab sich bei Kindern, die zuvor antiautoritäre Kinderläden besucht hatten und mit ihren Eltern in Wohngemeinschaften lebten. Alle im Lehrerkollegium gingen anfangs davon aus, dass Kinder, von denen es hieß, ihnen werde zu Hause alles erlaubt, im Unterricht nicht zu zähmen seien. Doch die wenigen, mit denen ich zu tun hatte, zählten zu den Eifrigsten in der Klasse. Sie kannten allerdings keine Kleidungsvorschriften. Ein Junge kam im Kleid seiner älteren Schwester in die Schule. Das höhnische Lachen in der Klasse nahm er hin mit einem Gesicht, das ausdrückte: Ihr habt keine Ahnung, was gut ist. Am nächsten Tag trugen noch zwei weitere Jungen Röcke, und damit war die Sache erledigt.

Durch meinen Kontakt mit dem Anwalt hatte sich mein Haschischkonsum gesteigert. Ich weiß bis heute nicht, was er eigentlich von mir wollte. Jedenfalls keinen Sex, der, glaubte man dem Ruf der Linken, das Wichtigste sein sollte. Einmal hatten mein Dealer und ich freudlos miteinander geschlafen. Beim nächsten Treffen fragte ich: »Hör mal, Dieter, kann es sein, dass wir beide Sex grundsätzlich für überschätzt halten?« Er stimmte erleichtert zu. Unsere Beziehung bestand darin, dass wir ab und zu in der kleinen Wohnung über mir Haschisch rauchten und Musik hörten, und er mir lang und ziemlich breit von seinen glanzvollen Plädoyers erzählen konnte. So sah das beschauliche Doppelleben aus, das ich mir als Mädchen vom Rhein in Berlin West gönnte.

In meiner Anfangszeit ging ich fleißig auf Partys, doch ich bewegte mich nicht vom Fleck, niemand kümmerte sich um mich. Ich war unsichtbar. Als Dieter mich zu seinem Dealer-kreis in einem besetzten Haus einlud, sagte ich dankbar zu. Er hatte vor, dort im Anzug zu erscheinen, und bat mich, mein Lehrerinnen-Kostüm zu tragen. Er sagte, er wolle den Jungs eine Abwechslung bieten, denn schließlich tage dort ein Gre-mium, und wie jeder wisse, wollten Gremien hin und wieder unterhalten werden.

Es war spät am Abend, als wir am Ort der Konspiration ein-trafen. Wie zu erwarten, hingen von den Wänden Tapetenfet-zen, und im Holzboden fehlten ein paar Dielen. Niemand ach-tete auf uns. Was mich überraschte, war die Musik. Kein Rock, nichts Aggressives, sondern die melancholischen Songs des jun-gen Leonard Cohen. Eine Runde bärtiger Männer hockte auf Matratzen. Niemand nahm von uns Notiz. Nach dem Durch-arbeiten der Tagesordnung war man schon zum Wellnesspro-gramm übergegangen. Einer hatte aus Kolumbien Marihuana mitgebracht. Dicke Tüten wurden weitergereicht.

Mein Begleiter machte mit einem lauten »Guten Abend« auf uns aufmerksam. Wir lösten Panik und Gelächter aus. Die Hälfte der Runde hielt uns für Polizisten in Zivil, die andere Hälfte zeigte sich beeindruckt von unserer eleganten Kleidung. Weder die eine noch die andere Reaktion hatte Konsequenzen, weil sich nach einem kurzen Hin und Her wieder eine sanfte Decke der Trägheit über die Gruppe legte. Nur mein Dealer hatte sich mit einem Kumpel abgesondert. Im hintersten Winkel des Raums mit schrägem Mansardendach wurden offenbar noch Geschäfte abgewickelt. Kurz wurde es zwischen ihnen laut, aber das Grölen der Männer auf den Matratzen, wo man sich gerade Cohens Klage, *There are no chocolates in the boxes anymore,* zu eigen machte, übertönte den Streit. Mir fiel ein, dass ich als Gastgeschenk Pralinen mitgebracht hatte, und schickte die Schachtel in die Runde. Dann setzte ich mich trotz meines engen Rocks auf den Boden und nahm einen Zug. Die Dosis war so stark, dass mir schwindelig wurde. Ich sah Sternchen. Nicht im Traum hatte ich mit dieser Wirkung gerechnet. Ich goss einen halben Liter Wasser in mich hinein und legte mich vorsichtig rücklings auf die Matratze.

Ich fragte mich, ob das, was ich tat, meinem Ruf als Lehrerin schaden könnte, denn es war immerhin möglich, dass sich in diesem Kreis auch Familienväter befanden, deren Kinder ich unterrichtete. Es war der letzte vernünftige Gedanke, an den ich mich erinnere.

Der Raum war nur mit Kerzen beleuchtet und die Luft stickig. Etwas wackelig stand ich auf, öffnete eine Dachluke und fragte, ob sie seit Kriegsende nicht mehr geputzt worden sei. Alle fanden meinen Beitrag furchtbar komisch und lachten so heftig, dass sich drei von ihnen auf den Rücken fallen ließen und mit den Beinen strampelten. So kam ich, eine kleine Frau in einem braven Kostüm, zu der Rolle der Stimmungskanone. Was immer ich von mir gab, und sei es nur, mir sei kalt, ich wolle das Fenster schließen – und selbst wenn ich nichts sagte und jemand anderes mein Schweigen kommentierte –, verwandelte sich eine träge Masse in einen lachenden Haufen von Irren. Bis dahin kannte ich beim Kiffen nur das Kichern.

Diese Party erträgst du nur, wenn du genauso drauf bist, dachte ich. Sei nicht feige, du kannst ja etwas weniger inhalieren. Du wirst dich schon an den tropischen Stoff gewöhnen.

Ich weiß heute nicht, ob mir das wirklich durch den Kopf ging oder ob ich es mir nur später zurechtlegte, um eine Erklärung zu finden für das, was ein Filmriss gelöscht hatte, mir aber später von Dieter berichtet worden war.

Nach zwei Tagen Psychiatrie erschien mein Dealer mit einem Blumenstrauß im Krankenzimmer und entschuldigte sich dafür, dass er aus Sorge um mich eine Einweisung in die Wege geleitet habe. Wie er mir die Situation schilderte, waren bei mir Halluzinationen aufgetreten, möglicherweise eine Paranoia. Ich befand mich also, wie der Kreis der Dealer schnell diagnostizierte, auf einem Horrortrip. Der kam gelegentlich vor, wenn Marihuana aus den Tropen eingetroffen war. In der Regel schlich sich der Horror irgendwann aus. Doch Dieter erkannte das Untypische meines Zustandes, den er mir als ein Auf und Ab von Aufbäumen und Zusammenfallen beschrieb, weshalb er beschloss, mich in einem Krankenhaus abzugeben. Dort angekommen, hatte ich mich nicht nur mit Händen und Füßen gewehrt, wie es so schön heißt, sondern eine gigantische Kraft entwickelt. Zwei Helfer und ein Arzt wurden leicht verletzt. Im Krankenhaus wollten sie mich daraufhin nicht mehr aufnehmen. Ein Rettungswagen fuhr vor, und während die Sanitäter mich festhielten, verabreichte mir der Notarzt ein Beruhigungsmittel, das ohne Wirkung blieb. Schließlich wurde ich mit einer Zwangsjacke und Gurten fixiert und in die Psychiatrie transportiert.

Im Krankenwagen konnte der Arzt gerade noch einen Herzstillstand verhindern. Später suchte ich eine Antwort auf die Frage, ob der Kreislaufzusammenbruch womöglich eine Folge meines ungeheuerlichen Energieschubs in der Notaufnahme gewesen war. Das konnte mir so genau niemand bestätigen. Ich solle froh sein, hieß es, dass alle Untersuchungen, die neurologischen wie die organischen, einen negativen Befund aufwiesen. Aber so viel sei klar: Haschisch hätte keinen guten Einfluss auf mich. Nur der rechtzeitigen ärztlichen Versorgung war es zu verdanken, dass ich nicht zu den jährlichen Drogentoten zählte, über die so häufig in den Zeitungen zu lesen war.

Natürlich schämte ich mich in Grund und Boden. Aber Angela Benson, meine wunderbare Ärztin mit der Afrohaube, riet mir, mich lieber zu ärgern, weil ich bei meinem größten und von mir selbst inszenierten Drama abwesend gewesen war. Sie erreichte, dass meine Krankenkasse die Kosten für einen Aufenthalt von drei Wochen übernahm. Auch sorgte sie dafür, dass in meiner Krankenakte das Wort »Suchtmittelmissbrauch« nicht auftauchte.

Ich saß Dr. Benson in ihrem kleinen Arbeitszimmer gegenüber und bedankte mich für ihre Fürsorge.

»Sie müssen mir nicht danken, Sonja«, sagte sie. »Eine Entgiftung war in Ihrem Fall gar nicht nötig. Zwar sind Sie hier auf der Suchtstation, aber das Thema Sucht spielt bei Ihrer Behandlung überhaupt keine Rolle. Dann schon eher das Thema Einsamkeit. Sie sind nicht körperlich abhängig, aber ich vermute, Ihre Einsamkeit hat Sie seelisch abhängig gemacht.«

*

Mein Bruder ruft mich an. Er bedankt sich dafür, dass Nina zu mir kommen kann. »Das wird sie aufmuntern. Die Großstadt bekommt ihr nicht.«

Ich stimme ihm zu und frage: »Wie regelt ihr als Eltern das Thema Schulpflicht?«

Rolf stöhnt. »Gar nicht. Mit Jenny ist nicht zu reden. Ich habe meinem Psychiater in Wassenhorst die Situation erklärt. Daraufhin hat er auch Nina krankgeschrieben. Das lässt sich natürlich nicht endlos verlängern.« Ich höre, wie er ein Fenster öffnet. Ein Auto fährt vorbei. Mein Bruder sagt: »So kann es nicht weitergehen. Irgendetwas muss passieren.« Er holt stockend Luft, sodass ich mich frage, ob er ein Weinen unterdrückt. Dann fügt er noch hinzu: »Ich habe Angst, dass etwas furchtbar Schlimmes passiert.« Konkret wird er nicht, ich frage nicht, warum.

Er vermutet, dass Nina die meiste Zeit allein in der Wohnung ihrer Freundin auf dem Bett liegt und Musik hört. Keine Ahnung hat er davon, dass meine erstaunliche Nichte täglich im Dauerlauf ihre großen Runden im Tiergarten dreht. Zwischen ihr und einigen Parkbesuchern gibt es Grußkontakt. Wenn sie gefragt wird, ob sie für den Marathon trainiere, nickt sie, und wenn sie gefragt wird, ob sie dafür nicht zu jung sei, schüttelt sie den Kopf.

Am Tag nach Rolfs Anruf informiert mich Nina, dass sich ihre Reise an die Ostsee verzögern wird. Ihre Mutter hatte einen Schwächeanfall, den sie ernst nimmt. Jenny wirft sich vor, zu viel auf einmal gewollt zu haben, und hat sich eine Pause verordnet. Sie erholt sich im Garten ihrer Kindheit in Brandenburg. »Wir sind in der Datsche am See, und es ist so schön mit Mama, Omi und Opa«, schwärmt Nina. »Und dann das gute Wetter. Noch keine Mücken. Keine Wespen. Wir sitzen immer draußen. Morgens fährt mich Omi zu der Schule in Eberswalde, wo auch Mama war. Unterricht auf Probe.«

»Und? Wie gefällt es dir dort?«, frage ich.

»Weiß ich nicht.«

Noch ist alles offen. Ein glückliche Nina hängt in der Luft und lässt die Beine baumeln. Es wird wohl eine Weile dauern, bis Jenny wieder bei ihrer Arbeit erscheint. Meine Nichte versichert mir, an ihrem Ostsee-Plan habe sich nichts geändert. Nur werde sie ihrer Mama erst dann davon erzählen, wenn die wieder fit ist, beim Mittagessen in Berlin-Mitte. Auch im hiesigen Boxzentrum wissen sie Bescheid, dass Nina Senkel erst später zu einem Schnuppertraining kommen wird. Es existiere schon seit zwanzig Jahren, sagt Nina, es habe einen guten Ruf und eine Webseite. Dort könne ich mich über das Training für Jugendliche informieren.

»Seit wann gehst du eigentlich zum Boxunterricht?«, frage ich.

»Ich? Ein halbes Jahr oder so.«

»So lange schon?« Blitzschnell geht mir durch den Kopf, dass der von ihr geschilderte Anlass, der zum Schulverweis führte, nicht die gebrochene Nase eines Oberschülers gewesen sein kann. Der zeitliche Ablauf muss ein anderer gewesen sein. Es ändert nichts am Geschehen. Es bestätigt mir nur, dass Nina nicht immer die Wahrheit sagt beziehungsweise Wichtiges verschweigt.

In letzter Zeit denke ich manchmal an die kleine Jovana. Sie war ein nettes, intelligentes und sportliches Mädchen. Im Unterricht kam sie gut mit. Gern hätte ich ihren Eltern einen Wechsel von Jovana aufs Gymnasium vorgeschlagen, aber ihre sporadischen körperlichen Angriffe auf andere Schüler ließen es nicht zu. Im Rahmen einer Grund- und Hauptschule in Kreuzberg hielten sie sich noch in Grenzen. Doch auf einem Gymnasium hätte ihr Verhalten für einen Schulverweis ausgereicht. Im Lehrerzimmer wurde viel über Jovana gesprochen. Es stellte sich heraus, dass es sich nicht um eine Phase handelte, die mit der Zeit von einsichtigem Verhalten abgelöst wurde. Ihre Aggressionen steigerten sich von Jahr zu Jahr. Sie entwickelte sich zu einem gewalttätigen Mädchen – ein Phänomen, das in den Achtzigern noch äußerst selten war. Es ging so weit, dass jeder auf dem Schulhof sie mied, aus Angst, sie könnte explodieren. Manchmal schlug und trat sie selbst dann noch zu, wenn ein Schüler schon am Boden lag.

Ihre Wut hatte etwas Mörderisches. Jovana kannte keine Reue. In ihren Augen waren stets die anderen schuld. Jovana fand, sie hätten die Schläge und Tritte verdient. Ihr fehlgeleitetes Gerechtigkeitsgefühl war das eines Diktators, für den nur die eigenen Gesetze galten. Wer sich ihr unterwarf, den schützte sie. Wer ihr widersprach, gehörte ab sofort zu ihren Feinden. Kritisiert zu werden, empfand sie als eine nicht hinnehmbare Beleidigung. Sie sah sich schnell in ihrer »Ehre« verletzt, ein Begriff, den sie von muslimischen Jungen übernommen hatte. Sie sprach sogar von einer »heiligen Wut«.

»Bist du noch dran?«, fragt Nina am anderen Ende der Leitung.

»Entschuldigung. Mir ging gerade etwas durch den Kopf. Was hast du zuletzt gesagt?«

»Ob du enttäuscht bist, weil ich erst später komme?«

»Enttäuscht? Ja, das bin ich, ein bisschen.«

»Super«, ruft sie. »Dann vermisst du mich ein bisschen?«

»Ja. Weil man mit dir lachen kann. Mit der kleinen Sonja an der Wand im Schlafzimmer geht das nicht. Die schläft nur.«

Nina kichert. »Man könnte sie kitzeln«, schlägt sie vor, und ehe ich protestieren kann, sagt sie: »Ach nein, vergiss es, das wäre zu gemein!«

Wir verabschieden uns gut gelaunt. Erst jetzt spüre ich, wie angespannt ich bin. Ich habe Nackenschmerzen und tigere durch mein Feriendomizil. Die Unklarheit macht mich nervös. Ich möchte Nina in Sicherheit wissen, auch wenn es nur vorübergehend ist, ein paar Wochen vielleicht. Zeit gewinnen, darum geht es. Ich bin keine Person, die dazu neigt, den Teufel an die Wand zu malen. Das Prinzip Hoffnung funktioniert recht gut, was ich ebenfalls meinen Erfahrungen an einer Hauptschule verdanke. Ich sehe Ninas Stärken. Sie hat Mut, sie ist zielstrebig, sie weiß, was sie will. Ihr Alltag hat keine Ähnlichkeit mit dem der vielzitierten »Kinder vom Bahnhof Zoo«. Sie hängt nicht mit süchtigen und kriminellen Gleichaltrigen herum. Wäre es so, würde ich es an ihrer Stimme und der Art, wie sie sich ausdrückt, erkennen.

Am Abend nach einem langen Dauerlauf den windigen Strand entlang, und nachdem ich noch die Stufen zum zweiten Stock hinaufgerannt bin, lasse ich mich mit einem belegten Brot an den Esstisch sinken und rufe Angela an. Wie immer spüre ich zu Beginn unseres Gesprächs eine leichte Befangenheit: Ich kann nicht vergessen, dass ich einmal ihre Patientin gewesen bin. Nie reden wir über ihre Beziehungen und Krisen. Dafür war Karl zuständig. Er hatte seine alte Freundin und langjährige Kollegin quasi mit in unsere Ehe gebracht. Für mich blieb sie noch einige Jahre Dr. Benson. Als kinderloses Trio waren wir auch auf Fernreisen das perfekte Team, aber intime Angelegenheiten besprach sie mit Karl. Er und Angela hatten ihren eigenen, schon lange bewährten Draht. Er wusste viel über ihr Pech in der Liebe, dass sie sich in die falschen Frauen verliebte, über ihre Verletzlichkeit. So intim sind Angela und ich bis heute nicht. Aber sie ist die Freundin, der ich am meisten vertraue, wenn handfeste Probleme auftauchen, wie jetzt, im Fall meiner Nichte.

Wir überlegen, woran sich erkennen ließe, ob Ninas Wutausbrüche nur eine pubertäre Phase sind oder der Anfang einer Karriere als Gewalttäterin. Angela berichtet von aggressiven Patientinnen, zu einer Zeit, als sie auf einer geschlossenen Station der Jugendpsychiatrie arbeitete. Sie sagt, in einem klinischen Milieu sei es schwer gewesen, solche Mädchen einzuschätzen. Beobachtungen beim Boxtraining seien auf jeden Fall geeigneter. Ninas Leidenschaft für diesen Sport lasse hoffen, dass sie ein Gespür dafür hat, was für sie der richtige Weg ist.

Im Unterschied zu mir hält Angela Boxtraining also für eine

gute Sache. Als ich protestiere, sagt sie auf ihre nüchterne Art, wir könnten gern streiten, aber erst dann, wenn ich mehr darüber wisse. Auf meine Eindrücke sei sie gespannt. Angela nennt noch eine zweite Hoffnung: Sollte Nina ihre Rolle als Trösterin ihrer Eltern aufgeben, könnte deren Gemütslage dermaßen aus den Fugen geraten, dass sie mit professioneller Hilfe ihre Tunnel verlassen und endlich aufeinander zugehen.

Nach unserem Telefonat gehe ich erleichtert zu Bett. Leider hält das Gefühl nicht an. Am nächsten Morgen dreht sich wieder das Sorgenkarussell, und es wird auch im Laufe der Woche nicht langsamer. Je länger ich auf Nachricht von Nina warte, umso häufiger sehe ich für sie eine düstere Zukunft, umso häufiger möchte ich zur Zigarette greifen. Aber ich beherrsche mich. Diszipliniert, was ich eigentlich nicht bin, bekämpfe ich die Sucht mit Sport. Ich bin durchaus stolz auf mich. Mein orange-gelbes Stirnband trage ich inzwischen wie eine mittelalterliche Krone. Joggen gehört fest zum Tagesplan, weil es ablenkt, weil es mich aufheitert und weil es das Rauchen reduziert. Es sind nur noch fünf Zigaretten am Tag.

Nina schickt mir eine SMS mit der Internetadresse des Boxzentrums. Während ich meine Joggingkluft anziehe, ringen in mir eine wissbegierige und eine unlustige Seite. Die erste würde sich am liebsten sofort in die Webseite vertiefen, die zweite rät abzuwarten, ob Nina nicht doch im letzten Moment alles absagt.

Meine Neugier siegt. Joggen kann warten. Ich mache mich auf den Weg zum Internetcafé. Mit einer Tasse Cappuccino und einem Apfel neben mir – keine Zigarette! – öffne ich den Browser und tippe die Adresse des Boxzentrums ein.

Als Erstes erfahre ich, dass nicht nur in großen Städten, sondern auch in der Provinz Boxkurse für Jugendliche gut besucht sind. Der Grund ist wohl, dass es für sie auf dem Land kaum Freizeitangebote gibt. Die Webseite des Boxzentrums empfiehlt Boxen als körperliches und mentales Fitnesstraining. »Beim Boxen wird der ganze Körper gleichzeitig beansprucht, der immer in Bewegung ist. Nichts ist zufällig, und alles wird so lange trainiert, bis die Abläufe sozusagen in Fleisch und Blut übergegangen sind, vergleichbar mit einem virtuosen Klavierspiel.« An anderer Stelle heißt es: »Boxen fördert die Konzentration, die Selbstkontrolle, das blitzschnelle Einschätzen des Gegenübers und die Menschenkenntnis, und es stärkt das Selbstwertgefühl, was für allem für junge Menschen ein großer Gewinn ist. Wenn sie nicht nach kurzer Zeit aufgeben, kommen sie fast täglich zum Training.«

Ich bin beeindruckt. Nichts von dem habe ich vorher gewusst. Mir scheint, für nicht wenige junge Mädchen offenbart sich hier eine Leidenschaft, die ihrem Charakter entspricht. Sie sind Kämpfernaturen, ausgestattet mit einer beispiellosen Durchsetzungskraft. Ob das auch bei Nina der Fall ist?

Der Schutz vor Verletzungen hat im Boxsport einen hohen Wert. Mich erstaunt die Fülle der Regeln, die vielen Verbote und Gebote. Der Hinterkopf ist die Tabuzone Nummer eins. Aber niemand erklärt mir, warum die gezielten Schläge ins Gesicht grundsätzlich erlaubt sind. Ich finde, sie sind demütigend – ein Angriff auf die Menschenwürde. Was macht ein K.o. für Zuschauer so attraktiv? Ist es für sie erregend, wenn Blut fließt? In Südfrankreich gibt es die unblutige Variante des Stierkampfs. Dennoch fehlt es nicht an Zuschauern.

Erstaunt lese ich, dass Boxen schon sehr lange ein Sport ist. Die älteste Darstellung entstammt der minoischen Kultur auf Kreta, eine Freske, datiert auf das 15. Jahrhundert vor Christus.

Ein Link der Webseite führt mich zu erstaunlichen Fakten:

*1728: Ankündigung des vermutlich ersten Frauenboxkampfs
der Geschichte: Elisabeth Wilkinson vs. Anny Hyfield in
Clerkenwell/England
1911: Das erste deutsche Lehrbuch »Boxen. Ein Fechten mit
Naturwaffen« von Joe Edwards erscheint – mit einem Lob für
das Damenboxen*

Seit Ende des Ersten Weltkriegs gab es Frauenkämpfe von
Profis und Amateurinnen in ganz Deutschland. Wenige Jahre
später sprachen die Boxverbände ein Verbot für Frauen aus, sodass für sie als Veranstaltungsorte nur noch Jahrmärkte, das
Rotlichtmilieu und Varietés übrig blieben.

In der Weimarer Republik präsentierte der Berliner Fried-
richstadtpalast Frauen im Ring. Trotz der beachtlichen Leistun-
gen der Sportlerinnen war es für die Zuschauer vor allem ein
Mordsspaß, der einer Jahrmarktstimmung in nichts nachstand.
Hohn und Anzüglichkeiten ergossen sich über die Kämpferinnen, die zwar nicht wie »Mannweiber« aussahen, aber als
Objekte der Begierde von Voyeuren so genannt wurden. Zur
selben Zeit entdeckten in Berlin vor allem Frauen in Künstler-
kreisen das Boxtraining. Im Internet tauchen zwei Namen von
damaligen Prominenten und heutigen Legenden auf, Marlene
Dietrich und Leni Riefenstahl. Es überrascht mich kein bisschen, dass die Nazis Frauenboxen verboten. Danach vergingen
vier Jahrzehnte, bis seriöse Kämpferinnen wieder von sich reden machten.

Ich klicke auf einen Link zu einem Showboxkampf. Das Vi-
deo ist zwei Jahre alt. Es handelt sich um das bizarrste Fern-
seh-Event, das mir je unter die Augen gekommen ist. Regina
Halmich, vielfache Weltmeisterin im Fliegengewicht, hat den
mir bis dahin unbekannten Fernsehmoderator Stefan Raab in
dessen Sendung *TV total* herausgefordert. Er ist einen Kopf grö-

ßer als seine Gegnerin und geht ohne Training in den Ring. Als Vorbereitung hat er sich angeblich Boxkämpfe im Fernsehen angesehen. Es passt zu seiner Selbstüberschätzung, dass er verkündet: »Das ist kein Scherz! Wenn Regina verliert, wird niemand Frauenboxen mehr ernst nehmen!«

Halmich, eins sechzig groß, gewinnt nach Punkten. Ihr Gegner hat am Ende eine gebrochene Nase. Während des Boxkampfes sind die Menschen in der Halle und die Fernsehkommentatoren vereint in grenzenloser Bewunderung für die »Killerschnauze«, wie sie Raab nennen, weil für ihn Aufgeben keine Option ist. Er sieht zum Erbarmen aus, während Halmich pausenlos auf ihn eindrischt, eine kleine Frau, bei der es an ein Wunder grenzt, dass sie überhaupt an sein Gesicht heranreicht.

Ich recherchiere weiter. Sieben Millionen Zuschauer hatten den Kampf im Fernsehen verfolgt, woraufhin überall in Deutschland das Interesse an Boxtraining für Frauen steil nach oben ging. Seitdem wird auch im Boxzentrum an der Ostsee ein Training für Mädchen angeboten.

Zwei Stunden sitze ich vor dem Bildschirm. Dann kapituliere ich vor der Informationsflut des Internets und seiner Eigenschaft, dass man schon sehr genau hinsehen muss, um Fakten und Vermutungen sauber zu trennen. Ich möchte mich in der realen Welt des Boxens umschauen. Schon immer habe ich viel von Erfahrungswissen gehalten. Also packe ich meine Sachen zusammen und beschließe, noch heute unangemeldet im Boxzentrum aufzutauchen.

Das Gebäude in einem kleinen Industriepark macht einen guten Eindruck. Ein Flachbau in ordentlichem Zustand, Holzverkleidung, fast fensterlos, stattdessen schmale Luken direkt unter dem Dach. Neben dem Eingang hängt ein senkrechtes

Banner mit zwei violetten Boxhandschuhen. Nur drei Autos stehen auf dem Parkplatz. Ich, die eine Halle voll Action erleben will, bin zu früh gekommen. Vielleicht unternehme ich am späten Nachmittag einen zweiten Versuch. Bei der nahen Bushaltestelle angekommen, notiere ich mir die Fahrtzeiten für den Fall, dass Nina für die vierundzwanzig Kilometer hin und zurück nicht ein Leihrad, sondern einen Bus benutzen möchte.

Keine fünfzehn Minuten später jogge ich auf Feldwegen, vorbei an hellgrünen Ackerflächen und Streuobstwiesen kurz vor der Blüte. Der Himmel hat sich zugezogen. Es sieht nach einem Unwetter aus. Egal, ich laufe weiter. Was sich schließlich über mich ergießt, raubt mir fast die Sicht. Ich biege ab in ein Waldstück mit niedrigen Bäumen und Gebüsch, ein Unterschlupf für Tiere, große und kleine. Die Bäume sind sich selbst überlassen, sie wachsen eng beieinander. Stürme und Altersschwäche haben müde Exemplare zu Fall gebracht. Sie bleiben liegen, bis das Holz im Verlauf vieler Jahre im Boden verrottet. Ich setze mich auf einen Stamm, wo mich vom Regenguss nur wenige Tropfen erreichen. Ich kann wieder sehen, das ist ein Vorteil. Aber ich bin nass bis auf die Haut, was kein Problem wäre, würde ich schwimmen und mich bewegen. Mir wird furchtbar kalt. In diesem kleinen Wald, der einmal ein Urwald werden will, bin ich als Joggerin fehl am Platz. Ich probiere aus, wie es ist, auf der Stelle zu laufen, aber ich kann mich dabei nicht entspannen, weil mich stachelige Zweige von Brombeerbüschen oder ähnlichen Feinden bedrängen.

Verärgert greife ich nach einem dicken Stock und schlage auf den erstbesten Baumstamm ein. Das morsche Holz bricht beim ersten Schlag auseinander. Ich suche mir einen neuen Stock, einen festeren, bis ich auch ihn zerlegt habe. Ein ganzes Arsenal von Stöcken wird auf diese Weise zerkleinert. Immer weiter hole ich aus, immer heftiger werden meine Schläge. Und mir wird warm. Ich weiß nicht, wie der Baum heißt und wie alt er ist, aber ich weiß, dass seine Wurzeln ihn fest in der Erde verankern. Meine Wut kann ihm nichts anhaben. Meine grenzenlose Wut auf Bärbel, auf wen sonst? Im Takt des Prügelns höre ich mich schreien: »Altes Miststück! Böse Schlange!«

Plötzlich ist Schluss. Ich keuche wie nach einem Hundertmetersprint. Schweiß tropft mir in die Augen. Ich suche nach meiner orange-gelben Krone und finde sie in meiner Hosentasche. In der Ferne donnert es. Beim zweiten Mal geht dem Schlag ein Blitz voraus. Das Gewitter ist näher gekommen. Aber da befinde ich mich schon auf dem Rückweg. Irgendwann weicht der Wolkenbruch starkem Regen. Um den Fahrersitz vor Nässe zu schützen, decke ich ihn noch schnell mit einer Plastiktüte ab.

Erst am Abend, kurz vor dem Einschlafen, als ich den Tag noch einmal durchgehe, versuche ich, mich an meine Wut zu erinnern. Aber ich bekomme sie nicht mehr zu greifen. Ein Phantom, verschwunden, ohne die geringste Spur zurückzulassen. Wie häufiger in letzter Zeit bedanke ich mich bei meinem unzerstörbaren Kern. Ihn zu entdecken, so erscheint es mir im Rückblick, gelang mir erst, als ich den Kontakt zu Bärbel rigoros abbrach.

In der Nacht träume ich, wie ich schwer bepackt versuche, eine Wohnungstür aufzuschließen. Von innen öffnet mein Mann. Ohne Worte stellt er meine Last beiseite und nimmt mich so lange in den Arm, bis mein Herz ruhig ist. Ich bin angekommen.

*

Es war unvermeidlich, dass Karl Kretschmar und ich uns in Berlin irgendwann wieder über den Weg laufen würden. Es hätte schon eher passieren können, denn er arbeitete als Kinder- und Jugendpsychiater in derselben Klinik wie Angela Benson. Sie hatte ihm von mir erzählt, erfuhr ich später, anonym natürlich, aber sie hatte Wassenhorst erwähnt und meine Nazi-Eltern, und da wusste er sofort, dass es sich um Sonja Senkel handelte. Er wollte mich umgehend sehen und mich unter seine Fittiche nehmen. Angela brauchte eine Weile, um ihn davon abzubringen. Ein Kümmerer sei zu diesem Zeitpunkt ungünstig, erklärte sie ihm, da mein Lernprogramm als entlassene Patientin lautete: eigenständig neue Kontakte knüpfen.

Ich nahm mir ihren Auftrag zu Herzen. Bei einem Kinobesuch traf ich zufällig eine ehemalige Mitpatientin. Sie war in den Fünfzigern, ihr braunes Haar hatte hellgrüne Strähnen. Wir teilten uns eine Pizza, und am Ende unserer schönen Begegnung sagte Gisela, sie kenne inzwischen eine ganze Reihe von Zwölf-Schritte-Gruppen, ausgerichtet nach dem Programm der Anonymen Alkoholiker und offen für alle Menschen, die keine Suchtmittel mehr nehmen wollten, seien es Alkohol oder Drogen. Gisela empfand die Anonymität als Schutz.

Sie war Friseurin und hatte eine lebhafte Mimik. Ihr Gesichtsausdruck wechselte zwischen Lebenshunger und Leid. Sie lachte und weinte häufig. Gisela sagte, sie besuche unterschiedliche Gruppen, dadurch sei sie jeden Abend gut beschäftigt, und wenn mir danach sei, könnte ich sie begleiten. Bevor wir damit ernst machten, gab sie mir noch den Rat zu verschweigen, wie einsam ich mich fühlte: Es würde sofort die Schürzenjäger auf den Plan rufen. Nicht alle trockenen Alkoholiker benähmen sich vorbildlich. Doch von dem Erfahrungsschatz einer Gruppe könne man viel lernen. Mit etwas Übung ließe sich gut erkennen, wer in dem, was er über sich erzählte, ehrlich war, wer beschönigte und wer schlichtweg log.

Zunächst dachte ich, ich befände mich am falschen Ort,

weil ich keinen Zusammenbruch meines kompletten Lebens vorweisen konnte, sondern nur einen Mordsschrecken – weshalb ich mit Drogen nie wieder etwas zu tun haben wollte, obwohl ein Teil von mir den flüchtigen Räuschen der Hippiezeit nachtrauerte. In den anonymen Gruppen traf ich auf ein Milieu der Angepassten, so jedenfalls der erste Eindruck. Eigentlich brauchte ich, um clean zu bleiben, keinen Besuch bei Spießern, und doch empfand ich einen Sog dorthin, den ich mit Worten nicht beschreiben konnte. Im Raum roch es nach frisch geduschten Menschen, alle ordentlich frisiert und sauber gekleidet, selbst Dauerarbeitslose, selbst Obdachlose aus Notunterkünften, die sich nichts sehnlicher wünschten als eine eigene Wohnung.

Die großen Unterschiede zeigten sich, wenn Leute am Tisch ihre Vergangenheiten ausbreiteten. Johnny, Berufskraftfahrer, war fest davon überzeugt gewesen, dass er mit zwei Promille nicht nur fehlerfrei fuhr, sondern besser als ohne Stoff. Sein Irrtum hatte ihn finanziell ruiniert, weil er am Straßenrand gleich drei parkende Autos demoliert hatte und die Versicherung sich geweigert hatte, den Schaden zu übernehmen. Marion, Schneiderin, vereinsamt, war ohne eine Flasche Gin neben der Nähmaschine nicht in der Lage gewesen, irgendetwas zustande zu bringen. Gaby, Kellnerin, die in einer Einrichtung des Betreuten Wohnens lebte, wurde immer wieder rückfällig, und ging doch treu weiter zu den Treffen, weil ihr Wunsch, mit dem Trinken aufzuhören, nach wie vor lebendig blieb. Auch Gisela, der ich meinen Zugang zu den Gruppen verdankte, wurde nach kurzer Zeit rückfällig.

Ludwig, Gymnasiallehrer, hatte jedes Wochenende sturzbetrunken seine Frau und die drei Kinder verprügelt. Holger, ehemaliger Bankräuber, war durchaus erfolgreich gewesen, solange er und sein Kumpel das Trinken unter Kontrolle hatten. Mehr noch als ihre Beute hatten sie nach jedem Coup das beispiellose Glücksgefühl genossen. Davon konnten sie nicht genug kriegen, was, wie Holger glaubte, die eigentliche Sucht ausmachte. Erst kam der Kontrollverlust beim Alkohol, dann kam ihnen das Rezept ihrer Erfolge abhanden und danach die Freiheit. Im Knast fand der Bauernsohn Holger seinen Verstand wieder. Ein halbes Jahr verbrachte er in einer Klinik für Alkoholiker. Ich lernte ihn kennen, als er mit großem Stolz verkündete, er, der Bankräuber, sei jetzt Bankkunde. Um stabil zu bleiben, ging er jeden Abend zu einem der angebotenen Treffen.

Bei so viel Wahrheitsliebe blühte mein Misstrauen. Jede dieser dramatischen Geschichten, von denen im Laufe des Abends wenigstens eine zur Sprache kam, erschien mir maßlos übertrieben, aber nur so lange, bis ich merkte, dass mir neue Antennen der Wahrnehmung wuchsen. Bis ich zu unterscheiden lernte, wer die Wahrheit sprach und wer nur mit heißem Wasser kochte, genau wie Gisela es vorausgesagt hatte.

Oft zeigte sich jemand überrascht davon, wenn er etwas schamhaft Verschwiegenes in der Gruppe preisgab, meistens mit dem Zusatz, es sei das allererste Mal, dass er überhaupt darüber rede. Jeder konnte mit einer Beichte so weit gehen, wie er wollte, oder es ganz lassen. Die Menschen saßen nicht am Tisch, um anderen Geheimnisse zu entlocken. Von Druck war nichts zu spüren, stattdessen erfolgte die Einladung wiederzukommen. Das Programm legte Süchtigen nahe, sich einzulassen auf eine häufig zitierte »Macht, größer als wir selbst«. Von Gott war darin die Rede, allerdings mit dem Zusatz: »Gott, wie wir ihn verstanden.« Den Gedanken, mein Leben einer Macht anzuvertrauen, die größer war als ich selbst, die ich aber nicht Gott nennen musste, fand ich interessant. Bei Menschen mit großem Dominanz-Gehabe beendete ihr Glaube an »eine Macht, größer als ich selbst« das Spiel namens »Ich bin mein eigener Gott. Ich habe alles im Griff«. Jeder und jede am Tisch nannte eine andere Kraftquelle: die Natur, die Musik, Jesus, den Großvater oder die Milchstraße mit ihren Milliarden von Sonnensystemen.

In dem Meeting, für das ich mich letztlich entschied, saß unter anderem ein halbes Dutzend gut gelaunte Alkoholiker, die seit vielen Jahren trocken waren und für mich etwas sehr Anziehendes ausstrahlten. Ich fand keinen anderen Ausdruck dafür als Lebenszufriedenheit, ein Wort, das ich zuvor nicht in den Mund genommen hätte. Es schmeckte nach Beschaulichkeit, Biederkeit und Genügsamkeit. Ich aber sehnte mich, obwohl einer Beamtin im Schuldienst ein überschaubares Leben vorgezeichnet war, nach einem bunten, herausfordernden Leben, woran wohl die Leseabenteuer meiner Kindheit und Jugend schuld waren. Trotzdem wurde diese Kleingruppe für mich jene Macht, die größer war als ich selbst, weil sie mir etwas gab, was ich mir selbst nicht geben konnte – die Hoffnung, dass auf mich, Sonja, eine gute Zukunft wartete.

Zwei von ihnen, eine Marianne und ein Jörg, in etwa im Alter meiner Eltern, reichten mir Zettel mit ihren Telefonnummern, für den Fall, dass ich nicht mehr weiterwisse. Sie sagten, wenn es mir einmal dreckig gehe, könne ich sie jederzeit anrufen, auch nachts, möglichst vor einem Rückfall und nicht erst danach.

Gisela mit den hellgrünen Haaren wollte nach einem Meeting dringend mit mir allein reden, und wir gingen in eine Pizzeria. Während wir noch aßen, hatte sie mir von ihren sechs Schwangerschaften berichtet, darunter zwei Totgeburten. Ihre drei inzwischen erwachsenen Söhne lebten im Ausland, nur einer hielt noch den Kontakt zur Mutter. Giselas einzige Tochter war mit vier Jahren gestorben. Was dann folgte, war eine Beichte.

»Ich habe alle meine Kinder geschlagen, aber zu der Kleinsten war ich grausam. Du musst nicht denken, dass ich besinnungslos auf sie eingeprügelt habe. Ich war bei vollem Verstand. Ich wollte ihr wehtun. Ja, das wollte ich. Und eines Tages war sie tot. Meine Schläge haben sie umgebracht.« Sie verstummte, lehnte sich im Stuhl zurück und schloss die Augen. Ich saß ihr wie erstarrt gegenüber. Nachdem sie ihr Wasserglas aufgefüllt und in zwei Zügen geleert hatte, fuhr sie fort: »Der Arzt schöpfte keinen Verdacht, warum, weiß ich nicht, vielleicht weil er selbst Alkoholiker war. Aber was ich heute weiß: Es wäre mir in all den Jahren danach besser ergangen, ein Gericht hätte mich verurteilt.« Während der letzten Sätze schluchzte sie und wollte, dass ich sie im Arm hielt. Ich sagte stockend, ich stünde unter Schock, ich könne mich nicht rühren. Da putzte Gisela sich die Nase, kontrollierte ihr Gesicht in einem kleinen Taschenspiegel, zog die Lippen nach und gewann ihre Fassung wieder.

Zurück in meiner Wohnung zitterte ich am ganzen Körper. Ich war so außer mir, dass ich nur um einen Gedanken kreiste: wie ich mir auf die Schnelle Dope besorgen könnte. Ich rief Dieter, den Anwalt, an und wurde hysterisch, als ich hörte, dass er das Dealen aufgegeben hatte. Er blieb völlig ruhig. »Hör zu, Sonja. Das Zeug bekommt dir nicht. Schon vergessen? Geh schlafen oder such dir einen zum Ficken.«

Einen guten Freund mit einem guten Ratschlag hätte ich in meinem Zustand überhört. Aber wenn ein unsympathischer Kerl im richtigen Moment das Richtige sagt, kann die Wirkung enorm sein. Zu meiner eigenen Überraschung tat ich zunächst weder das eine noch das andere, sondern setzte mich stattdessen an meine elektrische Schreibmaschine und begann zu tippen. *Ohne Titel*, stand da als Überschrift. Ich las den Text nicht mehr durch. Die zwei Seiten *Ohne Titel* kamen in einen Schuhkarton. Mein Leben war noch so jung, dass der Schuhkarton für wichtige Unterlagen ausreichte. Pass, Impfpass, Geburtsurkunde, Beamtenurkunde, alte Taschenkalender und Sonstiges. Meine letzten Gedanken galten den Angeboten von Marianne und Jörg. Beim nächsten Mal würde ich sie anrufen. In dieser Nacht schlief ich wie ein Bärchen.

Manchmal ergab sich im Anschluss an ein Meeting ein Besuch in einer benachbarten Eisdiele. Anfangs konnte ich nur staunen über die riesigen Becher, die sich die Gäste kommen ließen. Meine zwei Eisbällchen ohne Sahne lösten Gelächter aus. In solchen Runden kamen gelegentlich auch intime Themen auf. Hier lernte ich das Wort »Trockenbumsen«. Gemeint war das erste Mal Sex im nüchternen Zustand. Niemand ging ins Detail, als handelte es sich eher um eine Wegbeschreibung, und die Beschreibung hörte auf, als es zum Eigentlichen kam. Einen der Männer habe ich noch im Ohr. »Da sitzte bee 'ner tollen Frau auf der Bettkante, wa, knalle nüchtern, und die Angst steigt in dir hoch, wa, und wie'n Anfänger fragste dich: Un' nu …?«

Das Stichwort »Trockenbumsen« entfachte in der Runde Glücksgefühle, als wäre von den köstlichsten Pralinen die Rede. Es war klar, dass es sich um eine Sache handelte, die ich bei Gelegenheit testen musste. Nach meiner ersten drogenfreien Nacht mit einem verheirateten, trockenen Alkoholiker dachte ich dann auch: Da also geht's lang.

Rückblickend kann ich mich nur für das Glück bedanken, dass der Beginn meines neuen Lebens in die Gründerzeit einer neuen Gruppenkultur fiel, die Pionierzeit der Frauengruppen, Umweltgruppen, Theatergruppen und vielen mehr. Auch zeigte sich, welche Kollektive der 68er Bestand hatten: alternative Zeitungen, Buchläden, Kinderläden und so weiter. Nie zuvor und nie danach habe ich so viele neue Leute kennengelernt, aber letztlich blieb ich beim Vereinssport hängen. Und dort, auf einem Volleyballfeld, traf ich schließlich Karl wieder. Ich erkannte ihn erst, als mein Ball ihm die Schirmmütze vom Kopf fegte, die ihm ohnehin nicht stand. Er bückte sich danach, und als er wieder hochkam, grinste er mich an. »Endlich jemand, auf den ich herabschauen kann.«

»Lieber Karl, weißt du eigentlich, dass beim Grinsen deine breite Nase noch breiter wird?«

»Blödsinn. Meine Nase ist nicht breit. Die soll so sein.«

Da verliebte ich mich.

An meinem dreißigsten Geburtstag füllte Karl zwei Gläser mit Sekt, und als wir im Stehen angestoßen hatten, sagte er, wir sollten heiraten. Mit meiner Feierstimmung war es vorbei. Ich wollte nicht, dass der Staat in unsere Beziehung hineinfunkte.

»Wir können auch ohne Vertrag weiter glücklich sein.«

»Ich finde, eine tiefe Bindung braucht Verbindlichkeit.«

»Ist das jetzt dein Ernst, oder zitierst du aus einem Theaterstück?«

»Mein voller Ernst, Sonja. Du solltest nicht alle Traditionen ungeprüft über Bord werfen, nur weil es dem fortschrittlichen Zeitgeist gerade so passt.«

Ich grinste ihn an. »Willst du mir Angst machen?«

»Lies doch mal das neue Ehe- und Familiengesetz. Ich bin sehr angetan von dem Vertrag, der mit der Eheschließung in Kraft tritt. Ein besserer ist kaum denkbar, was die gegenseitige Absicherung betrifft, in guten wie in schlechten Zeiten. Hier wird die Ehe vom möglichen Ende einer Scheidung her gedacht. Das Schuldprinzip gilt nicht mehr. Wenn Paare sich scheiden lassen, hat derjenige, der weniger oder gar nichts verdient, monatlich Anspruch auf einen finanziellen Ausgleich.«

»Danke für die Zusammenfassung. Aber sie überzeugt mich nicht.«

Er musterte mich einen Augenblick, dann sagte er: »Es gibt noch ein anderes Argument für die Ehe. Stell dir vor, du hättest einen Unfall, liegst im Krankenhaus und bist nicht mehr entscheidungsfähig. Da wäre deine Mutter als deine engste Angehörige für dich zuständig. Mit ihr besprechen die Ärzte die Therapie. Und allein sie bestimmt, wer zu dir darf und wer nicht. Einen gewissen Karl Kretschmar wird sie sicher nicht an deinem Krankenbett sehen wollen.«

Ich schrie auf. »Woher weißt du das? Wer hat dir das erzählt?« Ich jedenfalls nicht, da war ich mir sicher.

Er sah mich irritiert an. »Ich weiß von nichts. Komm, Sonja. Setzen wir uns.«

Schon lange hatte ich nicht mehr daran gedacht. Die Erinnerung traf mich mit voller Wucht. Ich sah Karl nicht an, während ich ihm davon erzählte. In der Zeit, als ich noch in Bonn studierte, hatte mein Bruder Rolf sich mit der achtzehnjährigen Vera verlobt. Kurz darauf wurde bei ihm Lungenkrebs diagnostiziert. Damals mangelte es noch an aussagekräftigen Untersuchungen, daher gingen die Ärzte aufgrund ihrer Erfahrungen auch bei Rolf davon aus, dass sich in seinem Körper Metastasen verbreitet hatten – wo, wussten sie nicht. Weil mein Bruder die Wahrheit erfahren wollte, sagten sie ihm, sein Tod sei absehbar, womöglich blieben ihm nur noch zwei Monate.

Bärbel Senkel setzte alle Hebel in Bewegung, um zu verhindern, dass Vera Rolf nach der Operation im Krankenhaus besuchte. Gegenüber den Ärzten argumentierte sie, die Verlobte sei zu jung, um zu begreifen, was ihr Sohn nun brauche. Sie würde sich an ihn klammern und ihn in seinen letzten Lebenswochen nur unnötig quälen. Sie sagte, sie sei im Krieg Krankenschwester gewesen, sie kenne sich aus. Damit überzeugte sie die Ärzte. Vera wurde nicht mehr zu ihrem Rolf gelassen.

Mutter erzählte es mir am Telefon in der Überzeugung, dass

ich ihr zustimmte. Als ich nichts sagte, fügte sie hinzu: »Ich habe mir ein schwarzes Kleid gekauft. Das verstehst du doch sicher.« Ich legte den Hörer auf und rief Vater an. Der wiederum rief bei Vera an, fuhr zu ihrer Adresse und packte seine zukünftige Schwiegertochter ins Auto. Er, der Krankenhausbesuche verabscheute, fuhr zu der Bonner Klinik und verlangte, den Professor und seinen Oberarzt zu sprechen. Er sagte, seine Frau sei aufgrund des großen Kummers in einem sonderbaren Zustand, daher zurzeit nicht zurechnungsfähig. Bärbel Senkel sei es, die auf keinen Fall das Zimmer seines Sohnes betreten dürfe. Dessen Verlobte dagegen, darum bitte er dringend, möge zu jeder Zeit Zutritt haben.

In der Nacht träumte ich, wie Bärbel Senkel im schwarzen Kleid, mit schwarzem Hut und kurzem Schleier, im Fond eines offenen schwarzen Mercedes stand und wie eine Königin ihren schwarz gekleideten Untertanen am Straßenrand zuwinkte.

Zu Karl sagte ich: »Kann es sein, dass sie ihren Sohn sterben lassen wollte …?«

»Moment mal. Das war viel.« Er stand auf, schüttelte kurz seinen Körper und klopfte ihn mit den Handflächen ab, auch die Beine, selbst die Innenseiten. Diese Geste hatte ich noch nie zuvor an ihm gesehen. Dann holte er aus der Küche zwei Gläser mit Wasser.

»Dazu passt eine zweite Geschichte, Karl. Möchtest du sie auch noch hören?«

Er nickte. Da erzählte ich ihm, was sich hinter Mutters Halbsatz, »Weihnachten 1948, als du sterben wolltest …«, verbarg. *Weihnachten 1948, als du sterben wolltest* … Mutter wiederholte die Worte jedes Jahr unter dem Tannenbaum. Die Eltern schauten sich dann kurz an. Mehr wurde nicht gesagt. Mein Bruder und ich waren Rätsel gewöhnt und wären nie auf die Idee gekommen, Fragen zu stellen.

Ich erfuhr die Wahrheit schließlich von meinem Vater, den der Alkohol normalerweise nicht redselig machte, der aber an einem Abend beschwingt heimgekommen war. Als ich, damals etwa fünfzehn, ihn daran erinnerte, dass Mutter auf einem Elternabend war, sagte er – für mich überraschend –, wir beide könnten ja etwas plaudern. Es folgte das einzige Gespräch, das wir je über seine Ehe und unsere Familie führten. Bärbel war Vater während der Hochzeitsreise im Herbst 1941 am Lago Maggiore so auf die Nerven gegangen, dass er ohne Erklärung verschwand. Als er erst nach drei Tagen wieder im Hotel auftauchte, saß Mutter weinend im Foyer und suchte Trost bei anderen deutschen Gästen, die, wie meine Eltern, als privilegierte Nazis während des Kriegs im Land der verbündeten Italiener Urlaub machen durften. An Details daran, was er in den vergangenen Tagen erlebt hatte und was danach kam, konnte sich mein Vater nicht mehr erinnern. Vermutlich hatte er sich drei Tage lang sinnlos betrunken. Er und Bärbel blieben bis zum Urlaubsende, als wäre nichts passiert. Es wurde nie wieder darüber gesprochen. Auch nicht darüber, dass Bärbel gegen seinen Willen versucht hatte, mich abzutreiben. Doch von der Praxis des Arztes in Magdeburg, den eine Freundin empfohlen hatte, fand sie nur einen Trümmerhaufen vor.

Ich fragte ihn, was es denn mit dem Satz »Weihnachten 1948, als du sterben wolltest …« auf sich habe. Was genau war geschehen?

»Eine schlimme Geschichte.« Er stand auf, versorgte sich mit einem Whiskey und setzte sich wieder. »Wir waren gerade von Mittendorf nach Wassenhorst gezogen. Da hat dich dieser furchtbare Magen-Darm-Virus erwischt. Er war hoch ansteckend, und es gab keine Medikamente. Wir konnten nichts machen. Das Fieber ging nicht zurück. Ja, und deine Mutter hatte dich aufgegeben. Ich sagte, ich hole jetzt den Arzt. Da wurde sie rabiat, hielt mich fest, und wer weiß, was sonst noch passiert wäre ... Jedenfalls habe ich mich losgerissen und bin mit dem Fahrrad zum Kinderarzt gefahren. Ich wollte ihm deine Symptome beschreiben, aber es war nicht nötig. Einige Kinder waren sogar in seiner Praxis gestorben. Doch am selben Tag hatte er durch die Beziehungen eines Freundes ein neues Medikament zugeschickt bekommen. Es kam aus Amerika und hatte den Ruf, wahre Wunderheilungen zu vollbringen. Der Kinderarzt sagte, er habe noch keinerlei Erfahrung damit, ich solle es ausprobieren. Ja, und es hat geklappt. Es handelte sich um Penicillin. Und deshalb, liebe Tochter, bist du immer noch am Leben. Prost.«

Karl blieb stumm, und mir wurde schlagartig kalt.

»Warum sagst du nichts dazu?«

»Weil ich nachdenke. Deine Mutter ist die schrecklichste und unglücklichste Person, die ich kenne.«

»Glaubst du mir die Geschichten oder nicht?«

»Natürlich glaube ich dir die Geschichten.«

Er nahm mich lange in den Arm. Nach Sekt war uns an diesem Tag nicht mehr zumute.

Karl und ich sprachen nur selten über Bärbels Verhalten. Ich erinnere mich, dass er sagte, er kenne keinen Fall einer Mutter, die ihre Kinder sterben lassen wollte und Rettungsversuche verhinderte. Vielleicht sei es – ich möge seinen Ausdruck verzeihen – eine Kriegsmacke. Vielleicht habe sie in Lazaretten gearbeitet und zu viele junge Männer sterben gesehen, ohne dass die Ärzte und sie als Krankenschwester etwas hätten ausrichten können. Vielleicht habe diese Ohnmacht dazu geführt, dass sie keine Hoffnung mehr empfinden konnte. Und Kinder spüren, dass so eine Mutter ihr Leben bedroht.

*

Nina ist bei mir eingezogen. Sie macht einen glücklichen Eindruck. Das Haar reicht ihr bis zur Schulter. Der Farbton Pflaume ist Vergangenheit. Als sie sagt, ich sähe viel jünger aus als im Winter, bin auch ich glücklich. Das Wochenende liegt vor uns, im Boxzentrum wird sie am Montag erwartet. Am Samstag stehen wir zeitig auf. Noch vor dem Frühstück joggen wir barfuß am Strand. Am Sonntag laufen wir erst am Nachmittag und setzen uns danach auf die Hotelterrasse. Die Schokoladentorte bleibt mein Favorit. Es überrascht mich, wie wenig Nina redet. Sie hängt auch nicht am Telefon und bespricht sich mit irgendwelchen Gleichaltrigen. Die Freundinnen, von denen sie gelegentlich spricht, haben keine Namen.

Nachdem sie ein zweites Stück Erdbeertorte mit Sahne verdrückt hat, lehnt sie sich zurück und beobachtet versonnen den Spatz, der sich ihrem Teller mit den Krümeln nähert.

»Übrigens, das hier bezahle ich«, sagt sie unvermittelt.

Ich sehe sie erstaunt an. »Hast du in Berlin gejobbt?«

»Nein, ich habe gebettelt.« Sie lacht kurz auf. »Kleiner Scherz. Ich bin gut versorgt durch Mama und Papa.«

»Eigentlich zum Lachen, wenn es nicht so traurig wäre«, werfe ich ein. »Aber so ist es ja oft in Trennungsphasen. Je stärker das schlechte Gewissen der Eltern, umso großzügiger sind sie den Kindern gegenüber.«

Nina nickt und schaut geradeaus. »Ich finde es so doof, was da bei ihnen läuft«, sagt sie leise. »Glaubst du, es geht noch lange so, dass sie nicht miteinander reden?«

»Schwer zu sagen.« Ich denke nach. Mir fällt dazu nur ein, dass ich meinen Bruder zeit seines Lebens als den großen Schweiger kenne, der es versäumt, wichtige Dinge in Beziehungen zu klären. Vermutlich haben drei Monate in einer psychosomatischen Klinik daran nicht viel geändert.

Unerwartet steigt Ärger in mir hoch. Warum war ich so ge-

dankenlos, die Eheprobleme von Rolf und Jenny anzuspre-
chen? Es war so schön, mit Nina und einem Spatz in der Sonne
zu sitzen und den letzten Bissen einer Schokoladentorte nach-
zuschmecken.

»Woran denkst du gerade?«, unterbricht sie mich.

»Warte mal.« Ich gebe Britta ein Zeichen, dass ich bezahlen
möchte, und mache damit alles nur noch schlimmer.

»Hey, Sonja! Ich bin hier diejenige, die bezahlt.« Meine
Nichte verhält sich verblüffend souverän. Sie ist nicht empört.
Sie hat nur keine Lust, schon aufzubrechen. Als Britta mit ihrem großen Portemonnaie an den Tisch kommt, sagt Nina, wir
hätten unsere Meinung geändert, und bestellt einen Erdbeer-
Milchshake. Ich wollte mich aus einem unangenehmen Thema
schleichen. Zur Strafe habe ich jetzt ein schlechtes Gewissen.
Obwohl mir nicht der Sinn nach einem Erdbeer-Milchshake
steht, schließe ich mich ihrer Bestellung an – wie ein kleines
Mädchen, das sich automatisch anpasst, damit alles wieder gut
ist mit der Mama.

Wie schnell ist es passiert, dass ich in die Position eines Kindes gerutscht bin! Soll ich mich dafür tadeln oder darüber staunen? Wie auch immer, meinen Bruder für die gleiche Sache zu
verurteilen, ist nicht fair. Er steckt in einer tiefen Krise, was –
wie jeder weiß – den Zugang zur Vernunft behindert.

Ich versuche, Nina zu erklären, was mit mir los war, aber sie
hat den unmissverständlichen Gesichtsausdruck einer Puber-
tierenden, die damit nichts anfangen kann. Interessant ist für
sie, dass Britta die Becher mit den Milchshakes auf den Tisch
stellt. Die Pädagogin Sonja denkt: Im Umgang mit meiner
Nichte werde ich noch einiges lernen. Tante Sonja denkt: Das
kann ja heiter werden.

Als wir am nächsten Tag zum Boxzentrum fahren, sitzt Nina
stumm neben mir. Ihr Haar liegt eng am Kopf und ist durch

einen Pferdeschwanz gezähmt. Ständig trinkt sie aus ihrer Wasserflasche.

»Bitte versprich mir etwas, Sonja«, sagt sie plötzlich. »Du darfst mich da, wo wir jetzt hinfahren, nicht bemuttern.«

»Abgemacht«, sage ich erfreut. Genau dieses Thema wollte auch ich ansprechen. »Ich schlage vor, wir machen einen Deal: Wir zwei sind eine WG. Ich bemuttere dich nicht, und du bemutterst mich nicht.«

»Hallo? Wann habe ich dich denn bemuttert?« Die Wasserflasche ist ihr aus der Hand gefallen. Sie beugt sich in den Fußraum und angelt sie wieder hervor. »Bemuttern! Ich kann mich nicht erinnern.«

Ich halte an einer Kreuzung an, unsicher, ob ich jetzt nach links oder rechts abbiegen muss. »Meinetwegen nennen wir es: Du wolltest mir oft etwas Gutes tun. Ich denke nur daran, wie du und Meister Fiore ohne mein Zutun meine neue Frisur kreiert habt.« Ich meine mich zu erinnern, dass es nach rechts zum Industriepark geht, und fahre weiter.

»Und? Hat es dir geschadet?«, sagt Nina.

Mich ärgert der abschätzige Unterton »So einen Satz hätte deine Oma auch sagen können.«

Vor mir springt eine Baustellenampel auf Rot. Ich trete auf die Bremse. Wir können uns ansehen bei unserem ersten Streit, und tun es auch. Zwischen Ninas Augenbrauen zeigen sich senkrechte Falten. »Der Vergleich mit Oma ist gemein! Und das mit deiner neuen Frisur ist Quatsch! Du bist total begeistert gewesen.«

»Bin ich immer noch«, sage ich ruhig. »Aber ich hätte mehr davon gehabt, wenn ich ganz allein eine neue Frisur entdeckt hätte. Darum bin ich ohne Begleitung an die Ostsee gezogen: um herauszufinden, was für mich gut ist und was nicht. Auch wenn es noch so lange dauert …«

Nina sagt nichts mehr dazu. Ihre Hände liegen im Schoß. Sie reibt am abgesplitterten rosa Lack ihrer Fingernägel.

»Sorry, Nina. Der Vergleich mit Oma tut mir leid. Das war nicht nett von mir.«

Als Antwort wirft sie locker eine Hand zur Schulter. Die Geste könnte heißen: Nerv mich nicht, oder: Lass mal, ist schon okay.

Wo hat sie das her? Woher kenne ich diese Geste? Ich muss nicht lange in meinem Gedächtnis suchen. Bärbel. Bei ihr bedeutete diese Geste etwas anderes. Es war ihre Handbewegung, wenn sie mich anschrie: »Hände vom Gesicht!«, und ich gehorchte. Dann schlug sie zu.

Als Kind wartete ich darauf, dass sich Mutter nach dem Essen eine Zigarette anzündete. Nach jedem Zug schloss sie halb die Augen, und ich sah darin den Anfang eines Lächelns. Eine Illusion, wie ich schon früh ahnte, und doch waren es kleine Momente, in denen ich mich etwas leichter fühlte. Heute glaube ich, den Grund zu kennen. Die Zeit, in der sie am Esstisch ihre Zigarette genoss, war garantiert ohrfeigenfrei.

Mir kommt der Gedanke, dass sie mich auch deshalb nicht mochte, weil sie sich von mir belauert fühlte. Ich muss ihr recht geben, ich beobachtete sie ständig, aber nicht um ihr zu schaden, sondern um mich, so gut es ging, vor ihr zu schützen. Sie schlug mich auch, wenn ich aus Kummer weinte, ohne akute Schmerzen, und sagte dann: »So, jetzt weißt du, warum du weinst.«

Einmal, als ich ihr in der Küche zur Hand gehen musste, zählte sie mir aus einer melodramatischen Laune heraus Enttäuschungen auf, die ihr angeblich die Freude an ihrer Tochter geraubt hatten. Dabei griff sie weit in die Vergangenheit zurück und sagte: »Eine Tochter, die nicht mit Puppen spielt. Eine

Schande! Was hast du mir da angetan! Oder damals, als du zwei Jahre alt warst, Weihnachten 1948, als du sterben wolltest. Du lagst im Fieberwahn und hast nicht ›Mutti‹ gerufen, sondern ›Swester‹. O ja, man muss als Mutter viel Leid ertragen.«

Meine Mutter hielt sich für eine äußerst wichtige Person. Ihr fiel nicht auf, dass sie nichts zu bieten hatte. Sie war ungebildet und hatte zu allem eine Meinung. Einzig ihre Sicht auf die Dinge war richtig, die anderen hatten keine Ahnung. Sie kannte kein Maß und kein Mitgefühl. In ihrem engeren Umfeld mochte sie niemand. Sie war mit allen verkracht, die gewagt hatten, sie zu kritisieren. Wo immer sie auf Leute traf, spielte sie sich auf. Alles an ihr war übertrieben. Wie sie auftrat, wie sie sprach, wie sie lachte, wie sie Schmerz äußerte. Nichts an ihr wirkte echt, mit Ausnahme des Schmucks, mit dem Vater sie behängte.

Es fällt mir schwer, etwas Positives an Mutter zu finden, außer, dass sie gut kochte und Blumen liebte. Aber zweimal geschah etwas Überraschendes: Sie lud mich ein, mit ihr allein etwas zu unternehmen. Beim ersten Mal war ich dreizehn Jahre alt. Sie wollte mit mir nach Bonn in die Beethovenhalle fahren. Auf dem Programm stand ein Klavierkonzert mit Musik von Franz Schubert. Ich hörte damals Paul Anka und Buddy Holly, Klassisches fand ich langweilig. Vor dem Konzert gingen wir in ein teures Modegeschäft, und als wir es verließen, besaß ich zum ersten Mal in meinem Leben ein Kleid, in dem ich mich wohlfühlte. Zum ersten Mal, seit ich Brüste hatte und meine Tage. Das Kleid war dunkelblau und lag eng am Körper an. Mutter kaufte mir Absatzschuhe und schenkte mir eine auffallende silberne Kette, die sie selbst lange Zeit getragen hatte. Vor den Garderobenspiegeln in der Beethovenhalle kam ich mir richtig hübsch vor. Mutter war freundlich zu mir wie noch nie, sie lächelte, sie lachte sogar, wir prosteten einander mit einem Glas Sekt zu. Dann begann das Konzert. Während der Schubertsonaten waren meine Mutter und ich zu Tränen gerührt. Ich glaubte, noch nie eine so schöne Musik gehört zu haben. Sie drang tief in mich ein. Ich spürte, wie sich Mutters Körper neben mir entspannte.

Auf der Rückfahrt im Auto versicherten wir uns gegenseitig, dass wir diesen Abend nie vergessen würden. Dann erzählte sie mir von ihrem ersten Verlobten. Als sie achtzehn war und er zweiundzwanzig, hatten sie sich kennengelernt. Es war kurz nach dem Beginn ihrer Ausbildung zur Krankenschwester. Ulli wollte Schauspieler werden. Ihren Eltern hatte Bärbel die Verlobung verschwiegen, weil sie Künstler nicht leiden konnten. Ullis Lieblingsmusik war die von Franz Schubert. Er schrieb ihr Gedichte. Er schenkte ihr eine kleine Pfeife und brachte ihr das Rauchen bei. Dann brach der Krieg aus, und Bärbel musste beim Skifahren und auf dem Rücksitz seines Motorrads ihr Schwesternhäubchen tragen. Ulli wartete jeden Tag auf seinen Einsatzbefehl. Er war Bomberpilot. Kurz nach Kriegsbeginn stürzte Bärbels Verlobter mit seiner Maschine über Polen ab.

Mutter erzählte es mir ganz unbeteiligt, im nüchternen Ton eines Nachrichtensprechers im Fernsehen. Mich machte Ullis Tod traurig. Ich fing an zu weinen. Mutter tätschelte mir kurz die Hand und sagte: »So schlimm ist das nicht. Ulli ist lebensuntüchtig gewesen. Da ist dein Vater ein ganz anderes Kaliber.«

Bei unserem zweiten gemeinsamen Ausflug studierte ich schon in Bonn. An einem Schönwettertag im April fuhren wir ins Drachenfelder Ländchen, wo sich in der Ferne die Umrisse des Siebengebirges abzeichneten. Mutter sagte, sie kenne sich in der Gegend gut aus. Sie sei viel auf Entdeckungsreisen gewesen, als sie noch ihre heiß geliebte Vespa hatte. Im Wald habe es Pilze in unvorstellbaren Mengen gegeben, auch riesige Steinpilze.

Wir erreichten ein Plateau mit Obstplantagen. Die Kirsch-
bäume standen in voller Blüte. Mutter parkte den Wagen neben einem Feldweg, tauschte ihre Autoschuhe gegen Wanderschuhe und hängte ihren Fotoapparat um. Es verblüffte mich,
dass sie, die sich zu Hause oder auf der Straße im Stakkatoschritt
fortbewegte und nie vom vorgeschriebenen Weg abwich, nun
unbekümmert quer durch die Obstplantagen schlenderte. Wir
hatten die Sonne im Rücken, vor uns, auf der anderen Rhein-
seite, das Siebengebirge, über uns ein weißes Dach vor einem
blauen Himmel. Ein leichter Windstoß, und es regnete Blü-
tenblätter auf uns herab. Meine Mutter war glücklich wie ein
Kind. Ich habe sie fotografiert – das einzige Bild von ihr, das ich
mir gern anschaute, stellte ich Jahre später fest.

*

Das senkrechte Banner des Boxzentrums bewegt sich kaum. Die
lila Boxhandschuhe, über die Nina sich gefreut hätte, sind nicht
zu erkennen. Wie bei meinem ersten Besuch ist der Parkplatz
fast leer. Auf dem Weg zur Eingangstür erkenne ich Frankie
Laser wieder, der auf der Webseite als Cheftrainer vorgestellt
wird. Er ist ein drahtiger Mann mit Glatze und Haarkranz.
Breitbeinig steht er da und schaut in den blassen Himmel. Er
raucht. Als er uns kommen sieht, drückt er seine Zigarette an
einem Mülleimer aus und wirft sie hinein. Er trägt ein dun-
kelgrünes Polohemd und Sporthosen. Mit einem forschenden,
aber nicht unfreundlichen Blick reicht er mir die Hand.

»Willkommen. Ich bin Frankie Laser.« Er spricht mit einem
schwachen amerikanischen Akzent.

»Guten Tag. Ich bin Sonja Kretzschmar, die Tante von Nina
Senkel.«

»Ist es okay für dich, Sonny, wenn wir uns hier duzen?«

»Ja. Völlig in Ordnung, wenn du mich Sonja nennst. Den Namen Sonny habe ich schon mit zwölf Jahren abgelegt.«

»Okay, Sonja. Schön, dass du da bist. Es ist immer gut, wenn man ...«

»Und ich bin die Nina«, geht meine Nichte dazwischen. »Wir haben telefoniert, und Sie haben mir auch Infos geschickt.« Sie greift in die Innentasche ihrer Sportjacke und holt eine zweimal gefaltete Seite hervor. »Ich komme zum Probetraining.«

»Hi Nina«, sagt Frankie. »Du findest, wir haben genug gelabert, habe ich recht?«

Nina grinst.

Frankie lacht kurz auf. »Lass das Papier stecken. Ich weiß, wer du bist. Ein Mädchen vom Rhein, dreizehn Jahre alt, eins zweiundfünfzig groß und achtundvierzig Kilo schwer. Seit einem halben Jahr im Training bei Niko. Das jedenfalls habe ich mir notiert.«

Nina kontert: »Ein Mann aus Amerika, circa sechzig Jahre, circa eins fünfundsiebzig groß, circa siebzig Kilo.«

Er macht ein verdutztes Gesicht. Dann wechselt er zu einem anerkennenden Lächeln: »*Smart girl.* Das war fast perfekt. Komm, Nina, wir gehen rein.« Anstelle eines Händedrucks legt Frankie seine Hand leicht auf ihren Rücken und schiebt sie vor sich her in die Sporthalle.

Auf einem quadratischen Podest, das sich fern jeder Logik Boxring nennt, kämpfen zwei junge Männer mit Kopfschutz. Nina schaut wie elektrisiert zu, während Frankie mit gedämpfter Stimme aufzählt, was es sonst noch an Schutz gibt: Bandagen an Händen und Handgelenken unter den Boxhandschuhen, den Mundschutz, damit die Zähne heil bleiben, und den Körperschutz. Viele Frauen, sagt er, fühlten sich wohler mit einem Schutz der Brüste. Schläge unter die Gürtellinie gelten nur als Foul, daher empfiehlt sich ein sogenannter Tiefschutz.

Es ist früher Nachmittag. Die meisten Sportler und ihre Trainer sind noch nicht eingetroffen. Frankie hat Zeit für eine kleine Führung und gibt dabei einen kurzen Einblick in sein Leben: Er ist zweiundsechzig Jahre alt und war früher aktiver Boxer. Sogar einige Meistertitel hat er sich in den USA erkämpft. Nach seiner zweiten Knie-Operation ist mit dem Boxen Schluss gewesen. Er trägt Kontaktlinsen und hat sich in Florida in eine deutsche Touristin verliebt, die später seine Frau wurde. Durch sie hat er Deutschlands Norden entdeckt und ist geblieben, weil ihm die Ostsee besser gefällt als Floridas Atlantik- und Golfküsten, er mag das tropische Klima nicht.

Ich sage, ich hätte den typischen Geruch von Turnhallen erwartet, das Gemisch aus Schweiß und muffiger Luft, und wie angenehm ich es finde, dass es hier es nur nach Reinigungsmitteln und Leder riecht. Er lächelt erfreut und zeigt auf die Luken unterhalb der hohen Decke, die auf Kipp gestellt sind, und auf vier Türen, die nach draußen führen.

»Der Durchzug funktioniert prima«, sagt er, »besser als Klimaanlagen. Dass wir die Ventilatoren brauchen, ist selten. Zum Glück ist hier im Norden Windstille eine Seltenheit.«

Er zeigt uns die Dusch- und Waschräume. Bei den Frauen hängt ein Föhn an der Wand. Hier, wie auch bei den Männern, wurden zusätzlich zwei flache Becken angebracht, dazwischen steht ein Eimer mit Waschpulver.

»Wer zu uns kommt, legt in der Regel viel Wert auf Körperpflege«, lässt Frankie uns wissen. »Die meisten Leute haben das Bedürfnis, sich nach dem Training wieder anständig anzuziehen. In den flachen Becken kann man verschwitzte Sachen auswaschen und nebenan im Trockenraum aufhängen.« Seine letzte Auskunft beruhigt mich ganz besonders.

Inzwischen hat sich die Halle mit Jugendlichen gefüllt. Die Trainingszeit der Erwachsenen beginnt erst in zwei Stunden. Wortlos werden Sandsäcke und Boxbirnen bearbeitet. Es herrscht eine Konzentration, von der Lehrer an Hauptschulen nur träumen können. Wäre ich ahnungslos, würde ich Menschen, die in blitzschneller Folge auf einen herabbaumelnden Lederbeutel einschlagen, für *ballaballa* halten, um es in der Sprache meiner Kindheit auszudrücken. Aber aus dem Internet weiß ich, dass es dabei um den Erwerb neuer Reflexe geht, um das unwillkürliche Agieren. Wer seine Schläge vorher abwägen muss, anstatt sie reflexhaft kommen zu lassen, hat im Ring nicht die geringste Chance. Er ist und bleibt zu langsam. Bei den Fortgeschrittenen fasziniert mich, wie sie um den Sandsack tänzeln, wie sie ständig in Bewegung sind. Jeder weiß, dass Fußball ein ungeheuer schneller Sport ist, aber Boxen ist es auch, obwohl der Kampf auf zwanzig oder vierundzwanzig Quadratmetern stattfindet.

In einer ruhigeren Ecke stecken drei junge Mädchen ihre Köpfe zusammen. Frankie stellt sich hinter sie und klopft zweien sacht auf die Schulter. Ein kurzes Kichern, dann herrscht Aufmerksamkeit. Der Trainer begrüßt jede Einzelne mit Namen. Er stellt Nina vor. »Sie macht hier ein Schnuppertraining, aber sie hat schon woanders geboxt.«

Ich sitze auf einer Bank und sehe dem Aufwärmen zu. Beim Seilspringen ist meine Nichte die schnellste. Wenn es um die Sit-ups geht, ist ihre Ausdauer bewundernswert. Beim Stretching wirkt sie abwesend. Sie scheint sich zu langweilen, ihr fehlt die Geduld, sie will Action. Vermutlich leuchtet ihr nicht ein, was es dabei zu gewinnen gibt, wenn man sich darauf konzentriert, den eigenen Körper wahrzunehmen. Als sie endlich den Sandsack bearbeiten darf, ist sie in ihrem Element. Nie hätte ich ihr so viel Kraft zugetraut.

Cheftrainer Frankie korrigiert nacheinander einzelne Mädchen und freut sich über Fortschritte. Er zeigt Wertschätzung.

Er verhält sich wie ein guter Pädagoge. Nina hat er aus der Ferne beobachtet.

Er geht langsam auf sie zu. »Wow, du hast Power!«

Sie strahlt und boxt weiter.

Nach einer Weile sagt er: »Hör mal kurz auf, mir ist etwas aufgefallen. Du musst den Boxsack schlagen, wenn er zurückweicht, und nicht, wenn er auf dich zukommt. Hat Niko das übersehen? Der Sack könnte dich umhauen. Und das mit einer solchen Wucht, dass du stürzt. Wenn du Pech hast, ist dann wochenlang Pause mit dem Boxen.«

Nina erschrickt, denkt kurz nach und bedankt sich. »Ich probiere es aus«, sagt sie, bevor sie sich wieder dem Sandsack widmet.

Frankie sieht ihr weiter zu. »Zum Üben musst du deine Power zurückfahren. Anders lernst du nichts. Nur seinen Stress raushauen ist nicht Boxen. Aber keine Sorge: Mit der Zeit entwickelt man Geduld. Ich war früher genau wie du.«

Langsam, ruhig und aufmerksam geht er von einem Mädchen zum anderen. Er lobt und korrigiert, spornt an und bremst aus. Beim zweiten Halt sieht er, dass Nina immer noch mit voller Kraft im Einsatz ist. Er befürchtet Verletzungen und bittet sie, die Boxhandschuhe auszuziehen, damit er ihre Hände und Handgelenke neu bandagieren kann. Während sie die Bandage genau studiert und sich dann die Handschuhe überzieht, geht Frankie zur Boxbirne und passt sie ihrer Körpergröße an. Er korrigiert ihre Fuß- und Beinhaltung. Dann legt sie los. Er sieht eine Weile kommentarlos zu und entfernt sich wieder. Ninas Schläge kommen nun ziellos und lustlos. Sie geht zu ihrem Handtuch, wischt sich das Gesicht ab und wechselt zurück zum Boxsack. Kurz darauf ist Frankie wieder an ihrer Seite. »*Well ...*« Er bremst den Sandsack aus und weist auf die Boxbirne. »Da ist dein Platz. Hier geht alles nach Plan.«

Sie schüttelt heftig den Kopf.

Er senkt die Stimme. Ich verstehe einige Stichwörter, »Aufbau des Trainings«, »Struktur statt Spaß«, »Selbstkontrolle statt Gewalt«.

Nina hört es sich nicht lange an. Sie macht die mehrdeutige Handbewegung, die ich von unserer Autofahrt kenne, und dreht ihm den Rücken zu. Sie will weitermachen.

Wieder hält Frankie den Boxsack fest. Er wiederholt ihre Geste und fragt, so laut, dass die anderen Mädchen innehalten: »*Did you mean ›never mind‹ or ›piss off‹?*«

Nina steigt das Blut in den Kopf. Aus Wut oder Verlegenheit? Wie erstarrt steht sie da. Der Pferdeschwanz hat sich aufgelöst, Haare fallen ihr ins Gesicht. Frankie Laser zeigt sich nicht im Mindesten irritiert oder verärgert. Leicht berührt er ihren Arm und schlägt vor, in seinem Büro ein klärendes Gespräch zu führen.

Als sie fort sind, werde ich von drei Mädchen umringt, die wissen wollen, was los war. Keine Geduld haben, das kennen sie alle. Bei ihnen ist es am Anfang nicht anders gewesen. Eine Schülerin sagt: »Man will alles, man will alles auf einmal – und man will es sofort. An der Ungeduld scheitern die meisten. Sie sind frustriert und lassen sich spätestens nach dem zweiten Training nicht mehr blicken.«

Ich erfahre, dass die Mädchen drei bis vier Mal in der Woche trainieren. Es geschieht nur selten, dass sie keine Lust dazu haben. Meistens drängt sie dann die Mutter, doch hinzugehen. Sie berichten von Familienangehörigen, die ebenfalls boxen. Außerhalb der Familie und des Freundeskreises werden die Schülerinnen schief angesehen, oder man glaubt ihnen nicht, dass sie boxen. Wer ihnen nahesteht, ist stolz darauf, mit einer Boxerin befreundet zu sein.

Ich befrage sie zu der Boxschule und Frankie Laser. Die drei

Mädchen sind sich einig: Einen besseren Trainer könne man sich nicht wünschen. Boxen sei ein toller Sport. Wenn es nur nicht so lange dauern würde, bis man in den Ring darf …

Beim Thema Sparring wird es lebhaft. Als ich – wie früher im Schulunterricht – in die Runde frage, was es beim Kampf alles zu lernen gibt, kann ich eine Antwort nach der anderen einsammeln.

»Den Gegner richtig einschätzen.«

»Keine sinnlosen Bewegungen machen.«

»Auf die Atmung kommt es an. Der Kampf darf nicht anstrengen.«

»Den Gegner immer im Blick behalten.«

»Auf die Deckung achten.«

Als ich sage, dass ich an ihrer Stelle Angst hätte, den Gegner zu verletzten, womöglich so, dass jemand danach behindert ist, sehen mich drei Mädchen überrascht an. Meine Bedenken kämen ihnen nicht in den Sinn. Ich werde belehrt: »Genau deshalb gibt es doch in Sachen Schutz die vielen Regeln. Wie beim Autofahren. Ein Restrisiko bleibt.«

»Bravo!«, ruft eine Männerstimme. Unbemerkt sind Frankie und Nina zurückgekommen. Sie sieht erleichtert aus, wirkt aber unter den Blicken der kleinen Gruppe etwas verlegen. Das Schnuppertraining ist zu Ende. Sie versichert, dass sie wiederkommen werde. Sie hat sich angemeldet und bezahlt. Die Mädchen klatschen Beifall und nehmen sie in den Arm. Beim Abschied unterschreibe ich Ninas Vertrag. Frankie bittet mich um meine Handynummer, falls sie einen Unfall haben sollte.

Im Auto schweigt Nina. Eine Kassette mit Joe Cocker gefällt ihr. Nach der Hälfte der Strecke frage ich sie: »Wärst du auch lieber ein Junge – so wie ich früher?«

»Hä? Warum sollte ich?«

»Schon gut«, rudere ich zurück. »Hat dein Papa dir erzählt,

dass ich mich als Kind auf dem Schulhof an Ringkämpfen beteiligt habe?«

Nina lacht auf. »Hat Spaß gemacht, oder?«

»Und wie! Ich war auch als einziges Mädchen in einer Jun-
genbande. Dort gab es genug Sparringspartner.«

»Meine Tante Sonja – ein wildes Mädchen!« Sie klopft mir
auf die rechte Schulter, ein bisschen zu stark, ich bremse ab.
Meine Reflexe funktionieren.

»Oh, sorry«, sagt Nina. »Davon will ich mehr hören.«

»Ist aber eine längere Geschichte, und du darfst mich nicht
unterbrechen«, warne ich. »Eine Kurzfassung würde mir die
schönen Erinnerungen verderben.«


Lange bevor ich in die Schule kam, zogen wir in das Einfami-
lienhaus am Rande von Wassenhorst. Der Neubau stand an
einer Straße, die sich bei Regen in Matsch verwandelte. Noch
heute nenne ich sie die »Straße der Kinder«. Für jede Art von
Spiel oder Streich standen Kinder bereit, ältere und jüngere.
Meine Mutter wollte mich möglichst »aus den Füßen haben«,
wie sie es nannte, daher schob sie mich bei jedem Wetter vor
die Tür, dorthin, wo die große Freiheit begann. Ein Bahndamm,
Felder, Wald, Hügel und ein steiniges Rheinufer. Der Fluss war
mit dem Fahrrad schnell zu erreichen. Bei extremer Kälte war
er weit zur Mitte hin zugefroren. Auf der Eisfläche drängten
sich die Leute wie auf einem Rummelplatz. Im schwarzen
Rheinwasser zogen Eisschollen vorbei.

Am Ende unserer Straße lag ein Bauernhof, wohin ich
abends immer zum Milchholen geschickt wurde. Die Bauern
hatten zwei Söhne, Peter und Winfried, die Chefs meiner
Räuberbande. Die Abenteuer in den Büchern aus der Leih-
bibliothek reichten mir schon bald nicht mehr, auch nicht
das Klauen von Erdbeeren und Pflaumen aus fremden Gär-

ten. Und so stellten wir allerhand Unfug an. Im Ausdenken von Streichen war ich ziemlich gut. Zum Beispiel machten wir oft Jagd auf Fliegen in der Bauernhausküche, während der Bauer und seine Frau in der Kirche waren. Dann musste einer von uns am Hoftor Wache stehen, falls sie doch früher heimkehrten. Es hätte ihnen nicht gefallen, was wir in der großen Küche trieben, wo es immer nach frischer Milch roch, weil hinter einer Tür abends die Kühe gemolken wurden, und die Wände von Fliegen schwarz gesprenkelt waren. Unsere Gefangenen kamen in große Schraubgläser, in deren Deckel Peter oder Winfried mit einem Schraubenzieher Löcher gestoßen hatten. Wir fragten uns, ob der Bauer und seine Frau nach dem Kirchgang ihre fliegenfreie Küche überhaupt bemerkten. Am liebsten hätten wir ihnen eine Nachricht hinterlassen: *Danke für 1000 Fliegen. Wir kommen wieder!* Nach der Jagd beratschlagten wir, wo die Fliegen freigelassen werden sollten. Mit etwas Geduld fand sich immer eine offene Tür zu einem Haus, wo jemand wohnte, der einen von uns wegen angeblichen Lärms geohrfeigt hatte.

Manchmal zogen wir los, um in einem abgelegenen Rohbau alles kaputtzuhauen, was sich uns bot, am liebsten frisch eingesetzte Fenster. Ein Mordsspaß. Nie wurden wir erwischt.

Peter und Winfried kannten sich auch mit Karbid aus. Im Bauerngarten wurden damit die Maulwürfe bekämpft. Weit von unserer Straße entfernt, in einem Winkel am Bahndamm, gaben sie damit an, wie man Ersatzbomben bastelte – aus Glasflaschen, gefüllt mit Karbid und Wasser. So lernten wir, rechtzeitig in Deckung zu gehen.

An einem Sonntagvormittag luden sie die ganze Räuberbande auf den Bauernhof ein. Wie üblich waren die Eltern in der Kirche. Diesmal mussten wir alle am Eingangstor warten. Winfried und Peter legten Wert auf Publikum für das, was geschehen sollte. Kurz darauf sahen wir, wie sie vom Misthaufen neben der Scheune wegrannten, und hörten eine mächtige Explosion. Eine enorme Ladung Mist flog in die Luft. Dann krachte es. Ein Teil des Scheunengiebels war eingestürzt. Was mit der Milchkanne geschah, die sie mit Karbid und Wasser gefüllt hatten, weiß ich nicht. Wir, die kleinen Zuschauer, liefen verschreckt davon.

Auf einem Hügel oberhalb des Gehöfts angekommen, war unsere Angst verflogen. Wir verbargen uns in Büschen, die ausreichend Durchblick boten. Gespannt »wie ein Flitzebogen« – eine Redewendung von damals –, beobachteten wir die Fortsetzung des Spektakels. Die Feuerwehr rückte an, dazu kamen zwei Polizeiwagen und jede Menge Schaulustige aus unserer Straße.

Wenig später wurden Winfried und Peter in ein Internat gesteckt. Beide machten im späteren Leben als renommierte Physiker von sich reden. Ihr Aufstieg weist darauf hin, dass kaum etwas einer Karriere förderlicher sein kann als die Abenteuer einer unbeaufsichtigten Kindheit.

Nina sieht mir eine Weile schweigend dabei zu, wie ich das Auto in die Parklücke vor der Ferienwohnung manövriere. »Du hast mir keinen Quatsch erzählt, oder?«, sagt sie schließlich.

»Nein. Nichts als die Wahrheit.«

»Hat Papa so etwas auch gemacht?«

»Keine Ahnung, Nina. Ich war noch zu klein, um seine Kindheit mitzukriegen.«

»Fenster kaputtschlagen finde ich doof«, sagt sie, während sie ihre Sporttasche schultert. »Jedenfalls freue ich mich riesig auf mein Boxtraining. Frankie sagt, ich würde das mit der Geduld noch lernen.«

Die Wochen vergehen wie im Flug. Nina und ich haben uns gut eingerichtet in unseren Routinen. Gemeinsames Joggen steht weiterhin auf dem Tagesprogramm, bei schlechtem Wetter allerdings drehe ich nur kleine Runden. Nina dagegen würde selbst in einen Hurrikan hineinlaufen. Wir lesen, und wir schweigen viel. Nicht ein einziges Mal kommt bei meiner Nichte Langeweile auf und damit der Gedanke, wir könnten doch versuchen, einen Fernseher auszuleihen. Sie hat meine zwei Bücherkisten für sich entdeckt. Alles Mögliche blättert sie durch, in manches vertieft sie sich. Sie liest ein Buch zur NS-Vergangenheit und legt es nach einem Drittel kommentarlos zur Seite. Meistens entscheidet sie sich für Märchen.

Ab und zu ruft Rolf an. Es scheint ihm besser zu gehen. Wie es um ihn und Jenny steht, erwähnt er mit keinem Wort. Immerhin macht er regelmäßig Sport, geht ins Theater oder besucht Ausstellungen. An jedem Wochenende nimmt ihn seine Gastfamilie mit zu einem der unzähligen Ausflugsziele der Seen- und Havellandschaften. Mein Bruder, typisch Neu-Berliner, gerät am Telefon ins Schwärmen: »Als Westler kann man nur Danke sagen. Was für ein großartiges Geschenk der friedlichen Revolution! – Wo warst du eigentlich, als die Mauer fiel?«

Meine Antwort kommt schneller, als ich denken kann: »Karl und ich saßen in einem Restaurant in Lissabon, da sahen wir die Fernsehbilder. Wir sprangen ungläubig auf und stellten uns vor das Gerät. Unser Essen ist kalt geworden. Und du?«

»Jenny und ich lagen schon im Bett, da rief Mutter an. Sie erzählte uns, was in Berlin los war. Aber ich glaubte ihr nicht und dachte, sie wäre gerade aus einem schlimmen Traum erwacht oder hätte die falschen Pillen genommen. Ich sprang in die Hose und fuhr zu ihr. Eine aufgeregte Stimme im Autoradio machte mir klar, dass Mutter ausnahmsweise recht hatte.

Als ich ihre Haustür aufschloss, hörte ich den überlauten Fernseher. Sie saß im Sessel, trank Rotwein und weinte vor Glück.«

»Und Jenny?«

»Es war toll! Als ich zurückkam, hatte sie für uns zwei Reisetaschen gepackt. Noch in der Nacht fuhren wir nach Berlin. Na
ja, den Rest muss ich dir nicht erzählen. Den Wahnsinn kennt
ja jeder.«

Rolfs Stimmung kippt. Er beklagt sich über seine Mutter.
Sie vergraule eine Haushaltshilfe nach der anderen und mache
ihm den Vorwurf, er habe die falsche Person ausgesucht.

»Danach kommt immer der Satz: ›Dein Vater hatte eine bes-
sere Menschenkenntnis als du.‹ Und weil sie gerade dabei ist,
mich klein zu machen, folgt dann noch: ›Dass du keine Karriere gemacht hast, wäre für ihn eine große Enttäuschung.‹«

Ich muss mir auf die Zunge beißen, um Rolf nicht zu unterbrechen. Es fällt mir schwer, ihm zuzuhören, während er Bärbels Demütigungen schildert. Ich frage mich, wie Nina sich
verhält, wenn ihr Papa von ihrer Oma schlecht behandelt wird
und sich nicht dagegen wehrt.

Nach unserem Telefonat suche ich das Internetcafé auf, bestelle mir einen Cappuccino und öffne meine E-Mails. Die
Zeit ist reif, die noch unbekannten Seiten von Rolfs Bericht
zu lesen. Vor allem interessiert mich, was er über Bärbel Senkel
geschrieben hat.

```
Eine langweilige Familie - Bericht von Rolf
Senkel
Als junge Menschen feierten meine Eltern
gern. Dann wurde bei uns viel gelacht und
getrunken. Wenn Menschen zum ersten Mal ka-
men und wir beiden Kinder ihnen vorgestellt
wurden, pflegte mein Vater zu sagen: »Der
```

dicke schwarzhaarige Junge ist nicht von
mir, aber bei unserem Mädchen besteht kein
Zweifel.« Dabei zeigte er auf seinen eigenen
blonden Schopf, während er meinen Kopf tätschelte. Meine ebenfalls blonde Mutter rief
empört: »Rüdiger!« Die Gäste blickten verlegen drein. Mein Vater brach dann jedes Mal
in schallendes Gelächter aus. Er machte gern
Scherze auf Kosten anderer. Er war ein auffälliger Mann. Man muss ihn sich als einen
überwiegend gut gelaunten Typ vorstellen,
der reichlich Alkohol trank, überall laut
auftrat, aber immer Haltung bewahrte.
Später nahm Mutter mich bei diesen Gelegenheiten beiseite. Sie drückte mich an ihr
Cocktailkleid und schob mir ein Stück Kuchen zu. Das durfte nicht sein außerhalb der
Mahlzeiten, eine eiserne Regel. Meine Mutter nannte es »unser Geheimnis«. Sie sagte,
ich solle mir bloß nichts einreden lassen. »Dein Vater, Rolfi, der ist dick. Seine
Wampe ist doch scheußlich, oder? Die hat er
sich im letzten Jahr angefressen.« Mutter
fand mich »allerliebst«, das sagte sie immer
wieder. Diese wunderbare Haut, die glänzen-
den schwarzen Haare und die langen Wimpern.
»Darum wird dich deine Schwester ein Leben
lang beneiden.«
Meine Mutter und ich teilten viele Heimlichkeiten. Am liebsten saß ich vor ihr auf der
Vespa, ein italienischer Roller. Ein Gurt
hielt mich fest an ihrem Körper. Der Wind

blies mir ins Gesicht. Im Sommer fuhren wir durch die Felder, im Herbst ging es in den Wald, der Pilze wegen. Ich war ein Meister des Pilzesuchens. Danach steuerte Mutter ein Café am Rhein an und kaufte mir einen großen Eisbecher. Leider hatte sie eines Tages einen schweren Unfall, eine gebrochene Kniescheibe. Über viele Monate musste sie immer wieder ins Krankenhaus. Die Vespa wurde verschrottet.

Die Beziehung zu meiner Mutter ist kompliziert und selten erfreulich. Sie hat noch immer dieselben Überzeugungen wie als junge Frau. Sie ist stolz darauf, aufrecht durchs Leben gegangen zu sein, oder, wie sie es nennt, nie kapituliert zu haben. Eine andere Meinung als die ihre erträgt sie nicht. Meine drei Kinder können sie nicht leiden.

Mutter hat großen Einfluss auf mich. Ich frage mich, warum das so ist. Bei meinen erwachsenen Kindern habe ich nicht den Eindruck, dass sie das tun, was ich für das Beste halte. Es war mir in der Erziehung am wichtigsten, dass meine Kinder keine Angst vor ihren Eltern haben. So wie ich vor meinem Vater. Vor meiner Mutter hatte ich nie Angst. Aber sie tat mir leid. Und sie tut mir noch heute, als alte Frau, oft leid. Noch immer kann sie mich dazu bringen, Dinge zu tun, die mir absolut gegen den Strich gehen. Zum Beispiel hatte ich ihr versprochen,

sie würde nie in ein Heim kommen. Aber das
reichte ihr nicht. Ich musste es schwören.
Wirklich, sie hat mir einen Eid abgepresst,
und der sitzt jetzt tief in mir drin. Wie
kommt sie dazu? Sie ist eine Frau. Sie hat
doch auch keinen Eid auf den Führer geleistet.
Meine zwei erwachsenen Töchter werfen mir
vor, ich würde mich zu sehr um sie kümmern.
Aber sie ist alt. Wer sonst würde ihr denn
helfen? Mutter ist nicht mehr in der Lage,
Angelegenheiten des Hauses zu regeln oder
mit geänderten Vorschriften in der Büro-
kratie klarzukommen. Nur ihre Bankgeschäfte
erledigt sie ganz allein. Wenn ich sie dabei
überrasche, hält sie reflexartig die Hände
über ihre Kontoauszüge. Dann verschließt sie
die Unterlagen in ihrem Schreibtisch und
nimmt den Schlüssel an sich.

Ich schalte den Computer aus. Ach, lass es, Sonja, was geht es
dich an? Ein anderes Thema ist wichtiger. Das Handy blinkt.
Ich erwarte einen Anruf von Frankie. In den letzten Wochen
haben wir uns öfter kurz über meine Nichte unterhalten. Er
hat ihren Mangel an Selbstkontrolle bemerkt und dass sie es
schlecht aushält, kritisiert zu werden. Dennoch sieht er bei ihr
größere Fortschritte, als er erwartet hat.

Ich gehe nach draußen und setze mich auf eine Bank. Dann
rufe ich ihn zurück. Es würde ihm beim Training helfen zu wissen, wie man sie in ihrer Familie einschätzt, sagt er ohne große
Vorrede. Auch er hegt den Verdacht, dass Nina ein gewalttätiges
Kind sein könnte.

»Nina läuft mit starker Selbstbehauptung und wenig Selbstwert herum«, antworte ich. »Und die Frage, ob sie gewalttätig ist, beschäftigt mich auch. Allerdings kennen wir uns erst seit einigen Wochen.«

»Wie das?«, fragt Frankie.

»Wie das so ist in zerstrittenen Familien«, sage ich ohne Scheu. Ich vertraue ihm. Wenn jemand in der Lage ist, Nina in die richtige Spur zu lenken, dann Frankie. »Sie ist die jüngste Tochter meines Bruders«, sage ich. »Unser Verhältnis ist kompliziert. Ich wüsste nicht, wie ich es anstellen soll, die Wahrheit zu erfahren.«

Frankie am anderen Ende räuspert sich. »*Well.* Ich selbst war auch so ein Kind. Ich hatte eine Mordswut in mir und keinen Boden unter den Füßen.«

Eine Rentnerin setzt sich neben mich auf die Bank. Unfreiwillige Zuhörer kann ich jetzt keine gebrauchen. Ich stehe auf und gehe ein paar Schritte die Strandpromenade entlang.

Frankie nimmt den Faden wieder auf: »Ich denke, meine Beichte überrascht dich nicht, Sonja, oder?«

»Ein bisschen schon. Gut, dass du es mir gesagt hast, Frankie. Ich nehme an, dir sind dysfunktionale Familien vertraut.«

»*Yes*!«

Ich höre, wie er sich eine Zigarette anzündet und kurz darauf den Rauch ausstößt.

»Was deinen Bruder betrifft: Da kann ich dir einen Trick verraten«, sagt Frankie. »Es gibt Menschen, denen muss man zwischen die Hörner hauen.«

Ich muss lachen. »Ist das dein Ernst?«

»Allerdings«, sagt Frankie. »Probiere es aus oder lass es bleiben. Vielleicht fällt dir ja noch etwas Besseres ein.«

Ich sage ihm noch, dass ich Nina ausgeglichener erlebe als noch vor fünf Wochen, als sie mit dem Boxen begann, was

Frankie bestätigt. Dann fragt er, warum ich nie mehr beim Training zugeschaut habe.

»Ach, Frankie, frag mich nicht …«

Er unterbricht mich mit einem kurzen Lachen. »Lass es gut sein, Sonja. Ich weiß schon: Boxen ist nicht dein Ding.«

*

Nina hat entdeckt, dass frischer Fisch etwas Köstliches ist. Wenn es allein nach ihr ginge, würde es jeden Tag eine Fischpfanne geben. Bei unseren Abendessen ist sie lebhafter als tagsüber. Oft spricht sie davon, wie toll es ist, eine Clique zu haben. Die vier Boxmädchen lachen viel und tauschen Geheimnisse aus. Ich stelle mir vor, wie bitter es für Nina sein muss, mit ihren Eltern zu telefonieren und ihre sensationellen Erfahrungen mit dem Boxen und ihren neuen Freundinnen verheimlichen zu müssen. Ich gehe davon aus, dass sie sich regelmäßig bei ihnen meldet, aber mir gegenüber fällt kein Wort mehr zu Rolf und Jenny.

Zwei Wochen nach Frankies Anruf, als mein Bruder sich, wie üblich mit verhaltener Stimme, nach Nina erkundigt, lüge ich: »Sie hat hier im Dorf eine gleichaltrige Freundin gefunden. Sie gehen gemeinsam zu einem christlichen Jugendtreff.«

»Das freut mich zu hören«, sagt Rolf und klingt plötzlich putzmunter. »Ich kann dir auch sagen, warum. Sie meidet Gemeinschaft. Sie hat keine Clique. Sie ist eine Eigenbrötlerin, und vielleicht war sie das immer schon.«

»Es besteht die Hoffnung, dass sich das gerade ändert«, sage ich und behalte für mich, dass sich Nina in der Gemeinschaft der Boxmädchen sehr wohlzufühlen scheint. »Hör zu, Bruder. Ich habe da noch eine Frage an dich.«

»Nur zu, Schwester.«

»Warum, verdammt noch mal, hast du mir verschwiegen, dass Nina gewalttätig ist?«

»Hat sie dich angegriffen? Sonja? Bist du verletzt?«

»Nein, es ist noch mal gut gegangen.«

Rolf atmet erleichtert auf. »Gott sei Dank.«

Ich frage: »Ist das der Grund, warum Nina nie über ihre älteren Schwestern spricht?«

»Ja. Es gab da Probleme«, gibt er zu.

Ich lege nach. »Mensch, Rolf, was soll das verfluchte Schweigen? Wem ist damit gedient? Dir? Nina? Mir?«

Es wirkt. Mein Bruder packt aus. In der Vorpubertät ging es los. Zunächst vielleicht zweimal im Jahr. Dann fünfmal. Inzwischen greift Nina selbst ältere Jungen an. Sie kommen mit Prellungen oder mit einem blauen Auge davon, einer hat auch mal eine Gehirnerschütterung davongetragen. Seine großen Töchter wollen nicht, dass Nina Kontakt zu ihren Familien hat, weil sie sich vor ihren Ausbrüchen fürchten. Er und Jenny haben bislang nur verbale Ausraster erlebt, aber auch die sind furchtbar verletzend. Dann wird ohne Übergang aus ihrer wunderbaren Nina ein Monster.

Hilfe bekommen sie keine. Im Jugendamt zeigt man sich ratlos. Man weiß, dass Kinder, die für andere Menschen gefährlich sind, in geschlossene Einrichtungen gehören. Das Problem ist: Eine Wohngemeinschaft für verhaltensauffällige Jugendliche, nach dem Konzept »Betreutes Wohnen«, kommt nicht infrage, weil dort alle anderen Bewohnerinnen erheblich älter sind. Von ihnen würden Mädchen wie Nina lernen, noch raffinierter zu lügen, sich zu schneiden, Drogen zu nehmen, zu dealen und vieles mehr.

Da Rolf und ich gerade dabei sind, reinen Tisch zu machen, sage ich: »Sie hat vermutlich einen Weg gefunden, Selbstkontrolle zu üben.«

»Ist sie in einer Sekte?«, fragt er alarmiert.

»Nein. Sie lernt boxen.«

Von Rolf kommt ein Aufschrei, genau, wie Nina es vorhergesagt hat. Wortlos legt er auf.

Eine halbe Stunde später ruft er mich wieder an. »Entschuldigung, Sonja. Ich habe nachgedacht. Am besten, wir besprechen die Lage zu dritt. Ich könnte nächste Woche vorbeikommen. Passt dir das?«

»Ja. Ist okay. Soll ich dir einen Link zur Webseite von Ninas Boxzentrum schicken?«

»Gern. Und danke – für alles.«

Als Nina vom Training nach Hause kommt, abgekämpft und glücklich, halte ich ihr ein Glas Wasser hin und halte meines hoch. »Wir sollten anstoßen!«

»Worauf?

»Ich habe Rolf gesagt, dass du boxt.«

»Was?!« Nina rutscht das Glas aus der Hand. Wie durch ein Wunder überlebt es den Sturz und kullert über den Wohnzimmerboden.

»Ich glaube, wir können einen kleinen Sieg feiern«, sage ich. »Dein Papa hat ausgesprochen vernünftig reagiert. Nicht, dass er Boxen generell gut findet, aber er fängt an zu begreifen, dass es dir guttun könnte. In einer Woche kommt er uns besuchen.«

Nina fällt mir um den Hals. »Wie hast du das geschafft?«

»Dein Trainer Frankie hat mir den entscheidenden Tipp gegeben.«

Sie löst sich aus meinem Arm und macht ein Freudentänzchen. Plötzlich hält sie inne und sieht mich ängstlich an. »Du weißt Bescheid, stimmt's? Meine Ausraster. Dass alle Angst vor mir haben. Das Jugendamt …«

Ich lege meinen Arm um ihre Schulter. »Ja, Nina, ich weiß

Bescheid. Aber ich glaube, jetzt ist Schluss mit deiner Einsamkeit.« Ihr kommen die Tränen.

Nachdem sie sich in meinen Armen ausgeweint hat, sagt sie: »Ich habe Hunger.«

Im Ofen wartet ein Auflauf. Während des Essens berichtet sie mir ausführlich von ihren Fortschritten. »Ich kann mich jetzt besser konzentrieren. Ich habe mehr Geduld. Wirklich! Beim Zuschlagen geht es erst mal nicht um Kraft, sondern um Genauigkeit. Man muss üben, üben, üben.« Und dann fällt der Satz, den ich während Ninas Schnupperstunde von den Mädchen aus ihrer Trainingsgruppe gehört habe: »Einen besseren Trainer als Frankie kann man sich nicht wünschen!«

Im Café auf der Hotelterrasse sind wir inzwischen Stammgäste, und Britta findet selbst dann noch einen Platz für uns, wenn – wie heute – alles voller Besucher ist. Manchmal reden Nina und Britta auch über Persönliches, das habe ich nun schon öfter mitbekommen, wenn wir zusammen hier saßen. Gerade unterhalten sie sich angeregt vor dem Eingang zur Hotellobby.

Als Nina von der Toilette zurückkommt, wirkt sie so aufgeregt, dass ich frage, was passiert ist.

»Wusstest du, Sonja, dass Britta ein behindertes Kind hat, mit Down-Syndrom? Ein Mädchen, Gesa heißt sie, drei Jahre alt. Sie geht in den Kindergarten. Britta hat mir ein Foto gezeigt. Gesa erinnert mich so an Miriam. Von ihr habe ich dir noch nicht erzählt.«

Nina setzt sich wieder zu mir, rutscht aber unruhig auf ihrem Stuhl herum und fährt mit dem Löffel durch ihren leeren Eisbecher, während sie berichtet. Ich erfahre, dass eine Nachbarin ihrer Oma in Wassenhorst ebenfalls Mutter eines Kindes mit Down-Syndrom ist. Wenn Rolf und seine Familie Oma besuchten, wurde es Nina schnell langweilig, und sie ging nach nebenan, um mit der kleinen Miriam zu spielen. Einmal fragte Miriams Mutter sie, ob es möglich sei, kurz in Frau Senkels Garten zu gehen. Sie wolle gern sehen, nach welcher Methode dort der Komposthaufen angelegt wurde.

»Also sind wir zu dritt rüber in Omas Garten gegangen.« Nina trinkt einen Schluck Kakao, bevor sie fortfährt. »Dann ist etwas passiert: Oma erscheint auf der Terrasse und ruft der Nachbarin zu: ›Es geht nicht, dass Sie Ihr Kind hierherbringen. Es könnte sich verletzen. Und ich als Eigentümerin müsste dann dafür haften.‹«

Mir wird leicht übel. »Und was geschah dann?«

»Die Nachbarin fing an zu weinen. Wir drei verließen Omas Grundstück. Als wir wieder in ihrem eigenen Garten waren, sagte Miriams Mutter: ›Hast du gesehen, Nina, wie böse deine Großmutter meine Tochter angeschaut hat? Es gibt furchtbare Menschen! Sie sollen ihren bösen Blick von meinem Kind nehmen!‹«

Was Nina berichtet, ist für mich nichts Neues. Wenn es sich früher nicht verhindern ließ, dass ich mit Bärbel in einem Café saß, und sie am Nachbartisch eine Familie mit einem behinderten Kind entdeckte, sagte sie laut und überdeutlich: »Wie verantwortungslos manche Eltern sind. So etwas lässt sich doch heute vermeiden. In einem Café will man sich schließlich entspannen ...« Bärbels öffentlich ausgestellte Grausamkeit wiederholte sich viele Male, und ich schämte mich für meine Mutter in Grund und Boden.

Nina klopft mehrfach laut mit dem Löffel gegen den Kakaobecher. Ich fahre zusammen.

»Hallo, Tante Sonja! Du hörst mir überhaupt nicht zu.«

»Stimmt. Tut mir leid. Was hast du gesagt?«

Nina legt den Löffel beiseite. »Ich habe gesagt: Ich verstehe nicht, was Oma gegen behinderte Kinder hat. Wenn ich das noch einmal bei ihr erlebe, kriegt sie was von mir zu hören.«

Nachdem ich am Abend im Bett noch eine Weile mit der Baby-Sonja meditiert habe, bin ich, anders als sonst, wieder hellwach. Ich denke an meine ersten Tage in der Klapse und daran, wie ich zu Dr. Angela Benson Vertrauen fasste.

Wenn ich in ihrem Arztzimmer saß, fragte sie mich als Erstes, wie ich meinen Zustand einschätzte, sagte mir dann, welchen Eindruck sie selbst von mir habe, und besprach mit mir, wie die Medikamentengabe anzupassen sei. Danach redeten wir über dieses und jenes. Es ging ihr einfach nur darum, mich besser kennenzulernen. Sie wirkte konzentriert und zugleich entspannt. Ich fand sie sehr sympathisch.

»Am Anfang habe ich Sie für Angela Davis gehalten«, sagte ich eines Tages.

»Das ist Absicht.«

»Im Ernst?«

»Mein voller Ernst. Als schwarze Frau in Berlin ist es unmöglich, nicht aufzufallen. Wir sind einfach zu wenige, und die Leute sind unsicher im Kontakt. Da dachte ich mir: Besser, du gibst den Leuten einen Anlass, mit dir ins Gespräch zu kommen. Also fragen sie mich, ob ich Angela Davis bin, und ich sage: ›Nein, ich bin Angela Benson und bin Ärztin und komme aus Los Angeles.‹ Und schon sind wir im Gespräch.«

»Geniale Idee, Doktor. Und wie haben Sie die Klinikleitung überredet, jemanden mit Ihrem Aussehen einzustellen?«

Angela lachte. »Das war gar nicht nötig. Ich glaube, sie hätten auch jemanden genommen, der aussieht wie ein Känguru. Kleiner Scherz.«

»Wie das?«

»Die meisten Psychiatriepatienten sind Außenseiter oder

fühlen sich als Außenseiter. Mit einer Oberärztin wie mir haben sie vermutlich weniger Probleme als mit einem durch und durch bürgerlichen Chefarzt, der so auftritt, wie Chefärzte seit achtzig Jahren auftreten.«

Ich erzählte Dr. Benson von meinen orangeroten Henna-Haaren und dass ich wieder blond wurde, weil ich in den Schuldienst wollte. Sie meinte, das sei nun tatsächlich ein völlig anderes Milieu, zumal Kinder in der Vorpubertät dazu neigten, bei ihren Eltern und anderen Respektspersonen keine heftigen optischen Reize zu dulden. Kleine Mädchen schämten sich dann vor ihren Freundinnen.

»Wie war das bei Ihnen, Sonja?«, fragte sie.

»Es gab keinen Tag, an dem ich mich nicht für meine Mutter geschämt habe.«

»So schrecklich? Wie war sie?«

»Das ist mit einem Satz nicht zu beschreiben.« Ich klammerte mich an mein Wasserglas. »Vielleicht später. Ich bin ja noch eine Weile hier.«

Ein anderes Mal entdeckte ich auf ihrem Schreibtisch das Buch von Viktor Frankl: … *trotzdem Ja zum Leben sagen.*

»Das kenne ich«, sagte ich. »Ich war damals noch Schülerin, als ich es gelesen habe.«

»Und? Konnten Sie mit jemandem darüber reden?«

»Nein. Ich war erst fünfzehn. Meine Freundinnen interessierten sich nicht für das Thema. Aber meine Mutter wollte wissen, wer dieser Viktor Frankl war. Ich sagte: ›Ein Arzt, der in Auschwitz war.‹ Und meine Mutter sagte: ›Ach so. Dann war er beim Personal.‹«

»Wie bitte …?« Dr. Benson sah mich ungläubig an.

»Ist mir ein Rätsel, wie sie darauf kam«, sagte ich.

Meine Ärztin fragte mich, wo meine Eltern während des Krieges gelebt hätten. In der Nähe von Kattowitz, heute Polen, erzählte ich ihr. Zu unserem nächsten Treffen brachte sie einen Autoatlas mit. »Schauen Sie, Sonja. Von Kattowitz nach Oświęcim, früher Auschwitz, sind es nur fünfzig Kilometer. Für mich, als Amerikanerin, liegt das praktisch vor der Haustür.«

Ich fühlte mich ertappt. Was denkt sie jetzt von mir?, fragte ich mich. Wieder eine Deutsche, die nichts über die NS-Zeit wissen will? Es dauerte eine Weile, bis ich meine Sprache wiederfand.

»Schon zwei Mal wollte ich nach Polen reisen. Ich weiß nicht, warum, aber ich habe in beiden Fällen kurzfristig abgesagt. Ich habe auf einer Landkarte von Polen gesucht, wo Auschwitz liegt, und es nicht gefunden. Dass die Stadt heute Oświęcim heißt, weiß ich erst seit wenigen Minuten.«

Ich erzählte ihr, dass Mutter in der Nähe von Magdeburg aufgewachsen ist. Wann sie ihren Heimatort verließ, wusste ich nicht. Sie wurde Krankenschwester und lernte meinen Vater 1941 in Schlesien kennen. »Meine Mutter, meine größte Feindin«, fügte ich hinzu. Es kam aus mir heraus, als hätte ich es erbrochen.

Dr. Benson fragte, ob ich ihr etwas Bestimmtes über Bärbel Senkel mitteilen wolle. Aber ich sagte: »Noch nicht. Lieber möchte ich von Fräulein Montig erzählen, in deren Klasse ich eingeschult wurde. In meiner Jugend wurde sie mein Schutzengel.«

Wir waren im Eiscafé Roma verabredet. Als ich mein Fahrrad abschloss, winkte mir Fräulein Montig schon von einem Tisch hinter dem Fenster zu. Ich erkannte sie gleich an ihrem Hut. Es war mein zweites Treffen mit Fräulein Montig, und nach der Einladung, sie zu Hause zu besuchen, hatten wir uns wenige Tage später im Roma verabredet. Die Eisdiele am Marktplatz von Wassenhorst neben der katholischen Kirche gab es schon einige Jahre. Sie war zum Treffpunkt für Menschen jedes Alters geworden, auch mitten im kältesten Winter, und so mussten wir unser Gespräch häufig unterbrechen, weil Kinder und Jugendliche die vermutlich beliebteste ehemalige Lehrerin des Ortes begrüßen wollten. Fräulein Montig freute sich sehr darüber und empfahl ihnen, genau wie mir, Vanilleeis mit Schokoladensplitter. Als ich meinen Eisbecher geleert hatte, war ihrer noch zur Hälfte voll. Sie schien jeden Löffel Eis von Grund auf zu genießen.

Schließlich fragte mich die Lehrerin, ob wir über meine Probleme reden sollten. Sie kenne den Sachverhalt ja nur aus zweiter Hand. Es war ihr wichtig, meine Sicht zu erfahren, und wie es mir damit ging. Schlecht, sagte ich. Es wurde über mich geklatscht, und ich verstand nicht, was ich Schlimmes getan haben sollte.

Mein Konflikt im Gymnasium begann mit der Ermordung Kennedys. Es kam spätabends in den Sondernachrichten. Vater hatte mich aus dem Bett geholt, und seitdem redete er von nichts anderem mehr. Im Fernsehen sah es so aus, als würde ganz Amerika weinen. Selbst in Deutschland weinten Menschen, aber mich ließ der Mord kalt. Ich wusste nichts über diesen Präsidenten. Vater dagegen war oft in den USA gewesen, er kannte sich aus. Seine Weltläufigkeit beindruckte mich. Mehrfach telefonierte er mit verschiedenen Geschäftsfreunden und berichtete, wie begeistert alle nach der Kubakrise von Kennedy gewesen seien. Seitdem habe er viele Fehler gemacht und seine Beliebtheit verloren. Kennedy sei ein sinkender Stern gewesen. Aber, so Vaters Geschäftsfreunde, seine Ermordung habe für ihn etwas Gutes. Als ruhmreicher Präsident werde er in die amerikanische Geschichte eingehen. Sein gewaltsamer Tod mache ihn unsterblich.

Mit elf Jahren hatte ich die deutschen Heldensagen das erste

Mal gelesen, und im Laufe der Zeit immer wieder. Nach dem Mord an Siegfried musste ich immer furchtbar weinen. Für ihn hatte ich am meisten geschwärmt. Es tat mir körperlich weh, als Hagen ihn umbrachte. Ich konnte lange nicht weiterlesen, und wie seine Frau Kriemhild wollte ich Rache. Es tat mir gut, als sie später Hagen von Tronje enthauptete. Doch auch der war ein ruhmreicher Krieger. Dietrich von Bern hielt es für eine Schande, dass er hilflos gefesselt von Weiberhand ermordet worden war, und erschlug wiederum Kriemhild. Die Geschichte handelte von alten Zeiten. Seitdem hat sich viel geändert, dachte ich. Aber Vater hatte wohl recht. Kennedys Ruhm würde nicht sterben. Die Sache mit Gewalt und Ruhm war so altmodisch nicht.

Kurz darauf kam es zu Problemen mit der Klassenarbeit, die wir über den Kennedy-Mord schreiben mussten. Ich hatte keine eigene Meinung dazu. Ich dachte nur: Mord wird es immer geben. Ich wollte nicht lügen und auch nicht schreiben, was alle anderen schreiben würden. Also wiederholte ich in der Klassenarbeit, was Vater von sich gegeben hatte: dass seine Ermordung für ihn etwas Gutes hatte. Dass sein gewaltsamer Tod ihn unsterblich machte. Als mir Frau Dr. Baumberg meinen Aufsatz zurückgab, sah sie regelrecht angewidert aus. Sie nannte ihn grauenhaft und mich selbst grausam. Ich bekam die schlechteste Note von allen. Danach ignorierte sie mich, wenn ich mich im Unterricht meldete. Ich war am Boden zerstört. Ich verstand nicht, was los war, wusste nicht, wen ich um Rat fragen könnte, und noch immer hielt ich Frau Dr. Baumberg für die tollste Lehrerin überhaupt.

Mein Aufsatz löste auch im Lehrerzimmer Entsetzen aus. Unvermeidbar, dass es sich im Ort herumsprach. Ich erzählte Fräulein Montig also, Tyrannenmord sei im Unterricht Thema gewesen, aber nicht der politische Mord in Demokratien. Das

Wort »Attentat« war mir völlig unbekannt gewesen. Dass ich in der Klassenarbeit, ohne mir viel dabei zu denken, die Meinung meines Vaters übernommen hatte und dass Dr. Baumberg mich seitdem ignorierte. Danach nahm ich allen Mut zusammen und berichtete von Mutters Aussagen zum Thema »Wie Sonja zu den Initialen SS kam« und von dem Entsetzen in den Gesichtern unserer neuen Nachbarn, als sie ihnen die Geschichte präsentierte. Fräulein Montig nickte und sagte, auch davon habe sie gehört.

Neben uns war damals gerade ein älteres Ehepaar eingezogen. Der Mann war stellvertretender Bürgermeister gewesen. Sie wollten meine Mutter und mich kennenlernen und luden zum Tee ein. Wir sprachen über das Gymnasium, und ich erzählte, wie gern ich gerade *Die heilige Johanna* von George Bernhard Shaw las. Ich war hingerissen von einem Mädchen meines Alters, das sich in Männerkleidung wohlgefühlt und erfolgreich ein ganzes Heer angeführt hatte. Mein Bruder Rolf, der Bundeswehrsoldat, hatte mir erklärt, die Jungfrau von Orléans habe über beachtliche militärische Kenntnisse verfügen müssen, andernfalls wären ihr die Soldaten nicht gefolgt. Unser neuer Nachbar, ein Jurist, pflichtete mir bei. Er hatte sich als Student mit den mittelalterlichen Gerichtsakten befasst, die auch Shaws Bühnenstück zugrunde liegen. Er sagte, sie belegten eindeutig, dass Johanna nicht geisteskrank war. Umgeben von mächtigen Männern, die auf ihren Tod durch Verbrennen hinarbeiteten, zeigte sich in den Aussagen von Jeanne d'Arc vor Gericht, wie gut informiert sie gewesen war und wie strategisch klug sie ihre Argumente gewählt hatte.

Ich genoss das Gespräch, da unterbrach Mutter uns. Wir sollten uns nicht täuschen lassen. Es sei bekannt, dass es sich bei den Gerichtsakten um Fälschungen handele. Sie aber habe eine wahre Geschichte zu erzählen. Dann packte sie aus, wie ihre Tochter zu den Initialen SS gekommen war. Das Ehepaar erstarrte. Ich beschimpfte Mutter, weil sie ihren Mund nicht halten konnte. Sie stutzte, hob das Kinn und ließ ein perlendes Lachen hören. »Ist sie nicht süß, die Kleine?«, sagte sie. »Sie glaubt diese Geschichte auch noch.«

Im Roma hatte mir Fräulein Montig ohne Zwischenfragen zugehört. Nur gelegentlich aß sie etwas aus ihrem Eisbecher. Am Ende meines Berichts legte sie den Löffel beiseite und sagte: »Ich will offen mit dir reden, Sonja. Die Klemme, in der du steckst, ist für einen jungen Menschen unlösbar. Selbst für einen Erwachsenen wäre sie nur schwer zu ertragen. Das Problem bist nicht du, das Problem sind deine Eltern. Sie haben dir das Ganze aufgebürdet.«

Ich war irritiert. »Und die Leute, die jetzt schlecht über mich reden, wissen das nicht?«

»Das schon, aber sie misstrauen dir, weil du das Kind deiner Eltern bist. Kennst du das Wort Sippenhaft?«

»Sippenhaft«, wiederholte ich. »Nein. Nie gehört.«

Sie erzählte mir von der Nazizeit. Ihre Mutter hatte Hitler gehasst. Von Nachbarn wurde sie darauf angesprochen, warum zu des Führers Geburtstag keine Hakenkreuzfahne ihr Fenster schmückte. Die Mutter konnte ihren Mund nicht halten und sagte laut und deutlich im Treppenhaus ihre Meinung. Sie wurde bei der NSDAP angeschwärzt und kam mit einer Verwarnung davon, aber ihre Tochter, meine Lehrerin, wurde aus dem Schuldienst entlassen. Fräulein Montig kannte den Namen des Verräters. Er wohnte nicht weit von ihr und tat so, als hätte er sich nichts vorzuwerfen.

Etwas in meinem Kopf machte klick. Ich fing an zu begreifen, was ich erst Jahre später in Worte fassen konnte: dass erstens die Nazis nicht irgendwo anders, in Berlin oder München, gelebt hatten, sondern auch hier in Wassenhorst, ein paar

Straßen weiter. Und zweitens, dass sie nicht vor meiner Geburt verschwunden waren, sondern immer noch Unheil anrichten konnten. Und drittens, dass meine Mutter eine solche Unheil-stifterin war, die in Kauf nahm, dass sie mir damit schadete. Wenn es Bärbel Senkel danach war, verspritzte sie braunes Gift, danach ging sie nach Hause, aß noch etwas, trank ein Glas Wein, schluckte eine Schlaftablette und legte sich zufrieden zur Ruhe.

Fräulein Montig sagte, ihre Situation sei mit der meinen nur teilweise vergleichbar, zumal umgekehrte politische Ver-hältnisse herrschten. Aber Parallelen seien dennoch sichtbar. Als Erwachsene konnte sie die Entlassung aus dem Schuldienst handhaben. In einer Zeit tiefen Misstrauens erkannte sie jene Menschen, die mit ihr solidarisch waren. Das habe ihr, fuhr sie fort, den Rücken und damit ihre Selbstachtung gestärkt. Aber einem so jungen Menschen wie mir fehlten dafür die Antennen. Dann erklärte sie mir den Hintergrund meines Dilemmas.

»Wir haben Frieden. Der Krieg ist lange vorbei, sollte man meinen. Aber das Misstrauen ist geblieben. Kaum verhohlen, liegt es unter einer dünnen Decke höflicher Umgangsformen. Demnächst werden in Frankfurt Täter der Verbrechen von Auschwitz vor Gericht stehen. Hast du davon gehört, Sonja?«

Ich stellte den leeren Eisbecher beiseite. »Ja. Im Fernsehen gab es dazu einen längeren Bericht. Aber als meine Eltern ins Wohnzimmer kamen, waren sie so empört, dass Vater das Fern-sehgerät ausschaltete.«

Fräulein Montig betupfte ihren Mund vorsichtig mit einer Papierserviette. »Dieser Prozess«, sagte sie, »macht Menschen, denen es meistens gelingt, die Vergangenheit auf Abstand zu halten, nervös, und sie werden mit jedem Tag nervöser. Da brodelt es unter der dünnen Decke. Auch in unserem kleinen

Wassenhorst brodelt es. So viel kann ich dir verraten, Sonja. So, und jetzt bestell dir noch ein Eis.«

»Später«, sagte ich.

»Ich auch später«, sagte Fräulein Montig. Ihr Eis im Becher war geschmolzen. Mir war, als hätte ich hinter einer beschlagenen Glaswand gelebt, die nun an einigen getrockneten Stellen die Sicht freigab, verwirrend und befreiend zugleich.

»Habe ich Sie richtig verstanden?«, fragte ich. »Sie wissen, wer hier Nazi gewesen ist, und wer ein Opfer?«

»Ich weiß es recht genau bei den Leuten, die mit mir aufgewachsen sind. Und ich weiß das, was mir diejenigen, mit denen ich gut kann, über sich und andere erzählen. Ich weiß auch, dass das Lehrerkollegium deines Gymnasiums überwiegend aus stark Benachteiligten und Verfolgten des Naziregimes besteht. Frau Dr. Baumberg zum Beispiel ist Jüdin. Mitglieder ihrer Familie sind ermordet worden.«

Erschrocken sah ich sie an.

»Das vertraue ich dir jetzt an, es bleibt unter uns. Ich meine aber, du musst es wissen, damit du verstehst, was dich in die Klemme gebracht hat. Jemand wie Frau Dr. Baumberg ist eine seelisch Schwerletzte. Sie kämpft gegen die Angst vor der Wiederkehr der Nazis. Auch jemand wie sie versucht, Gedanken an die NS-Zeit möglichst von sich fernzuhalten. Nur so kann ich mir erklären, dass sie dich nach den Entgleisungen deiner Mutter als Kind bekennender Nazis meidet.«

Dann erfuhr ich, dass es in dem vom Bombenkrieg verschonten Wassenhorst am Rhein keineswegs so friedlich zuging, wie es aussah. Fräulein Montig zufolge gab es zwei gleich starke Gruppen, die sich unterschwellig bekämpften: die Altnazis und die Verfolgten der Nazis. Beide Gruppen hatten zahlreiche Anhänger. All dies drückte sich zum Beispiel im Vorfeld der Kommunalwahlen aus. In Wassenhorst, sagte Fräulein Montig, werde der Wahlkampf mit großer Verbissenheit geführt. Dann rückte sie ihre Brille zurecht und sah mich eindringlich an. »Nur, damit du es weißt, Sonja. Es gibt kein Gemeinschaftsgefühl, keinen Zusammenhalt in unserer kleinen Stadt. Und hier, inmitten des gegenseitigen Misstrauens, wächst du auf, das Nazikind.«

»Dagegen kann ich nichts machen, oder?«

»Nein, das Beste wäre ein Schulwechsel. Damit es dir nicht so geht wie deinem Bruder ...«

»Daran habe ich auch schon gedacht. Meine Eltern ...«

»... müssten dir die Einwilligung geben. Richtig. Aber wenn es dir gelingt, Sonja, deine Eltern davon zu überzeugen, dass eine andere Schule besser für dich ist, werde ich dir zwei Gymnasien in Bonn empfehlen.«

Ich bedankte mich. Wir gaben uns die Hand und bestellten uns zum zweiten Mal einen Eisbecher.

Als ich an diesem Abend nach Hause kam, war Mutter in einem Konzert, und Vater saß nach einer längeren Geschäftsreise rauchend im Wohnzimmer.

»Mutter hat sich bei mir beschwert«, sagte er. »Du bist ihr bei den neuen Nachbarn in unverschämter Weise über den Mund gefahren.«

»Hat sie dir auch erzählt, warum?«

»Das nicht.«

»Es kam ihr in den Sinn, wildfremden Menschen mitzuteilen, dass ihr Ehemann in der SS war und ihre Tochter Sonja Senkel absichtlich zu den Initialen SS gekommen ist. Unsere neuen Nachbarn sind weiß geworden vor Entsetzen, und ich habe gesagt, sie soll den Mund halten.«

Vater erhob sich und wandte sich ab. Mit gesenktem Kopf murmelte er: »Schrecklich, schrecklich.«

»Da ist noch etwas ...«

»Was?« Vater setzte sich wieder hin und fuhr sich so heftig durch die Haare, dass die Stirnfransen von seinem Kopf abstanden. »Also, was ist sonst noch schiefgelaufen?«

»Mutter hat mehrmals auf Elternabenden gestänkert, zum Beispiel, weil Heinrich Böll Schullektüre war. Die Lehrer nennt sie Nestbeschmutzer und das *Tagebuch der Anne Frank* eine Fälschung. Im Lehrerzimmer regen sie sich auf, wenn der Name Senkel fällt. Der SS-Mann und seine schamlose Ehefrau. Die Geschichten von Mutters Auftritten machen in Wassenhorst die Runde, und ich bin das Nazikind.«

»Und jetzt?«, fragte Vater.

»Ich bin gerade gewarnt worden. Man wird mich runterzensieren. Es hat schon angefangen. Ich glaube, das haben sie schon bei Rolf gemacht. Mutters Stänkereien haben ja wohl nicht erst bei mir angefangen. Eigentlich war Rolf gar kein so schlechter Schüler. Ich habe mich über seine miserablen Noten gewundert. So was nennt man Sippenhaft.«

Beim letzten Wort horchte Vater auf, sagte aber nichts, außer dass er reif für einen Whiskey sei. Er verschwand in die Küche und kam mit einem Glas zurück, in dem Eiswürfel klapperten. Sein Haar lag wieder glatt an.

»Sippenhaft«, wiederholte er nachdenklich. »Und was machen wir nun?«

»Ich möchte das Gymnasium wechseln. Ich möchte in einer Stadt zur Schule gehen, wo mich niemand kennt.«

»Gut. Das hat ja dein Bruder in der Oberstufe auch so gemacht. Nur ein Problem bleibt: In einer anderen Schule wird deine Mutter genauso stänkern.«

»Habe ich mir auch schon überlegt. Ich möchte, dass Mutter die neue Schule nicht betritt. Ich möchte, dass du an ihrer Stelle bei den Elternabenden erscheinst.«

Vater versprach es mir. Ich war mir nicht sicher, ob er es

wirklich ernst meinte. Dass wir uns so leicht verständigt hatten, machte mich misstrauisch. Doch er hielt tatsächlich Wort. Nur den Termin für die Anmeldung im Gymnasium konnte er wegen einer dringenden Geschäftsreise nicht wahrnehmen. Und so saß ich im Zimmer des Direktors auf heißen Kohlen, weil ich mich fragte, welche peinliche Vorstellung Mutter wohl diesmal bieten würde.

Erstaunlicherweise hielt sie sich zurück. Sie kokettierte nur mit dem grauhaarigen Direktor. Der verfolgte mit dem kurzen Zeigefinger seiner kleinen Hand die Fächer auf dem letzten Zeugnis, lobte meine Noten, dann versiegte sein Interesse an mir. Er und meine Mutter unterhielten sich über dieses und jenes, während sie häufiger ihre auffällige Goldkette am Hals verschob, um unauffällig ihren tiefen Blusenausschnitt zur Geltung zu bringen. Gegen Ende des Termins fragte der Direktor mit den kleinen Händen, ob meine Mutter sich vorstellen könne, bei meiner Abiturfeier in zwei Jahren die traditionelle Elternrede zu halten. Mutter zierte sich ein bisschen, spielte das schüchterne Mädchen, dann gab sie ihm mit einem langen Händedruck die Zusage.

Als ich jung war, dachte ich, meine Mutter und ich hätten keine Gemeinsamkeiten. Doch das stimmt nicht. Beide haben wir uns mit Drogen manipuliert, nur dass sie bei ihr Medikamente hießen. Der Hausarzt verschrieb ihr großzügig verschiedene Pillen, Upper und Downer. Am Rande von Mutters Kaffeekränzchen hatte ich häufiger mitbekommen, wie sie und die anderen Hausfrauen von ihren »Tablettchen« schwärmten und sich im Detail über deren Wirkungen ausließen.

Vor ihrer Rede auf meiner Abiturfeier zwei Jahre später hatte Mutter wohl die falsche Dosis geschluckt. Jedenfalls war sie so breit, dass ich unter den Stuhl kriechen wollte vor Scham. Sie sprach mit einer unnatürlich langsamen Kleinmädchenstimme, während sie uns Abiturientinnen belehrte, wie glücklich wir sein müssten, in einer so kleinen Stadt aufgewachsen zu sein. Immer wieder wiederholte sie den Satz: »Eine kleine Stadt, wo mich jeder kennt ...« Es sah ihr ähnlich, dass sie sich selbst meinte, sie lebte gern in Wassenhorst. Ich dagegen hatte mein Abitur an einem Hauptstadtgymnasium gemacht.

*

Rolf taucht Ende Mai auf, ein Monat mit überwiegend heißen Sonnentagen. Wir sind nachmittags in unserem Café auf der Hotelterrasse verabredet. Nina ist niedergeschlagen, weil heute der Boxunterricht ausfällt. Frankie Laser hat mich deswegen angerufen. Er muss wegen eines wichtigen Banktermins mit seinem Steuerberater nach Hamburg, aber das Training, versichert er, wird nachgeholt. Lustlos stochert Nina mit einem Strohhalm in ihrem Milchshake. Doch als sie ihren Papa in einiger Entfernung entdeckt, läuft sie ihm entgegen und springt wie ein kleines Mädchen an ihm hoch. Er hebt sie bis an seine Taille. Ihre Beine umklammern ihn, während sie ihre Arme um seinen Hals schlingt und ihr Gesicht an seines drückt.

Mich überfällt der Gedanke, dass mein Bruder in der Absicht gekommen ist, seine Tochter abzuholen, und dass Nina mit ihm fahren wird. Auch irritiert mich, wie dynamisch dieser große, weißhaarige, braungebrannte Mann die Treppe zur Terrasse mit wenigen Schritten überwindet. Kann es sein, dass die Freude über Ninas Begrüßung seine Depression und die Tagesklinik in den Hintergrund drängt? Rolf, der ein blassrosa Polohemd trägt, lacht laut und herzlich und nimmt mich, was noch nie passiert ist, zur Begrüßung leicht in den Arm. Er deutet auf meine Schokoladentorte, und ich lasse ihn probieren. Nachdem Britta auch ihm ein Stück Torte gebracht hat, dazu einen

Eiskaffee, sagt sie, sie müsse leider abkassieren, Schichtwechsel. Ich zahle und wünsche ihr einen schönen Abend. Rolf hat sich behaglich zurückgelehnt, seine langen Beine neben dem Tisch ausgestreckt und die Arme hinter dem Kopf verschränkt. Entspannt blickt er von Nina zu mir und dann wieder zurück.

»Ihr beide habt hier jeden Tag Urlaub, stimmt's?«

Seine Tochter protestiert. »Du hast ja keine Ahnung, Papa, wie hart das Training ist. Viermal in der Woche bin ich im Boxzentrum, jedes Mal mindestens drei Stunden.«

Man sieht Rolf seine Begeisterung an. »Ich habe schon davon gehört, aber ich habe es nicht glauben können. Nimmst du mich zum nächsten Training mit?«

»Cool, Papa! Wie ist es mit dir, Sonja, kommst du ausnahmsweise auch mit?«

Ich bin hin- und hergerissen. »Ich weiß es noch nicht, Nina. Wäre es nicht eine Art Prüfungsdruck, wenn dein Papa und deine Tante vor dir auf einer Bank sitzen und du ihnen zeigen musst, was du in acht Wochen gelernt hast?«

Nina überlegt kurz, dann schüttelt sie lachend den Kopf. »Darüber habe ich überhaupt noch nicht nachgedacht. Erstens: Ich muss das nicht tun, ich möchte es tun. Zweitens: Wenn es mir mit euch zu unangenehm wird, dann sage ich, ihr sollt euch umdrehen oder nach draußen gehen. Okay?«

Rolf und ich schauen uns verdutzt an, und ich vermute, wir denken dasselbe: So souverän haben wir Nina noch nicht erlebt. Es folgt die nächste Überraschung. Rolf verkündet: »Ich habe eine kleine möblierte Wohnung in Treptow gemietet. Vorläufig, bis sich etwas Besseres findet. Da wäre auch Platz für dich, Nina.« Seine Tochter ist so verblüfft, dass sie kein Wort herausbringt. Sie greift nach den beiden Fotos, die ihr Vater auf den Tisch gelegt hat. Dann lacht sie schallend. »Da sieht es ja so aus wie hier bei Tante Sonja! Willst du mal sehen?«

Sie hält mir die Bilder hin. Auch ich muss lachen, und Rolf schmunzelt.

»Na ja. Ich würde sagen: Das Niveau ist ein anderes. Die Einrichtung ist kein Schrott und hat eher den Charme der Möbel in *Good Bye, Lenin.*«

Nina steht auf und sagt, sie muss auf die Toilette. Rolf will mit ihr gehen, aber ich trete ihn leicht vor den Fuß, und er setzt sich wieder. »Du hast recht«, sagt er, als Nina in der Hotellobby verschwunden ist. »Sie muss die Nachricht fürs Erste verdauen. So wie ich sie kenne, wird es einige Stunden dauern, bis sie es anspricht. Was ich dir schnell noch sagen will: Ich habe mit ihrem Trainer telefoniert. Er scheint ein prima Kerl zu sein. Was er über Nina sagte, hat mir eingeleuchtet und mich beruhigt.«

Ich sehe meinen Bruder erstaunt an. »Habe ich richtig gehört?«

»Durchaus. Auf meine Bitte hin hat Frankie sich in Berlin erkundigt, welche Kollegen ähnlich wie er im Boxtraining arbeiten. Bei meinem zweiten Anruf hat er mir dann Namen und Adressen genannt. Nina hätte sogar eine Auswahl.« Er dreht sich in seinem Stuhl um. »Wo steckt sie eigentlich?«

»Da kommt sie gerade«, sage ich und deute auf die Eingangstür des Hotels.

Nina bleibt stehen und ruft uns zu: »In der Küche gab es einen Wasserrohrbruch. Da kommt ein dicker Strahl aus der Wand. Aber keine Angst, Papa, die Toiletten stehen noch nicht unter Wasser.«

Rolf steht eilig auf. »Vielleicht brauchen sie Hilfe«, sagt er über die Schulter gewandt. Inzwischen ist Nina wieder bei mir eingetroffen. Nach zwanzig Minuten kommt auch Rolf zurück. Seine helles Polohemd ist schmutzig. Seine Schritte hinterlassen eine feuchte Spur. »Geschafft«, sagt er, als er sich hingesetzt hat. »In der Küche ist heute wohl nur der Aushilfskellner und noch jemand, der sich im Hotel nicht auskennt. Es ist ein altes Gebäude, schon etwas marode. Ich bin in den Keller runter und habe die Hauptwasserleitung abgestellt.«

»Cool, Papa«, ruft Nina.

Er nippt an seinem Eiskaffee, zieht seine nassen Turnschuhe aus und krempelt die Hosenbeine hoch. Dann schildert er Nina im Detail, was im Laufe der Jahre alles im Haus ihrer Oma kaputt gegangen ist. Es wird ein längerer Vortrag: wie oft er auf die Schnelle den Handwerker spielen musste, wie oft sein Einsatz das Schlimmste verhindern konnte. Mein Bruder sieht Nina an und dann mich. »Im eigenen Elternhaus kennt man sich ja zum Glück aus.«

»Wenn das so ist«, sagt Nina, »will ich nie ein eigenes Haus haben.«

»Warte es ab, meine Tochter. Wenn Sonja und ich nicht mehr leben, wirst du das Haus erben, genauer gesagt, einen Teil davon.«

Nina hält sich die Ohren zu. Bis eine schwarzgetigerte Katze, die um ihre Beine streicht, sie ablenkt. Sie beugt sich herab und streichelt sie.

»Die beiden kennen sich«, sage ich zu Rolf.

»Zweifellos«, antwortet er.

Ich frage ihn, wann er die Tagesklinik aufgegeben hat. Wie ich erfahre, ist er dort immer noch. Er sieht nur deshalb nicht aus wie ein Patient, weil man in der Klinik großen Wert auf sportliche Aktivitäten legt. Wer noch beweglich ist, kann sogar Volleyball und Fußball spielen.

»Kann man auch boxen?«, wirft Nina ein und grinst. Dann sagt sie, wie sehr sie sich freuen würde, wenn ich morgen bei ihrem Training dabei sein könnte.

Ich habe es mir inzwischen überlegt. Ich kann es nicht. Ich

bringe es einfach nicht über mich. »Ich weiß nicht, wie ich es dir erklären soll ...«

»Das musst du nicht«, sagt meine verständnisvolle Nichte. »Frankie hat mit mir darüber geredet. Es gibt eben Menschen, für die ist Boxen schrecklich, und meine Tante gehört dazu. ›Sie respektiert dein Boxen und sie unterstützt es‹, hat Frankie gesagt. ›Da können wir nur dankbar sein.‹« Nina steht auf und gibt mir einen Kuss auf die Wange, keinen artigen, sondern einen liebevollen. »Aber schade ist es doch«, sagt sie.

Am späten Nachmittag, als die Luft abkühlt, beschließen wir, zu dritt barfuß am Strand zu joggen. Mein Bruder ist schneller als ich, weil er längere Beine hat, und Nina, weil ihre Energie unschlagbar ist, aber alle beide stellen sich auf mein Tempo ein. In früheren Zeiten hätte ich das nicht gewollt und mich mit irgendeiner Ausrede ausgeklinkt. Jetzt aber genieße ich es, dass Rolf und Nina mich in ihre Mitte nehmen, ganz einfach, als gehörten wir drei zusammen. Die meisten Strandbesucher sammeln gerade ihre Sachen ein, oder haben sich bereits auf den Heimweg gemacht. In einiger Entfernung entdeckt Nina einen großen und einen kleinen Menschen, und bevor sie auf sie zurennt, ruft sie: »Das sind Britta und ihre Tochter Gesa.« Als Rolf und ich bei ihnen ankommen, hat die Kleine sich vor Nina hingestellt. Langsam kicken sie einen Ball, grün mit weißen Tupfen, hin und her. Gesa hat dabei großen Spaß. Ihr tiefes Lachen ist ansteckend. Irgendwann interessiert sie der Ball nicht mehr. Sie sagt: »Mama trinken.«

Während Britta ihre Tochter mit Saft versorgt und ihr wärmere Sachen anzieht, beratschlagen Rolf und ich uns wegen des Abendessens. Die Tischreservierung in Brittas Hotel können wir streichen.

»Entschuldigen Sie, wenn ich mich einmische«, sagt Britta, während sie die Decke ausschüttelt und zusammenfaltet, um sie auf den randvollen Handkarren zu legen, »aber leider fallen beide Restaurants heute Abend aus. Mich haben sie nach dem Wasserrohrbruch angerufen, um mir zu sagen, dass ich morgen frei habe. Die Arbeit an der provisorischen Wasserversorgung wird noch etwas dauern. Und im zweiten Hotelrestaurant wird zur Zeit der Speisesaal renoviert.«

Rolf fährt sich durch sein weißes Haar. »Pech«, sagt er. »Da bleibt wohl nur Wasser und Knäckebrot oder Fastfood von der Tanke. Es sei denn«, er wendet sich mir zu, »Sonja hat noch Kaviar und Schampus in ihren Vorräten.«

Nina versteht die Ironie nicht. »He, Papa, Wiener Würstchen würden mir auch reichen.« Sie hält Gesa an der Hand, die oben auf dem Bollerwagen thront, nun da die Räder den Sand hinter sich gelassen und wieder festen Boden unter sich haben.

Es ist ein karges Mahl in meiner Ferienbehausung. Wie schon einmal im Winter gibt es Spaghetti bolognese und zum Nachtisch Schokolade und Kekse. Nina und ihr Papa sind ein Herz und eine Seele. Rolf kann gar nicht genug davon bekommen, wie sie minutiös ihre Boxübungen erläutert. Manchmal muss er aufstehen und ihren Bewegungsablauf nachturnen. Nachdem wir gemeinsam das Geschirr gespült und anschließend die Wohnung für einen weiteren Übernachtungsgast hergerichtet haben, platze ich damit heraus: »Ist das unser letztes Abendessen gewesen? Seid ihr beide morgen Abend schon in der neuen Wohnung?«

Rolf sieht mich erstaunt, aber auch erleichtert an. Um es kurz zu machen: Genau so hatten sie es geplant, aber sie wussten nicht, wie sie es mir beibringen sollten. Sie fürchteten, mich furchtbar zu enttäuschen, und fanden die richtigen Worte nicht. Stattdessen musste ich es erahnen. Ich will mich nicht beschweren. Acht schöne Wochen mit Nina liegen hinter mir. Falls sie künftig in Berlin leben sollte, und ich auch, verlieren wir uns nicht mehr aus den Augen. Rolf dort öfter zu treffen, schreckt mich nicht mehr ab. Mich interessiert nicht, woher die Eile, warum sie schon morgen nach dem Boxtraining abreisen wollen. Nun, da ich weiß, wie sehr es sie drängt, um ihre Was-auch-immer-Pläne umzusetzen, sehe ich keinen Gewinn darin, sie länger als nötig um mich zu haben.

In den folgenden zehn Tagen kehre ich zu meiner alten Routine zurück, Joggen, Schokoladentorte, Lesen. Nur einmal unterbrochen von einem Anruf von Nina, die mir berichtet, sie habe sich mit ihrem Vater überworfen. Rolf gehe es wieder schlechter, erzählt sie, er besuche immer noch die Tagesklinik.

Einen Tag später, gerade als ich ein Fischbrötchen essen will, habe ich Rolf selbst am Telefon. »Ich möchte nach Hause«, sagt er unvermittelt. »Mutter kommt allein nicht mehr klar.« Seine Stimme klingt deprimiert. »Ich kann aber nicht fahren. Ich zittere, wenn ich nur daran denke.«

»Du kannst nicht Autofahren? Wie willst du dann nach Wasenhorst kommen?«

»Deshalb rufe ich an, Sonja. Du kennst dich doch mit Zwischengas aus. Könntest du mich vielleicht im Bully zurückfahren?«

»Moment, Rolf.« Ich lege mein Fischbrötchen auf die Bank. »Meinst du das im Ernst? Es könnte dich doch eine deiner Töchter holen, oder ein Schwiegersohn.« Ich kann nicht glauben, was er mir da vorschlägt.

»Mit denen verhandele ich schon eine ganze Weile.« Er räuspert sich. »Das wird offenbar nichts.«

»Sind sie der Meinung, du solltest den Bully verschrotten?«

»So ähnlich ...«

»Auf keinen Fall«, rufe ich. »Der Bully wird nicht verschrottet!«

»Ist das ein Ja?«

Ich verscheuche eine Möve, die sich meinem Fischbrötchen nähert.

»Hallo, Sonja, bist du noch dran?«, ruft Rolf ins Telefon.

»Sorry, ich war gerade abgelenkt«, sage ich. »Hör zu, das muss ich mir alles genau überlegen. Ich fahre mit Automatik.«

»Weiß ich doch.«

»Okay. Ich muss eine Nacht darüber schlafen. Morgen sage ich dir Bescheid. Ich schätze, ein paar Tage wirst du dich aber noch gedulden müssen.«

Rolf hat vorsorglich einen Plan skizziert. »Es wird eine gemütliche Reise«, verspricht er. »Auf halber Strecke nach Wassenhorst wird irgendwo übernachtet. Und plane lieber einen Tag zusätzlich ein. Bevor es losgeht, machen wir einen Ausflug zu einem schönen Fleck im Berliner Umland. Ein Ziel deiner Wahl. So kannst du dich ohne Stress mit dem Bully vertraut machen.«

Nachdem wir uns verabschiedet haben, bleibe ich noch lange auf der Bank der Uferpromenade sitzen. In meinem Kopf fliegen Gedanken hin und her, ohne Sinn und Verstand. Schließlich überlasse ich mein angebissenes Brötchen den Möwen. Auf dem Weg zu meiner Wohnung, während ich unter der Dusche stehe, meine verschwitzen Sachen auswasche, ein Käsebrot esse – immer wieder halte ich zwischendurch kopfschüttelnd inne. Noch immer hat Rolfs Überraschungscoup etwas Unwirkliches. Sonderbarerweise schlafe ich ohne jede Störung sieben Stunden durch. Am Morgen, während des Aufwachens, packt mich eine tiefe Sehnsucht, endlich wieder Bully zu fahren. Spurlos verschwunden meine Sorge, die Fahrgemeinschaft mit einem zitternden, von Ängsten gebeutelten Bruder könnte in einem Desaster enden. Ich sage Rolf zu.

*

Mit einem langen Strandspaziergang habe ich mich vom Meer, von dem Ort und den Ansichtskarten vom »Kleinod der Ostsee« verabschiedet. Das kleine Seebad und seine Menschen haben mir überraschend gutgetan. Aber ich bin auch froh, wieder in meiner alten Berliner Wohnung zu sein.

Als Angela von der Arbeit heimkommt, umarmen wir uns herzlich.

»Hallo, schwarze Schwester«, begrüße ich sie.

»Willkommen, liebes Bleichgesicht. Mir gefällt deine neue Frisur.«

Es ist Freitag. Angela wirkt abgekämpft nach ihrer langen Arbeitswoche. Mir ist danach, sie ins Auto zu packen und ein Wellnesshotel anzusteuern, wie wir es häufiger mit Karl an den Wochenenden machten. Aber dafür fehlt mir nun die Zeit. Weil wir viel telefoniert haben, weiß Angela Bescheid über das, was sich zwischen mir und meinem Bruder ergeben hat. Wir setzen uns mit Brot, Käse und Aufschnitt an den Esstisch. Als sie das sorgfältig verpackte, flache Paket auf dem Sofa entdeckt, sagt sie: »Los. Zeigen. Sofort.«

»Zu Befehl, Comandante. Aber bitte etwas Geduld.«

Ich entblättere das Babybild langsam, mit Bedacht, so wie Rolf es mir vorgemacht hat. Als ich es leicht schräg auf die Couch stellen will, protestiert Angela. »Lass uns einen Platz an der Wand suchen.« Er wird überraschend schnell gefunden, neben der Tür, sodass sie und ich das Bild vom Esstisch aus gleich gut im Blick haben. Ohne große Worte beginnt meine Meditation mit der kleinen, so rundum zufriedenen Sonja. Auch Angela vertieft sich sofort in das Gemälde.

»Ich habe etwas verstanden«, sagt sie schließlich, ohne mich anzusehen.

»Was denn?«

»So sieht ein Säugling aus, der in seiner Welt geborgen ist.«

Sie steht auf und schiebt mich näher an das Bild. »Was ich verstanden habe: Die Frau, die dieses Baby so zufrieden gemacht hat, ist deine Mutter. Schwester Anni. Bärbel Senkel ist bloß deine Leihmutter gewesen. Sie hat dich ausgetragen, mehr war da nicht.«

Ich muss heftig schlucken, dann fange ich an zu schluchzen. Angela führt mich zum Sofa, ich weine mich an ihrer Schulter aus. Irgendwann sagt sie: »Himmel, Sonja, was hast du für ein Glück gehabt! Schwester Anni war dein Engel, oder nenn sie deine Beschützerin. Weil es sie in den ersten zwei Lebensjahren gab, ist dein Urvertrauen intakt geblieben. Ich habe mich schon oft gefragt, wie das möglich ist, je mehr ich von deiner Kindheit erfahren habe.«

Ich wische mir die Tränen weg und putze meine Nase.

»Was hast du jetzt vor?«, fragt Angela.

»Kino«, sage ich. »*Good Bye, Lenin*.«

Eine halbe Stunde später gehen wir untergehakt den Kürfürstendamm entlang. Wie alle Menschen in Berlin, kennt Angela den Film bereits. Aber sie begleitet mich gern, um ihn ein zweites Mal anzusehen.

In der Nacht wache ich auf, weil meine Freundin mich aus dem Schlaf schüttelt.

»Du hast geschrien. Und du hast geschwitzt«, sagt sie. Ich richte mich auf, mein Schlafanzug ist feucht.

»Ich kann mich an nichts erinnern«, bringe ich mühsam hervor.

»Lass mich raten«, sagt meine Freundin. »Bärbel war wieder da.« Sie legt den Arm um meine Schulter.


In einer Zeit, als ich drogenfrei, aber noch kein Karl in Sicht war, bekam ich eines Tages eine Briefkarte von Fräulein Montig. Sie schrieb mir, Bärbel Senkel erzähle in Wassenhorst herum, ihre Tochter Sonja in Berlin sei rauschgiftsüchtig. Ich war außer mir vor Wut. Nein, ich schickte ihr keinen Killer, aber ich fühlte die Pein von Auftraggebern in ähnlicher Lage, die darin den einzigen Ausweg sahen. Aus früheren Zeiten wusste ich, dass meine Mutter mir nachspionierte. Die nette Schulsekretärin meines zweiten Gymnasiums hatte mich eines Tages vertraulich darauf hingewiesen, wie lästig meine Mutter ihr sei, da sie nicht aufhörte, sich nach mir zu erkundigen. Zu Beginn, gestand mir Frau Sommling, sei sie darauf rein-gefallen. Offenbar hatte Bärbel Senkel alle Register gezogen. »Erst hat sie mich in den Himmel gelobt, weil ich die An-meldung ihrer Tochter so gut organisiert hätte«, erzählte mir die Sekretärin. »Dann hat sie mir entlockt, dass ich Mutter dreier Kinder bin. Dann war sie voll der Bewunderung, dass ich einen so verantwortungsvollen Beruf und Familie unter einen Hut bringe. Dann kam sie zum Eigentlichen: ›Meine Tochter Sonja hat ein schwaches Herz, was sie jedem ver-schweigt. Aber ich als besorgte Mutter habe deshalb einen schlechten Schlaf. Nicht wahr, liebe Frau Sommling, jeder Mutter, die ihr Kind liebt, würde es so ergehen? Es wäre mir eine große Beruhigung zu erfahren, dass sich Sonja vernünf-tig verhält und sich nicht überfordert. Als Krankenschwester bin ich ja in diesen Dingen besonders sorgfältig. Könnten Sie sich vielleicht ein bisschen umhören? Ich wäre Ihnen so dankbar …‹«

Frau Sommling hielt inne. »Dass ich so blöd sein konnte! Klingt das nach Ihrer Mutter, Sonja?«

»Allerdings. Wenn sie den Mund aufmacht, lügt sie.«

Fassungslos las ich noch einmal die Zeilen, die Fräulein Montig an mich gerichtet hatte. Erst Bonn, dann Berlin. Wie-der stand ich allein da. Aber ich irrte mich. Eine Woche später, als ich mich etwas beruhigt hatte, kam ein Brief von Dr. Angela

Benson. Darin stand, es würde sie interessieren, wie es mir ein Jahr nach meinem Klinikaufenthalt gehe.

Meine Psychiaterin wiederzusehen, war die größte Freude seit dem Tag, an dem ich drogenfreien Sex entdeckte. Ich hatte eine neue Frisur, kurz und frech, mit einem orangefarbenen Schimmer, und meine Ärztin sagte schmunzelnd: »Ich sehe, es hat sich etwas getan.«

»Das ist wahr. Ich besuche Gruppen, habe Hunderte neue Leute kennengelernt und bin clean. Aber meine Mutter dreht durch.«

»Meinen Glückwunsch, Sonja. Womit fangen wir an?«

»Mit meiner Mutter.« Ich atmete tief durch. »Ich bin nach Berlin gezogen, um außerhalb ihrer Reichweite zu sein. Aber sie will unbedingt, dass ich ins Rheinland zurückkomme. Wenn wir telefonieren, sagt sie: ›Deine Eltern brauchen dich hier. Mir und deinem Vater geht es gesundheitlich immer schlechter.‹ Gleichzeitig streut sie im Ort das Gerücht, ihre Tochter in Berlin wäre drogensüchtig.«

Angela Benson nickte und blätterte in ihrem Tischkalender. »Wissen Sie, das klingt nach einer längeren Geschichte. Dafür müsste ich mir eine Stunde Zeit nehmen. Passt es Ihnen am kommenden Dienstag um 16 Uhr?«

Nach dem Wiedersehen mit Dr. Benson ging ich nach Hause und rief meinen Vater an. Ich hatte Glück, dass seine Büroleitung frei war. Wir waren beide erfreut, voneinander zu hören. Ich berichtete ihm, was Bärbel über mich an Verleumdungen verbreitete. Vater war nicht überrascht, stattdessen riet er mir, ich solle ihr einen Brief von meinem Anwalt schicken lassen.

Und dann öffnete ich nach langer Zeit wieder den Schuhkarton. Der Text, den ich während einer dunklen Nacht in meine Schreibmaschine getippt hatte, lag ganz unten.

Ohne Titel

»Ich wollte ihr wehtun. Ja, das wollte ich.
Und eines Tages war sie tot. Meine Schläge
haben sie umgebracht.« Ich bekomme die Worte
nicht mehr aus dem Kopf. Giselas Gesicht,
wie sie das sagt. Und auf einmal taucht Bärbel Senkel vor meinem inneren Auge auf.
Auch in Berlin bin ich jemand, der enorm
viele Bücher liest. Irgendwann ist mir aufgefallen, dass mich ein bestimmtes Thema
nicht mehr loslässt: Scheinhinrichtungen.
Das Thema fesselt mich auf eine merkwür-
dige Weise, völlig frei von Gefühlen, wie
eine Naturwissenschaftlerin, die tote Bienen
untersucht. Ich verschlinge jede neue Ver-
öffentlichung, jeden Zeitungsartikel über
diese Folter. Warum komme ich von dem Thema
nicht los? Warum Scheinhinrichtung? Wer
hätte mir davon erzählen können? Hatte ich
als Kind Erwachsenengespräche über Folter
belauscht?
Plötzlich verstehe ich die Zusammenhänge.
Als kleines Kind dachte ich, ich müsse sterben, wenn es hieß: »Hol den Rohrstock! Ab in
den Keller!«
In meiner frühesten Erinnerung bin ich vier
Jahre alt. »Ich will's auch nie mehr wieder
tun! Ich will's auch nie mehr wieder tun …«
Den ganzen Weg auf der Treppe nach unten
wiederholte ich brüllend diesen einen Satz.
Ich glaubte, dass Eltern das Recht hatten,
ihre Kinder zu töten.

Bei uns zu Hause existierte ein Strafen-
katalog, mit der Höchststrafe Rohrstock
für Lügen, Stehlen und schlechte Schulnoten.
Der Rohrstock lag sichtbar auf einer Kommode
im Esszimmer. Doch Mutter hielt sich nicht
an den Katalog. Sie addierte kleine Vergehen – ein Glas umstoßen, weghören, Widerworte –, und wenn sich ihrer Meinung nach
genügend angesammelt hatten, kam die Warnung: »Na warte, noch ein paar Tage, dann
bist du reif! Dir geht es mal wieder zu
gut …«
Ich dachte, sie dürfe das tun und Vater sei
einverstanden. Irgendwie hielt ich auch die
Tage nach solchen Drohungen durch, ich ver-
suchte, mir nicht in die Hose zu machen,
redete mit niemandem. Ich durchlebte die
Hölle, bis ich schließlich den Rohrstock mit
allen Fasern herbeisehnte. Ich wünschte mir
fast, dass Mutter mir nach der Schule endlich mit bösen Augen die Tür öffnen und sagen würde: »Los, Sonny. Hol den Rohrstock.
Geh in den Keller.«
Nachdem sie sich an meinem Körper ausgetobt
hatte, sagte sie immer: »Nicht wahr, Sonny,
es hat dir gutgetan?«
Später begriff ich, dass ich nicht sterben
würde und dass es Mutter nicht allein um
Strafe ging. Sie ergötzte sich an meinen
Schreien und meinem Betteln um Gnade – heute
sage ich, es geilte sie auf. Ab da hörte
sie von mir keinen Ton mehr. Als ich stumm

blieb, gingen zwar ihre Prügelorgien weiter,
doch ich fühlte mich nicht mehr so ausgeliefert. Es machte mich stolz, dass ich meine
Schmerzen nicht mehr herausbrüllte, dass ich
Mutter etwas wegnahm, an dem ihr so viel
lag. Wie ich zu so viel Willenskraft kam,
weiß ich nicht. Vielleicht war es der viel
zitierte Kampf ums Überleben, der angeblich
Bärenkräfte freisetzen soll. Oder der Kampf
um die Würde.
Und doch hasste ich Mutter nicht. Ich fand
sie nicht einmal ungerecht. Mein kindliches
Ich verteidigte sie sogar. Mutter konnte gar
nicht anders … Mit ihren jahrelangen Demütigungen hatte sie so viel schlechtes Gewissen in mich hineingepresst, dass ich
glaubte, ich hätte es verdient.
In meiner Familie hatte Bärbel geherrscht
wie ein Diktator. Niemand hatte mich vor ihrer Grausamkeit geschützt. Die Prügel hörte
irgendwann auf, aber ihre Folgen für mein
weiteres Leben blieben. Als Teenager, umgeben von fröhlichen Gleichaltrigen, merkte
ich, dass mit mir etwas nicht stimmte, und
gab mir selbst die Schuld. Ich konnte das
Leben nicht feiern wie alle anderen, ich
konnte nur so tun, als wäre ich ausgelassen.
Meine Fassade funktionierte offenbar gut.
Mit Ausnahme von Fräulein Montig ließ ich
niemanden nah an mich heran.
Seit Beginn meines Studiums, als ich endlich
in Freiheit lebte, gab es zwei Sonjas. Die

eine besaß Anstand, Tiefgang und Empathie für Kinder. Die andere Sonja suchte oberflächliche Unterhaltung in Kneipen, je schäbiger, desto besser. Außenseiter zogen sie an, je verrückter, desto besser. Kleinkriminelle mit schlechten Manieren fand sie originell. Ich glaube, ich war damals selbst halb verrückt, ohne es zu merken. Mit Verlusten konnte ich umgehen, aber es kam zu keinem Neubeginn. Etwas in mir verdorrte, immer, wenn es vor der Blüte stand. In dieser Phase – sie dauerte, bis ich nach Berlin umzog – glaubte ich, mein Leben sei verflucht. Der Fluch, woher kam er? Von meiner Mutter? Und wenn nicht von ihr, woher kam er dann?

Die erste Rohrstockprügel bekam ich mit vier, die letzte mit zwölf Jahren. Heute schätze ich, es geschah alle zwei bis drei Monate.

Ich schob die Seiten zurück in den Umschlag, adressierte ihn an Dr. Benson und verließ noch einmal meine Wohnung, um ihn in den Briefkasten einzuwerfen. Dann ging ich völlig ausgelaugt schlafen. Am folgenden Tag schaltete ich einen Anwalt ein.

Als ich am Morgen des Termins mit Dr. Benson aufwachte, wusste ich, es reicht. Ich muss mir diese Mutter nicht mehr antun. Ich breche den Kontakt zu Bärbel Senkel ab. Die Entscheidung war gefallen, ohne dass ich darüber nachgedacht hätte. Der endgültige Bruch ergab sich, als sei er die einfachste Sache der Welt, selbstverständlich und still, wie sich im Herbst ein Blatt vom Baum löst.

Meine Ärztin holte mich im Flur ab, und wir nahmen in der kleinen Sitzecke ihres Büros Platz, vor einem rot blühenden Kaktus auf der Fensterbank, den sie liebevoll Basti getauft hatte. »Der Name klingt schön und stachelig zugleich, finden Sie nicht auch, Sonja?«

Ich lachte. »Hat Basti sich an seine Umgebung gewöhnt?«

»Schon lange. Wir beide sind zusammen hier eingezogen. Er blüht jedes Jahr um diese Zeit.«

»Habe ich gar nicht bemerkt, letztes Jahr.«

»So etwas verzeiht mein kleiner Freund aus Arizona. Aber nun zu Ihnen, Sonja. Möchten Sie etwas trinken?«

Dr. Benson füllte mein Glas mit Mineralwasser. Ich platzte mit der Nachricht heraus, dass ich den Kontakt zu meiner Mutter ein für alle Mal abbrechen wolle. Dann leerte ich das Wasserglas in großen Zügen und wurde etwas ruhiger. Ich beschrieb meiner Ärztin das Spionagetalent von Bärbel Senkel. Wie sie in der Rolle der überaus besorgten Mutter die Sekretärin meiner Grund- und Hauptschule in Kreuzberg eingewickelt haben könnte. Als ich in der Klinik lag und sie mich am Telefon nicht mehr erreichte – so stellte ich es mir vor –, hatte sie nicht locker gelassen, bis die Schulsekretärin meinen Aufenthaltsort ermittelte und ihn preisgab.

Dr. Benson stand auf, um eine neue Flasche Wasser zu holen. Als sie zurückkam, sagte sie: »Während Ihres Aufenthalts hier hat mich eine Frau angerufen und nach Sonja Senkel gefragt. Sie behauptete, sie wäre eine Schwester der Mutter, die aus Sorge um ihre Tochter ein schweres Beruhigungsmittel bekommen habe. Es wäre für ihre Schwester eine Entlastung ... et cetera, et cetera. Es war nur ein kurzes Gespräch, weil bei mir sofort die Alarmglocken klingelten.«

Ich nickte langsam.

»Meine Mutter«, sagte ich, »ist die zäheste Person auf Erden.

Sie wird so lange in der Klinik herumtelefoniert haben, bis irgendwann das Stichwort Suchtstation fiel.«

Ich wiederholte noch einmal, warum mein Entschluss, den Kontakt zu Bärbel abzubrechen, feststand.

Dr. Benson trank einen Schluck Wasser, bevor sie sagte: »Sie überraschen mich, Sonja. Patienten äußern oft den Wunsch, die Mutter zu ermorden, was ja dem Wunsch nach dem Ende der Beziehung gleichkommt. Aber der gesellschaftlichen Übereinkunft zufolge ist ein Bruch mit der Mutter das größte Tabu. Es existiert nicht mal einen Begriff dafür, im Gegensatz zu Scheidung zum Beispiel. Die meisten meiner Kollegen halten nichts von einem Kontaktabbruch. Psychoanalytiker werten ihn gar als ein völlig unreifes Verhalten, das den Schritt hin zu einer erwachsenen Persönlichkeit verhindert.«

»Sie sind also dagegen, Doktor …«

»Im Gegenteil. Ich finde Ihren Entschluss klug und folgerichtig. Ihre Mutter wird nicht aufhören, Ihnen schaden zu wollen. Was Sie gesagt haben, Sonja, klingt realistisch und konstruktiv.«

Erstaunt sah ich sie an. »Aus Ihrer Sicht also keine negativen Folgen?«

»Mit dem, was ich vorausschickte, wollte ich Sie auf den gesellschaftlichen Gegenwind vorbereiten. Was Sie tun, ist ein schwerwiegender Tabubruch. Nur in Ausnahmefällen, zu denen ich unsere Situation hier zähle, wird man Ihnen Verständnis entgegenbringen. Ich rate Ihnen aber davon ab, in den Gruppen darüber zu reden. Dort könnte man über Sie herfallen. Also Vorsicht, wem Sie was erzählen.«

Ich nickte etwas beklommen, und dann folgte eine lange Pause. Ich fragte mich, ob Dr. Benson meinen Brief rechtzeitig bekommen hatte. Ob sie den Text überhaupt gelesen hatte. Ob sie meine Post als aufdringlich empfand. Ich wollte schon sagen, dass ich Verständnis hätte, wenn sie den Text irgendwann oder gar nicht las. Aber Dr. Benson kam mir zuvor.

»Ihren Bericht habe ich gelesen. Sie müssen auf einem guten Weg sein, Sonja. So viel Inhalt auf so wenigen Seiten habe ich noch nie von einer Ex-Patientin bekommen. Ich weiß nicht, ob Ihnen klar ist, wie extrem sich Ihr Aufwachsen von dem anderer Menschen unterscheidet.«

»Woher soll ich das wissen, Doktor? Über so etwas schweigen die Leute doch, oder? Mich würde interessieren, wie Sie darauf kommen.«

Ruhig füllte sie unsere beiden Wassergläser nach, bevor sie antwortete: »Weil mir nach dem Lesen durch den Kopf ging, was ich über junge US-Veteranen weiß, die im Vietnamkrieg in Gefangenschaft gerieten. Haben Sie schon einmal vom Hoa-Lo-Gefängnis in Hanoi gehört? Oder den Winter Soldiers? Es gibt Aussagen zu gezielt sadistischen Folterungen. Und diese Soldaten waren immerhin schon zwanzig Jahre alt, und nicht erst vier wie Sie, Sonja.«

Ich nickte. Ja, Hoa-Lo sagte mir etwas. »Heißt das, Bärbel Senkel ist eine Verbrecherin, oder ist sie krank?«

»Wahrscheinlich beides. Ihre Mutter ist Sadistin, und Sadismus ist ein psychiatrisches Krankheitsbild. Was mir dazu noch einfällt: Nach Kriegsende wurden in Polen eine ganze Reihe KZ-Aufseherinnen zum Tod verurteilt und gehängt. Am schlimmsten waren wohl die Kapos, kriminelle Mitgefangene, deren Sadismus der SS aufgefallen war und die sie sich deshalb zunutze machen konnten, um den Terror in den Lagern auf hohem Niveau zu halten.«

Meine Ärztin hob ihre Hände über den Kopf und streckte die Arme. Sie sagte, sie sei reif für einen Kaffee, ob es auch mir so gehe. Als ich nickte, bat sie um etwas Geduld, die Kaffeemaschine in der Stationsküche sei eine alte Lady, und ging hinaus. Ich stand auf und öffnete das Fenster. Mir war schwindelig und ein bisschen übel.

Wenig später kam Angela Benson mit einer Kanne und zwei Tassen zurück in ihr Büro.

»Was mich noch interessiert: Wie haben Ihr Vater oder Ihr Bruder denn auf die Prügelfolter reagiert?«

»Gar nicht.«

»Wussten sie davon?«

»Davon gehe ich doch aus.«

»Wer war sonst noch im Haus, wenn Ihre Mutter Sie in den Keller schickte?«

Darüber hatte ich noch nie nachgedacht. »Ich glaube, niemand«, sagte ich nach einer Weile. »Ich war wohl mit ihr allein. Es geschah, wenn mein Bruder noch in der Schule war.«

Kurz bevor wir uns verabschiedeten, fragte mich meine Ärztin: »Werden Sie Ihrer Mutter einen Brief schreiben?«

»Am liebsten würde ich es ihr ins Gesicht sagen.«

»In diesem Fall müssen Sie wissen: Sie werden Bärbel Senkel durch nichts überraschen können, selbst dann nicht, wenn Sie unangemeldet bei ihr auftauchen. Sadisten gehen planvoll vor. Sadisten überlassen nichts dem Zufall.«

Berlin, 25. August 1977

Bärbel Senkel,

mit Mutter will ich Dich nicht mehr anreden. Du hast Dir mit Deinen Verleumdungen ein Eigentor geschossen. Sei Dir gewiss, ich werde Dich verklagen, solltest Du weitere Lügen über mich verbreiten, um meinen Ruf als Lehrerin zu ruinieren.

Ich danke Dir für mein Leben, und nur dafür. Was ich sonst noch brauchte, habe ich mir

von anderen Menschen geholt. Ich werde mich
nicht mehr bei Dir melden. Das ist keine
Funkstille. Ich breche den Kontakt mit Dir
endgültig ab.
Du hast mir lange genug geschadet.
Sonja

Bärbel Senkel reagierte nicht auf meinen Brief und auch nicht
auf den des Anwalts. In den Wochen nach dem Bruch verfolgte
mich die Angst vor der Rache meiner hinterhältigen Mutter.
Ich stellte mir nichts Konkretes vor. Das ging auch gar nicht,
denn verglichen mit ihrem Einfallsreichtum mangelte es mir
an Fantasie. Doch Bärbel ließ mich in Ruhe. Sie war wohl auch
der Meinung, wir beide hätten ein für alle Mal genug voneinander.

*DREI*

*Senkel.* Das Klingelschild ist kaum zu erkennen. Rolf wohnt in einer Graffiti-Straße. Die Spraydosen-Junkies haben hier gründlich gearbeitet. Wer dabei zu spät kam, stelle ich mir vor, hat aus Frust seine Spuren auf den einzigen noch freien Flächen hinterlassen, den Eingangstüren. Die Graffiti in dieser Umgebung lenken davon ab, wie heruntergekommen die Wohnhäuser sind. An Rolfs Haus wurden wegen der drohenden Gefahr für Leib und Leben schon zwei Balkone amputiert. Aber die Klingelanlage ist neu, sie funktioniert. Mein Bruder wohnt unter dem Dach in der fünften Etage. Zum Glück ist meine Reisetasche leicht und meine Kondition gut.

Rolf erwartet mich in der Tür. Trotz des frühen Morgens ist es hier oben schon wieder viel zu warm. Ich halte ihm zur Begrüßung eine Tüte mit Brötchen hin, die mir der Bäcker am Anfang der Straße als »Schrippen« verkauft hat. Rolf lächelt etwas verkrampft. »Komm rein, Sonja.« Er schaut auf die Armbanduhr. »Wie pünktlich du bist. Ich hoffe, es hat dir nichts ausgemacht, so zeitig aufzustehen.«

»Ach was«, sage ich. »Als Lehrerin entwickelt man Gewohnheiten, die wird man nicht wieder los. Selbst dann nicht, wenn man dem Schulstress entkommen ist.«

Mein Bruder ist blasser als bei unserem letzten Treffen, er wirkt erschöpft, als er mir mit einer Geste den Vortritt lässt. Ich betrete einen Raum mit typischem DDR-Flair. Weil ich das Ambiente nur aus Film und Fernsehen kenne, ist mein erster

Eindruck der einer Kulisse. Ich bewege mich in einem engen Wohn- und Esszimmer, mit einer Schrankwand auf der gesamten Längsseite, gegenüber eine großzügig gepolsterte Sitzgarnitur. Das Hellgrün der Couch und der zwei Sessel erschlägt eine großgemusterte, beige-graue Tapete. Die Möbel stammen aus dem Katalog der für Plattenbauten normierten Wohnungseinrichtungen. Als ich mit meinen Händen Material und Verarbeitung prüfe, bin ich überrascht von der Qualität. In meiner Vorstellung können Möbel der Massenfabrikation nicht sonderlich haltbar sein.

»Ein Kontrastprogramm zu Ikea«, sage ich, als ich mich an den Frühstückstisch setze. »Das hier kann man guten Gewissens vererben. In zwanzig Jahren sind die Möbel Museumsstücke.«

Mein Bruder kann mir nicht folgen. »Was meinst du damit?«

»Na, wie ich es sage. Ich sehe hier eine hochwertige, durchkomponierte Einrichtungskultur, die, weil es die DDR nicht mehr gibt, auch nicht mehr lange überleben wird. Dann sind deine Möbel Geschichte und wandern ins Museum. Und sie werden Kult.«

Rolf zuckt mit den Schultern. »Mag sein, dass die Ostdeutschen sie leid sind und deshalb die Miete so günstig ist.«

Er hat einen Tagesvorrat Brötchen aufgeschnitten und nur dünn mit Butter bestrichen. »Wegen der Hitze«, erläutert er mir. Er kommt mir vor wie jemand, der keinen Fehler machen möchte. Nachdem er einige Brötchen mit Käse und rohem Schinken belegt hat, steckt er sie zurück in die Tüte und verstaut sie im Rucksack neben seinem Stuhl. Gelegentlich hört man durch das zur Straße hin geöffnete Fenster einen Lkw. Das Schweigen beim Essen erinnert mich an die Situation nach Rolfs und Ninas Ankunft in meiner Ferienbehausung an der

Ostsee. Vier Monate sind seitdem vergangen. Und seit gestern hat Berlin mich wieder. Ich bin noch etwas benommen vom Krach und Gewusel auf Straßen und Bahnsteigen.

Rolf scheint meine Gedanken erraten zu haben. »Wie schaffst du es eigentlich, nicht durchzudrehen nach deinem Umzug von der Stille in den Großstadtlärm?«

»Also, einen Umzug würde ich es nicht nennen. Berlin ist nur eine Zwischenstation. Aber was ist mit dir? Ist das hier der Anfang deines Abschieds von Wassenhorst?«

Rolf nennt es ein Provisorium. Dann kommt er auf Nina zu sprechen. Die kann und will nicht zurück an ihr altes Gymnasium. »Was sie jetzt braucht, ist ein Anker. Zurzeit geht sie in Eberswalde zur Schule und wohnt bei ihren Großeltern. Zum Boxen fährt sie nach Berlin. Ich finde immer noch, dass sie auf ein Westberliner Gymnasium gehört. Warten wir ab bis zu den Sommerferien, bis zum Ende des Schuljahrs.«

Er sieht wieder auf die Uhr. »Halb neun. Lass uns starten.«

Ich muss lachen. »Jawohl, Herr Leutnant. Die Bundeswehr hat aus dir einen planvollen Bürger gemacht. Was ich dich noch fragen wollte: Warum fährst du nicht mit der Bahn nach Wassenhorst?«

»Beim Bully ist wieder eine Inspektion fällig. Die macht schon immer ein alter Kumpel,« sagt Rolf, während er eine Fleecejacke in den Rucksack packt.

Radfahren verlernt man nicht. Fahren mit Zwischengas auch nicht. Ich trage meine randlose Gleitsichtbrille, die bei den Kurzstrecken an der Ostsee nicht zum Einsatz kam. Rolf ist angespannt, bis er merkt, dass er sich um das Bully-Getriebe keine Sorgen machen muss. »Mich wundert nur, dass dich die Jungs auf dem Weg nach Indien ans Steuer gelassen haben«, sagt er. »Ich meine, Anfang der Siebziger, da mussten die Mädchen im Auto noch hinten sitzen. Und wie selten haben sie sich dagegen gewehrt, nicht einmal bei Zweitürern.«

Ich erinnere mich. Am Anfang der Reise gab es tatsächlich Widerstand. Es hieß, Frauen seien ein Risiko für das Getriebe. Sie würden das feinfühlige Spiel zwischen Kupplung und Gas beim Runterschalten nie kapieren. »Kein Wunder«, hatte Karl entgegnet, »das kommt daher, dass sie es nie üben dürfen.« Als Besitzer des VW-Busses hatte er sich durchgesetzt. »Karl meinte, wir sind eine Crew«, sage ich zu Rolf, »und bei Bedarf muss jeder für jeden einspringen. Daher musste jeder von uns in der Lage sein, problemlos mit Zwischengas zu fahren. Das bedeutete natürlich auch, dass die Männer kochen und Geschirr spülen mussten.«

Rolf pfeift anerkennend durch die Zähne. »Schlau von Karl. Hätte ich nicht gedacht. Ich habe ihn immer für einen Konventionellen gehalten. Wie gefährlich war denn die Reise?«

»Sie war eher frustrierend, vor allem bei den Grenzkontrollen. Unsere Kasse war nicht so voll, dass wir mit größeren Summen bestechen konnten. Aber vor den Hunden in Afghanistan, in den Bergen, mussten wir uns in Acht nehmen. Einmal, als ich mich an einem Bach waschen wollte, kamen zwei Riesenviecher. Ich glaube, die hätten mich zerfetzt. Aber einer von uns hat den Eimer mit Frühstücksgeschirr über sie ausgekippt. Da sind sie davongelaufen. Danach konnten wir die Hunde fernhalten, mit Steinen, die in Konservendosen klapperten.«

»Ach ja«, sagt Rolf. »Kenne ich aus Kanada. Das hilft auch gegen Braunbären.«

Wir kommen wegen Anlieferungsverkehr und Müllabfuhr nur im Schneckentempo vorwärts. Als ich Rolf von der Seite anschaue, mache ich eine Entdeckung. Sein Gesicht ist faltenreicher, als ich es ohne Brille sah. Auch mein Bruder ist älter geworden. Wie tröstlich.

In Ostberlin kenne ich mich nicht aus. Ich wähle die Route stadtauswärts nach Gefühl. Ich möchte einen Lieblingsplatz von Karl und mir wiedersehen, fünfzig Kilometer von Berlin entfernt und, wie sollte es anders sein, in Brandenburg, an einem Seeufer gelegen. Dort sind wir nicht gesegelt. Dort haben wir Wildlife genossen, allerdings nur einen Sommer lang. Als die Neonazis kamen, wurde es ungemütlich. Ich bin gespannt, was aus unserem Lieblingsplatz geworden ist.

Irgendwann stehen wir im Stau, und ich stelle fest, dass wir uns wieder auf dem Weg stadteinwärts befinden. Wir haben uns verfahren, aber gründlich. Mit vierzig Minuten Verspätung rollen wir schließlich über eine schmale Dorfstraße, an die ich mich dunkel erinnere.

»Hoffentlich kriegen wir dort, wo du mich hinführst, keinen Ärger«, sagt Rolf.

Ich halte an einer Kreuzung. Danach geht es weiter geradeaus. »Das habe ich mich auch schon gefragt. Wie waren denn eure Erfahrungen bei den Ausflügen in den Osten?«

»Sagen wir mal so: Wir konnten etliche Stinkefinger einsammeln.« ̣

Er hat noch nicht ausgesprochen, als ein kleiner Junge vor uns auf die Straße läuft und schreit: »Haut ab! Westschweine!« Ich halte an. Das mit dem Stinkefinger muss er noch üben. Rolf und ich biegen uns vor Lachen.

»Spaß beiseite«, sagt mein Bruder. »Sie hassen uns.«

»Stimmt. Weißt du, woran ich gerade denke?«

»Sag es mir, Schwester.«

»Karl und ich haben in Lissabon noch in der Nacht des Mauerfalls das I Ging befragt.«

»Was ist das denn?«

»Ein Orakel. Eins der ältesten chinesischen Weisheitsbücher. Es nennt sich *I Ging – Das Buch der Wandlungen*.

»Klingt interessant, erzähl mal.«

Ich halte einen kleinen Vortrag. Im alten China diente das Buch als Staatsorakel. Es funktioniert nach dem Prinzip des Zufalls. Man stellt eine wichtige Frage, und das Orakel antwortet. Bei platten Fragen, auf die es nur die Antworten Ja oder Nein gibt, verweigert es sich allerdings. Genau das faszinierte Karl und mich, weil wir uns viel mit dem systemischen Denken beschäftigten, zum Beispiel wenn es darum ging, das Fortschreiten von Umweltschäden zu begreifen. Viele Menschen aus der Generation unserer Eltern, aber auch Jüngere, kennen nur das kausale Denken, abgeleitet aus der Welt der Mechanik. Das macht es ihnen leicht, immer weiterzumachen und eine von Menschen verursachte Klimaerwärmung als Unfug abzutun.

Carl Gustav Jung nutzte das I Ging zur Erforschung des Unbewussten, und er beschäftigte sich mit dem Phänomen Zufall. Er schrieb dazu: *Die Wissenschaft des I Ging beruht nämlich nicht auf dem Kausalprinzip, sondern auf einem bisher nicht benannten – weil bei uns nicht vorkommenden – Prinzip, das ich versuchsweise als synchronistisches Prinzip bezeichnet habe.* So steht es im Nachruf auf seinen Freund Richard Wilhelm, ein Missionar in China, der Übersetzer des I Ging.

»Und? Was kam bei euch 1989 raus?«, fragt Rolf.

»Das letzte von vierundsechzig Hexagrammen. Es trägt den Namen ›Vor der Vollendung‹. Ich habe es mir noch oft angeschaut und mir die Worte eingeprägt. Sie klingen ziemlich orakelhaft. Willst du sie hören?«

»Nur zu. Ich lausche.«

»Das Orakel sagt: *Das Feuer ist oberhalb des Wassers: das Bild des Zustands vor dem Übergang. So ist der Edle vorsichtig in der Unterscheidung der Dinge, damit jedes auf seinen Platz kommt.*«

Hinter uns hupt es. Wir stehen noch immer mitten auf der Straße.

Ich fahre rechts ran und warte, bis uns ein Kombi mit Pad-delboot auf dem Dach überholt hat. Im Seitenspiegel sehe ich eine lange Schlange. Der Verkehr hat deutlich zugenommen.

Als wir weiterfahren, fragt Rolf: »Und wer ist ›der Edle‹?«

»Man kann ihn den verantwortlichen Entscheidungsträger nennen, der Staatsmann, der sein Land mit Bedacht und voraus-schauend führt. Sein Gegenpol ist ›der Gemeine‹. Das könnte ein Politiker sein, für den die schnelle Lösung die beste ist. So jemand ist für einen behutsamen Übergang in einer noch nie da gewesenen gesellschaftlichen Konstellation untauglich. Der Gemeine selbst sieht das natürlich anders. Er ist der effiziente Manager des Übergangs. Es ist seine Sache nicht, einen neuen Impuls wachsen zu lassen mit dem Risiko, dass er in eine Sack-gasse führt und man sich etwas anderes überlegen muss.«

»Was ist so neu daran?«, hält Rolf dagegen. »Darum geht es doch immer in Demokratien.«

»Richtig. Vorausgesetzt, sie funktionieren.«

»Steht da sonst noch was?«, fragt er.

Ich zitiere aus einem gut funktionierenden Gedächtnis, das ich meiner Zeit als Lehrerin verdanke: »*Vor der Vollendung. Ge-lingen. Wenn aber der kleine Fuchs, wenn er beinahe den Übergang vollendet hat, mit dem Schwanz ins Wasser kommt, dann ist nichts, was fördernd wäre.*«

»Putzige Sprache«, wirft Rolf ein.

Ich lasse mich nicht irritieren. »Gemeint ist ein junges Tier ohne Erfahrung, das nicht weiß, wie man die Tragfähigkeit einer Eisfläche einschätzt. Wenn ein alter Fuchs übers Eis geht, achtet er genau auf die Spannungsgeräusche der Oberfläche. Sie sagen ihm, welche Stellen er meiden muss und welche si-cher sind. Er ist rechtzeitig vorgewarnt und ändert den Kurs. Ein junger Fuchs, der diese Vorsicht noch nicht kennt, geht einfach drauf los und bricht ein.«

Rolf hält mir einen Becher mit Tee hin. »Wir sollten auf den kleinen Fuchs anstoßen und hoffen, dass alles gut wird.«

»Gern später«, sage ich. »Ich kopiere nicht die Männer, die einhändig ihren Wagen steuern.«

Ich will das Thema beenden. Ich muss mich konzentrieren. Eigentlich müsste es hier links abgehen. Oder rechts? Beim Runterschalten kracht es im Getriebe. Die Kupplung kam zu spät.

»Sorry, Rolf. Hier ist nichts mehr, wie es einmal war. Es verwirrt mich total.«

Mein Bruder stöhnt. »Ach, Schwester. Ich glaube, deine seltsame Lektüre hat dich verwirrt. Weißt du, woran mich dein Umgang mit dem klugen Buch erinnert?«

Ich bin genervt und schüttele nur den Kopf.

»Ich sehe das kleine Mädchen vor mir, das darauf besteht, Luft sei sichtbar. Luft bestehe aus Blasen, großen und kleinen. Weißt du, bei jemandem wie mir geht es um Fakten, Fakten, Fakten. Jemand wie du könnte sich auf einen fliegenden Teppich setzen, und ab geht's. Es macht mich ein wenig neidisch, mein Ernst.«

Rolfs herzliches Lachen ist wieder da. Schwer zu glauben, dass er eine Leidenszeit durchmacht.

»Bitte, Sonja, sei ein schlauer Fuchs, und versuche nicht, den Ostdeutschen mit deinem Orakel zu kommen. Sie könnten denken, wir im Westen halten die im Osten für lauter kleine dumme Füchse, die so schnell wie möglich auf die andere Seite kommen wollten.«

»Keine Sorge, Rolf, ich bin doch nicht blöd. Ich meine nur: Damit zusammenwachsen kann, was zusammengehört, hätte auf der Prioritätenliste die Pflege des gegenseitigen Vertrauens ganz oben stehen müssen. Stattdessen sollte allein die Ökonomie es richten. Die Menschen der DDR konnten sich ja nicht vorstellen, dass bei einer Vereinigung der Raubtierkapitalismus zum Zug kommen würde.«

Mein Bruder stöhnt erneut auf, er will etwas sagen, aber erregt, wie ich bin, lasse ich es nicht zu. »Die Bewohner des Ostens wurden gedemütigt, teilweise sehr tief. Wann werden sie sich davon erholt haben? Ob sie dem Westen jemals vertrauen? Ich weiß es nicht. Offensichtlich lebten ja auf der westlichen Seite mindestens so viele kleine dumme Füchse. Der Unterschied war: Sie mussten nichts aufgeben, sie hatten nichts zu verlieren. Ihre Strategie war, tief in die eigene Tasche zu greifen und das Geld nach drüben zu schicken, ohne selbst ein Risiko einzugehen.«

Rolf meint, meine Aussagen seien ihm zu simpel. Man müsse das Ganze viel differenzierter sehen. Ich hätte eine ganze Reihe Faktoren übersehen.

Ich atme tief durch, um sachlich zu bleiben. »Apropos Fakten«, sage ich. »In deinem Bericht über Mutter steht, sie hätte keinen Eid auf den Führer geleistet. Stimmt nicht, Bruder. Hat sie doch.«

»Wo hast du das her?«, fragt er überrascht.

»Von Angela.«

»Wer ist Angela?«

»Meine beste Freundin, gut zu erkennen an ihrem weißen Afro. Mir schien, du hast dich mit ihr auf Karls Beerdigung gut unterhalten.«

»Ach ja. Ihren Namen habe ich vergessen. Aber woher weiß sie, welchen Eid Mutter geschworen hat?«

»Angela Benson hat zwei Doktortitel aus den USA mitgebracht. Den ersten in Neurologie, den zweiten in Medizingeschichte. Schwerpunkt: deutsche Medizingeschichte. Auch hier müsste ich etwas ausholen.«

»Tu das. Bitte.«

»Bärbel war an einem Krankenhaus des DRK. Sagt dir der Name Ernst-Robert Grawitz etwas?«

Rolf kennt ihn nicht.

»Also: Er war der Geschäftsführer des Roten Kreuzes und bei der SS. Als Reichsarzt SS war sein direkter Vorgesetzter Heinrich Himmler. Grawitz hat die gesamte DRK-Führungsspitze durch SS-Männer ausgewechselt, um die sogenannte Volksgesundheit der Nazis durchzusetzen. Er war mitverantwortlich für Massenmorde an Behinderten und medizinischen Experimenten an Gefangenen. Wie alle Pflegekräfte gehörte Bärbel den sogenannten NS-Schwestern an, die bei der Aufnahme einen Eid ablegten. Und der lautete: ›*Ich schwöre meinem Führer Adolf Hitler unverbrüchliche Treue und Gehorsam.*‹ Und weißt du, was?« Ich sehe kurz aus dem Augenwinkel herüber. Er regt sich nicht. »Im Gesetz zur Ordnung der Krankenpflege von 1938 steht über die Schwerpunkte der Schwesternausbildung erstens: weltanschauliche Schulung, zweitens: Erb- und Rassenkunde, drittens: Erb- und Rassenpflege und viertens: Bevölkerungspolitik. Das hat Bärbel alles mit auf den Weg bekommen.«

Rolf sagt lange nichts mehr. Am Straßenrand entdecke ich einen Mann mit Grill, vor ihm ein Pappschild: *Thüringer Würstchen*. Ich parke unter einem Baum neben einer Sitzbank, vertrete mir die Beine und dehne meine Arme über dem Kopf. Die Autositze mit Nackenstützen sind weit jünger als der Bully, aber unbequem. Rolf sagt, er habe einen gut gefüllten Rucksack dabei.

»Prima. Ich auch«, entgegne ich, »aber keine heißen Thüringer. Die habe ich seit einer Ewigkeit nicht mehr gegessen. Komm. Es gibt ein zweites Frühstück.«

Er holt seine übergroße Thermoskanne und zwei Becher aus dem Wagen.

»Deine Ordnung ist bemerkenswert, Bruder. Ein Griff in den Bully, und du hast, was du brauchst. Weißt du, womit ich Bärbel am meisten auf die Palme bringen konnte?«

»Nein.«

»Mit meiner Unordnung. Genauer: mit den Wollmäusen.« Ich muss grinsen. »Als du zur Bundeswehr gegangen bist, bin ich doch in dein Zimmer gezogen. Bärbel meinte, ich müsse es selbst in Ordnung halten, und untersagte der Putzfrau, es zu betreten. Und ich habe keinen Finger gerührt. Aber irgendwann fingen die Wollmäuse an zu wandern. Sie erreichten den Flur und dann das Treppenhaus und verfingen sich im Teppichboden der Stufen. Ab da wurde mein Zimmer wieder geputzt. Ein voller Sieg.«

Mein Bruder lacht auf. »Mutter und ihre Prinzipien.«

Wir sitzen auf der Bank und genießen Bratwürstchen mit Senf. Danach dämmere ich ein wenig vor mich hin und lasse die Gedanken fliegen. Sie landen im Gestern, nachdem Angela und ich uns im Kino *Good Bye, Lenin* angesehen haben.

Ich packte die Reisetasche für meinen Ausflug mit Rolf. In einer Seitentasche verstaute ich Rolfs Brief zu Gabriel Grossmann, falls er noch mal über diese lange, komplizierte Geschichte reden möchte. Dann fiel mir noch ein, dass alte Familienfotos hilfreich sein könnten.

Bei der Suche stellte ich die ganze Wohnung auf den Kopf. Selbst in der Schublade mit den Urlaubsfotos schaute ich nach, obwohl die wegen Unverträglichkeit keinen Kontakt zur Familie haben sollten. Etwas zu suchen gehört nicht zu meinen Stärken. Es geschieht unkonzentriert und schuldbewusst, weil eben nicht jedes Ding seinen angestammten Platz hat. Ich bin bis heute nicht ordentlich. Allein der Begriff »angestammter Platz« ist mir zuwider. Er klingt nach »Vater sitzt vor Kopf« oder »Wäschestücke in die Wäschekiste« oder »Rohrstock auf

der Kommode«. Man ließ nicht irgendetwas irgendwo herum-
liegen im Haus am Meisenweg 47. Jedes Ding verlangte nach
seinem angestammten Platz, damit es nie einen Grund gab,
dass sich in meiner langweiligen Familie etwas änderte.

Die Familienfotos entdeckte ich schließlich doch in der
Schublade, in einem Umschlag zwischen einem Stapel Segel-
fotos.

Seit meiner Kindheit kenne ich die Sehnsucht, meinem Elternhaus zu entfliehen. Wir hatten keine Verwandten. Bei uns
klingelte an den Sonntagen kein Besuch an der Haustür. Nur
aus dem Schlafzimmer der Eltern kamen komische Geräusche.
Bei uns geschah nichts, was man nicht schon kannte. Für meine
Eltern musste alles nach Plan laufen. Sie mochten keine Überraschungen. Ich war lange Zeit fest davon überzeugt, sie hätten
noch nie etwas Außergewöhnliches erlebt und wollten, dass es
so bleibt.

Alles nach Plan bedeutete für meine Eltern, nichts durfte
schiefgehen. Passierte es uns Kindern, waren wir selbst schuld.
Selbst an Erkältungen war ich schuld. Dabei verdankte ich die
nassen Füße meiner Mutter. Sie fand Gummistiefel »blitzordi-
när«, aber wasserdichte Schuhe waren ihr zu teuer. »Kinderfüße
wachsen so schnell …« Gute Schuhe waren in den Fünfziger-
jahren tatsächlich Luxusartikel. Allerdings gehörten wir nicht
zu den armen Leuten. Rolf und ich durften keinen Meter vom
vorgeschriebenen Weg abweichen, und früh wurde uns einge-
bläut, wir hätten einen Wertekatalog an die kommende Generation weiterzugeben, entstammten wir doch einer bedeutenden
Familie. Dabei wussten wir fast nichts über unsere Großeltern,
von anderen Vorfahren ganz zu schweigen. Vaters Eltern waren
schon tot, Mutter hatte mit ihren Eltern gebrochen.

Ich schrecke hoch. Rolf hat mich angestoßen und sich sofort entschuldigt.

»Was gibt's?«, frage ich.

»Was gab's?«, korrigiert er mich. »Du warst wieder auf deinem fliegenden Teppich.«

Er reicht mir eine Flasche Mineralwasser. Ich nehme einen tiefen Schluck, um den Nachgeschmack der Thüringer loszuwerden, damit er mir nicht den feinen Kräutertee verdirbt.

Neben dem Grill steht ein Stuhl, darauf ein Kofferradio. Es läuft Schlagermusik, Werbung, Nachrichten, der Wetterbericht. Wir schweigen auf unserem Platz im Schatten. Der Moderator plaudert, als höre er sich selbst nicht zu. Egal, auch ich höre ihm nicht zu. Allein seine Stimme entspannt. Es ist die eines zufriedenen älteren Herrn, der sich das Recht nimmt, sich nicht mehr anzustrengen.

Zurück im Bully sind Rolf und ich träge und maulfaul. Nach einer Weile frage ich ihn, ob der Bus eigentlich einen Namen hat, und er antwortet »Bully«.

Das Schönste in den wenig einladenden Ortschaften, die wir passieren, sind die blühenden Gärten im Frühsommer. Auf einer neuen Schnellstraße nimmt mich der Lastwagenverkehr in Anspruch. Ich bin es nicht gewohnt, überholt zu werden. Stress bekommt mir nicht. Zwischengas strengt mich an. Wenn es so weitergeht, fange ich wieder an zu rauchen. Eigentlich müsste ich die Richtung zu unserem Traumplatz am See kennen. Heute früh habe ich mir auf einer Autokarte ein paar Namen eingeprägt, aber sie helfen nicht weiter. Die Karte ist älter als die Wiedervereinigung. Wegen der Zusammenschlüsse zu neuen Großgemeinden sind die Namen von kleinen Ortschaften auf den Hinweisschildern oft unauffällig und leicht zu übersehen.

»Alles hat sich verändert, ich erkenne nichts wieder«, sage ich und seufze. »Ich habe keine Ahnung, wo wir hinmüssen.«

»Hast du denn überhaupt nicht mitgekriegt, wie rasant sich hier alles verändert hat?«, fragt Rolf. »Ich meine, ihr seid doch gesegelt. Dafür müsst ihr doch ständig in Brandenburg gewesen sein.«

»Unser Revier war der Tegeler See. In den Kurzferien haben wir manchmal den Katamaran auf unseren Trailer gepackt und sind hoch zur Müritz gefahren. Das waren aber Ausnahmen. Rückblickend würde ich sagen: Wir haben den Osten unbewusst gemieden, aus schlechtem Gewissen, das sich meldete, weil wir aus dem Westen sind. Es nutzt nichts, wenn du politisch mit den Ostdeutschen solidarisch bist und dich nicht öffentlich empörst.«

Ich verstumme und überlasse mich meinen Gedanken. Welchen Ostdeutschen hätte unser schlechtes Gewissen interessiert? Bedauerlich finde ich aber, dass Karl und ich vor 1989 keine ostdeutschen Freunde hatten. An meiner Schule gab es keine Kontakte mit Kollegen von der anderen Seite der Mauer. Wie es bei Karl in der Klinik war, weiß ich nicht. Jedenfalls haben sich keine Freundschaften entwickelt. In anderen Branchen ist es wohl anders gewesen, in der Kultur, in der Musik, im Journalismus.

»Segeln muss schön sein«, höre ich meinen Bruder sagen. »Meinst du, ich könnte das in meinem Alter noch lernen?«

»Kommt darauf an, wie viel Arthrose du im Körper hast. Katamaransegeln bei einem flotten Wind, dabei ins Trapez steigen und wieder zurück aufs Boot, erfordert eine gewisse Gelenkigkeit. Andernfalls tut es einfach nur weh.«

Wir sind bald drei Stunden unterwegs, ob östlich oder südlich von Berlin, weiß ich nicht. Ich fahre auf einen Parkplatz.

»Sind wir endlich da?« fragt Rolf.

»Nein. Ich gebe auf.«

»Aufgeben kommt nicht infrage«, sagt er. »Wir suchen uns

etwas anderes. Ich habe gelesen, in Brandenburg gibt es dreitausend Seen. Ein alter Camper ist auch ein alter Pfadfin-
der.«

»Na, dann mach mal«, sage ich skeptisch. Ohne jeden An-
haltspunkt ein idyllisches Plätzchen zu suchen, kann elend
frustrierend ausgehen. Mein Bruder würde nach einer Kombination von vertrauenswürdigen Fakten Ausschau halten. Aber
ich denke, in unserer Situation sollte man besser alles dem Zufall überlassen, man sollte nicht suchen, sondern finden.

Ich starte den Bully wieder und fahre an. Aber Rolf kommt
mit seiner strategischen Suche nicht weiter, und so stoppe ich
an der nächsten Tankstelle. Ein freundlicher Mann beschreibt
uns einen Weg, der an der Großbaustelle eines Industrieparks
endet. Der Kassierer der zweiten Tankstelle schwärmt von
einem »kleinen Paradies«, das allerding zwanzig Kilometer entfernt ist und sich als Mülldeponie entpuppt.

»Was machen wir jetzt?«, fragt mein Bruder.

»Wir kurven hier durch Jennys Heimat. Vielleicht kannst du
sie anrufen?«

»Jenny? Sie würde mich auf den Mond schießen!«

Ratlos schweigend schauen wir durch die Windschutzscheibe auf die Reihe von Containern, sorgfältig getrennt nach
Plastik, Papier, Glas.

»Mir ist heiß, und ich habe Hunger«, sagt Rolf.

»Ich auch. Wie wäre es mit dem nächsten Campingplatz?
Noch sind keine Schulferien, und es ist unter der Woche. Das
lässt hoffen.«

Mein Bruder sagt, ich solle die Richtung aussuchen. Mit
einem Handtuch reibt er sich den Schweiß von Gesicht und
Nacken. »Ein April ohne Regen, ein heißer Mai und nun ein
heißer Juni.«

»Alles ändert sich, nur glaubt es keiner«, sage ich. »Gestern

Abend bin ich an einer Ecke mit einer Ratte zusammengestoßen, fast so groß wie eine Katze.«

»Ach Sonja, jetzt übertreibst du aber.«

»Nein, du hörst mir nicht richtig zu. ›Fast so groß‹, habe ich gesagt.«

Ich ändere die Richtung, um der direkten Sonne zu entgehen, die bei uns, den Geschwistern im Gegenlicht, einen gereizten Unterton auslöst. Zwanzig Minuten später bittet Rolf mich, rechts ranzufahren. Er geht um den Bully herum. Im Seitenspiegel sehe ich, wie er den linken Hinterreifen betastet und leicht dagegen tritt. Beim Einsteigen sagt er: »Die Sache ist entschieden. Wir haben ein Reifenproblem. Also dann: Auf geht's zum nächsten Campingplatz!«

Dass wir ausgerechnet eine Zufahrt zum Liepnitzsee nehmen, der Lieblingssee der Berliner, lässt einen weiteren Reinfall erahnen. Aber Rolf ist begeistert. »Vor ein paar Wochen war ich mit meinem Freund hier. Er wollte endlich mal mit Zwischengas fahren. Es war ein Feiertag und so voll, dass wir nicht bleiben konnten.«

Der Campingplatzvermieter hockt in seiner Holzhütte und grüßt uns, ohne aufzuschauen. Er hat eine weiße Stoppelfrisur und eine Zigarette hinter dem Ohr. »Moment noch. Ihr habt doch Zeit, oder?« Er stöhnt mehrmals auf, während er in der Gästeliste Felder ausradiert und sie neu füllt. Wir versinken in den Anblick einer türkisfarbenen Bucht, die durch eine schmale Holztreppe zu erreichen ist.

Der Campingwirt hinter uns ruft: »Hallo! Jetzt geht's weiter.« Da erkennt er den Bully und strahlt meinen Bruder an. Übergangslos verwickelt er ihn in ein Zwischengas-Gespräch. »Können wir nachher mal eine Runde machen? Dafür kriegst du auch den besten Stellplatz. Ruhig. Schattig. Direkt über dem See. Abgemacht?« Er klopft Rolf auf die Schulter.

Unser absonderlicher Ausflug findet ein gutes Ende. Rolf hat zwei Liegestühle aufgestellt. Unser Platz ist eine Nische am Rand eines Buchenwalds, mit einer Aussicht auf ein Stück See und eine breite Sandzufahrt zu den anderen Stellplätzen. Wir haben keine direkten Nachbarn. Unterhalb des Fahrwegs kommt man zum Wasser, wo ältere Leute an einem schmalen Strand mit ihren Enkeln spielen.

Anscheinend ist keine Zeit für ein gemütliches Picknick. Mein Bruder hat seine Badehose angezogen und leert eine Flasche Wasser. Sein Käsebrötchen isst er auf dem Weg zum Strand. »Warte nicht auf mich und mach dir keine Sorgen«, ruft er mir zu. »Es könnte länger dauern.« Mich ärgert, dass ich keinen Badeanzug dabei habe.

Nach einer Stunde ist Rolf wieder zurück. »Der See ist glasklar«, ruft er mir zu. »Wenn ich bis zum Hals im Wasser stehe, kann ich unten meine Füße sehen!«

Der Tee in der Thermoskanne ist immer noch heiß. Rolf hat gerade ein weiteres Brötchen aufgegessen, als der neue Campingfreund vor ihm steht. Er reibt sich vor Vorfreude die Hände. »Können wir? Hier ist gerade nicht viel los.«

»In einer Viertelstunde«, sagt Rolf. »Ich muss noch den linken Hinterreifen wechseln.«

»Geht in Ordnung. Machen wir zusammen. Danach ab zur Tankstelle. Da kannst du den schlaffen Ersatzreifen aufpumpen.«

Ich döse vor mich hin und genieße die Zeit für mich allein. Die leichte Brise, während die Sonne in Zeitlupe sinkt. Das entfernte Lachen und die Kinderstimmen am Strand. In der Buchennische duftet es nach Wald. Später, in der Dunkelheit, werde ich oben ohne ins Wasser steigen. Ich werde Rolf überzeugen, dass wir hier übernachten. Er kann sich in seine Hängematte legen. Nachts wird es kühl, aber er hat ja seinen

Schlafsack. Und wenn er sich weigert? Ich könnte die vier Zündkerzen ausbauen. Im Geiste sehe ich mich schon, wie ich hinten die Klappe vom Motorraum öffne, wie ich behutsam vier Zündkerzenkappen abziehe, wie ich dem Sack mit Werkzeug den Zündkerzenschlüssel entnehme und eine nach der anderen langsam herausdrehe. Viel gelernt auf der Indienreise.

Der Bully kommt angefahren, am Steuer der Campingchef. Er parkt parallel zum Sandweg. Er und Rolf steigen aus. Ihre Mitbringsel sind zwei gekühlte Bierdosen. »Ich habe noch zu tun. Prost, ihr beiden.« Beschwingt geht er in die Richtung seines Häuschens, wo neue Gäste warten.

Ein Bier lehne ich ab. Rolf trinkt aus der Dose. »Ich bin dafür, dass wir hier übernachten. Du im Bully, ich in der Hängematte. Was sagst du dazu?«

»Hey, du hast mir eine Idee geklaut. Ich habe schon eine Flasche Wein im Waldboden verbuddelt. Allerdings bin ich dagegen, dass wir ohne einen heilen zweiten Reifen nach Wassenhorst reisen.«

»Werden wir nicht. Zur Tankstelle gehört eine kleine Werkstatt. Morgen um zehn können wir den Reifen abholen.«

Ein halbes Dutzend ältere Männer in kurzen Hosen und kurzärmeligen Hemden nähert sich unserem Platz. Sie umrunden den Bully und fragen meinem Bruder Löcher in den Bauch. Er ist Aufsehen gewohnt und gibt gut gelaunt Auskunft. Es wird gefachsimpelt. Zwischengas im Vergleich von VW und Trabi. Es wird viel gelacht. Einer sagt: »Ihr hattet doch drüben die Hippiezeit. Ich sag ja, wenn so ein Bus Geschichten erzählen könnte …«

Zum Abendessen tragen wir Fleecejacken und lange Hosen. Die Flasche Wein rühren wir nicht an. Uns reichen Bier und Mineralwasser. Wir essen belegte Brote aus Frischhaltedosen, rohe Möhren, Tomaten und Bananen. Unser Proviant wird noch für das Frühstück reichen. Der beinahe längste Tag des Jahres verabschiedet sich. Wir sind in den Liegestühlen schläfrig geworden. Auf dem ganzen Platz wird es mit Rücksicht auf die schlafenden Kinder ruhig. Musik verstummt. Hier und da ein Windlicht oder eine wandernde Taschenlampe. Der Himmel über uns, fast frei vom Streulicht bewohnter Gebiete, hat seinen Reichtum entfaltet. Rolf kennt sich dort oben nicht aus. Ich zeige ihm die Krone und den Stern Vega. Als das Tierkreiszeichen Löwe an der Reihe ist, höre ich ihn leise schnarchen.

Für ein spätes Bad im See ist es mir zu kalt. Das Waschhäuschen mit Dusche und WC hat ein kleines, schwach erleuchtetes Fenster. Als ich zum Bully zurückkomme, hat mir Rolf ein Bett gemacht, mit Laken und Decken.

»Gute Nacht und schlaf gut, Schwester.«

»Du auch, Bruder. Schlaf gut.«

Am Morgen, beim Aufbruch, wird die Weinflasche im Wald vergessen. Den Reifen zu vergessen, wäre schlimmer, denke ich. An der Tankstelle wechselt Rolf die Reifen und verstaut den Ersatzreifen. Dann beginnt unsere große Fahrt.

»Was meint du, Sonja? War das wirklich der Liepnitzsee? Vielleicht habe ich mich bei dem Schild verguckt. Es war schon reichlich ramponiert.«

»Mensch, jetzt machst du mich aber unsicher. Seit der Sache mit dem Tunnelblick traue ich meiner Wahrnehmung weniger zu als früher.«

In der Tankstelle hat er eine Liste der Brandenburger Seen mitgenommen. Aus den Augenwinkeln sehe ich, wie er sie studiert. »So viele Gewässer hier oben. Und die heißen alle gleich. Liepnitzsee, Kiebitzer See, Stiebitzer See …« Seine Stimme klingt vorwurfsvoll. »Wer soll da noch durchsteigen?«

\*

Wir fahren zurück nach Berlin und dann weiter Richtung Westen. Um die Mittagszeit verlangt es Rolf nach einem Kaffee und einem herzhaften, warmen Essen. Ich merke, dass mir eine scharf gewürzte Suppe guttun würde. An einer Autobahnraststätte finden wir einen schattigen Parkplatz und suchen uns im Selbstbedienungsrestaurant einen ruhigen, klimatisierten Eckplatz aus. Tatsächlich ist eine Thaisuppe im Angebot. Als Nachtisch wähle ich eisgekühlte Grütze mit Vanillesauce. Als Rolf sein paniertes Schnitzel mit Kartoffelsalat gegessen hat, braucht er ein Stück Kuchen und einen zweiten Kaffee. Mir bringt er auch einen mit. Während ich meinen Kaffee mit Süßstoff genießbar mache, sagt Rolf: »Was ich dich schon die ganze Zeit fragen wollte: Hast du dich inzwischen mit dem Bild der kleinen Sonja angefreundet?«

Ich nicke mit dem ganzen Oberkörper, so heftig, dass beinahe mein Kaffee umkippt. Wenn es um das Babybild geht, fehlen mir oft die richtigen Worte. »Ein voller Erfolg!«, ringe ich mir ab und denke: Banaler geht's nicht. Hastig stehe ich auf, gehe zur Theke und komme mit einem Liter Mineralwasser und zwei Gläsern zurück. Dann endlich packt mich der Erzählfluss. Seit über zwei Monaten befinden wir, das Baby und ich, uns im tiefen Austausch. Beim Einschlafen freue ich mich schon auf das Erwachen und den ersten Blick auf das Gemälde. Ich wünsche der kleinen Sonja einen schönen Tag. »Noch heute früh bin ich im Schlafanzug direkt ins Wohnzimmer gegangen und habe mit dem Bild meditiert. Fragst du dich nicht auch manchmal, wer Schwester Anni eigentlich war?«

Rolf sagt nichts, er starrt länger auf die Tischplatte. Ich habe ihm etwas Intimes anvertraut, und er schweigt. Früher hätte es mich gekränkt, aber inzwischen weiß ich, dass er so und nicht anders aussieht, wenn ihn eine wichtige Entscheidung beschäftigt.

»Komm, Rolf«, sage ich. »Ich merke doch, dass etwas raus will. Trau dich, lieber Bruder.«

Er blickt mich direkt an. »Deine Schwester Anni, sie lebt noch. Sie ist jetzt Mitte achtzig und will dich unbedingt sehen.«

»Was! Das gibt's doch nicht!« Das Wasserglas in meiner Hand zittert, und ich muss es abstellen. »Du alter Geheimniskrämer!«, bringe ich stockend heraus.

»Selber Geheimniskrämer! Warum lässt du mich so lange im Glauben, dass dir das Bild nichts bedeutet?«

»Ich wollte mit dir an einem Tisch sitzen, wenn ich es dir sage.« Das ist nur ein Teil der Wahrheit, aber er muss genügen.

»Siehst du, genauso geht es mir mit deiner Schwester Anni.« In einem Zug leert er sein Glas Wasser und beugt sich zu mir. »Ich bin mehrfach in Mittendorf gewesen. Ich wollte den Ort kennenlernen, aus dem Mutter stammt und wo du geboren bist. Ich habe in Archiven geforscht und mir ist der Verdacht gekommen, dass es einen Grund gab, warum die Eltern Mittendorf zwei Jahre nach deiner Geburt verließen. Siehe der Fall Grossmann. Bei meinem letzten Besuch vor einigen Wochen saß ich lange mit Grete Stumm zusammen. Sie war die Haushälterin unserer Großeltern, ich konnte mich schwach an sie erinnern. Wie es ihre Art ist, kam Grete auf dieses und jenes zu sprechen. Bei dieser Gelegenheit habe ich erfahren, dass Anni bis zur Rente als Gemeindeschwester arbeitete. Neben der evangelischen Kirche, in der du getauft wurdest, hat sie eine kleine Wohnung im Erdgeschoss mit Gärtchen. Trotz ihres Alters ist sie ausgesprochen fit und versorgt sich selbst.«

Meine Augen sind feucht geworden. »Wann kann ich sie sehen? Sie ist meine eigentliche Mutter«, stoße ich hervor. »Bärbel ist meine Leihmutter.«

Rolf rührt in seinem Kaffee, auf seinem Gesicht zeigt sich

Ärger. »Jetzt übertreib mal nicht, Schwester. Was brauchst du noch eine zweite Mutter? Zugegeben, Bärbel war als Mutter eine Enttäuschung. Aber sie hat dich nicht gequält. Und du hattest einen liebevollen Vater, der dich verwöhnt hat. Ich dagegen habe eine verrückte alte Mutter am Hals, und in meinen Albträumen verfolgen mich Vaters Erziehungsmethoden immer noch.«

Mir wird so übel, dass ich Grütze und Vanillesauce auf mein Tablett spucke. Dann renne ich auf die Toilette und übergebe mich ein zweites Mal. Ich bleibe in der Kabine sitzen und mache Atemübungen, bis mein Herzrasen nachlässt. Danach lasse ich am Waschbecken Wasser in meine Hände laufen und trinke, trinke, trinke.

Langsam gehe ich zum Bully, der inzwischen in der prallen Sonne steht, und nehme meine Reisetasche an mich. Soll ich ein Taxi bestellen? Ich kann mich nicht entscheiden. Vor dem Eingang zur Raststätte erwartet mich Rolf mit Rucksack und hängenden Armen, die Wasserflasche in seiner linken Hand. Er sieht verwirrt aus. Er tut mir leid.

»Kündigst du unsere Reisegemeinschaft auf?«, fragt er.

»Ich weiß es noch nicht. Lass uns reingehen, bevor wir geröstet werden. Vielleicht kriegen wir die Sache geklärt.«

Unsere Sitzecke ist frisch geputzt und der Boden gewischt. Auch die Nachbartische sind noch frei. Ich schlage vor, gemeinsam Familienfotos anzuschauen und Erinnerungen auszutauschen. Rolf findet es eine gute Idee. Als ich die Fotos aus dem Umschlag nehme, stelle ich fest, dass an der Unterseite ein weiterer Umschlag feststeckt. Gestern Abend, beim Sortieren der Fotos, habe ich ihn nicht bemerkt. Neugierig öffne ich ihn. Er enthält meinen Bericht *Ohne Titel*.

Rolf ist aufgestanden. Ihn zieht es zur Bedienungstheke. Er fragt, was er mir mitbringen könne. Ich bestelle eine große

Apfelschorle, gesalzene Nüsse und eine Käsestange. Ich schaue ihm hinterher und bekomme mit, wie er der rechten Gesäßtasche eine Kreditkarte und einen Geldschein entnimmt.

Als er das Tablett zwischen uns abstellt, sage ich: »Danke vielmals. Auch dafür, dass du der Person, die hier sauber gemacht hat, deinen Dank ausgedrückt hast.«

»Kein Problem, Sonja. Sie war verblüfft und hat gesagt, ich sei der Erste, der sich bedankt. Kann schon sein. Ich glaube, die meisten Leute verlassen fluchtartig den Ort ihrer Schande.«

Wir fallen über unseren Imbiss her. Einem Impuls folgend, sage ich: »Ich möchte dir etwas geben, was ich 1976 geschrieben habe. Nur zwei Seiten.« Ich reiche ihm den Umschlag über den Tisch. »Wirst du es lesen? Die Familienfotos könnten wir uns für später aufheben. Okay?«

Rolf nickt. Auch mit einem zweiten Vorschlag ist er einverstanden. Dafür glätte ich seine Serviette und teile sie in zwei Hälften. »Wir schreiben jetzt beide auf, wie es mit uns weitergehen soll, in Ordnung? Jeder nur einen Satz, mehr nicht.«

Ich muss nicht lange überlegen, auch Rolf ist schnell fertig. Auf meinem Zettel steht: *Wir sollten alle Karten auf den Tisch legen.* Auf Rolfs Zettel steht: *Karten auf den Tisch!* Wir müssen lachen. Dann kommt mir noch ein Gedanke. »Nur, damit du es weißt und es keine Missverständnisse gibt: Es geht mir um die Geheimnisse im Zusammenhang mit den Eltern«, sage ich. »Keiner zieht sich aus. Das hier ist kein Pfänderspiel.«

»Keine Sorge. Sehe ich auch so«, bestätigt Rolf und steht auf. »Willst du auch noch einen Kaffee? Nein? Okay.« Wieder zurück, holt er seine Brille aus der Hemdtasche und legt den Text *Ohne Titel* vor sich auf den Tisch.

Etwas benommen, wie immer, wenn ich überwältigt bin, stehe ich auf und suche mir einen ruhigen Platz in einem entfernten Nebenraum. Ich will mich ungestört in die Familienfotos vertiefen. Noch vor wenigen Tagen, an der Ostsee, wäre mir allein die Vorstellung absurd vorgekommen. Ich kann nur staunen, als mir klar wird, dass mein Mantra *Familie – nein danke* nicht mehr gilt.

Eines der Bilder zeigt meine etwa vierzigjährige Mutter in Gärtnerkluft. Sie trägt einen riesigen Strauß Blumen vor sich her und blickt ihn verliebt an. Es gibt drei Bilder von mir als Kleinkind. Auf einem der Fotos beugt sich Rolf über mich, wie um mich zu beschützen. Auf jedem Bild habe ich ein ernstes Gesicht.

Einmal hatten meine Eltern einen echten Fotografen kommen lassen. Seine Aufnahme zeigt die komplette Familie. Mutter in einem Sessel, Vater leicht vorgebeugt dahinter, Rolf und ich neben den beiden Sessellehnen. Wir Kinder stehen steif da, als würden wir uns gegen die Nähe zur Mutter wehren. Entspanntes Lachen hatte der Fotograf uns entlocken wollen und war gescheitert. Der Arme konnte ja nicht wissen, dass in diesem Haus eine jede Person ihren eigenen Turm bewohnte und wie selten bei der Familie Senkel gemeinsame Entspannung anzutreffen war.

Jedes Familienmitglied zeigt auf dem Foto ein gefrorenes Grinsen, das einer Grimasse ähnelt, und doch ist jede Grimasse besonders. Bei Vater ist es ein hilflos hochmütiges Grinsen. Er sieht aus, als sei er mit einem Bein auf der Flucht. Der jugendliche Rolf grinst, als fände gerade ein Theaterstück statt, das er nicht versteht und nicht verstehen will. Ich selbst, eine Zehnjährige mit glatter Ponyfrisur, schaue als Einzige direkt in die Kamera, ein trotziges Grinsen soll Verlegenheit verbergen. Bärbels Augen sind starr und weit geöffnet, ihre schmalen Lippen eine blutrote Linie, was sie wohl für ein Lächeln hält. Ein Pillengesicht.

Im Gegensatz dazu, etwa zehn Jahre später, Mutters glückliches Gesicht, das ich selbst fotografiert hatte, während es Kirschblüten regnete.

Ich will die Bilder schon wieder in den Umschlag stecken – da zögere ich und breite sie auf dem Tisch aus. Sonderbar, dass es mir als junge Frau nicht auffiel, dass ich mit zwei, drei Jahren nie lachte. Erst Karl hat mich irgendwann darauf aufmerksam gemacht.

»Da bist du ja! Gott sei Dank. Ich dachte schon, du sitzt im Taxi.« Rolf steht neben mir. Seine Hände zittern. Sein Haar ist feucht, sein Gesicht ist verquollen, seine Augen sind gerötet.

»Meine Güte, was ist dir denn passiert? Eine allergische Reaktion?«

»Na rate mal, Sonja. Wo geht ein großer Mann hin, wenn er weinen muss?«

Entgeistert sehe ich ihn an.

»Fällt dir nicht ein? Er geht unter die Dusche.«

Rolf setzt sich hin, halb verzweifelt und halb erleichtert. »Was für ein Schock! Glaub mir, Sonja, ich habe nicht das Geringste mitbekommen. Ich wette, auch Vater wusste davon nichts. Was für eine Sadistin! Was für eine perverse Sau! Und ich, der brave Sohn, reiße sich seit Jahrzehnten ein Bein für sie aus! Warum hast du es mir nie gesagt?«

Ich wische mir die Tränen aus den Augen. »Ich dachte, du wüsstest es. Mich hat erst Angela darauf gebracht, dass dem vermutlich nicht so ist. Aber dann dachte ich, du würdest es mir nicht glauben.«

Mein Bruder legt seine Hände auf meine. Wir sehen uns nicht an. Wir weinen vor uns hin. Bei mir sind es Tränen der Erleichterung. Mein Bruder glaubt mir! Aber gleich darauf schäme ich mich. Wie brutal bin ich gewesen. Ich hätte Rolf unbedingt warnen müssen, als ich ihm den Text zu lesen gab.

Der Inhalt ist explosiv. Nicht einmal Karl habe ich damit überfallen. Er erfuhr es in kleinen Dosen.

Irgendwann steht Rolf auf und zeigt fragend auf unsere leere Wasserflasche. Ich nicke und hänge weiter meinen Gedanken nach, überrascht, wie sachlich ich versuche, Ordnung in unser gemeinsames Projekt zu bringen, indem ich alles auf eine Serviette schreibe. Der Stil erinnert mich an ein Schreiben, mit dem ich im Lehrerzimmer für das eigenwillige Theaterstück einer Schülergruppe warb. Dem Inhalt nach ist es eher eine Selbstverpflichtung.

*Obwohl Rolf und ich uns kaum kennen, wissen wir, dass wir eine Schicksalsgemeinschaft sind. Nur das, was wir einander offenbaren, kann die Zahl der Missverständnisse zwischen uns begrenzen. Es darf nicht geschehen, dass einer von uns die Reise abbricht. Dieses Mal hat Rolf mir geglaubt. Es wird nicht immer so sein. Bei allem, was ich von mir preisgebe, hat mein Bruder die Freiheit zu sagen, dass er meine Aussagen bezweifelt. Und er wird es schonend tun. Er wird nicht wollen, dass ich noch einmal auf den Tisch kotze. Auf meiner Seite ist es nicht anders. Ich werde mich hüten, ihn ein zweites Mal zu überfallen. Ich glaube, dass wir beide stark genug sind für unser Projekt. Wir brauchen keine Zeugen, keinen Therapeuten, keinen Mediator, sondern nur die Bereitschaft, einander zuzuhören und den anderen ausreden zu lassen.*

Diesmal kommt Rolf nur mit Sprudel zurück, nicht mit dem üblichen Kaffee. Er meint, mehr davon sei nicht gut für ihn. »Es wird mir hier zu unruhig«, sagt er und blickt sich um. Er hat recht, an der Kasse bildet sich gerade eine Schlange. »Mir ist nach Bewegung, ich fühle mich wie ein Gefangener. Wäre die verdammte Hitze nicht, könnten wir irgendwo joggen gehen.«

Ich überlege kurz, dann schlage ich vor, wir könnten ja nach Berlin zurückfahren, wir könnten die klimatisierten Räume großer Museen aufsuchen, im KaDeWe shoppen und bewegungsfreudig nur die Treppen benutzen. Auch in einer stillen Ecke der Gedächtniskirche wäre es sicher angenehm kühl.

»Und wo verbringen wir die Nacht?«, fragt Rolf. »In meiner Mansarde ist es zu heiß. Deine Wohnung liegt nicht zufällig im Souterrain?«

»Nein. Auch unter dem Dach.«

Wieder verfallen wir in Schweigen. Schließlich sage ich: »Der Bully ist eine brütend heiße Dose, aber lass uns ausprobieren, ob wir im Fahrtwind überleben. Vielleicht wartet irgendwo unter großen Bäumen eine sanfte Brise auf uns.«

»Wäre nicht schlecht«, sagt Rolf.

»Oder noch besser, Bruder: Wir entern ein Schnellboot und flitzen stundenlag über einen der Seen. Hin und her.«

»Sonja, du Heldin. Guck auf die Karte. Wir sind in Sachsen-Anhalt. Hier gibt es keine Seen, sondern nur Wasserläufe, schmale Flüsse und Bäche. Wir sind in einem Anglerparadies.«

Dann fragt Rolf, ob ich mir vorstellen könne, mit ihm Daniel Grossmann zu besuchen, in einem Städtchen so groß wie Mittendorf und doch ganz anders. Es gebe dort Störche auf den Dächern. Es sei nur eine Stunde Fahrt.

»Jemanden wie Daniel darf man überraschen«, fährt Rolf fort. »Da freut er sich umso mehr. Er ist ein kluger und origineller Typ, und ein großartiger Geschichtenerzähler. Wir haben uns erst kürzlich gesehen. Man könnte denken, dieser Mann kennt keine schlechte Laune. Er würde uns guttun.« Das bezweifle ich, dennoch entscheide ich mich dafür. Wir können hier nicht ewig sitzen bleiben. In den vergangenen Monaten bin ich so oft über meinen Schatten gesprungen, dass ich mich dem Ungewissen gewachsen fühle.

Bevor wir losfahren, schicke ich Angela eine SMS: *Es wird noch ein paar Tage dauern, bis wir in Wassenhorst sind. Interessante Reise. Alles Gute.* Die Antwort kommt prompt: *Liebe Sonja, ich bin in Stockholm. Interessante Tagung und Sightseeing. Auch Dir alles Gute.*

*

Daniel Grossmann ist genau so, wie Rolf ihn beschrieben hat. Seine hellen Augen hinter der Brille sind vor Freude weit geöffnet, als er uns die Treppe hochkommen sieht. Er stellt sich auf die Zehenspitzen und klatscht in die Hände. Sein graues Haar ist unordentlich, was darauf hinweist, dass wir ihn geweckt haben. Seine Frau sei noch unterwegs, sagt unser Cousin. Im Wohnzimmer sind trotz der prallen Sonne die Gardinen nicht zugezogen. Ein kleiner Ventilator neben der Sitzecke leistet Erstaunliches. Daniel fordert uns auf, am Couchtisch Platz zu nehmen, und fängt umgehend an zu erzählen. Es sind Geschichten aus einem Provinzstädtchen, eine skurriler als die nächste. Unser Lachen entspannt mich. Die Ermordung von Daniels Vater in Auschwitz bleibt unerwähnt.

Inzwischen ist Irene Grossmann eingetroffen, die uns begrüßt und sich dann in der Küche zu schaffen macht. Mich wundert nicht, dass sie eine stille, zurückhaltende Person ist. In einer anderen Kombination wäre die Ehe wohl gescheitert. Ich gehe zu ihr in die Küche. Auch Irene ist eine Leseratte. Schnell sind wir im Gespräch über unsere Lieblingsbücher. Irgendwann macht sich Irene erneut auf den Weg, um Kuchen und für das Abendessen einzukaufen. Vor der geöffneten Tür zum Wohnzimmer höre ich Rolfs Stimme: »Ich war in der vergangenen Woche in Auschwitz-Birkenau. Wie würdest du es finden, Daniel, wenn wir zwei gemeinsam dorthin fahren?«

»Oje.« Dann herrscht ein längeres Schweigen. »Nein danke, Rolf. Meine Tochter hat es mir auch schon angeboten. Du kennst sie von meiner Geburtstagsfeier. Auschwitz ist der letzte Ort, den ich sehen möchte.«

»Okay, Daniel, aber mein Angebot steht.« Rolf räuspert sich und ruft: »Du kannst reinkommen, Sonja. Man lauscht nicht an der Tür.« Zwei Männer lachen, ich selbst bringe nur ein saures Lächeln zustande. Wollte Rolf mir seine Reise nach Auschwitz verschweigen? Was geschieht da wieder hinter meinem Rücken? Stopp, denke ich. Das können mein Bruder und ich klären, wenn wir wieder unter uns sind. Er läuft mir schon nicht davon. Ich setze mich zu ihnen aufs Sofa, und Daniel unterhält uns weiter mit seinen Geschichten.

Irene kommt mit dem Einkauf zurück. Ich gehe in die Küche, um ihr zur Hand zu gehen. Sie sagt, es sei Zeit, zum dritten Mal die Balkonblumen zu versorgen. Zwei große Gießkannen leeren wir in die Blumenkästen. Auf kleinstem Raum hat Irene einen Balkongarten angelegt, der die Bienen anlockt. Frühlings- und Sommerblumen blühen um die Wette. Ein schöner Anblick vom Wohnzimmer aus. Als es beim Abendessen um die Übernachtungsfrage geht, nennt uns Daniel ein bisschen verlegen das einzige Hotel am Ort. Es sei nicht zu empfehlen. Da müssten wir schon nach Magdeburg fahren. Rolf und ich schauen uns an und denken offenbar dasselbe. Beinahe unisono sagen wir: »Kennt ihr nicht einen Platz im Freien?«

Daniel fühlt sich überfragt. Doch Irene hat sofort eine Idee. Sie und ihr Mann setzen sich ins Auto, wir fahren im Bully hinterher und halten an einem kleinen Fluss. Kinder lassen sich von der langsamen Strömung in der Abendsonne treiben. Jugendliche spielen Volleyball. Wir parken den Bus direkt am Wasser neben zwei Bäumen, wo mein Bruder in seiner Hängematte schlafen wird. Auf dem grobgezimmerten Tisch hat

Irene eine Frischhaltebox abgestellt. Wir sind gerührt, ans Frühstück haben wir noch gar nicht gedacht. Wir können nicht fassen, dass wir hier frei campen dürfen.

»Na ja, es ist nicht verboten und auch nicht erlaubt«, sagt Daniel. »Von dieser Sorte gibt es bei uns mehr als einen Platz. Die Leute fühlen sich hier wie zu Hause, und so benehmen sie sich auch. Ich hoffe nur, es wird so bleiben.«

Mit einer herzlichen Umarmung verabschieden wir uns von Irene und Daniel. Sie nehmen uns das Versprechen ab, dass wir bald wiederkommen.

Rolf will sofort ins Wasser. Derweil mache ich im Bully mein Bett zurecht. Als es dunkel ist, gehe ich zum Fluss und wasche mich. Ich brauche keine Taschenlampe. Die Sterne sind hell genug. Sie erinnern mich an eine Nacht im Schlafsack neben einer Schweizer Almhütte. Was wird das hier werden? Ein Roadmovie mit Zwischengas? Ich fühle ein Glück, wie ich es seit den guten Jahren mit Karl nicht mehr erlebt habe.

Über eine schöne, leichte Beziehung ohne dramatische Tiefpunkte macht man keinen Kinofilm. Über eine schöne, leichte Beziehung ließe sich nichts Spannendes schreiben. Dass wir leidenschaftliche Segler wurden, für die an einem heißen Sommertag unverhofftes, gemeinsames Kentern ein Mordsspaß war, genauso das gemeinsame Aufrichten des Boots, all das können nur andere Katamaranbesitzer nachvollziehen, und sie würden sofort eine eigene Kentergeschichte beisteuern.

Das Achten auf langsame Windwechsel brachte uns bei, in unserer Ehe schleichende Veränderungen wahrzunehmen und rechtzeitig nachzutrimmen, um nicht vom Kurs abzukommen, um eine Schieflage zu verhindern. Ich weiß, dass es Menschen gab, die Karl und mich langweilig fanden, weil wir keine Kämpfer waren. Das Wort »risikoscheu« wird gefallen sein. Das klingt unfreundlich, aber falsch lagen sie damit nicht. Es heißt ja immer, wer gestalten will, braucht eine starke Position. Doch für Konkurrenzkämpfe im Beruf fühlten wir uns zu schwach. Uns das einzugestehen, war schmerzhaft. Karl hatte keinen Chefarztposten angestrebt und keine Professur, aber ein Rest von Bedauern, dass er sich so und nicht anders entschieden hatte, blieb bis an sein Lebensende.

Karriere, so dachten wir, würde mehr Anspannung und weniger Freizeit mit sich bringen, und mehr Frust und schlechte Laune in unserer Ehe. Aus demselben Grund mieden wir Verpflichtungen in Parteien oder autonomen Aktionsgruppen, Wir fanden, dass wir im Berufsalltag genug für die Gesellschaft leisteten. Unser Bedürfnis nach unbeschwerter gemeinsamer Zeit war größer als unser Ehrgeiz.

»Ich habe keine Lust auf vermeidbaren Stress«, sagte Karl. »Es kommen ja genügend Probleme von außen auf einen zu.« Damit meinte er die Phasen, in denen seine verbitterte Mutter ständig anrief und er klären musste, ob es sich um falschen Alarm handelte oder nicht, ob er von Berlin aus Hilfe vor Ort organisieren konnte oder zu ihr nach Wassenhorst fahren musste.

Karls Geschichte war eine Fluchtgeschichte, sie begann, als er acht Jahre alt war. Davon gab es eine kurze und eine lange Version, meistens reichte die kurze: wie seine Mutter ihr totes Baby im Schnee am Straßenrand zurückließ, wie sie einem anderen Baby ihre Milch gab, wie der Treck von Tieffliegern beschossen wurde, wie Russen im Nebenzimmer die Mutter und andere Frauen vergewaltigten. Spätestens hier stoppte er seine Aufzählung und sagte: »Wir sind heil in den Westen gelangt, dafür sind wir dankbar.« Dass sein Vater gefallen war, kam in der kurzen Version nur am Rande vor. Für Gleichaltrige mit ähnlicher Erfahrung reichte es. Sie wussten, wie folgenschwer es für einen Jungen ist, ohne den geliebten Vater aufzuwachsen. Wie es die Entwicklung eines Sohnes hemmt, wenn die Mutter ihn als Partnerersatz missbraucht, ihn mit Verantwortung überfrachtet und doch immerzu fürchtet, ihm könne etwas zustoßen. Karl berichtete mir, wie er als Zwölfjähriger nachts neben ihr lag und einem unterdrückten Wutanfall ein Erstickungsanfall folgte. Er erbrach sich auf seiner Hälfte des Ehebetts. Die Mutter bot ihm ihre Seite an, während sie die Bettwäsche wechseln wollte. Da griff er nach einer Wolldecke und verließ das Schlafzimmer. Auf dem Sofa in der Wohnküche kam er endlich zur Ruhe. Das Sofa blieb sein Bett, bis Mutter und Sohn in eine größere Wohnung zogen.

Die lange Version erfuhr ich von Karl nach und nach, und nicht anders brachte ich ihm die Geschichten meiner Kindheit und Jugend bei. Insgesamt widmeten wir dem Vergangenen wenig Zeit. Karl hatte, ähnlich wie ich, Grenzen gefährlich überschritten. Darüber sprachen wir bewusst nur in Andeutungen. In einer frühen Phase unseres Lebens waren wir keine anständigen Bürger gewesen. Unsere Biografien waren nicht makellos. Wir hatten eine dunkle Seite ausgetobt und in der Zeit des Zusammenbruchs die Chance genutzt, sie einem vertrauten Menschen zu beichten. Bei mir war es Angela gewesen. Von Karl wusste ich nur, dass sein Beichtvater ein befreundeter Pfarrer gewesen war.

Wir wollten beide keine Kinder. Unsere Herkunft hatte uns nicht mit der Sehnsucht nach eigener Familie ausgestattet. Im Wesentlichen ging es uns schlicht darum, ein gutes Leben zu führen. Wir waren den Druck aus unserer Kindheit leid, der uns im Erwachsenenalter Knüppel zwischen die Beine warf. Und wenn der Schulbetrieb und die Klinik uns in unerfüllbare Verpflichtungen hineintrieben, löste das ein tiefschwarzes Gewissen aus. Beide hatten wir uns als Kinder vorgestellt, wir würden, wenn wir einmal groß sind, in ein fremdes Land gehen, wo niemand weiß, was für schlechte Menschen wir sind. So sah der Neubeginn aus, von dem wir träumten. Aber aus uns wurden keine Auslandsdeutschen, wir schafften es gerade mal nach Indien und wieder zurück.

*

Morgens um sieben ist es so warm, dass wir keine Jacken brauchen. Rolf nimmt ein Bad im Fluss. Wie die Kinder am Vorabend versucht er, sich treiben zu lassen, aber wegen seines Gewichts muss er ein bisschen nachhelfen. Als er mir beim Frühstück gegenübersitzt, fragt er mich, was ich von seinem Dreitagebart halte. Der ist nicht weiß wie sein Haar, sondern grau und rot gesprenkelt. Ich sage ihm, es sei ein passender Freizeitlook, so könne er immer herumlaufen. Unschlüssig rutscht er auf der Bank hin und her. Offenbar weiß er nicht, was er von meiner Aussage halten soll. Dann legt er sein angebissenes Marmeladenbrot beiseite. Er müsse mir etwas sagen. Ich frage ihn, ob es etwas Schlimmes sei, denn dafür bin ich beim Frühstück noch nicht bereit. »Eigentlich nicht«, sagt er. »Ich habe dir den Kranken nur vorgespielt. Ich kann durchaus Autofahren.«

»Wie bitte!« Ich springe auf und stütze meine Hände auf den massiven Holztisch. »Und du bist nicht in der Klinik gewesen? Auch das hast du dir ausgedacht?«

»Diagnose Burn-out und mein Aufenthalt in der Psychosomatik entspricht der Wahrheit.«

»Warum dann das ganze Theater?«, rufe ich. Einen Moment lang herrscht Stille zwischen uns, die Sonne wirft meine Silhouette auf den Tisch, dann sage ich kühl: »Ich kann nicht glauben, dass du die Hinterhältigkeit von Bärbel geerbt hast.«

Mein Bruder muss lachen. »Ich kann dir alles erklären.«

»Na, da bin ich aber gespannt.«

Um nicht blinzeln zu müssen, setzt er die Sonnenbrille auf. Ich spiegele mich in den Gläsern, mein Gesicht hart und ausdruckslos. Rolf bleibt ruhig.

»Nachdem ich bei dir an der Ostsee war, habe ich nach einer Gelegenheit gesucht, mit dir mal Klartext zu sprechen – also genau das, was gestern in der Raststätte angefangen hat.«

»Und deshalb hast du mich in den Bully gelockt? Man nennt das Manipulation. Danke vielmals!«

Rolf rutscht auf der Bank in den gerade entstandenen Halbschatten und nimmt die Sonnenbrille wieder ab. Schweigend schaut er auf die Tischplatte.

»Du hast ein Hauruck-Verfahren gewählt«, lege ich nach. »Wie soll da, bitte schön, Vertrauen entstehen? Eine langsame Annäherung ist dir wohl nicht in den Sinn gekommen?«

»Doch. Natürlich ist es das. Ich hatte dir ja auch schon einen Brief geschrieben.« Rolf streicht über seine feuchten Haare. »Aber hättest du einen weiteren gelesen? Du wolltest doch weder mit dem Thema Familie noch mit dem Thema Nazivergangenheit etwas zu tun haben.«

Mir fällt auf, dass meine Hände sich immer noch auf den Tisch stützen, und ich setze mich wieder auf die Bank.

Da hat er recht, denke ich. Die Frage ist doch: Was wäre die Alternative zu unserem Bully-Trip gewesen?

Langsam fange ich an zu begreifen. Rolf hätte geduldig für eine gemeinsame Familienforschung geworben. Wer weiß, wie lange ich mich gesträubt hätte, womöglich Jahre. Vielleicht hätte er nie von Bärbels Prügelorgien erfahren, und ich nie die riesige Erleichterung, seit ich weiß, dass Rolf mir glaubt. Er war nicht hinterhältig. Er hat mich nicht in eine Falle gelockt. Er wollte uns beiden eine Chance geben. Die haben wir genutzt. Und Nina hat mitgespielt. Auch das gefällt mir.

»Wirklich schlau von dir, Bruder. Ich bin voller Bewunderung«

Rolf lächelt zufrieden. Dann hockt er sich hin und macht sich am Gaskocher zu schaffen. Ich sage ihm, dass auch ich etwas zu bekennen habe. Beinahe hätte ich am Liepnitzsee die Zündkerzen rausgeschraubt, aber das sei dann nicht mehr nötig gewesen, weil wir ja beide dort übernachten wollten. Er lacht. »Auch nicht schlecht, Schwester. Und wie wäre das mit der Weiterfahrt gelaufen?«

»Och, kein Problem. Ich hätte am Morgen die Zündkerzen rein zufällig im Abfalleimer gefunden und den Streich einem Ossi in die Schuhe geschoben, einem Ossi, der Wessis nicht leiden kann.«

Rolf lacht noch lauter. »Dann sind wir ja quitt.« Er gießt kochendes Wasser in die Thermoskanne und fügt drei Teebeutel hinzu. Während wir unser Frühstück fortsetzen, erfahre ich, dass er nur drei Tage in der Tagesklinik gewesen ist. Intensive Gespräche mit seinem Freund in Berlin, der seinen Zustand vom ersten Abend an erfasst hatte, führten zu dem Plan einer Rundreise, mit dem Ziel, mehr über den Hintergrund unserer Eltern zu erfahren. Erste Station: Mittendorf. Der Fall Grossmann, Schwester Anni und vieles mehr. Zweite Station: Berlin. Einsicht in Archivakten. Dritte Station: Kattowitz. Recherchen zu Rüdiger und Bärbel. Was genau hatte sie zusammengebracht?

»Schauen wir uns den Gründungsmythos der Familie Senkel an«, sagt Rolf. »Angeblich hielt sich Bärbel in Oberschlesien auf, weil eine Schulfreundin ihr einen Hilferuf geschickt hatte. Die junge Frau war ihrem Mann, einem Wehrmachtsoffizier, in das überfallene Polen gefolgt und erwartete jetzt ihr erstes Kind.« Er hält inne, nimmt einen Schluck, isst vom Marmeladenbrot und fährt fort: »Erst durch die Rückfragen meines

Berliner Freundes bin ich auf die Idee gekommen, dass an der Geschichte etwas faul sein muss. Wenn Bärbel ab Kriegsausbruch sogar in ihrer Freizeit ein Häubchen tragen musste, dann wurde einer ausgebildeten Krankenschwester gewiss nicht genehmigt, einer Freundin mit einem Neugeborenen im besetzten Polen Gesellschaft zu leisten.«

Als er sein Marmeladenbrot aufgegessen hat, sagt er: »Man fragt sich ja, wieso man da nicht selbst drauf gekommen ist. Aber es ist leider so: Die Geschichten, die man als erste in seinem Leben eingetrichtert bekommt, die glaubt man am längsten.«

»Tja, Rolf, was sind wir nur für Schafe gewesen!« Dann korrigiere ich mich: »An diesem Punkt sind wir als Erwachsene in der Kindheit stecken geblieben.«

Eigentlich ist es unfassbar, was ich von ihm höre, und dennoch erträglich. Ich weiß, es hat mich erst an der Oberfläche erreicht und wird nach und nach in meinem Empfinden ankommen. So jedenfalls war es, als ich in der Klapse durch die Gespräche mit Angela die erstaunlichsten Entdeckungen machte.

Ich will nicht mehr länger am Tisch sitzen bleiben. Ich brauche mehr Bewegungsfreiheit. »Wie wäre es, Bruder, wenn wir uns an den Bach setzen und die Beine ins Wasser halten?«

»Sofort einverstanden«, sagt er und steht auf. Ich höre, wie es im Bully rumpelt. Er kommt mit einem uralten, aber immer noch brauchbaren Sonnenschirm zurück. Kurz darauf genießen wir die Kühle des Wassers und über uns einen Sonnenschutz.

Ich lege mich der Länge nach ins Gras, während meine Beine im Wasser baumeln. »Dann mach mal weiter«, sage ich lässig. »Was gibt es sonst noch über die dunklen Seiten von Bärbel und Rüdiger zu berichten?«

Rolf legt sich neben mich und meint, es wäre nicht falsch, mal eine Weile zu schweigen. Er nennt es die Ruhe vor dem Sturm. Keine Ahnung, was er damit sagen will. Es kümmert mich auch nicht weiter. Der Bach plätschert, Bienen summen, ein Marienkäfer wandert auf meinem Unterarm. Kleine Ameisen stören mich nicht. Ich bin ein Landkind. Irgendwann meldet sich ein Fahrzeug, das ich für einen Lieferwagen halte, weil ein Lautsprecher Obst, Gemüse und Eier vom Bauernhof anpreist. Vielleicht bin ich kurz weggedämmert. Eine Männerstimme wird immer leiser und klingt zusammen mit dem Motorengeräusch aus. »Was für eine Idylle«, sage ich und richte mich auf.

Rolf neben mir hat einen Ordner auf dem Schoß und blättert darin. »Gut, dass du sitzt. Wir kommen zu Teil zwei. Aber ich muss dich warnen. Willst du es lieber selbst lesen, oder soll ich es dir berichten?«

»Bitte, ich will deine Stimme hören. Dann bin ich damit nicht allein.«

Nebeneinander zu sitzen und nicht gegenüber, hat eine Qualität, von der ich schon im Bully profitiert habe. Man ist sich nahe und hält doch Distanz. Bei Vertrautheit ohne Augenkontakt bin ich nicht so leicht irritierbar.

»Na dann«, sagt Rolf und räuspert sich. »Wenn du mich mit Fragen unterbrichst, halte ich nicht durch. Du kannst sie dir notieren. Okay?« Er legt mir Zettel und Stift hin.

»Okay. Mach ich.«

»Also, es ging damit los, dass mir in Mittendorf von verschiedenen Seiten das Gerücht zu Ohren kam, dass Rüdiger Senkel der Geschäftsführung eines Rüstungsbetriebes nahe Kattowitz angehörte. Es handelt sich um ein Hüttenwerk mit Tradition, das der Kleinstadt Königshütte ihren Namen gab. Angeblich war unser Vater dafür verantwortlich, den Einsatz von KZ-Häftlingen in den kriegswichtigen Produktionsstätten Oberschlesiens zu organisieren. Hier hoffe ich noch auf den Bescheid aus einem polnischen Archiv.« Er holt einmal tief Luft. »Was unsere Mutter betrifft, da ist meine Vermutung folgende: Sie arbeitete als Krankenschwester quasi nebenan, in der privaten Frauenklinik von Professor Carl Clauberg in Königshütte. Ich weiß nicht, Sonja, ob du dich daran erinnerst, aber der Name ist zu Hause öfter gefallen. Ist er dir ein Begriff?«

»Nein«, sage ich und bekenne, zu viele Informationen auf einmal könne ich nicht aufnehmen. Ich bitte Rolf um eine möglichst kurze Zusammenfassung.

Carl Clauberg war als Gynäkologe auf dem Gebiet der Frauenheilkunde und der Hormonforschung tätig, die bahnbrechend werden sollte für die spätere Entwicklung der Antibabypille. In Auschwitz hatte er grausame Experimente an jungen Frauen vorgenommen. Im KZ-Jargon hießen sie »die Versuchskaninchen«. Claubergs Ziel war die operationslose Massensterilisation. Von ihr erhofften sich die Nazis auf lange Sicht einen erheblichen Rückgang der Bevölkerungszahlen in den überfallenen Gebieten, mit der Folge, dass von einem großen Volk letztlich nur eine überschaubare Minderheit übrig bleiben würde.

In einem Schreiben Claubergs an Himmler, seinen Auftraggeber, stand, er werde in der Lage sein, hundert Frauen, wenn nicht gar tausend, pro Tag zu sterilisieren. Eine Mischung aus verdünntem Formalin und Kontrastmittel wurde in die Gebärmutter injiziert, was extreme Entzündungen auslöste. Nach einigen Wochen waren die Eierstöcke verklebt und damit verstopft.

Rolf sagt: »Ich erspare dir die Einzelheiten, Sonja. Du kannst sie googeln.«

»Und wieso war von diesem widerlichen Typen so oft zu Hause die Rede?«, frage ich.

»Carl Clauberg hat mich zur Welt gebracht. Er war mein Geburtshelfer.«

Was soll man darauf sagen?

Stumm schaffen wir Ordnung für die Weiterreise. Ich wasche Frühstücksgeschirr und Frischhaltedose im Fluss und lasse sie auf dem Tisch in der Sonne trocknen. Rolf verstaut Sonnenschirm, Hängematte, Badehose, Handtücher und Gaskocher im Bully. Das Geschirr kommt zurück in die neue Box, zusammen mit einem dicken Tuch, damit es während der Fahrt nicht klappert. Dann kontrolliert er per Handdruck und leichtem Gegentreten den Zustand der Reifen.

Während ich den Tisch abwische, überfällt mich eine große Müdigkeit. Ich lasse mich in den Liegestuhl fallen. Als ich im Schatten der Bäume erwache, liegt Rolf neben mir, auch er versunken im Schlaf der Erschöpfung. Tiefer Ekel packt mich bei der Vorstellung, in was für einer Verbrechergesellschaft unsere Eltern sich wohlgefühlt haben. Dann nicke ich wieder ein. Als uns die Sonne direkt ins Gesicht scheint, wachen wir auf und beschließen, einen Tag länger zu bleiben. Einfach nur abhängen, dösen, den Fluss genießen und gucken, wie wir zwischendurch an Essen kommen.

Nachdem wir im Ort Pizza gegessen haben, erfahre ich die Geschichte des Kennenlernens meiner Eltern, so wie Rolf sie sich vorstellt.

Mutter hatte häufig davon geredet, wie im DRK-Krankenhaus die lebensfrohen jungen Schwestern von den alten Schwestern schikaniert wurden. Und wie erleichtert sie zusagte, als sich der Besuch bei der Freundin in Oberschlesien anbot. Rolf allerdings vermutet, dass sie, anders als von ihr erzählt, durch Vermittlung des DRK eine Chance bekam, in Polen zu arbeiten. Im selben Haus, in dem Bärbel untergebracht war, wohnte auch Rüdiger Senkel in einer verwahrlosten Junggesellenbude. Sie schlug ihm vor, zu putzen und Ordnung zu schaffen, was er dankbar annahm. Ein zweiter Zufall wollte es, dass sich Rüdiger mit knapp dreißig gerade in der Phase befand, mit der Gründung einer eigenen Familie ernst zu machen. Seine Wahl fiel nicht nur auf Bärbel, weil sie hübsch und sieben Jahre jünger war, sondern auch, weil er hoffte, eine gesunde Frau vom Lande würde das Blut seiner dekadenten Herkunft auffrischen. Er misstraute seinem Erbgut. Ein Vetter und eine Cousine aus unterschiedlichen Zweigen der Familie waren im Jahr zuvor als »geistesgestört« eingestuft und ermordet worden.

Rüdiger, so vermutet Rolf, wollte Bärbel so schnell wie möglich aus Claubergs Klinik herausholen. Der Professor, nur wenig größer als ein Zwerg und mit einem dicken Bauch, stand in dem Ruf, arbeitswütig und hinter Frauen her zu sein. Dass er darüber hinaus ein Trunkenbold war, in einem Ausmaß, das den erheblichen Alkoholkonsum der Nazis in Oberschlesien bei Weitem überstieg, davon war Rüdiger persönlich Zeuge geworden, wie er zu Hause öfter fallen ließ.

Der Fall Clauberg muss ein großes Problem zwischen unseren Eltern gewesen sein. Bärbel, jung, wie sie war, sah sich am Anfang einer bedeutsamen Karriere, weil sie im Dunstkreis des brillanten und angeblich auch charmanten Wissenschaftlers und Gynäkologen arbeitete. Sie versorgte nicht nur dessen Patientinnen, sondern unterstützte ihn auch bei seinen Tierexperimenten. Zwischen ihr und Clauberg bestand ein Vertrauensverhältnis. Rolf hält es für unwahrscheinlich, und ich gebe ihm recht, dass Clauberg Bärbel verheimlicht hätte, was sein größter Wunsch war: sein Sterilisationsverfahren an lebenden Menschen weiterzuentwickeln. Aus Zeitzeugenberichten weiß man, wie gern und oft er darüber sprach, dass er seit geraumer Zeit wegen des Standortes in Verhandlungen mit Reichsführer SS Heinrich Himmler stehe. Clauberg bevorzugte für seine

Experimente das KZ Auschwitz, weil es nicht weit von seiner Frauenklinik in Königshütte entfernt lag.

Bärbel muss Rüdiger voller Stolz davon berichtet haben. Obwohl Vater nur ein SS-Mann im bescheidenen Rang eines Rottenführers war, hatte er gesellschaftlichen Zugang zur SS-Prominenz und war über die fortschreitende Vernichtung der Juden gut unterrichtet. Da sind Rolf und ich uns einig. Doch es bleibt schwer zu verstehen, wie unterschiedlich Vater die Ideologie der Nazis bewertete: Die Ermordung der Juden billigte er wohl, fand sie notwendig, aber er billigte keine Menschenexperimente – und schon gar nicht die heimlichen Patiententötungen in polnischen Heimen, die als Gerüchte die Runde machten. Dort wurde, im Rahmen der von den Nationalsozialisten »Euthanasie« getauften Krankenmorde, fortgeführt, was kurz nach Kriegsbeginn in Deutschland seinen Anfang genommen hatte und in Hitlers *Mein Kampf* angekündigt worden war.

Nach der Ermordung der Heimbewohner in Polen wurden in den leerstehenden Gebäuden Behinderte und psychisch erkrankte Menschen aus Deutschland untergebracht. Nach dem Prinzip: Je weiter von der Heimat entfernt, desto ungestörter kann die Vernichtung des sogenannten »unwerten Lebens« weitergehen. Rüdiger hatte Jura studiert. Ihm muss bewusst gewesen sein, dass es sich dabei – selbst nach der gültigen Gesetzgebung – eindeutig um Mord handelte. Darum mussten die Krankenmorde diskret im Schatten des Krieges durchgeführt werden. Und darum mussten die beteiligten Ärzte und Krankenschwestern einen Eid auf den Führer schwören.

In seinem Antrag an das SS-Sippenamt verschwieg Rüdiger Senkel, dass sein älterer Bruder, der mit zehn Jahren starb, von Geburt an schwer behindert gewesen war. Es gehörte zu Vaters prägenden Erfahrungen, dass seine Eltern ihre ganze Liebe und Aufmerksamkeit dem geistig beeinträchtigten Sohn schenkten und für den anderen Sohn kaum etwas übrig blieb. Für Rüdiger war der große Bruder eine unbesiegbare Konkurrenz. Als es sie nicht mehr gab, bekam er von seinen Eltern zu hören, dass der falsche Sohn gestorben sei.

Rüdiger Senkel muss darauf gedrungen haben, dass Bärbel bei Clauberg kündigte, zumal die Gerüchte über geplante Menschenexperimente nicht mehr verstummten. Dies könnte dem Ruf von Bärbel Wasten erheblichen Schaden zufügen, befürchtete er, und damit auch seinem eigenen Ruf. Er wird ihr gesagt haben, das Beste wäre, sie würden so schnell wie möglich heiraten. Daher der eilige Antrag beim SS-Sippenamt. Unsere Eltern hatten uns erzählt, dass schon sechs Wochen nach dem Kennenlernen in Mittendorf die Verlobung gefeiert wurde. Im Krieg waren eilig geschlossene Ehen von Wehrmachtssoldaten nichts Besonderes, bei jemandem wie Rüdiger Senkel schon. Er war freigestellt gewesen, um dem Vaterland an der Heimatfront zu dienen.

Am Ende seiner Zusammenfassung gibt mir mein Bruder Unterlagen aus seinem blauen Aktenordner zu lesen. Ein versierter polnischer Historiker mit guten Deutschkenntnissen namens Jarek hat ihm bei seinen Recherchen vor Ort geholfen und die wichtigsten Informationen kopiert und, wenn nötig, übersetzt. Zudem hat Jarek ihn mit historischen Zusammenhängen vertraut gemacht, die Rolf im Traum nicht eingefallen wären. Der Historiker hält es beispielsweise für unwahrscheinlich, dass Bärbel Wasten als noch wenig erfahrene Pflegekraft auf direktem Weg von einem DRK-Krankenhaus in Claubergs Klinik überwechselte. Die dort arbeitenden Schwestern mussten eine hohe Qualifikation nachweisen. Für wahrscheinlicher hält es Jarek, dass sie zunächst in einem polnischen Behindertenheim im Rahmen der Euthanasie eingesetzt worden war. Rolf sagt mir, er habe ihn damit beauftragt, in der Nähe des damaligen Königshütte Nachforschungen anzustellen, und warte noch auf mögliche Ergebnisse.

»Du musst noch wissen, Sonja, wie häufig Mutter, je älter sie wird, über Missbildungen und Erbkrankheiten von Babys und Kleinkindern spricht. Eine ganze Liste von Diagnosen zählt sie dazu auf. Ich kann sie dir nicht wiedergeben, weil mich schon Mutters Stimme beim Aufzählen anwidert.« Er sieht mich fragend an, aber ich nicke nur stumm. »Dazu kommt ihre Marotte, wenn sie von einem Todkranken erfährt: Sie versucht, sich in die Familien einzuschmeicheln, sie ist geradezu besessen davon, Menschen beim Sterben zu begleiten. In Wassenhorst hörte ich über die Jahre mehrfach, sie sei in Hospizeinrichtungen abgelehnt worden, weil dort das Phänomen bekannt ist. Man ist der Meinung, Frauen wie Bärbel Senkel fehle es an Empathie. Man glaubt, dass ein Hunger nach Bedeutung und Macht sie antreibe.«

»Was sonst muss man da noch wissen …«, sage ich.

Rolf legt mir die Hand auf den Arm und führt meine Gedanken weiter. »Dich wollte sie sterben lassen, mich wollte sie sterben lassen, Vaters Tod kam ihr nicht schnell genug, sie wollte nachhelfen. Sag mir, Sonja, wie konnten wir nur so blind sein? Da läuft man sein halbes Leben mit der Angst herum, der eigene Vater könnte ein Massenmörder sein. Und dabei ist die eigene Mutter eine Massenmörderin gewesen.«

*

Am nächsten Morgen, als sich Rolf nach dem Bad im Fluss angezogen hat und den Bully belädt, merke ich: Es ist einfach zu viel. Bevor wir nach Mittendorf fahren, brauchen wir eine Pause.

»Wir sollten nach Berlin zurückfahren.«

»Einverstanden«, sagt Rolf. »Ich wünsche mir ein anständiges Badezimmer, um mich zu rasieren.« Er streicht über seine Bartstoppeln.

Plötzlich sagt er: »Etwas stimmt nicht mit mir.« Ohne zu verstehen, was los ist, sehe ich zu, wie er sich an der Schiebetür festhält, wie seine Hand sich löst und er langsam nach hinten kippt, wie in Zeitlupe. Der Berg der gelüfteten Decken und Kissen fängt ihn auf. Ich rufe seinen Namen, schlage leicht auf seine Wangen, gieße Wasser über sein Gesicht. Da macht er die Augen auf. »Bring mich ins Krankenhaus«, sagt er schwach.

Danach geht alles schnell. Ich rufe Daniel Grossmann an, der sagt: »Rolf muss nach Magdeburg.« Fünfzehn Minuten später sehe ich den Krankenwagen über die Wiese rollen, dahinter der Wagen des Notarztes. Rolf ist beängstigend blass. Der Arzt macht eine erste Untersuchung und gibt ihm eine Spritze. Während Rolf von zwei Sanitätern auf eine Trage gehoben wird, wirft der Arzt einen kurzen Blick auf den Bully und mich: »Die Spritze wird wirken. Sie können hinten im Krankenwagen einsteigen.«

Zwanzig Minuten dauert die Fahrt zur Klinik. Einmal bringt mein Bruder mühsam hervor: »Schlaganfall.«

»Nein, Rolf, es war nur ein schwacher Kreislauf«, sage ich und lege meine Hand auf seine. »Das bringen wir schon wieder in Ordnung.«

Danach ist er nicht mehr ansprechbar. Er schläft.

Der Notarzt hat mich vor der Abfahrt beruhigt. Keine Lebensgefahr. Aber der Patient muss gründlich untersucht werden, sicher ist sicher. Im Krankenhaus übergibt er ihn mit wenigen Worten einem Kollegen. Auf einem endlosen Flur folge ich Rolfs Transport, den ein Arzt und ein Pfleger begleiten. Vor einer Glastür halten sie an. Mir wird bedeutet, ich möge am

Empfang alles Notwendige zur Einlieferung regeln und dann im Wartebereich Platz nehmen. Da sagt Rolf stöhnend, aber verständlich: »Lass mich nicht allein, Sonja.«

Der Arzt fragt: »Sind Sie seine Frau?«

»Nein, ich bin seine Schwester. Möchten Sie meinen Ausweis sehen?«

Er winkt ab. »Das kriegen wir hin. Heute ist es ruhig auf Station. Wir geben Ihnen ein Zweibettzimmer. Sie können auch bei den Untersuchungen dabeibleiben, sofern in den Räumen genügend Platz ist.«

Mein Bruder und ich ruhen uns auf den Krankenbetten aus. Ich bin erschöpft, aber auch dankbar, weil wir die erste Etappe so problemlos geschafft haben. Irgendwann verkündet eine Schwester, sie werde jetzt Herrn Senkel zu seinem CT-Termin bringen. Rolf ist so schwach auf den Beinen, dass er einen Rollstuhl braucht. Ich frage, ob ich ihn selbst dorthin fahren kann. Die Schwester erklärt mir den Weg. Dass man uns ohne Begleitung losgeschickt hat, beruhigt mich.

In der Radiologie soll Rolfs Kopf gescannt werden. Zwei Frauen geben ihm dazu Anweisungen. Als er in der Röhre steckt, macht er auf mich einen recht entspannten Eindruck. Der Arzt sitzt neben dem Gerät an einem kleinen Tisch und überwacht den Vorgang auf einem Bildschirm. Als es vorbei ist, beginnt er mit der Auswertung. Im Raum herrscht respektvolles Schweigen. Nun, da das lautstarke Gerät abgeschaltet ist, hat die Stille etwas Aufdringliches. Ich ahne, dass Rolf das Warten kaum mehr aushält, und will ihn mit einem Blick aufmuntern, aber da ist er schon am Ende seiner Geduld. »Entschuldigung, Doktor, wird es noch lange dauern?«

Der junge Radiologe blickt hoch. »Bingo. Sie sind dran. Haben Sie eine Frage?«

Rolf überlegt einen Moment. »So ist es, Doktor«, sagt er mit einem bemühten Grinsen. »Können Sie mit Ihrem bildgebenden Verfahren meinen Intelligenzquotienten erkennen?«

»Lieber Herr Senkel«, sagt der Arzt, »tatsächlich sehe ich gleich zwei Intelligenzquotienten und keine Hinweise auf einen Schlaganfall, eine Demenz oder sonstige Hirnentgleisungen. Keine CT-Nachkontrolle nötig. Sie sind frei, Sie dürfen sich wieder wie ein normaler Mensch verhalten.« Dann grinst auch er, und im Raum wird gelacht.

Die Beine meines Bruders gehorchen wieder, aber noch nicht einwandfrei. Er muss sich bewegen, und so schiebt er selbst den Rollstuhl zurück auf die Station. »Sind sie im Krankenhaus immer so freundlich?«

»Da fragst du die Richtige«, sage ich. »Meine einzige Erfahrung ist eine OP, und die ist schon eine Ewigkeit her.«

»Und ich, als ich jung war und die Ärzte mir sagten, ich würde bald sterben. Vorhin war die Angst wieder da. Danke, Sonja.«

Wir sind zurück im Zimmer. Rolf braucht Ruhe. Er zieht die Schuhe aus und legt sich aufs Bett. Ich schlage ihm vor, in der Cafeteria Kuchen und Kaffee zu holen. »Bitte mit Sahne«, ruft er mir nach. Das Selbstbedienungscafé befindet sich im Souterrain. Bei der Ausstattung hatte der Kampf gegen Krankenhauskeime absoluten Vorrang. Von Gemütlichkeit keine Spur. Ich bin allein in einem gnadenlosen Neonlicht. Die Kaffeemaschine verzerrt mein Gesicht ins Monströse. Ich erlöse zwei Stücke Apfelkuchen aus einem Automatengehäuse. Sahne gibt es nicht.

Als ich zurück bin, ist der Kaffee lauwarm. Rolf telefoniert. »Danke für alles, lieber Daniel. Ich rufe dich dann an, wenn ich weiß, wann sie mich hier entlassen.« Er setzt sich zu mir an den kleinen Tisch. Über uns hängt ein eingerahmtes Wildpferd auf der Flucht. Rolf verzieht das Gesicht, als er am Kaffee nippt, und ein zweites Mal, als er auf einem Stück Apfelkuchen kaut.

»Nimm es nicht persönlich, Schwester. Im Krankenhaus, nach meiner Lungen-OP, war das Essen auch nicht besser.« Er schaut versonnen auf das Pferdebild. »Und wenn ich mich nicht irre, war da auch ein Pferdebild.« Er schleicht zurück zum Bett, schließt die Augen und schläft sofort ein. Leise öffne ich die Tür. Vielleicht liegt irgendwo im Flur eine Zeitung herum. Ich frage im Stationszimmer. Fehlanzeige. Auf der gegenüberliegenden Seite des Haupteingangs soll es einen Kiosk geben. Aber ich will meinen Bruder nicht so lange allein lassen.

Zurück im Krankenzimmer erschrecke ich, weil er mit weit geöffneten Augen aufrecht im Bett sitzt.

»Rolf, was ist los?« Ich will zu ihm, aber er wehrt mich ab und lässt sich zurück aufs Kissen fallen. »Leg dich wieder hin, Sonja.« Ich gehorche. Dann bricht es aus ihm heraus: »Was haben die Eltern mit uns für eine Scheiße gebaut ...«

Eine Weile ist es still im Krankenzimmer.

»Die Eltern haben Scheiße gebaut«, wiederhole ich. »Ja, das trifft es genau. Höchste Zeit, dass wir zusammenhalten.«

Ich erzähle ihm von meinem Kindergefühl, von meiner Hilflosigkeit und wie ich mich schämte, weil ich ihn nicht beschützen konnte. Er antwortet, ihm sei es mit mir genauso ergangen, wenn Bärbel »Hände aus dem Gesicht« rief und mir eine schallende Ohrfeige verpasste. Die Gewalt unserer Eltern war so erniedrigend und schambesetzt, dass Mutter und Vater sicher sein konnten: Wir würden es niemandem erzählen. Ich brach mein Schweigen erst mit Ende zwanzig in der Klapse. Rolf tat es mit sechzig, in der psychosomatischen Klinik.

»Aber noch heute wehrst du dich nicht, wenn Bärbel dich demütigt«, sage ich.

»Na, ganz so ist es ja nicht ...« Er hält kurz inne und denkt nach. »Du hast ja recht, Sonja.« Und nach einem Seufzer fährt er fort: »Ich hätte es so machen sollen wie du – den Kontakt abbrechen. Die Frau ist Gift für mich.«

Im Zimmer ist es warm, aber ich friere. Ohne aufzustehen, zerre ich die Decke unter mir hervor.

»Mir auch«, sagt Rolf.

»Was?«

»Mir ist kalt geworden. Ich will mich auch zudecken.« Ich höre ihn im Bett rumoren. »So«, sagt er leise, »so ist es besser.«

Meine Nase ist immer noch kalt. Ich wärme sie mit zwei Fingern. »Weißt du was, Rolf? Ich glaube, der Kontaktabbruch funktioniert bei dir nicht, weil du als Kind ihr Liebling warst.«

»Das ist doch Quatsch, Sonja! Ihr Liebling war ich nur, solange ich noch keine Widerworte gab. Du müsstest dich eigentlich daran erinnern, wie zufrieden sie zusah, wenn Vater mich mit dem Rohrstock verprügelte. Ich wette, sie hat ihn angestiftet.«

»War das so?«, sage ich zögernd. »Verdammt, Rolf. Ja, so war es! So weit habe ich noch gar nicht gedacht!«

Es gibt diese Szene, die tief in mir gebunkert ist, als gehöre sie nicht zu mir, als würde ich sie mir nur einbilden: Mutter im Wohnzimmer sagt, ich solle mich zu ihr setzen, aber ich bleibe an der Tür stehen. Sie sitzt am Couchtisch, mit sich und der Welt im Reinen. Sie zündet sich eine Zigarette an, erwartungsvoll, als säße sie in einer Bar, gespannt, wie auf der Bühne die Show weitergeht. Sie zieht an ihrer Zigarette, sie nippt am Cognac, während ihr Mann auf ihren schreienden Sohn einprügelt, immer wieder. Die Vorstellung verläuft genau nach Bärbels Wünschen.

»Das wird mir keiner glauben«, sagt Rolf.

»Es sei denn«, sage ich, »du erzählst es einem Menschen, zu dem du vollstes Vertrauen hast.«

Rolf stöhnt. »Da müsste ich lange suchen.« Ich sage ihm, dass diese Person mit Sicherheit auftauchen wird. Er müsse nur etwas Geduld haben, er hätte ja gerade erst damit angefangen, nicht länger zu schweigen.

Wieder hängt jeder seinen Gedanken nach.

»Sonja? Schläfst du?«

»Nein. Ich bin hellwach.«

»Weißt du, was ich mich frage? Wen haben die Eltern vor sich gesehen, als sie uns quälten?«

»Na ja, liebenswerte, hilflose Wesen können es nicht gewesen sein«, sage ich. »Die werden ja getröstet und in Sicherheit gebracht. So hat die Natur es eingerichtet, damit die Spezies überlebt. Weißt du, was ich glaube, Rolf? Wir waren für sie Monster. Wir waren bockige Kinder. Den Bock wollten sie uns austreiben. In anderen Worten: Wir hatten den Teufel im Leib, den sie austreiben mussten. Oder vielleicht anders – wir waren Teufelskinder.«

»Hm. So siehst du das? Klingt mittelalterlich«, sagt Rolf zögernd. Dann ruft er aus: »Moment mal, so war's und nicht anders. Genau das war ja ihr Schlachtruf!« Wie auf Kommando richten wir uns in den Betten auf, blicken uns an und brüllen einstimmig: »›Das werde ich dir noch austreiben! Das werde ich dir noch austreiben!‹« Dann brechen wir in ein irres Gelächter aus. Ein junger Pfleger erscheint in der Tür. »Alles in Ordnung?«, fragt er. Das bringt uns auf den Boden zurück.

»Ja, doch«, sagt Rolf und streicht sich über seine Bartstoppeln. »Wir haben Theater gespielt. Das war die Schlussszene. Der Vorhang ist gefallen.«

»Bravo«, ruft der Mann und klatscht mehrmals in die Hände. Dann geht er wieder.

Nach drei Stunden mit Unterbrechungen im Krankenbett ist Rolf durchgecheckt. Alle Befunde, auch die der neurologischen Untersuchung, des EKG und was sonst noch unter die Lupe genommen wurde, sind negativ. Mein Bruder wird als gesund entlassen. Der Arzt empfiehlt ihm, sich auszuruhen und Autofahren für heute zu meiden. Inzwischen ist auch unser Daniel auf der Station eingetroffen. Daniel, mein neuer Verwandter – lustig, großzügig, integer –, den ich in mein Herz geschlossen habe. Er fährt uns zum Bully zurück. Dass wir nach Berlin wollen, hält er für eine gute Idee. Vorsorglich hat er seinen Ventilator mitgebracht. Er versichert uns, für ihn sei es kein Problem, er besitze noch einen Ersatzventilator. Wir bedanken uns überschwänglich und tragen ihm auf, Irene zu grüßen. Er bleibt auf der Wiese am Bach stehen, zieht seinen Cousin beiseite, dem er eine letzte Story mit auf den Weg gibt. Rolf lacht schallend.

Langsam fahre ich los. Daniel ist neben seinem Auto stehen geblieben. Wir winken uns zu, bis er hinter der Biegung verschwindet.

»Was für ein toller Typ«, sagt Rolf, während er sich anschnallt. »Sonderbar, ich habe das Gefühl, ihn schon mein ganzes Leben zu kennen.«

»Stimmt doch«, sage ich. »Erinnerst du dich nicht an die Geschichte, dass es Ärger gab, weil ihr im Hof von Großvater Anton auf den einzigen Baum geklettert seid?«

»Ach ja. Genau.«

Es ist nicht weit nach Berlin, doch die Fahrt entwickelt sich so erlebnisreich, dass Rolf sie später »unsere kleine Weltreise« nennen wird. Wir geraten in ein Unwetter, das ahnen lässt, wie Vorboten des Weltuntergangs toben würden. Egal, ob man sein Auto am Rand parkt oder weiterfährt – die Lage bleibt hochgefährlich. Das sind keine Böen mehr, sondern Stürme, fast in Orkanstärke, die dicht aufeinander folgen. Verglichen damit sind Wolkenbrüche harmlos. Sie überschwemmen nur Straßen, sie erzwingen Umleitungen. Diese Stürme aber verhalten sich wie Raubtiere. Ihre Beute sind die Alleebäume, die sie hierhin und dorthin schleudern, natürlich auch auf die Fahrbahn. Ich weiche aus, umfahre wer weiß wie viele umgestürzte Bäume. Mehr als einmal kracht es hinter uns. Wir haben Glück. Rolf, der Bully und ich kommen heil durch.

Anschließend geraten wir in den längsten Stau, den ich je erlebt habe. Doch Rolf und ich sind in Hochstimmung. Wir haben eine neue Gemeinsamkeit entdeckt. Wir singen. Unsere Stimmen passen gut zusammen. Es beginnt mit Liedern unserer Kindheit. Vater hatte sie auf endlosen Urlaubsfahrten aus vollem Hals gesungen, immer wieder. Wir Geschwister saßen auf der Rückbank, die Langeweile war verflogen, und noch heute kennen wir von jedem Lied mehr als nur eine Strophe auswendig. Und wir mögen sie immer noch, auch wenn die Soldatenlieder des Ersten Weltkriegs später aus den Kehlen marschierender SA- und SS-Trupps ertönten und selbst Schlagersänger Heino davor nicht zurückschreckte.

*Wildgänse rauschen durch die Nacht*
*mit schrillem Schrei nach Norden;*
*Unstäte Fahrt habt Acht, habt Acht,*
*die Welt ist voller Morden.*
*Fahrt durch die nachtdurchwogte Welt,*
*graureisige Geschwader!*
*Fahlhelle zuckt und Schlachtruf gellt,*
*weit wallt und wogt der Hader.*

»Was, bitte schön, bedeutet ›Fahlhelle‹ und ›graureisige?‹«, frage ich meinen großen Bruder. »In einem Gedicht, das im Krieg entstand, würde gerade noch ein ›grau reisendes Geschwader‹

einen Sinn ergeben, und es hätte dieselbe Silbenzahl. Was für eine verschwurbelte Sprache!«

»Ganz Ihrer Meinung, Frau Lehrerin. Wie wäre es damit?« Rolf fängt wieder an zu singen. Nach wenigen Takten falle ich ein – weil es so schön zu dem passt, was gerade hinter uns liegt.

*Wir lieben die Stürme, die brausenden Wogen,*
*der eiskalten Winde rauhes Gesicht.*
*Wir sind schon der Meere so viele gezogen*
*und dennoch sank unsre Fahne nicht.*
*Heio, heio, heio, heioheioheioho, heio, heioho, heio*

Es ist mir egal, dass dieses Lied zeitgleich mit Hitlers Macht-ergreifung populär wurde. Die Helden, die sich im Text selbst beweihräuchern, sind Seeräuber. Am schönsten lässt sich der Refrain mitgrölen, das neunmalige Heio. Ein Highlight aus unseren Erinnerungen. Ein Comeback in einem rostigen VW-Bus!

Das Heio der Piraten führt mich zum Heiho aus dem Schneewittchen-Film von Walt Disney. Das Zwergenlied ver-breitete eine geradezu magische Wirkung, wenn ich während eines Ausflugs eine Gruppe Erstklässler diszipliniert über eine Straße lotsen musste.

*Heiho, heiho, wir sind vergnügt und froh*
*Heiho, heiho, heiho, heiho*

Die meisten Kinder kannten den Refrain des Zwergenmar-sches und liebten ihn. Der Rest konnte schnell mithalten. Ein einfaches, hilfreiches Lied, das immer gute Laune zaubert.

Als wir abends in Charlottenburg ankommen, hat sich die Luft abgekühlt. Ich öffne alle Fenster. Rolf geht ins Badezimmer, um sich zu rasieren. Derweil telefoniere ich mit Angela in Stockholm, um ihr zu schildern, was geschehen ist. Sie beruhigt mich und lässt Rolf grüßen. Für sie ist es kein Problem, sollten sich ihre Rückkehr und unsere Zeit in Berlin überschneiden, sodass wir einige Tage zu dritt in der Wohnung verbringen würden.

Während ich die unterwegs eingekauften Lebensmittel im Kühlschrank unterbringe, höre ich Rolf sagen: »Meine Stoppeln jucken.«

Ich drehe mich um. »Was ist los? Ist der Rasierer kaputt?«

»Keineswegs. Ich habe es mir anders überlegt. Ich will mir einen Bart stehen lassen.«

Fünf Tage bleiben wir in der Hauptstadt. Es ist zu laut in Berlin. Es ist zu heiß. Wer will sich schon den ganzen Tag in Museen aufhalten? Theater- und Opernkarten für herausragende Aufführungen sind ausverkauft. Da kommt uns die Idee mit dem Heimkino. Daniels Ventilator, alte Videokassetten und neuere DVDs machen es möglich. Am liebsten sind uns Komödien von Billy Wilder und Satiren, wie Charlie Chaplins *Der große Diktator* oder *Schtonk!* über die vermeintlichen Hitlertagebücher. Die meiste Zeit verbringen wir damit, Karls beachtliche Sammlung an Mitschnitten von Konzerten anzusehen: Rod Stewart, Bob Dylan, Aretha Franklin, Bruce Springsteen, Tina Turner. Und natürlich Joe Cocker. Sie wecken Erinnerungen an meine glücklichsten Jahre. Einmal lasse ich mich wie berauscht aufs Sofa fallen, strampele barfüßig mit den Beinen in der Luft und sage zu meinem Bruder, ich wolle endlich wieder feiern. Dann setze ich mich ordentlich hin und lade ihn ein zu einem Fest, bei dem wir den stinkenden Misthaufen, den die Eltern uns vererbt haben, unbekümmert in die Luft jagen. Der

Mist würde wie von einer Wolke weitergetragen und über dem Führerbunker niedersinken.

Aber Rolf ist mit seinen Gedanken woanders. »Ich beneide dich um deine unzerstörbare Ehe mit Karl«, sagt er mit belegter Stimme, »und dass deine Liebe nach seinem Tod weiterlebt.«

Da platze ich mit der Frage heraus, die mich mein halbes Leben begleitet: »Ich wüsste so gern, woran deine Freundschaft mit Karl zerbrochen ist.«

Rolf, der gerade eine Schinkenschnitte isst, lehnt sich kauend im Stuhl zurück und gibt erst Antwort, als der Bissen unten ist. »Da gibt es nicht viel zu sagen. Ich war in ihn verliebt. Karl wusste davon nichts. Den Eltern war unsere Freundschaft suspekt. In ihren Augen war Karl ein schwuler Krimineller, nur darauf aus, mich zu verführen und in den Abgrund zu treiben. Und ich am Anfang der Pubertät mit einem undurchsichtigen Gefühlsleben … Was wusste ich schon?«

Wütend zerknüllt er seine Papierserviette und wirft sie auf den Tisch. Ich denke, jetzt steht er auf, verlässt die Wohnung und geht einmal um die Ecke, um sich zu beruhigen. Aber er verstummt nur und setzt sich aufrecht hin. Nach einer Weile fährt er fort: »Mir haben die Alten so lange zugesetzt, bis ich auf ihren Zug aufsprang und Karl nur noch furchtbar fand. Ich habe mich dafür geschämt und nicht an dem Geheimnis gerührt – bis mir im Winter in der Klinik ein Licht aufging. Du kannst dir vorstellen, wie sehr ich das heute alles bedaure.«

Rolf und ich sitzen lange schweigend da, er am Esstisch, ich auf dem Sofa. Eine weitere Schublade hat sich geöffnet. Ihr Inhalt ist Scham, die nun die Chance bekommt, sich in Luft aufzulösen. Auch in diesem Fall hatte Scham mitgewirkt an der traurigen Tatsache, dass wir Geschwister uns nicht nahekamen und die Kluft mit Mutmaßungen und Vorurteilen füllten. Nun ist die Sache geklärt, ohne weitere Worte.

Mir geht durch den Kopf, dass Rolf und ich schon zu lange aufeinander hocken. Als ich es ausspreche, stellt sich heraus, dass er dasselbe gedacht hat und schon dabei ist, seine Sandalen anzuziehen. Er will eine Ausstellung besuchen. Als er die Wohnungstür zuzieht, stelle ich den Ventilator neben die Couch und lege mich hin. Gegen einen kleinen Schlaf wäre nichts einzuwenden. Stattdessen beschäftigt mich der Gedanke, wie kulturlos meine Eltern gelebt haben. Ohne Kunstausstellung, ohne Oper, ohne Theater. Ohne Orgelkonzert von Bach. Gelegentlich las Vater im Sessel ein Buch. Bärbel dagegen meinte, sie käme vor lauter Arbeit nicht dazu. Heute finde ich ihre Ignoranz sonderbar, weil sie sich im gehobenen Bürgertum zu Hause fühlten, weil sie bei ihren Kindern Wert auf Allgemeinbildung legten und weil sie sich, wo immer sie auftauchten, mit dem Gestus der Überlegenheit in jede Diskussion einmischten, ohne zu merken, dass es ihnen schlichtweg an Bildung mangelte. In ihrem Milieu erfuhren sie mit ihren extremen Ansichten kaum Widerspruch. Rüdiger und Bärbel trugen sie mit einer Gewissheit vor, die nicht zu ihrem Alter passte, sondern zu dem von Teenagern. Der Reifegrad meiner Eltern, sagt mir meine Erfahrung als Lehrerin, lag intellektuell wie emotional auf einem niedrigen Level. So erkläre ich mir ihr Schwarz-Weiß-Denken. Die Schritte zum Erwachsenwerden waren sie nicht gegangen.

Aber wie überall im Leben, gab es auch bei meinen Eltern Ausnahmen von der Regel. Da war das Schubert-Konzert, zu dem mich Bärbel zu Beginn meiner Pubertät mitnahm. Im Rückblick ist mir klar geworden, dass es sich dabei um ein abgekartetes Spiel handelte, bei dem ich den Halt durch meinen Vater verlor. Er liebte mich nur, als ich noch ein Kind war. Er hatte sogar meine Anfangsbuchstaben in einen Baumstamm geritzt. Ich fragte, warum ein P und ein S, und nicht SS. Da sagte er: »Du bist doch mein Püppchen.« Der Baumstamm wurde im

Laufe der Jahre immer dicker, die Buchstaben wurden immer größer, und Vater wurde richtig gemein. Als ich zwölf war, riss er von einem Tag auf den anderen das Steuer herum. Plötzlich störte ihn, dass ich mich wie ein Junge benahm. Davor hatte er mich manchmal Sebastian genannt. Nun aber sagte er, meine Zeit als Junge sei endgültig vorbei. Ich müsse lernen, mich wie eine Dame zu benehmen, dürfe in der Schule nicht mehr vorlaut sein und müsse mir zu Hause vor den Mahlzeiten einen Rock anziehen. Ich fragte, was das denn sei, eine Dame, und ob meine Mutter eine Dame sei. Er antwortete: »Ja und nein.«

Ich gab mein Bestes. Wenn ich abends seinen Schlüssel in der Tür hörte, begrüßte ich ihn ohne Freude, bewegte mich bewusst langsam und gab ihm einen Kuss auf die Wange. Ich unterdrückte schlimme Wörter. Doch ihm reichten meine Bemühungen nicht. Er setzte neue Standards, und wenn ich sie nicht erfüllte, bekam ich eine Ohrfeige. Bei meinen Zeugnissen interessierten ihn nicht mehr die Noten in den Fächern, sondern nur noch die Kopfnoten. Er wollte, dass mein Betragen im Unterricht mit gut oder sehr gut benotet wurde. Aber da stand: *Im Ganzen gut*. Bei jedem Zeugnis, für das ich seine Unterschrift brauchte, schlug er mich und sagte, wer sich wie eine Halbstarke benehme, müsse wie eine Halbstarke behandelt werden. Mutter stand neben ihm und strahlte volle Zufriedenheit aus. Ich wollte ihm erklären, dass jemand, der sich lebhaft am Unterricht beteiligt, in seinem Eifer manchmal störe, und deshalb nie ein *Gut* oder *Sehr gut* in Betragen bekomme. Vater winkte ab. Er konnte ein solches Arschloch sein.

Aber ich hörte nicht auf, ihn zu lieben. Ich war kein kleines Kind mehr. Anders als bei meiner Mutter kam mir nie der Gedanke, ich hätte seine Schläge verdient.

*

Am Nachmittag vor unserer Abfahrt nach Wassenhorst kommt Nina auf einen Sprung vorbei. »Iih«, ruft sie, als sie ihren Vater sieht, »soll das ein Bart werden? Der kratzt doch sicher.«

Rolf beugt sich zu ihr. »Sei mutig, Nina. Probiere es aus.«

Vorsichtig reibt sie ihre Wange an die seine. »Geht gerade noch«, sagt sie und legt ihre Arme um seinen Hals. »Mensch, Papa, du siehst aus wie einer vom Fahndungsfoto.«

»Das ist Absicht«, sagt er mit gespieltem Ernst. »Ich will deiner Oma den Schreck ihres Lebens einjagen. Ich will, dass sie schreiend auf die Straße rennt und nach der Polizei ruft.«

»Du bist albern, Papa«, sagt sie. »Würdest du boxen, hätte Oma mehr Respekt vor dir.«

Nina kommt direkt vom Training, ihre Haare sind noch feucht. Wir schließen uns lange in die Arme. Sie riecht nach frischem Duschgel und Körpercreme. Als ich sie loslasse, strahlen ihre Augen mich an. Sie kramt aus ihrem Rucksack einen braunen Umschlag hervor und legt ihn auf den Esstisch.

»Entschuldigung, Sonja, das Buch habe ich mir von dir ausgeliehen. Ich wollte es dir noch sagen, aber bei der Abreise von der Ostsee war so große Hektik.«

»Alles klar«, sage ich, drücke sie ein zweites Mal an mich und lege meine Hände auf ihre Wangen. »Wie schön du bist, Nina. Was immer du seitdem gemacht hast, es muss eine Herzenssache gewesen sein. Hast du dich verliebt?«

Rolf im Hintergrund lacht verlegen. »Das wohl nicht. Komm, Nina, sag deiner Tante endlich, wann du das Buch gelesen hast und warum. Du wolltest es ihr doch unbedingt selbst erzählen.«

Sie drückt mir den Umschlag in die Hand. »Ich habe es gelesen, als ich mit Papa in Kattowitz war, und auch in Auschwitz.«

»Okay, Nina, welches Buch ist es denn?«, sage ich bemüht langsam, um ruhig zu klingen.

»Es ist der Welt-Bestseller von Viktor Frankl, … *trotzdem Ja zum Leben sagen*.«

Ich breche in Tränen aus und muss mich setzen.

»Was ist mit dir?«, fragt Rolf besorgt.

Meine Nichte legt mir fest den Arm um die Schulter und will mir ein Taschentuch in die Hand drücken. Ich fege es vom Tisch und sage schluchzend: »Mit euch hat das nichts zu tun. Lasst mich einfach weinen. Das brauche ich jetzt.«

»Dürfen wir deine Musikvideos ansehen?« Ninas pragmatische Ader ist unschlagbar.

»Kein Problem«, sage ich halb lachend, halb weinend. »Ich bin jetzt mal in meinem Zimmer.« Ich wische mir die Tränen aus dem Gesicht und nehme den Umschlag an mich. Das Taschenbuch müsste ich eigentlich Angela zurückgeben. Ihr Name steht in der Innenseite. Sie hatte es mir in der Klapse geliehen. Ich las es damals zum zweiten Mal, überrascht, wie viel ich in der Pubertät davon verstanden und behalten hatte. Victor Frankls Buch erschien 1946. In der hinteren Innenklappe entdecke ich eine Anmerkung in Angelas Handschrift: *Dass F. schon ein Jahr, nachdem er aus dem KZ befreit wurde, Zeugnis ablegen konnte, ist für sich schon ein Wunder. Er hat ohne Trauma überlebt, weil er als Häftling alles und jeden genau wahrnahm und sich dabei vorstellte, er befinde sich in der Zukunft, in einem warmen Hörsaal, und lasse Beschreibungen aus seiner KZ-Vergangenheit in seinen Vortrag einfließen.*

Ich lege mich auf mein Bett und blättere zurück. Meine hingekritzelten Anmerkungen haben in einem geliehenen Buch nichts zu suchen. Außerdem sind sie kaum zu entziffern. Beides verrät meinen damaligen Zustand als Patientin in der Psychiatrie.

Langsam kommt Ninas Nachricht, dass ihre Polenreise sie nach Auschwitz führte, in meinem Innenleben an, aber ich bleibe gelassen. Mit ihren dreizehn Jahren macht sie einen so lebendigen und vernünftigen Eindruck, dass ich weit davon entfernt bin, mir wegen ihr Sorgen zu machen. Tante Sonja muss sie nicht beschützen. In der Regel schalten Jugendliche in den Gedenkstätten ab, wenn ihr Limit erreicht ist, und das ist gut so. Nina wird weggesehen und ihre Ohren mit Musik abgedichtet haben. Aber sie wird nicht im Hintergrund herumgealbert und gespottet haben, wie ich es oft mit Schülern erlebte, weil sie die Führung durch einen ehemaligen KZ-Häftling nicht ertragen konnten.

Ich gehe zurück ins Wohnzimmer. Zwei Augenpaare mustern mich besorgt. »Alles okay«, sage ich. »Allerdings ist mir noch etwas eingefallen, das ich unbedingt loswerden muss.«

Nina und Rolf unterbrechen das Konzert mit Tina Turner und setzen sich an den Tisch. Ich bleibe stehen.

»Also, ich fasse mich kurz: Es war die Nacht nach dem Tag, an dem Karl und ich in Birkenau waren. Wir hatten ein Hotel in Krakow. Im Bett las ich weiter in den Aufzeichnungen des Lagerkommandanten Rudolf Höss, denn seine Sprache glich der von Vater fast aufs Wort, und ich suchte nach einer Erklärung für das, was ein paar Stunden vorher in Birkenau geschehen war, als ich allein durch das Areal mit seinen unfassbaren Ausmaßen ging. Plötzlich hörte ich etwas. Es war mehr als ein Gedanke. Ich habe Vaters Stimme gehört, laut und deutlich, wie er sagt: *Ich mache ja vieles mit. Aber für diese Schweinerei bin ich nicht zu haben.*«

Nina sieht mich aufmerksam an, aber Rolf scheint in Gedanken versunken. Also spreche ich weiter: »Kann nicht sein, denke ich. So ein Unsinn! Vergiss es. Aber dann, in einem Hotelbett in Polen, mein schlafender Mann neben mir, während die Sprache von Rudolf Höss mich hellhörig macht, packt mich Vaters Stimme erneut: *Ich mache ja vieles mit. Aber für diese Schweinerei bin ich nicht zu haben.* Vater in Auschwitz – kann das sein? In diesem Moment habe ich zwischen Verzweiflung und Zweifel geschwankt. Aber letztlich haben die Zweifel überwogen, und das Geschehen hat seine Bedeutung verloren. Doch Jahre später habe ich Karl davon erzählt, und er hat nur gesagt: ›Was gibt es daran nicht zu verstehen? Es war keine Halluzination. Es war eine Erinnerung von dir, aus einer frühen Zeit. Ich selbst bin immer davon ausgegangen, dass dein Vater in Auschwitz war. Als SS-Mann wird er mehr als einmal eine Einladung erhalten haben, im Sinne von: *Das müssen Sie erlebt haben! So etwas darf man sich nicht entgehen lassen. So etwas ist einzigartig auf der ganzen Welt!*‹ Als sich die Wehrmacht in Russland auf dem Rückzug befand, wurde die SS-Belegschaft unruhig und ging auf die Suche nach möglichen Zeugen, vermutete Karl. Nach einem verlorenen Krieg könnten Kameraden nützlich sein, die einen Meineid vor Gericht nicht scheuten. Je mehr, desto besser. Und Karl gab mir noch etwas zu bedenken: Kein anderes Männerbündnis beherrschte das Lügen so perfekt wie die SS.«

Rolf nickt langsam. »Klingt plausibel«, sagt er mit einem Seufzer. »Wie kommt es nur, dass die schlechten Nachrichten nicht ausgehen? Da haben wir also den Beleg. Vater«, er wendet sich zu Nina, »dein Großvater war in Auschwitz.« Dann sieht er mich an. »Gibt es sonst noch etwas zu verdauen? Nein? Dann melde ich hiermit eine Pause an. Ich lege mich kurz hin.«

Nina wechselt das Thema und erzählt, dass sie bald wieder zurück nach Eberswalde muss. Sie will bei einer anstehenden Klassenarbeit ausgeruht sein.

»Gefällt es dir im Osten?«, frage ich.

»Ja und nein. In der Nähe der Datsche treffen sich jetzt die Neonazis.«

Zum Abendessen gehen wir in die nächste Pizzeria. Genau genommen sitzen wir draußen auf dem Bürgersteig. »Mir gefällt an Berlin, dass die Bürgersteige so breit sind«, sagt Rolf. »Ganz anders als in Wassenhorst, wo man ein Pärchen nur dann überholen kann, wenn man auf die Fahrbahn ausweicht.«

In Ninas Gesicht erscheinen senkrechte Falten zwischen den Brauen, aber sie beherrscht sich. »Wir haben so wenig Zeit miteinander. Ich möchte bitte nichts von Wassenhorst hören.«

Während wir Pizza essen, versichern mir Vater und Tochter, sie seien sich durch ihre Reise nach Polen so nah gekommen wie noch nie zuvor. Sie haben sich Dinge aus ihrem Leben erzählt, die Teil des großen Schweigens gewesen waren. So erfuhr Rolf, dass Nina ihren ersten Boxkurs damit finanzierte, dass sie ihre Eltern bestahl. Sie gestand ihm, wie häufig sie die Schule geschwänzt hatte und dass sie beim Schwarzfahren in Bus und Bahn nie erwischt worden war. Rolf muss sich auch zu seinen gescheiterten Ehen geäußert haben und dass dieses Pech voll aufgewogen werde durch sein Glück, drei wunderbare Töchter zu haben. Sophia, Inga und Nina.

Nina bedauert, dass Angela noch nicht eingetroffen ist. Rolf hat ihr erzählt, dass Angela Psychiaterin ist. Zum ersten Mal äußert meine Nichte einen Berufswunsch. Sie will Ärztin werden.

Ich werde unruhig. Was ist mit Ninas Zukunft? Schließlich gelingt es mir, die Frage aller Fragen loszuwerden. »Ich habe verstanden, dass du deinem Heimatort den Rücken zugekehrt hast«, sage ich. »Weißt du schon, wie und wo es mit dir weitergehen soll? Wo wirst du leben?«

»Das müssen meine Eltern entscheiden«, antwortet Nina seelenruhig. »Die Schulpflicht wird Mama und Papa dazu zwingen, endlich miteinander zu reden.«

Rolf zieht die Augenbrauen hoch und schweigt dazu.

*

Es ist an der Zeit, Schwester Anni kennenzulernen. Lange habe ich über ein Geschenk nachgedacht. Pralinen und Schokolade fallen wegen der Hitze aus, und für Blumen wird wohl ihr Gärtchen sorgen. Ich entscheide mich für einen großen, italienischen Seidenschal, den ich nur bei ganz besonderen Anlässen getragen habe. Ich möchte, dass Anni etwas gehört, was einmal mir gehört hat. Er hat ein feines rotbraunes Muster und fühlt sich an wie die Berührung von allerfeinsten winzigen Federn, mit denen eine Amsel ihr Nest auskleidet. Den Schal packe ich in Seidenpapier und schiebe ihn sorgfältig in einen großen Umschlag.

Ich möchte mich ein wenig auf meinen Geburtsort vorbereiten, aber im Internet finde ich nur drei nichtssagende Fotos. Wäre Mittendorf eine Hansestadt gewesen, würden vermutlich noch heute mittelalterliche Stadttore davon zeugen – hohe, prächtige Ziegelbauten, weshalb es in Stendal und anderswo eine Touristenauskunft gibt. Weil vorgewarnt, bin ich wenigstens nicht enttäuscht, als mein Bruder und ich unser Ziel erreichen, ein Städtchen, das nach der Wende Teil einer Großgemeinde wurde.

Rolf fühlt sich endlich rundum wohl und fährt den Bully nun wieder selbst. Er zeigt mir die Gaststätte am Markt, wo wir uns später zum Essen treffen werden. Dann setzt er mich neben der evangelischen Kirche ab. Ich habe darum gebeten, dass Anni und ich bei unserer ersten Begegnung allein sind.

Pünktlich um 11 Uhr klingle ich an einer verwitterten Holztür, die nur auf einem Weg durch den Garten zu erreichen ist. Am meisten überrascht mich, wie groß Anni ist. Trotz ihres Alters und des Gehstocks hält sie sich aufrecht. Ein ärmelloses, helles Baumwollkleid bedeckt ihre Körperfülle. Sie hat ein Gesicht voller Runzeln, ihre Lachfalten sind ausgeprägt, und oberhalb des linken Mundwinkels ist eine kleine Warze. Das feine, weiße Haar hat sie hochgesteckt und am Hinterkopf mit einer Spange befestigt. Ihre blauen Augen hinter der Brille sind feucht, und meine blauen Augen sind es auch.

Sie beugt sich zu mir, streicht mir über beide Wangen und zieht meinen Kopf an ihr Gesicht. Ich spüre ihre Tränen, immer noch sind wir stumm. Der Flur ist niedrig und fensterlos, aber nicht stickig. Hier wird gut für Durchzug gesorgt, geht es mir durch den Kopf.

»Komm, meine Sonny, ich muss dir etwas zeigen.« Ihre dunkle Stimme klingt weich und überraschend jung. Ich kann Anni nicht loslassen und hake mich bei ihr ein, während sie mich in ihr kleines Wohn- und Schlafzimmer führt. Auf einer Anrichte steht neben einer Galerie von alten und aktuellen Familienfotos ein Bild von uns beiden: Schwester Anni mit Häubchen und weißer Schürze, verliebt auf mich herabschauend, auf mich, das hellwache Baby auf ihrem Schoß. »An deinem Geburtstag habe ich immer eine Kerze angezündet, zuletzt am 8. Januar dieses Jahres«, sagt sie.

Wir setzen uns nach draußen an einen schattigen Platz direkt neben der Eingangstür. Er wird vom Kirschbaum begrenzt, in dem ein Schlauch mit Duschkopf hängt. Anni bückt sich etwas schwerfällig und dreht den Wasserhahn auf. Eine angenehme Kühlung erreicht unsere Sitzecke. Dort zu sein, neben ihr, während das Wasser rieselt, entspannt mich in einer Weise, wie ich es lange nicht erlebt habe. Ich, Sonja, seit dem Tod von Karl ohne Heimat, bin angekommen bei Schwester Anni.

Sie bewirtet mich mit Tee, Butterkuchen und köstlichen Kirschen aus ihrem Garten. Kurz beschreibt sie das für sie Wesentliche. »Alles begann damit, dass deine Großmutter vor ihrem Haus stand, als hätte sie schon auf mich gewartet. Sie gab mir Kost, Logis und ein Taschengeld. Und ich bekam ein Baby geschenkt!«

»Du hast mich gestillt, stimmt's?«

Sie sieht mich mit großen Augen an. »Ja. Wer hat dir das erzählt?«

»Niemand. Ein Gedanke, ist mir eben erst gekommen. Meine liebe Amme, ich danke dir.«

»Ganz meinerseits, Sonny. Mit dir im Arm ist eine traurige Geschichte zu einem guten Ende gekommen.«

Sie legt einen in ihrem Mund blank gearbeiteten Kirschkern in ihre Untertasse. Dann lehnt sie sich im Stuhl zurück und sieht vor sich hin. In wenigen Worten fasst sie die Vorgeschichte zusammen. Die Flucht aus Danzig nach Berlin im März 1945, die Arbeit in einem Lazarett, ihr Freund und Beschützer Herrmann König, ein Hilfspfleger, von Beruf Kunstmaler. Ihre Mutter in Danzig von einem Rotarmisten erschossen. Der Endkampf um Berlin und das Kriegsende. Wie die Stadtbewohner den Hunger kennenlernten. Wie Herrmann sich im Mai 1946 von ihr trennte, um nach seiner Frau und den Kindern zu suchen. Wie er im Laufe seiner langen, gefährlichen Zickzack-Reisen auf Pauline Wasten traf und wie ein lieber Gast behandelt wurde. Wie Anni nach vielen Monaten ohne Nachrichten in einem Brief erfuhr, er habe endlich seine gottlob gesunde Familie im Harz wiedergefunden, worauf sie zurückschrieb, sie sei hochschwanger. Wie sie ihn kurz darauf in Mittendorf wiedersah. Wie sie vor dem Haus von Pauline Wasten in Ohnmacht fiel und ihr Kind verlor. Wie sie die Amme eines zwei Wochen alten Babys wurde.

Anni trinkt einen Schluck und sieht mich wieder an. »Von Berlin nach Mittendorf war ich meistens zu Fuß unterwegs. Es war hochgefährlich. Ich hatte mehr als einen Schutzengel.«

»Gott sei Dank«, sage ich und drücke sanft ihre Hand. »Weißt du, in Gedanken nenne ich dich ›meine gute Mutter‹, im Gegensatz zu Bärbel, meiner ›bösen Mutter‹. Ich habe inzwischen verstanden, dass sie nicht mehr als eine Leihmutter war. Meine echte Mutter bist du.«

Auf ihrem Gesicht breitet sich ein feines Lächeln aus. »Ich verstehe, was du meinst. Diese Frau hat dich nur angeschaut, wenn Leute zu Besuch kamen und Fotos gemacht wurden. Du warst für sie die Requisite, die sie für ihre Theaterrolle der liebevollen Mama brauchte.« Eine Erinnerung lässt sie leicht den Kopf schütteln. »Ich weiß noch, wie entsetzt ich war, als Bärbel Senkel wollte, dass ich abstille, mit der Begründung, sie finde ein pralles Baby ordinär.«

»Wie bitte!?«

»Na, ich habe mir nichts vorschreiben lassen. Ich habe nur gesagt, über das, was ein Baby in den ersten Monaten braucht, wüsste ich mehr als sie.« Anni lutscht wieder an einer Kirsche. »Bärbel Senkel war eine Anhängerin von Johanna Haarer. Sagt dir das etwas?«

Ich schüttele den Kopf.

»Deren abscheuliche Bücher über die Säuglingspflege waren in der Nazizeit weit verbreitet. Darin stand, Kinder müssten vom ersten Lebenstag an dressiert werden.«

Anni bittet mich, den Sonnenschirm so auszurichten, dass wir länger im Schatten sitzen können. Obwohl im Aussehen ein ganz anderer Typ, erinnert sie mich an Fräulein Montig. Güte und Durchsetzungskraft sind keine Gegensätze. Sie und ich reden in einer Offenheit ähnlich der, die sich zwischen Rolf und mir entwickelt hat. Wie Fräulein Montig ist sie in der Nachkriegszeit Radfahrerin gewesen. Sie sagt, sie habe die Gemeindearbeit in der evangelischen Kirche sehr gemocht, auch sei sie für Gemeinden in Nachbarorten zuständig gewesen. Später sei ihr ein Moped zur Verfügung gestellt worden. »Na ja, damals war ich noch schlank. Ich esse eben gern.« Sie lacht und streicht wohlwollend über ihren Bauch. »Bist du mal

Moped gefahren? Nein? Ich sag dir: An einem hellen Sommerabend im Fahrtwind heim nach Mittendorf fahren, da muss man Halleluja rufen.«

Schwester Anni hatte 1950 Jakob, einen Kriegsversehrten, geheiratet, der ebenfalls auf dem Weg von Berlin in den Westen in Mittendorf hängen geblieben war. Als gelernter Schlosser machte er sich in einer Zeit der Armut und des Mangels mit dem Reparieren von Werkzeugen unentbehrlich. Er war geschieden und hatte zwei Kinder. In den Wirren der Nachkriegsjahre hatten er und seine Frau sich auseinandergelebt. Seine schwere Beinverletzung führte dazu, dass er humpelte. Er war auch nicht mehr zeugungsfähig. »Aber weißt du, meine Liebe, kinderlose Ehen sind oft die glücklicheren«, sagt Anni. »Du hast ja gesehen: Trotz meiner kleinen Wohnung konnte ich mich nicht von unserem Ehebett trennen. Aber sag mir, Sonny, warum hast du keine Kinder?«

Ich spreche von einer Operation, bei der meine Eierstöcke, verklebt und verkümmert, entfernt werden mussten. Ich verschweige nicht, dass ich froh darüber war, weil ich mir nicht vorstellen konnte, eine gute Mutter zu sein. Und ich füge hinzu, dass auch Karl und ich glücklich miteinander waren und dass ich das Ehebett nicht hergebe.

Noch einmal gehen wir zu ihrer Fotogalerie. Anni stellt mir ihre Angehörigen vor: Menschen von klein bis groß schauen aus den Bildern heraus, lachend oder nachdenklich, in jeder Jahreszeit, in verschiedenen Epochen.

»Ich bin Gott so dankbar, dass ich nach Jakobs Tod im Alter nicht allein bin«, sagt Anni, als wir wieder neben dem genial kühlenden Kirschbaum sitzen. »Aus Jakobs erster Ehe stammen zwei Kinder und eine Reihe von Enkeln. Jakob hatte einen guten Kontakt zu ihnen, und so ist es bis heute bei mir. Einige von ihnen wohnen in der Umgebung. Und da gab es noch die

Schwester meiner Mutter, die es mit ihren zwei Kindern von Danzig nach Magdeburg schaffte. Deren vier Kinder sind ebenfalls meine Enkel, und dann habe ich noch zwei Urenkel – Wie ist es bei dir, Sonja?«

Ich denke nach und beantworte ihre Frage so kurz und nüchtern wie möglich. Ich verweise auf den verdeckten Krieg zwischen meinen Eltern, den Fluch der Geheimnisse, die Legenden von Vater und Mutter, ihr Verschweigen von Vettern und Cousinen, was ein Zusammenwachsen durch Familienfeste verhinderte. In meiner Herkunftsfamilie hatte es viele Risse gegeben. Ich erzähle ihr davon, dass zwischen meinem Bruder und mir lange kein Vertrauen herrschte und ich den Kontakt zu meiner Mutter abgebrochen habe. »Meinen Bruder kenne ich eigentlich erst seit ein paar Wochen. In Berlin hat uns gestern Rolfs pubertierende Tochter besucht, ein tolles Mädchen«, sage ich. »Aber die zwei Töchter aus Rolfs erster Ehe kenne ich überhaupt nicht.«

»Was jetzt nicht ist, wird sich noch ergeben«, sagt Anni. Sie glaubt, dass auch ich in Zukunft Familie haben werde. Nichten und angeheiratete Neffen und einen Zuwachs an Großnichten und Großneffen, also die Gruppe, die sie selbst als ihre Enkelkinder bezeichnet.

»Ich werde dafür beten«, sagt sie und sieht mich verschmitzt an. »Darin bin ich richtig gut. Du nicht, nehme ich an. Macht nichts. Hauptsache, du lässt zu, dass ein Mensch, der dich liebt, es tut.« Nichts hätte mich mehr überraschen können. Von Karl habe ich genau dasselbe gehört. Wieder einmal bin ich sprachlos. Anstelle eines Wortes der Zustimmung streichele ich die weiche, von der Gartenarbeit gebräunte Haut ihres Arms.

Zum Abschied überreiche ich Anni meinen langen Schal. Ihr gefallen die Farben und das Muster. Während sie den Hauch von Seide betastet, strahlt sie und legt das Tuch behutsam um ihren Hals. »Es duftet nach dir, Sonny, mein Liebling. Ein schöner Schal mit einem schönen Duft. Auf meine Nase ist immer noch Verlass. Wäre es doch mit den Gelenken ebenso.« Dann drückt sie mir noch eine Tüte mit dicken, schwarzroten Kirschen in die Hand. Wir verabreden uns für den kommenden Tag, wieder um 11 Uhr.

Ich schlendere durch den Ortskern und suche den Schatten der Bäume. Meine Gedanken kreisen um Anni und Herrmann. Die beiden empfanden sich nicht als Liebende, sondern als Kameraden, die in Zeiten der Not und quälender Ungewissheit Bett und Wärme teilten. Nachdem sie getrennt waren, schrieb Herrmann Anni aus der kleinen Stadt Mittendorf, er sei mit Fett wohlversorgt durch Pauline Wasten, die Ehefrau eines Ölmühlenbesitzers. Auch habe er den Auftrag bekommen, alle Mitglieder der wohlhabenden Familie zu malen. Pauline Wasten sei großherzig und habe angeboten, für Schwester Anni und ihr Baby gute Bedingungen schaffen. Er selbst werde auch für ein drittes Kind gut sorgen. Im Sommer 1947 kam Herrmann ein zweites Mal nach Mittendorf, um Anni wiederzusehen. Pauline Wasten gab ihm bei dieser Gelegenheit den Auftrag, das neueste Familienmitglied, das Baby Sonja, zu malen. Was für ein Glück! Ohne dieses Bild hätte ich vermutlich nie zu meiner guten Mutter gefunden, die mir ihre Milch, Geborgenheit und Urvertrauen schenkte.

Die Traditionsgaststätte befindet sich zwischen Kirche und ehemaligem Rathaus. Rolf ist noch nicht eingetroffen. Unvermeidbar mein Gedanke, dass hier Vater Rüdiger und Großvater Anton möglicherweise den Plan für den Tod von Gabriel Grossmann schmiedeten. Aber ich gehe dem nicht weiter nach. Es kann warten. Da bin ich rigoros. So viel Neues, Schreckliches und Schönes hat sich in kürzester Zeit in meinem Hirn ausgebreitet und meldet sich immer dann, wenn ich nicht hundertprozentig abgelenkt bin. Es will mit Aufmerksamkeit versorgt werden. Aber wann das geschieht, bestimme immer noch ich. Es geht darum zu verhindern, dass in meinem Hirn ein Wimmelbild entsteht, das mich gaga macht. Noch halte ich alle Fäden in der Hand. Ich will, dass ein Netz entsteht, das mir Orientierung und Halt gibt. Wenn dieses Roadmovie hier vorbei ist, werde ich mich in die Stille zurückziehen, um Ordnung zu schaffen, um Überblick zu gewinnen, um wichtigen Menschen, die ich Anfang dieses Jahres noch gar nicht kannte, einen Platz in meinem Leben zu geben. Ich werde keine Zukunftspläne machen, die ich dann so, wie ich mich kenne, einen nach dem anderen mäkelnd verwerfe. Ich werde mich hüten, nach einer passenden Zukunft zu suchen. Ich werde bereit sein, mich von einer passenden Zukunft finden zu lassen.

Erst spät erkenne ich Rolf, der vom Ende des langen Raums näherkommt. An seinen Bart muss ich mich noch gewöhnen. Wir sitzen im großen Schankraum, der nach einer Sanierung so aussieht wie viele Kneipen mit Mittagstisch im Westen es tun. Dieser hier hat sogar eine Klimaanlage. Mein Bruder und ich bestellen ein Schnitzel, dazu einen großen Teller mit Salat. Beim Bestellen fragt die Bedienung, ob uns zum Salat eine süße Sauce recht sei. Rolf und ich sind neugierig und nicken.

Der Salat schmeckt, als sei er morgens frisch aus dem Garten geholt worden, was die Wirtin bestätigt. »Na so was«, sage ich nach dem ersten Bissen. »Sahne, Zitrone und Zucker. Die Sauce könnte von Bärbel stammen. Kriegt man sie immer noch bei ihr?«

»O ja«, sagt mein Bruder vergnügt. »Mir schmeckt die Sauce immer noch so gut wie früher. Auch Mutter erntet den Salat frisch aus dem Garten. Bei den Enkeln und Nina kommt die Sauce gut an. Aber meine großen Töchter und ein Schwiegersohn meiden sie wegen des Zuckers. Es droht jedes Mal ein Drama. Mutter ist gekränkt, ihre schlechte Laune breitet sich aus. Wir versuchen, sie zu ignorieren, und sind verkrampft lustig. Beim nächsten Besuch hat sie den Konflikt vergessen, und wieder ist Zucker im Dressing. Meine Tochter Sophia hat die Flasche mit Ahornsirup umsonst mitgebracht. Wenn dann noch jemand bemängelt, dass Bärbel keine Bio-Zitronen verwendet, sagt sie vorwurfsvoll, sie habe Kopfschmerzen, verlässt den Tisch, sprengt draußen den Garten oder geht in ihr Zimmer und taucht nicht wieder auf.«

Mein Bruder möchte wissen, wie das Treffen mit Schwester Anni war. Ich sage ihm, dass mir dafür noch die Worte fehlen. Nach einer Weile stellt er fest, mein Gesicht sei reines Staunen und reine Seligkeit, so wie er es von seinen Enkeln kennt nach einer gelungenen Weihnachtsbescherung.

Eine Entscheidung steht an: Wohin mit uns in der Affenhitze? Rolf hat inzwischen die Cousins Wolfgang und Bernd getroffen und erfahren, dass es reichlich schattige Plätze an den Ufern der Flüsschen gibt, mit urigen kleinen Stränden und umgefallenen Baumstämmen von einer Seite zur anderen. Allerdings soll das Wasser in ihrer Region derzeit nicht sauber sein. Vom Schwimmen sei abzuraten. Als Alternative haben die Brüder ein von Kletterpflanzen eingewickeltes Gasthaus nahe der Autobahn Berlin-Magdeburg empfohlen. Es sei ruhig gelegen.

So kommt es, dass wir den restlichen Tag in einem südländisch gestalteten Innenhof und die Nacht in zwei kleinen Zimmern verbringen. Im Innenhof, den eine Galerie mit Holzgeländer säumt, werden die Pflanzen stundenweise berieselt, es ist angenehm kühl. Dort ist auch für das Abendessen gedeckt. Rolf bestellt eine Soljanka und ein Entrecôte, und ich eine eiskalte Sommersuppe, danach einen großen Speckpfannkuchen. Dazu für uns beide Salat aus dem Garten mit süßer Sauce. Zum Nachtisch warme Törtchen mit einem heißen Schokoladenkern. Wir trinken gemeinsam einen halben Liter italienischen Rotwein und verschieben die Planung für die kommenden Tage auf das Frühstück. Dann bestellen wir eine zweite Karaffe Rotwein. Inspiriert von der tropischen Hitze einer Nacht in Sachsen-Anhalt, erzählen wir uns von Reiseerlebnissen in Italien. Rolf schwärmt von einer Opernaufführung in der Arena von Verona. Wie die Operngäste anschließend, gegen Mitternacht, an improvisierten Esstischen Platz nahmen, die die kleinen Gassen ausfüllten. Wie sie mit Pasta, Fisch und Tiramisu versorgt wurden – einfache und köstliche Gerichte, wie sie nur die Italiener hinkriegen. Ich bade in Erinnerungen ans Katamaransegeln auf dem fast kreisrunden Lago di Bolsena mit seinen herausfordernden Winden. Wie Karl und ich jeden Sturm meisterten. Wie wir an einem Sonnentag nahe des Ufers segelten und mit einem Schlag drei Viertel des Sees umrundeten, also nicht ein einziges Mal den Kurs wechseln mussten. Ich verschweige nicht, dass wir dem Vollmond entgegensegelten und uns nicht in den Sinn kam, dass wir in völliger Dunkelheit zurückmussten.

Bei unserem Wiedersehen trägt Anni ein dunkelblaues Baumwollkleid, darüber meinen Schal. Sie umarmt mich und sagt: »Willkommen, meine Milchtochter.«

Und ich antworte: »Guten Morgen, meine Milch-Mama. Hast du gut geschlafen?«

Hat sie nicht, und ich auch nicht. Es wäre wohl zu viel verlangt nach Gesprächen, die so tief gehen, dass sie ein Leben verändern können oder doch zumindest den Blick auf ein Leben. Solche Gespräche sollten bei körperlicher Bewegung geführt werden, am besten in kleinen Portionen beim Wandern. Aber die Hitze erlaubt es nicht, und für Anni ist Gehen mit Schmerzen verbunden.

Diesmal sitzen wir in ihrer kleinen Wohnung, während wir Butterkuchen essen. Sie sagt, am Tag zuvor habe sie mir noch etwas über Bärbel Senkel erzählen wollen, aber es dann gelassen, weil sie sich nur ungern an diese Frau erinnert. Aber heute findet sie, es muss sein, und sie will es kurz halten.

»Es war Bärbel Senkel wichtig gewesen, mir zu zeigen, dass sie weit mehr war als nur eine einfache Krankenschwester. Sie sprach von einer verantwortungsvollen Position im Bereich der Volksgesundheit und Bevölkerungspolitik, die sie während des Krieges innegehabt hätte. Mir kam sofort der Verdacht, dass sie das T4-Programm, die Euthanasie, meinte.«

Anni verändert mit einem kleinen Stöhnen ihre Sitzposition und nimmt den Faden wieder auf: »Sie erinnerte mich an andere Krankenschwestern, die ich noch von früher kannte. Nach dem Krieg haben die meisten so getan, als wären sie zu ihrem Einsatz bei den Tötungen gezwungen worden. Eine Lüge, die von der Nachkriegsjustiz allzu gern geglaubt wurde. Die Schwestern hätten jederzeit kündigen können. Für sie gab es genügend andere Arbeit in der Krankenpflege. Und wer ging, wurde umgehend ersetzt. Klare Sache, oder?«

Ich sehe sie fragend an.

»Du musst wissen, Sonja: Es herrschte kein Mangel an jungen Schwestern, die sich geehrt fühlten, wenn sie im Sinne der Rassenhygiene zur deutschen Volksgesundheit beitragen durften.«

Anni hatte während des Krieges auf der anderen Seite gestanden. Sie hatte behinderte Kinder vor dem Zugriff der Nazis geschützt. Der Beruf der Kinderschwester war für sie die große Erfüllung gewesen.

Mit unserem Wechsel nach draußen ist das Thema abgeschlossen. Neben dem Kirschbaum, der so wunderbar kühlt, beschenken wir uns abwechselnd mit vielen kleinen Gute-

Laune-Geschichten aus unseren Leben. Es geschieht ungeplant und erweist sich als ein großes Fass, aus dem wir kuriose Begebenheiten, wundersame Zufälle, lustige Missverständnisse und berührende Beobachtungen schöpfen. Unsere zwei Stunden vergehen so schnell, als hätten sie Rückenwind. Anni legt einen Zettel mit Adresse und Telefonnummer und eine Einladung zu ihrem fünfundachtzigsten Geburtstag auf den Tisch.

»Weißt du, Sonny, Abschiede liegen mir nicht.«

»Mir auch nicht, Anni.« Wir nehmen uns kurz in die Arme, und ihr Seidenschal berührt mein Gesicht. Wir werden uns im November wiedersehen. Spätestens dann.

*

Rolf und ich haben uns erneut in der Gaststätte am Markt verabredet. Endlich lerne ich meine Vettern Wolfgang und Bernd kennen. Die sind etwas älter als Rolf, haben akkurat geschnittene weiße Bärte und tragen helle, kurzärmelige Hemden und knielange Shorts. Sie könnten Zwillinge sein. In ihren Meinungen und Haltungen stimmen sie genauso überein wie in ihrem Äußeren und sprechen gern in der ersten Person Plural von sich. Nie würde der eine ohne den anderen einen Angelausflug machen, erfahren Rolf und ich. Beide haben sie als Ingenieure im Wohnungsbau in der Region Magdeburg gearbeitet, mit dem Schwerpunkt Plattenbauten. Ich sage, mir sei aufgefallen, dass es in Mittendorf im Unterschied zu den anderen Ortschaften auf dem Land keine Plattenbauten gibt. Meine Cousins grinsen und sagen wie aus einem Mund: »Das haben wir zu verhindern gewusst.« Dann verwickeln sie meinen Bruder in einen Austausch über Vorteile und Nachteile der Pflege eines noch jungen Bartes.

Wie so viele Ostdeutsche sind sie gute Erzähler. Dennoch

merke ich nach einer Weile, dass mir das Zuhören schwerfällt, und beschließe, es ihnen offen zu sagen. »Ich komme gerade von einem langen Gespräch mit Schwester Anni. Es hat mir so gut getan! In Gedanken bin ich immer noch bei ihr.«

»Schwester Anni? Das verstehen wir gut«, sagt Bernd. »Sie ist eine Freundin der Familie und hat bei keiner Jugendweihe gefehlt. Auch Großvater und Vater haben sie sehr geschätzt. Einmalig ist diese Frau. In der DDR-Zeit hielt sie sich mit Widerspruch nicht zurück. Wir verdanken ihr viel. Sie war auch die Einzige, die uns unterstützte, als es um unserem Widerstand gegen die Plattenbauten ging.«

Sein Bruder Wolfgang ergänzt: »In Mittendorf wird viel über Kirchgänger gespottet, aber über Schwester Anni hört man nie was.«

Ich bedaure meine schlechte Konzentration. Das Gespräch beim Mittagessen muss interessant und unterhaltsam sein, ich höre meinen Bruder öfter lachen. Doch zuletzt wird es laut am Tisch. Es fallen die Stichworte »Wende«, »Treuhand«, »Scheiße«. Wolfgang stößt Rolf sanft in die Seite und sagt: »Lass es gut sein, Junge. Wir wissen, dass du im Prinzip mit uns solidarisch bist. Aber wenn es um die zehntausendste Neuregelung unseres Alltags in den ersten Wendejahren geht, also was uns da zugemutet wurde – das kannst du gefühlsmäßig überhaupt nicht erfassen. Sobald es bei unserem Gespräch hier in die Details geht, sagst du Sätze, da würden wir am liebsten aufschreien. Also, nichts für ungut, Schluss damit!«

Beim Abschied klopfen die Brüder Rolf und mir auf die Schulter und versichern, wie sehr sie sich darauf freuten, uns bei Schwester Annis runder Geburtstagsfeier wiederzusehen.

Um 14 Uhr sind wir mit Grete Stumm verabredet. Sie ist in Annis Alter, erwartet uns schon im Vorgarten und hilft beim

Parken in der engen Einfahrt. Sie ist eine gedrungene, drahtige Person mit einer radikalen Meckifrisur. Ich kenne diesen Typ Frau aus meiner Kindheit. Haarpflege und Kleidung mussten praktisch sein. Drei ihrer Art lebten in der Nachbarschaft und auf dem Bauernhof. Sie waren Mädchen für alles. Nie konnten sie einfach nur die Hände in den Schoß legen und nichts tun. Grete trägt eine verwaschene ärmellose Kittelschürze. Noch ehe wir im Schatten eines Obstbaumes Platz nehmen, haben wir erfahren, dass sie sich von ihrer Kittelschürze nicht trennen kann, da sie damit ihre guten Erinnerungen an die DDR-Zeit verbindet.

Während sie uns mit einer Mischung aus Klatsch und selbst erlebten Geschichten unterhält, putzt sie die Möbel in der Sitzecke und bessert eingerissene Kissen aus. Anders als ihr Name vermuten lässt, ist Grete Stumm sehr mitteilsam. Wie die meisten alten Menschen redet sie lieber, als zuzuhören. Sie möchte nicht durch Fragen unterbrochen werden. Ein schwarzweißer Kater kommt um die Ecke des Hauses und legt ihr eine tote Maus vor die Füße. Grete lobt ihren Otto, wirft die Maus auf den Komposthaufen, und als sie zurückkommt, ist ihr die Geschichte einer Mäuse- und Rattenplage eingefallen. Sie erzählt im Stehen, die Hände in die Hüften gestemmt. »Es war im Sommer 1945. Die Biester waren so viele, dass Gift nur wenig gewirkt hat. Anton Wasten beschimpfte mich, seine Frau und seine Tochter, wir sollten endlich mal unsere Drecksecken sauber machen. Herrje, wie empört wir waren! Aber schuld war er selbst. Er hatte vorher die Ratten- und Mäuselöcher zugekleistert und dabei Gips mit Trockenmilch verwechselt, die noch aus Friedenszeiten stammte.«

Grete setzt sich zu uns und zieht hektisch an einer Zigarette. Der Aschenbecher ist fast voll. »Interessiert euch, was im Hause Wasten in der Stunde null so vor sich ging?«

Wir nicken.

»Da wurde wochenlang gefeiert und gesoffen. Ihr könnt es euch nicht vorstellen. Selbst Anton war mit von der Partie. Niemand hatte ihm das zugetraut. Er war nicht der Typ, der über die Stränge schlägt. Im Suff hat er mir gesagt, er als Nazi würde ins Arbeitslager oder nach Sibirien kommen.«

Ich sehe sie überrascht an. »Als Haushälterin hast du wohl jede Menge mitbekommen, oft auch das, was Einzelne in der Familie verschwiegen. Stimmt's?«

Grete lächelt verhalten. »Euer Großvater und ich hatten ein Verhältnis. Aber das war kaum der Rede wert. Rüdiger Senkel trieb es mit der hübschen Buchhalterin von Anton, und eure Mutter vergnügte sich mit dem Direktor der Zuckerrübenfabrik.«

Rolf und ich können uns vor Lachen kaum halten.

»Na ja, das war wild und lustig und hörte irgendwann auf«, sagt Grete. »Mein Mann hat mir verziehen. Pauline Wasten hat dem Anton verziehen. Wenn ihr mich fragt, hatte sie wenig Freude an ihrem Ehemann. Sie war eine durch und durch wohltätige Frau, während der Kriegszeit und danach. Sie half nicht nur, wenn sie gefragt wurde. Sie hat die Not anderer Menschen gesehen, als alle anderen noch wegschauten.«

Für Grete ist die Arbeit an der Sitzecke beendet. Sie sagt, wir sollten ihr mit unseren Stühlen und den Getränken folgen. Sie hat vor, den Gartenzaun gründlich abzuschrubben. Der braucht angeblich dringend einen neuen Anstrich, aber das geht wohl nur nach Ende der Hitzezeit.

In ihrem Garten stehen fünf Obstbäume und Sträucher mit Stachelbeeren und Johannisbeeren. Es gibt ein Gemüsebeet und mehrere Blumenbeete. Am schönsten sind die riesigen Pfingstrosen in Weiß, Dunkelrot und Rosa. Grete beginnt ihre Arbeit an der hintersten Ecke, dort, wo in der kommenden

Stunde noch Schatten sein wird. Neben ihrem Wassereimer liegen eine Wurzelbürste und eine Plastikflasche mit Scheuermittel. Sie hat einen Hocker bereitgestellt, weil das Schrubben der Latten von oben nach unten im Sitzen leichter fällt. Mit der Bürste beseitigt sie nicht nur Schmutz, sondern teilweise auch den alten Anstrich. Ich kann es nicht glauben – sie arbeitet ohne Handschuhe! Die Abstände zwischen den Latten sind breit genug, sodass sie auch die Rückseite behandeln kann. Immer wieder steht sie zwischendurch auf, beugt und streckt sich, streicht sich den Schweiß aus dem Gesicht und trinkt aus der Wasserflasche. Rolf sagt, dass man Dreck und alten Lack mit einer Schleifmaschine beseitigen kann, aber davon will Grete Stumm nichts wissen. Dazu müsste sie in der Nachbarschaft rumfragen, und wer weiß, ob das Ding in ihren Händen nicht kaputtgeht.

Das Bearbeiten von einem Meter Zaun dauert genau eine Stunde. Das Gründliche liegt ihr. Wir fragen sie, wie lange sie für den gesamten Zaun brauchen werde, und sie antwortet, es interessiere sie nicht. Die Arbeit müsse getan werden. Basta.

Ich möchte gern wissen, warum sie nie eine Pause macht. Sie sieht verärgert aus. »Du stellst Fragen.« Sie seufzt. Dass jemand ihr so eine Frage stellt, ist sie wohl nicht gewohnt. Es dauert eine Weile, bis sie darauf eine Antwort hat. »Dann müsste ich ja an Dinge denken, an die ich lieber nicht denke. Zum Beispiel an Armut. Wenn Menschen zu lange arm und ohne Hoffnung sind, dann werden sie böse.«

Nachdem sie uns zum zweiten Mal aufgefordert hat, mit unseren Stühlen dem Schatten hinterherzuziehen, wird sie beim Schrubben des Zauns doch noch zur stummen Grete. Plötzlich legt sie die Wurzelbürste aus der Hand, saugt an einem blutenden Finger und gibt uns zu verstehen, sie müsse sich hinlegen. Rolf hätte gern etwas zu den Zwangsarbeitern in Großvaters

Ölmühle gewusst. Ich wollte sie auf den Fall Grossmann ansprechen, aber es ist zu spät. Ein anderes Mal vielleicht. Wir werden ja im November wieder in Mittendorf sein.

Uns ist nicht nach einer weiteren Nacht in dem südländischen Hotel. »Bringen wir's hinter uns«, sagt mein Bruder und startet den Bully. Wir biegen ab auf die Autobahn, nach Westen, später nach Südwesten in Richtung Wassenhorst. In einem Autobahnhotel machen wir einen Zwischenstopp. Während man uns die Zimmerschlüssel überreicht, telefoniert Rolf mit seiner Mutter und kündigt meinen Besuch an. Bärbel hat offenbar nichts dagegen.

Was habe ich mir da eingebrockt? Mir graust vor diesem Besuch. Ich kann nicht einschlafen und sehne mich nach Karl. Ich höre ihn zärtlich sagen: »Gefühle sind anstrengend, Sonja. Aber du kriegst das schon hin.«

Als wir 1978 erstmals gemeinsam in unsere Heimat fuhren, übernachteten wir in einem Hotel. Karl wollte bei seiner Mutter nach dem Rechten sehen. Ich war unglaublich erleichtert, ihn an meiner Seite zu haben. Mir stand Schlimmes bevor. Vaters Krebs war weit fortgeschritten, und sein Hausarzt hatte mich am Tag zuvor kontaktiert, ich solle so schnell wie möglich nach Wassenhorst kommen. Er müsse umgehend mit mir über meine Mutter reden. Dr. Gärtel war Internist und ein Rotary-Freund meines Vaters. Ich hatte ihn oft bei uns zu Hause erlebt.

Er erwartete mich nach Ende der Sprechstunde in seiner Praxis, rauchte Kette und kam ohne Umschweife zur Sache. »Ich habe Ihren Vater persönlich in die Klinik nach Bonn begleitet, weil er bei seiner Frau nicht mehr in Sicherheit ist. Gestern bei meinem Hausbesuch wollte Frau Senkel ein neues Rezept von mir. Das Fläschchen mit den Opiumtropfen zur Schmerzlinderung war fast leer, es hätte aber bei korrektem Gebrauch noch zu zwei Dritteln voll sein müssen. Ich sagte Ihrer Mutter auf den Kopf zu, dass ich sehe, wie sie eigenmächtig die Dosis heraufgesetzt hat. Sie sagte, es müsse sein, ihr Mann sei noch zu klar, man müsse ihn betäuben, damit er nicht so viel von seiner furchtbaren Lage mitbekam. Ich sagte, wenn ich jetzt die Dosis erhöhe, wird beim Eintreten unerträglicher Schmerzen keine Steigerung mehr möglich sein. Im Klartext: Er wird seinen Schmerzen ausgeliefert sein. Meine Argumente drangen nicht zu Ihrer Mutter durch. Ich drohte ihr mit einer Strafanzeige. Da packte sie mich am Arm. ›Machen Sie ein Ende, Herr Doktor‹, rief sie. ›Quälen Sie meinen Mann nicht länger. Ich halte sein Elend nicht mehr aus. Geben Sie ihm die Spritze. Gönnen Sie ihm den Gnadentod.‹«

Schon damals überraschte mich das nicht. Ich wusste ja, dass Bärbel erst mir und danach Rolf den Tod gewünscht hatte. Aber ich behielt es für mich. Die Zeit drängte. »So ist die Lage, Sonja«, sagte Dr. Gärtel. »Ihr Vater darf das Krankenhaus auf keinen Fall verlassen. Ihre Mutter darf auf keinen Fall zu ihm aufs Zimmer. Der Oberarzt auf der Station weiß Bescheid, aber er braucht Ihre Einwilligung.«

»Meine Einwilligung wozu?«

»Dass die Behandlung hier vor Ort fortgeführt und Ihre Mutter nicht mehr zu Ihrem Vater gelassen wird. Da Ihr Bruder gerade Urlaub in Südafrika macht, sind Sie die einzige Angehörige, die Ihrer Mutter etwas entgegensetzen kann. Ich schlage vor, dass wir den Kollegen sofort anrufen. Noch heute können Sie Ihren Vater besuchen.«

Mit einem Telefonat gab ich dem Oberarzt die erforderliche Einwilligung und fühlte mich danach etwas leichter. Beim Abschied legte Dr. Gärtel seinen Arm um meine Schulter, drückte mich kurz an sich und sagte: »Versprich mir eines, Mädchen. Tu genau das, was dein Vater von dir erwartet. Wasch deiner

Mutter gründlich den Kopf. Die alte Hexe. Sie hat sogar der schwangeren Schwiegertochter Hausverbot erteilt. Rüdiger will den Bauch wachsen sehen, er will die Vorfreude auf sein erstes Enkelkind genießen.«

Ich schüttelte den Kopf. »Ich habe den Kontakt zu meiner Mutter endgültig abgebrochen. Sie hasst mich, und Sie, Dr. Gärtel, hasst sie auch. Aber Bärbel Senkel fürchtet Sie auch. Eine Strafanzeige wird sie garantiert nicht riskieren.«

Der Arzt war so verblüfft, dass seine brennende Zigarette auf die Steinplatten des Korridors fiel. Wütend trat er sie mit dem Fuß aus. »Gnadentod«, sagte er. »Nazi-Scheiße.«

Aufgebracht fuhr ich weiter nach Bonn, um meinen todkranken Vater zu besuchen. Er lag in einem Einzelzimmer halb aufgerichtet im Bett und sah aus wie ein Achtzigjähriger. Im Fernsehen lief ein Beitrag zum fünfundsechzigsten Geburtstag von Willy Brandt, mit dem er den Jahrgang teilte. Vater schaute gebannt zu.

Ich schloss leise die Tür hinter mir und wartete, bis sein Interesse beim Wetterbericht erlosch und er ungeschickt nach seinem Glas auf dem Beistelltischchen griff. Da ging ich zum Fußende des Bettes und sagte »Hallo Vati«, seiner Schwerhörigkeit angepasst und laut genug, um den Fernseher zu übertönen. Er sah mich freudig an, winkte mich zu sich und deutete auf die Fernbedienung. »Stell den Kasten aus, Tochter. Schön, dass du da bist.«

Er hatte nur noch die Hälfte seines früheren Gewichts, seine Augen waren riesengroß, auch seine Nase.

Ich streichelte seine Hände, und – was ich noch nie getan hatte – sein eingefallenes Gesicht, sogar seine großen Ohren. Ich tat es in aller Ruhe, ihm gefiel es. Seine Augen waren geschlossen. Ich wollte, dass sich später auch meine Hände an ihn erinnerten. Seine Totenmaske, die, wie ich Bärbel kannte, im Vertrag für die künftige Bestattung bereits aufgeführt war, würde ich mir nicht ansehen. Sie würde aus meinem Vater einen Fremden machen.

»Wie sehen meine Haare aus? Wild?«, fragte er.

Ich nickte lachend und griff nach der Bürste. »Erlaubst du?« Alles an ihm war weniger geworden seit meinem letzten Besuch, nur nicht seine weißen Haare. Ich strich sie glatt und legte die Bürste beiseite. Vati schlief ein. Nach einer Viertelstunde erwachte er wieder.

»Mach das Fenster weit auf. Ich möchte rauchen.«

»Wirklich!?«

»Keine Widerworte. Hilf mir beim Anzünden.« Vater war im Wesen unverändert. Ein Bitte habe ich nie von ihm gehört. Egal, man kann einem Todkranken seine Zigarette nicht verwehren.

Ich fragte ihn, seit wann er sich für Willy Brandt interessiere. »Du hast ihn doch immer verachtet. Einen Landesverräter hast du ihn genannt.«

Von Vater kam ein leises Lachen. »Da staunst du, was?«

»Allerdings.«

»Unser Ex-Kanzler liegt hier in diesem Krankenhaus. Zwei Herzinfarkte. Es muss ja nicht immer Krebs sein.«

»Sag das nicht! Stirbt er?«

»War nur ein Scherz. Mein Professor sagt Nein und wünscht ihm ein langes Leben. Genau wie du.«

Er begann zu husten, und ich half ihm beim Ausdrücken seiner Zigarette.

Etwas mühsam sagte er: »Weißt du was, Tochter? Ich kann deine Begeisterung für Willy Brandt verstehen.«

»Du?«

»Ist sonst noch jemand hier?« Er lachte und musste erneut husten. Dann griff er seinen Gedanken wieder auf. »Der Mann hat Format. Über seinen berühmten Kniefall in Warschau habe ich damals böse gespottet.«

»Ich erinnere mich. Bereust du es?«

»Ach, was weiß ich …« Vielleicht wollte er noch etwas sagen, aber wieder überfiel ihn der Schlaf, diesmal länger. Eine Krankenschwester trat wortlos ins Zimmer, schaute sich kurz um, schloss das Fenster und ging wieder. Erschöpft legte ich mich in den recht bequemen Sessel, streckte die Beine von mir und überließ mich einem Nickerchen.

Nach einer Stunde war Vater wieder hellwach. Er nahm unser Gespräch auf, als wäre nichts gewesen. »Haben sie dir erzählt, dass ein Enkelkind unterwegs ist? Schön ist das. Vielleicht nennen sie es ja Sonja. Grüß das Baby von mir. Und wenn du ihm später von seinem Opa erzählst, dann mach aus ihm kein Vorbild. Sag meinem Enkel: Dein Opa hat nie behauptet, ein guter Mensch zu sein. Aber er hatte ein buntes Leben.«

Beim Abschied hatten wir beide Tränen in den Augen. Als ich nach Wassenhorst zurückfuhr, zu Karl ins Hotel, spürte ich Vatis Gesicht in meinen Händen.

*

Das Haus am Meisenweg 47 ist in einem tadellosen Zustand. Dem Garten sieht man eine übertriebene Pflege an. Die Kanten des Rasens hin zu den Blumenbeeten sind so akkurat geschnitten, als würden sie – was nicht sein kann – durch einen Superkleber in Form gehalten. Bärbel beschäftigt gleich zwei Gärtner. Sie bevorzugt englischen Rasen. Auch die Blumenbeete sind frei von Unkraut. Dort wächst nichts, was nicht dorthin gehört. Vor meinem geistigen Auge sehe ich Bärbel, wie sie morgens den Wassersprenger anwirft und hier und da ein grünes Unkräutlein aus der braunen Erde zupft.

Rolfs erster Schlüssel für die Haustür ist der falsche.

»Aufgeregt?«, frage ich.

»So ähnlich. Und du?«

»Aufgeregt nicht, aber gespannt.«

»Gespannt? Worauf?«

»Auf ihre Inszenierung.«

»Mmh.«

Im Haus ist es kühl. Nichts hat sich verändert. Alles steht noch dort, wo es stand, als ich das Haus vor dreißig Jahren zum letzten Mal betreten habe. Es riecht schwach nach einem Desinfektionsmittel. Auch das kenne ich nicht anders. Bärbel hat einen Hygienefimmel.

Sie kommt auf uns zu, lächelt ihren Sohn an und versucht, ihn zu umarmen, doch der drückt ihr eine Flasche Wein in die Hand. Dann sieht sie ihn taxierend an. »Muss das sein mit deinem Bart? Du siehst abscheulich aus.«

Bärbel ist dünn geworden. Das weiße Haar ist glatt nach hinten gekämmt und schließt auf Kinnlänge ab, was das schmale Gesicht mit dem gereckten Kinn ungünstig betont. Diese Frisur hat etwas Martialisches. Sie verkündet: Ich bin da! Mit mir muss man rechnen!

Bis auf die leicht verschmierte Wimperntusche ist Bärbel perfekt geschminkt. Mir zeigt sie eine Maske, die ihre Falten etwas glättet. Die extrem aufrechte Haltung trotzt dem Alter. Sie trägt ein Sommerkleid mit einem großen Blumenmuster, dazu helle Absatzschuhe. Ihre Beine sind nicht alt. Ihren ehemals schönen Händen sieht man die Arthrose an.

Wir begrüßen uns wie zwei Nachbarinnen, die sich nicht leiden können, in der Form korrekt. Mehr Distanz geht nicht. Am großen Couchtisch bietet Bärbel uns einen Cognac an. Die Gläser stehen schon bereit. Rolf lehnt ab und bittet um Mineralwasser. Seine Mutter sagt, er möge sich in der Küche selbst bedienen, und zündet sich eine Zigarette an. Der Vorrat liegt wie eh und je griffbereit in einer schweren silbernen Dose. Als ihr Sohn zurück ist und uns Geschwistern Wasser eingegossen hat, lenkt Bärbel mit einem Räuspern die Aufmerksamkeit auf sich. Rolf kommt ihr zuvor. Er richtet Grüße von Grete Stumm aus, von denen ich nichts weiß. Während Bärbel etwas in ihrer Handtasche sucht, zwinkert er mir zu. Sie scheint an unserem Besuch in ihrer Heimatstadt nicht interessiert zu sein. Ich erinnere mich, wie oft sie in DDR-Zeiten Päckchen geschickt hat, und frage mich, wann sie zuletzt dort gewesen ist.

Bärbel hält eine bedruckte Postkarte in der Hand und sagt, es gebe da einen berührenden Text der Sängerin Bettina Wegner. Dann liest sie uns vor. Von kleinen Händen mit winzigen Fingern, auf die man nicht schlagen dürfe, handelt das Lied. Von Füßen mit kleinen Zehen, auf die man nicht treten dürfe. Als sie zu der Stelle mit den kleinen Ohren kommt, stehen Rolf und ich auf. Mutter liest seelenruhig weiter.

Rolfs Stimme übertönt sie: »Wir sollen dich von Schwester Anni grüßen. Sie weiß, dass du Krankenschwester der Euthanasie gewesen bist.«

»So? Weiß sie das?« Mutter lässt die Postkarte sinken und sieht auf. »Ach Junge, du kannst dir ja nicht vorstellen, was für eine schwere Arbeit das war. Aber irgendjemand musste es ja tun. Die armen Würmchen, die Tragik der Eltern. Sieh dir nur an, wie viele Krüppel und Irre es heute gibt. Sogar in Restaurants, am Nebentisch …« Sie unterbricht sich und nimmt einen Zug aus ihrer Zigarette. »Dir, mein Sohn, gebe ich einen guten Rat: Urteile nicht über Dinge, von denen du keine Ahnung hast.«

Ich bin schon fast an der Tür und denke: Komm, Bello. Wir gehen.

Rolf, der sich noch einmal umgewandt hat, sagt schneidend: »Mich hast du zum letzten Mal gesehen! Viel Spaß mit dem

Pflegedienst! Und sieh zu, dass du nicht auch noch Sophia vergraulst. Alle anderen Ärzte machen einen großen Bogen um dich.«

Schweigend verlassen wir unser Elternhaus.

»Was nun?«, fragt mein Bruder.

»Auf zum Rhein. Lass uns Steinchen flitschen. Wenn ich Vaters Grab besuche, mache ich das auch immer.«

Verwundert sieht er mich an. »Wie oft bist du an Vaters Grab?«

»Einmal im Jahr.«

»Dann musst du ja toll in Übung sein.«

Der Rhein führt Niedrigwasser. Noch ist die Schifffahrt eingeschränkt möglich. Für das, was wir vorhaben, ist es allerdings nicht günstig. Die Steine in Wassernähe haben eine dicke, eingetrocknete Schlammkruste. Es ist nicht schwer, einen passenden Stein zu finden, aber mühsam, ihn vom Schlamm zu befreien. Uns kühlt eine in der Stärke ständig abwechselnde Brise, was angenehm ist, aber das Wasser unruhig macht.

Steinchen flitschen soll heute nicht sein.

»Was nun?«, frage ich. Rolf zeigt auf eine Bank am Ufer. Um dorthin zu gelangen, laufen wir noch eine Weile über die steinige Fläche des Flussbetts. Wir setzen uns auf die schattige Bank. Rolf hebt einen Kiesel nach dem anderen auf und versucht, ihn im fünf Meter entfernten Abfalleimer zu versenken. Manchmal gelingt es ihm.

»Kennst du Vaters Erklärung, warum es Kriege gibt?«, frage ich.

»Nein.«

»Willst du sie hören?«

»Na los.«

»Ich muss fünfzehn gewesen sein, als ich ihm diese Frage

stellte. Es war gegen Abend. Normaler Wasserstand. Wind-stille.«

Ich sehe Rolf an, dass er die Geschichte interessant findet.

»Vater sagt: ›Pass auf, Tochter, was ich jetzt mache.‹ Dann wirft er kurz hintereinander drei Kieselsteine in das glatte Was-ser. Er sagt, ich soll mir mit jedem Kreis, der sich ausdehnt, ein Land vorstellen. Jedes Land wird größer und größer. Und da, wo sich auf dem Wasser die Kreise treffen und überschnei-den, sind die Länder eingeengt, sie haben nicht mehr genug Platz. Dann gibt es Krieg.«

»Typisch«, sagt mein Bruder. »Und weiter?«

»Aus den drei Kreisen ist am Ende ein einzelner riesiger Kreis entstanden. Ich sage: ›Guck mal, Vati, was ist das denn, der große Kreis?‹ Er überlegt und sagt: ›Gut beobachtet, Toch-ter. Ich würde sagen, das ist der Weltkrieg.‹«

Die Geschichte ist damit aber noch nicht zu Ende. Ich er-zähle Rolf, dass Vater sich danach auf einer Bank niederließ. Ganz still und allein saß er da, ohne Zigarette, während ich am Wasser Steinchen flitschen ließ. Dann winkte er mich zu sich auf die Bank. Er sagte, er habe über etwas Wichtiges nachge-dacht. Es gehöre zu einer bedeutsamen Lebenserfahrung. Und es sei an der Zeit, sie an mich weiterzugeben.

»Alles, was Menschen sich an schlimmster Grausamkeit in ihrer Fantasie ausmalen können«, zitiere ich Vater, »das ge-schieht auch in Wirklichkeit. Menschen quälen Menschen auf die unvorstellbar grausamste Weise. Und noch darüber hinaus!«

Sein letzter Satz klang wie ein Schrei. Ich hatte ihn trotzdem nicht verstanden, und sagte ihm das. Und Vater erwiderte: Das wirst du noch, Tochter.

Ich wende mich an Rolf: »Hast du das jemals von Vater ge-hört?«

Er atmet tief durch. »Nein. Meine Güte! Das ist es. Das ist

Auschwitz! Das muss er doch gemeint haben, oder? Mich wundert, dass du dir das merken konntest.«

»Vater hat diese Sätze später noch öfter und mit demselben Nachdruck wiederholt. Sie stehen in meinem Tagebuch.«

»Und welchen Reim hast du dir damals darauf gemacht?«

»Ich dachte, er bezieht sich auf seine Zeit als Gerichtsreferendar, auf die Abgründe in Schwerverbrechern.«

Wir legen rosa Pfingstrosen auf Vaters Grab. Es ist fast frei von Unkraut. Eigentlich unmöglich, es sei denn, Bärbel zahlt einen Friedhofsgärtner für diese zusätzliche Grabpflege. Der Stein ist aus schwarzem Marmor und wirkt mit dem übergroßen goldenen Namen so pompös wie kein zweiter in der Reihe. Als ich ihn darauf anspreche, erklärt mir Rolf, dass Frau Senkel bei einem Steinmetz in Auftrag gegeben hat, dass die Farbe neu aufgetragen werden muss, sobald die Schrift etwas verblasst.

»Welchen Spruch hätte Vater für sich passend gefunden? Was fällt dir ein?«, frage ich meinen Bruder.

»›Man darf sich nicht erwischen lassen.‹ An was denkst du?«

»Keine Ahnung. Seine drei Sätze wären wohl zu lang.«

»Sag sie noch mal«, fordert Rolf mich auf. »Ich will sie mir unbedingt einprägen.«

»Alles, was Menschen sich an schlimmster Grausamkeit in ihrer Fantasie ausmalen können – das geschieht auch in Wirklichkeit. Menschen quälen Menschen auf die unvorstellbar grausamste Weise. Und noch darüber hinaus!«

»Und er hat es öfter wiederholt, stimmt's?«

»Ja. So war es.«

Rolf macht einen Schritt auf den Grabstein zu. »Vater hat von einer bedeutsamen Lebenserfahrung gesprochen. Und dass es an der Zeit sei, dieses Wissen an dich weiterzugeben. Auch korrekt?«

»Korrekt.«

Mein Bruder lehnt sich seitlich an den Stein, legt seinen Arm oben auf und tätschelt den schwarzen Marmor. »Hey Alter«, ruft er und beugt seinen Kopf hin zu dem goldenen Namen. »Danke für dein Vermächtnis! Wäre nur schöner gewesen, du hättest es uns schon eher mitgegeben, meinetwegen schriftlich, und nicht als Rätsel, sondern als Bekenntnis. Es ist nämlich verdammt anstrengend, dieses Recherchieren. Ich wette, du und deine SS-Kameraden in Oberschlesien hattet noch genügend Zeit, alle belastenden Unterlagen zu vernichten. Ihr musstet nicht Hals über Kopf flüchten. Ihr konntet euren Abgang aus der Gefahrenzone sorgfältig planen. Ich muss es dir noch mal sagen, Alter: Es ist verdammt anstrengend, Leuten wie dir nach ihrem Ableben die Geheimnisse aus der Nase zu ziehen.«

Rolf schüttelt sich, richtet sich auf und schiebt eine Haarsträhne aus seinem Gesicht. »Zum Friseur müsste ich auch mal wieder.«

»Darf ich dich mal unterbrechen, Bruder?«

»Was gibt's, Schwester?«

»Was meinst du mit Vermächtnis?«

»Etwas, das er uns vererbt hat. In der Klinik gab es dazu den Vortrag eines Psychologen. Sinngemäß: Eltern geben ihren Kindern nonverbal Aufträge mit auf den Weg, die ein Tabu betreffen. Es könnte sich um den Auftrag handeln, auf immer und ewig das Familienschweigen zu bewahren. Aber auch das Gegenteil: ein Auftrag, endlich das Familienschweigen zu brechen.«

»Aber wie funktioniert das, Rolf? Können solche Vermächtnisse Spuren hinterlassen, Rätsel?«

»Durchaus möglich. Unser Vater hat es ja offenbar getan.«

»Könnten dann meine Initialen SS auch so ein Vermächtnis gewesen sein?«

»Himmel, Sonja, komm mir nicht wieder damit. Es nervt.«

»Na gut. War nur eine Frage«, sage ich und wende mich zum Gehen. »Wäre schön, wir könnten das mal bereden, vielleicht später, auf der Rückfahrt nach Berlin.«

»Warte, ich will mich noch eben verabschieden.« Rolf streicht noch einmal über den Grabstein. »Okay, Vater. Mach es gut. Bei meinem nächsten Besuch weiß ich vielleicht schon mehr.«

Leider existiert Fräulein Montigs Grab nicht mehr. Aber das Eiscafé Roma gibt es noch, mit Musikbeschallung, zwei Ventilatoren und auf doppelte Größe erweitert. Wir setzen uns in die hinterste Ecke, wo die Hitze gerade noch erträglich ist. Rolf bestellt sich aus alter Gewohnheit einen Banana Split, und ich in Erinnerung an meine wunderbare Lehrerin Vanilleeis mit Schokoladensplitter. Der Kellner sagt: »Stracciatella. Si, Signora.«

Wir haben gerade unser Eis gegessen, als sich ein Mann ungefragt an den Tisch setzt. »Mensch Rolf, alter Knochen. Sieht man dich auch mal wieder!« Er schaut mich an und dann meinen Bruder. »Einen Bart hast du? Und wieder eine neue Frau? Du machst Sachen!«

Rolf lacht. »Komm runter, Winfried. Erkennst du meine Schwester Sonny nicht?«

»Sonny, bist du es wirklich! Unsere SS-Sonja. Schön, dich wieder hier zu haben. Du kannst sofort in der Schule anfangen. Sie suchen Lehrer.«

Der Räuberhauptmann aus meinen Kindertagen hat sich als Ruheständler in der Heimat niedergelassen. Ich staune. Er ist füllig, wie die meisten Männer seines Alters. Er schwitzt und putzt seine beschlagene Brille. Sein Hemdkragen steht weit offen. Auf den weißen Brusthaaren baumelt eine Goldkette mit Anhänger. Wie ein Physikprofessor sieht er nicht aus, eher wie ein Lkw-Fahrer. Er legt seine Hand auf meine. »Pssst. Unsere Enkel dürfen nicht wissen, was für schlimme Vandalen wir waren. Hast du Kinder? Ich habe vier und zwei Enkel.« Ein Griff in die Brieftasche und ihre Fotos liegen auf dem Tisch.

Der Kellner taucht neben ihm auf. Winfried bestellt einen Espresso. Mein Bruder sagt lauter als nötig: »Ich möchte zahlen. Geht alles auf mich.«

Winfried will unsere großen Eisbecher kommentieren, aber Rolf unterbricht ihn. »Was soll der Quatsch mit SS-Sonja?«

»Jetzt tu doch nicht so, du Nullticker. Als ob du das nicht wüsstest. Es war ja lange genug Stadtgespräch!«

Wir sagen, wir müssen leider weiter. Bis bald mal.

Neben dem Roma ist eine Shoppingmall mit Kolonaden entstanden. Als wir den Schatten erreicht haben, bleibt Rolf stehen und sagt: »Okay, SS-Sonja, ich glaube dir. Aber was ist mit dir, glaubst du mir auch? Wirst du in Mittendorf die alten Leute fragen, was sie über den Fall Grossman gehört haben?«

Ich nicke. »Einverstanden. Und nun komm, Bruder. Es liegt noch ein weiter Weg vor uns.«

*

Bärbels dritter Schlaganfall war der letzte. Fünf Monate später ist sie tot. Sie hinterlässt ein Testament, in dem sie mich enterbt. Es ist ungültig, weil sie und Rüdiger fünfundzwanzig Jahre zuvor ein Berliner Testament unterschrieben hatten.

Ihrem Wunsch entsprechend, wird Bärbel Senkel anonym bestattet. Zur Trauerfeier ist Rolfs Familie erschienen, außerdem ein Dutzend Menschen, alle mindestens eine Generation jünger als Bärbel. Sie ist großzügig zu ihnen gewesen. Als Dank für kleine Hilfeleistungen hatte sie Schmuck und Goldmünzen verteilt. Wie einsam sie gewesen war.

Die letzten vier Monate ihres Lebens hat Bärbel stumm im Bett eines Pflegeheims gelegen, am ganzen Körper gelähmt, bis auf den Zeigefinger der linken Hand. Rolf und sie haben mit Ja-Nein-Fragen kommuniziert.

Es geschah wenige Wochen nach unserem Besuch in Wassenhorst. Der Pflegedienst fand sie, da hatte sie bereits zwölf Stunden im Flur gelegen. Ich habe Bärbel vor ihrem Tod nicht noch einmal gesehen, aber häufig wie nie zuvor habe ich an sie gedacht. Zum ersten Mal hatte ich Mitleid mit Mutter – wie ich es bei jedem Menschen empfinde, der ohne jede Hoffnung auf Besserung einer totalen Hilflosigkeit ausgeliefert ist.

Am Tag nach der Trauerfeier betreten Rolf und ich ihr Schlafzimmer. Auch mein Bruder kennt sich dort nicht aus, er musste sich vorher den Türschlüssel besorgen.

Im Bücherregal stehen zwei Meter zur NS-Zeit. Es sind auch ein paar Bücher darunter, die ich an der Ostsee gelesen habe. *Das siebte Kreuz* von Anna Seghers, *Weiter leben* von Ruth Klüger, *Der Vorleser* von Bernhard Schlink. Bei den anderen handelt es sich um Erinnerungen von großen Namen der Nazi-Elite, Memoiren von altgedienten Generälen, oder von Frauen, die nicht aufhörten, ihren Führer zu lieben.

Ostsee, 2. Januar 2004

Meine liebe Nina,

ich hoffe, es war ein schönes Weihnachtsfest mit Deinem Papa in Berlin, mit Jenny und Deinen Großeltern in Eberswalde.

Ob Du es glaubst oder nicht: Ich bin noch einmal zurückgekehrt in diese absonderliche Wohnung an der Ostsee, einfach, weil sie mir vertraut ist und sie mit den vielen guten Erinnerungen an Dich und Deinen Papa verbun-

den ist. Die Unterkunft ist unverändert. Die
Vermieterin hat Gefallen gefunden an Deinen
blauen Sitzkissen.

Zum ersten Mal seit meiner Jugend habe ich
wieder angefangen, Tagebuch zu schreiben. Was
Rolf an Familienforschung betrieb – erst zusammen mit Dir und dann zusammen mit mir –,
hat in der Summe zu beispiellosen Entdeckungen geführt. Dies alles halte ich nun im
Tagebuch fest. Auch meine Erinnerungen an
meine Kindheit und Jugend, an die Jahre mit
meinen Eltern im Meisenweg 47. Wie Rolf es
Dir vermutlich angedeutet hat, war es ein
Haus des Schreckens gewesen. Wenn mir das
Niederschreiben zu viel wird, mache ich eine
Pause. Während ich an kalten sonnigen Winter-
tagen am Meer entlangjogge, merke ich, wie
befreit ich bin im Vergleich zum Vorjahr,
weil wir, Dein Papa und ich, als Geschwister
endlich das Familienschweigen gebrochen haben. Allein die Gedanken an meine neue Freiheit lassen mich schneller laufen.

Inzwischen hast Du mein Geschenk zu Weih-
nachten ausgepackt. Auf die Idee mit dem
Tagebuch bin ich gekommen, weil Du Dich in
mehrfacher Hinsicht von den meisten Gleich-
altrigen unterscheidest, vor allem, was
Deine Reise nach Auschwitz betrifft, Dein
Wissen um die SS und die schlimmen Nazi-
Eltern Deines Papas. Es wird nur wenige
Menschen geben, mit denen Du darüber reden
kannst, wenn Dir danach ist.

Lass das Tagebuch einfach liegen, wenn Du
damit nichts anfangen kannst. Du wirst schon
merken, wenn es Dich zum Schreiben drängt.
Vielleicht, weil Du unerwartet etwas unglaublich Schönes erlebt hast oder wenn
das Gegenteil passiert ist. Wenn die Sehnsucht nach etwas scheinbar Unmöglichem in
Dir brennt. Wenn Du anfängst, Dich ständig
zu kritisieren, weil Du Dinge sagst oder
tust, die nicht ganz in Ordnung sind, und Du
Dich fragst, warum es geschieht. Dann kann
das Tagebuch für Klarheit sorgen, weil das
Beschreiben von einem Gefühlsrätsel andere
Wörter als die üblichen verlangt. Es hilft,
Ordnung in Empfindungen und Gedanken zu
bringen.
Vergiss bitte nicht, liebe Nichte, dass ich
mich freuen werde, wenn Du mit Deinen Was-
auch-immer-Fragen zu mir kommst.
Ich wünsche Dir ein gutes Neues Jahr, und
grüße bitte Deinen Papa von mir. Ich freue
mich schon darauf, wenn ich Euch bald wie-
dersehe. Es drückt Dich ganz fest:

Deine Tante Sonja

# Danksagung

Nach zwei Jahrzehnten vertrauensvoller Zusammenarbeit bekam ich auch für dieses Buchprojekt von Menschen aus meinem Verlag eine weitreichende Unterstützung. Ganz herzlich möchte ich mich bei allen dafür bedanken. Außerdem hatte ich das Glück, an die Lektorin Nina Hübner vermittelt zu werden. Unser Altersunterschied von vierzig Jahren entwickelte sich für mich als verblüffend vorteilhaft. Nina Hübner führte mich gewissenhaft und einfühlend in eine äußerst inspirierende Arbeitsphase – in neue Abenteuer des Schreibens. Großer Dank an meine Lektorin.

Hilfreich bei meinen Recherchen waren Meike Wolf und Friedrich Leidinger. Auch Ihnen gilt mein Dank. Besonders bedanken möchte ich mich bei Dia Czipor, Rezvan Leidinger, Emöke Tarán und Ute Weiler. Sie haben mir nicht nur den Rücken gestärkt, sondern auf unterschiedlichste Weise dafür gesorgt, dass mir Kraft und Ausdauer erhalten blieben.

# Literaturverzeichnis

Andersen, Hans Christian: Andersens Märchen. Der große Märchen-
schatz, Übersetzung Mathilde Mann, Anaconda, Penguin Random House
Verlagsgruppe GmbH. München 2022.

Flex, Walter: »Wildgänse rauschen durch die Nacht«, in: Walter Flex:
Der Wanderer zwischen beiden Welten. Ein Kriegserlebnis,
C.H. Beck'sche Verlagsbuchhandlung Oskar Beck. München 1918.

Heyward, Dorothy/Heyward, Du Bose/Gershwin, George/Gershwin,
Ira: My man's gone now. © Peermusic Publishing, Universal Music
Publishing Group.

I Ging Buch der Wandlungen, Übersetzer und Autor Richard Wilhelm,
Anaconda, Penguin Random House Verlagsgruppe GmbH. München
2022.

Jung, C.G.: Gesammelte Werke. Verlagsgruppe Patmos in der Schwaben-
verlag AG, Ostfildern 1995.

WER SCHMETTERLINGE LACHEN HÖRT (Gema Nr.738297)
Musik: Lutz Rahn/Text: Carlo Karges
© by SMV Schacht Musikverlage GmbH & Co.KG.

Sabine Bode
**Das Mädchen im Strom**
Roman
350 Seiten, Taschenbuch
ISBN 978-3-608-96329-8

Sie ist das hübscheste, frechste und mutigste Mäd-
chen an den Stränden des Rheins – und sie ist
Jüdin. Die Geschichte der Gudrun Samuel ist die
Geschichte einer ganzen Generation junger
Frauen, die die Naziherrschaft und der Krieg zur
Flucht gezwungen haben. Ein beeindruckendes
und mitreißendes Zeugnis einer Epoche.